DAS BESONDERE TASCHENBUCH

Comte
de Lautréamont

# DIE GESÄNGE DES MALDOROR

Aus dem Französischen
übersetzt und mit einer
Studie über den Autor
und sein Werk von
Ré Soupault

Im Anhang:
»Der Traum als
Konstruktionsprinzip
bei Lautréamont
und Carroll«
von Elisabeth Lenk

WILHELM
HEYNE VERLAG
MÜNCHEN

Genehmigte Taschenbuchausgabe

Im Anhang: »Der Traum als Konstruktionsprinzip bei Lautréamont und Carroll« von Elisabeth Lenk
Umschlaggestaltung: Christian Diener, München
Printed in Germany 1981
Satz: IBV Lichtsatz KG, Berlin
Druck und Bindung: Ebner Ulm
ISBN 3-453-43065-4

# *Inhalt*

## ERSTER GESANG


1 Gebe der Himmel, daß der Leser 9
2 Leser, vielleicht ist es dein Wille 10
3 Ich werde in wenigen Zeilen 10
4 Es gibt Leute, die schreiben 11
5 Mein ganzes Leben lang sah ich die Menschen 11
6 Man lasse seine Nägel 12
7 Ich habe einen Pakt mit der Prostitution 14
8 Beim Schein des Mondes 15
9 Ich nehme mir vor 18
10 In meiner letzten Stunde 24
11 Eine Familie umringt 26
12 Er, der nicht weinen kann 30
13 Der Bruder des Blutegels schritt 35
14 Wenn es manchmal logisch ist 38


## ZWEITER GESANG


1 Wohin ist er entschwunden 39
2 Ich ergreife die Feder 40
3 Möge nie der Tag kommen 42
4 Es ist Mitternacht 44
5 Bei meinem täglichen Spaziergang 46
6 Wie lieb ist das Kind 49
7 Dort in dem Hain 51
8 Wenn eine Frau mit Sopranstimme 55

9 Es lebt ein Ungeziefer 58
10 O strenge Mathematik 62
11 O Lampe mit silbernem Schnabel 66
12 Höret die Gedanken meiner Kindheit 70
13 Ich suchte eine Seele 73
14 Die Seine trägt eine menschliche Leiche 79
15 Es gibt Stunden im Leben 81
16 Es ist Zeit 85

## DRITTER GESANG

1 Rufen wir uns die Namen 87
2 Da kommt die Verrückte 92
3 Tremdall hat zum letzten Mal 96
4 Es war ein Frühlingstag 99
5 Eine rote Laterne 101

## VIERTER GESANG

1 Ein Mensch oder ein Stein 111
2 Zwei Pfeiler 113
3 Ein Galgen erhob sich 117
4 Ich bin schmutzig 122
5 Welch ein Schatten 124
6 Ich war auf der Klippe eingeschlafen 128
7 Es ist nicht unmöglich 130
8 Nacht für Nacht 136

## FÜNFTER GESANG

1 Möge der Leser mir nicht zürnen 139
2 Vor mir, auf einem Erdhügel stehend 142
3 Die zeitweilige Vernichtung 146
4 Aber wer denn 149
5 O unbegreifliche Päderasten 152
6 Ruhe! ein Leichenzug 156
7 Nacht für Nacht, zur Stunde, da der Schlaf 160

## SECHSTER GESANG

1 Ihr mit eurer beneidenswerten Ruhe 168
2 Bevor ich zur Sache komme 170
3 Die Läden der Rue Vivienne 172
4 Er drückt auf die kupferne Klinke 174
5 Mervyn ist in seinem Zimmer 178
6 Ich bemerkte, daß ich nur ein Auge 182
7 Ein Individuum 184
8 Der Allmächtige hatte 188
9 Der Korsar mit den goldenen Haaren 191
10 Um auf mechanische Weise 193

Briefe 199

Ré Soupault: Über den Autor und sein Werk 206

Bibliographie 241

## ANHANG

Elisabeth Lenk:
Der Traum als Konstruktionsprinzip bei
Lautréamont und Carroll 244

## *Erster Gesang*

[1] Gebe der Himmel, daß der Leser, erkühnt und augenblicklich von grausamer Lust gepackt gleich dem, was er liest, seinen abrupten und wilden Weg durch die trostlosen Sümpfe dieser finsteren und gifterfüllten Seiten finde, ohne die Richtung zu verlieren; denn wofern er nicht mit unerbittlicher Logik und einer geistigen Spannung, die wenigstens seinen Argwohn aufwiegt, an diese Lektüre geht, werden die tödlichen Emanationen dieses Buches seine Seele durchtränken wie das Wasser den Zucker. Es ist nicht gut, daß jedermann die folgenden Seiten lese; nur einzelne werden diese bittere Frucht gefahrlos genießen. Darum, bevor du, scheue Seele, tiefer eindringst in solch unerforschtes Ödland, lenke deine Schritte rückwärts und nicht vorwärts. Höre wohl, was ich dir sage: lenke deine Schritte rückwärts und nicht vorwärts, den Augen eines Sohnes gleich, der sich ehrfurchtsvoll von der erhabenen Betrachtung des mütterlichen Antlitzes abwendet; oder vielmehr wie ein unabsehbarer Winkel fröstelnder und sehr nachdenklicher Kraniche, der zur Winterszeit mit vollen Segeln gewaltigen Fluges durch das Schweigen zieht, einem bestimmten Punkt am Horizont entgegen, wo sich plötzlich ein seltsamer und heftiger Wind erhebt, Vorbote des Sturms. Der älteste Kranich, der allein die Vorhut bildet, wiegt, als er dies bemerkt, das Haupt wie eine vernünftige Person, infolgedessen auch seinen Schnabel, den er klappern läßt, und er ist nicht froh (ich wäre es an seiner Stelle auch nicht), während sein alter, von Federn entblößter Hals, Zeitgenosse dreier Kranichgenerationen sich in gereizten Kräuselungen bewegt, ahnendes Zeichen des schneller und schneller nahenden Gewitters. Kaltblütig spähen die erfahrenen Augen des ersten Kranichs (denn er ist es, der das Vorrecht genießt den anderen, ihm an Intelligenz unterlegenen Kranichen die Schwanzfedern zu zeigen) mehrmals nach allen Seiten, und mit dem Warnruf des melancholischen Vorpostens, Signal zum Gegenangriff auf den gemeinsamen Feind, schwenkt er, umsichtig und elastisch, die Spitze der geometrischen Figur (vielleicht ist es ein Dreieck, das diese seltsamen Zugvögel

im Raume bilden, nur sieht man den dritten Schenkel nicht) bald nach Backbord, bald nach Steuerbord, wie ein gewandter Kapitän; und mit Flügeln manövrierend, die nicht größer scheinen als die eines Sperlings, nimmt er so, denn er ist nicht dumm, einen anderen Weg, der sicherer ist, einen philosophischen Weg.

[2] Leser, vielleicht ist es dein Wille, daß ich zu Beginn dieses Werkes den Haß anrufe! Wer sagt dir, daß du mit deinen hochmütig geblähten, breiten und hageren Nüstern, in zahllosen Wonnen schwelgen, nicht nach Herzenslust, langsam und majestätisch seine roten Emanationen schlürfen wirst, während dein Leib, gleich einem Hai, die schöne, schwarze Luft zerteilt, als verstündest du die Wichtigkeit dieses Aktes und die nicht geringere Wichtigkeit deines rechtmäßigen Appetits? Sei versichert, o Scheusal, daß sie die beiden unförmigen Löcher deiner gräßlichen Schnauze beglücken werden, wenn du dich vorher befleißigst, dreitausendmal hintereinander das verfluchte Gewissen des Ewigen einzuatmen! Deine in unaussprechlicher Befriedigung und unbeweglicher Ekstase maßlos geweiteten Nüstern werden sich nichts Besseres vom Weltenraum wünschen, den herrliche Düfte und Weihrauch erfüllen; denn ein vollkommenes Glück wird sie satt machen, den Engeln gleich, die in der Herrlichkeit und im Frieden sanfter Himmel wohnen.

[3] Ich werde in wenigen Zeilen darlegen, wie gut Maldoror in seinen ersten Lebensjahren war, damals, als er glücklich lebte; dies ist getan. Später bemerkte er, daß er böse geboren war: unerhörtes Verhängnis! Jahrelang verbarg er seinen Charakter so gut er konnte; am Ende aber stieg ihm wegen dieser nicht natürlichen Anstrengung täglich das Blut zu Kopfe; bis er sich, unfähig, ein solches Leben länger zu ertragen, entschlossen in den Strom des Bösen warf... süße Hingabe! Wer hätte das gedacht! Wenn er das rosige Antlitz eines Kindleins küßte, hätte er ihm gern die Wangen mit einem Rasiermesser herausgerissen, und er hätte es sehr oft getan, wenn Justitia mit ihrem langen Gefolge der Sühne, ihn nicht jedesmal daran gehindert hätte. Er war kein Lügner, er gestand die Wahrheit und sagte, daß er grausam sei. Menschen, habt ihr's gehört? Mit dieser zitternden Feder wagt er, es nochmals zu sagen. Es gibt also eine Macht, die stärker ist als der Wille... Fluch und Verderben! Wollte der Stein sich den Gesetzen der Schwerkraft

entziehen? Unmöglich. Unmöglich, wollte das Böse sich dem Guten verbünden. Das sagte ich vorhin.

[4] Es gibt Leute, die schreiben, um mittels edler Herzenseigenschaften, die ihre Phantasie erfindet oder die sie besitzen, nach menschlichem Beifall zu trachten. Ich aber bediene mich meines Geistes, um die Wonne der Grausamkeit zu schildern. Keine flüchtigen, künstlichen Wonnen, sondern solche, die mit dem Menschen begonnen haben, die mit ihm enden werden. Kann sich der Geist in den geheimen Beschlüssen der Vorsehung nicht der Grausamkeit verbünden? oder hat einer keinen Geist, weil er grausam ist? Den Beweis dafür wird man in meinen Worten finden; es hängt nur von euch ab, mir zuzuhören, wenn euch daran liegt... Pardon, mir schien, als sträubten sich die Haare meines Hauptes; aber es ist nichts, denn meine Hand brachte sie leicht in ihre vorige Lage zurück. Wer singt, behauptet nicht, daß seine Kavatinen unbekannt seien; im Gegenteil, er freut sich, daß die vermessenen und bösen Gedanken seines Helden allen Menschen eigen sind.

[5] Mein ganzes Leben lang sah ich die Menschen mit engen Schultern, ohne eine einzige Ausnahme, stupide und zahlreiche Taten vollbringen, sah sie ihresgleichen verdummen und die Seelen mit allen Mitteln verderben. Das Motiv ihrer Handlungen nennen sie: Ruhm. Bei solchem Anblick wollte ich lachen wie die anderen; aber das, seltsame Nachahmung, war unmöglich. Ich nahm ein Federmesser mit scharf geschliffener Klinge, und dort, wo die Lippen sich vereinigen, durchschnitt ich das Fleisch. Einen Augenblick lang glaubte ich mein Ziel erreicht. In einem Spiegel betrachtete ich diesen durch eigenen Willen verletzten Mund! Es war ein Irrtum! Das Blut, das reichlich aus beiden Wunden floß, hinderte mich übrigens zu erkennen, ob dies wirklich das Lachen der anderen sei. Aber nach kurzen Vergleichen sah ich genau, daß mein Lachen dem der Menschen nicht glich, das heißt, ich lachte nicht. Ich sah die Menschen mit häßlichem Haupt und mit schrecklichen, tief in finsterer Höhle liegenden Augen, die Härte des Felsens, die Starre gegossenen Stahls, die Grausamkeit des Haifisches, die Arroganz der Jugend, die Raserei der Verbrecher, den Verrat der Heuchler, die ungewöhnlichsten Komödianten, die Charakterstärke der Priester und die höchste Verstellungskunst, die kältesten Wesen der Welten und des Himmels übertreffen; sah die Morali-

sten erlahmen, ihr Herz zu entdecken und unversöhnlichen Zorn von oben herabbeschwören. Ich habe sie alle auf einmal gesehen, bald die derbe Faust wider den Himmel erhoben wie die eines schon perversen Kindes wider die Mutter, wahrscheinlich von einem Dämon der Hölle getrieben, die Augen schwer von nagender Reue und Haß zugleich, in eisigem Schweigen verharren, nicht wagend, die ungeheuerlichen und undankbaren Gedanken, voller Ungerechtigkeit und Grauen, die ihr Herz verbarg, zu äußern, um bei dem Gott der Barmherzigkeit trauerndes Mitleid zu wecken; bald, zu jeder Stunde des Tages, von Kindheit auf bis zum höchsten Greisenalter, unglaubliche Flüche verbreitend, ohne Sinn für Gemeinschaft, wider alles, was atmet, wider sich selbst und die Vorsehung, Frauen und Kinder prostituieren und so die Leibesteile entehren, die der Scham geweiht sind. Da erheben die Meere ihre Fluten, reißen die Planken in ihre Schlünde hinab: Orkane und Erdbeben zerschmettern die Häuser; die Pest und vielerlei Krankheit lichten die betenden Familien. Aber die Menschen achten dessen nicht. Ich sah sie auch vor Scham erröten und erbleichen wegen ihres Wandels auf dieser Erde; selten jedoch. Stürme, Brüder der Orkane, bläuliches Firmament, dessen Schönheit ich nicht anerkenne, heuchlerisches Meer, Ebenbild meines Herzens, Erde, geheimnisvoller Schoß, Bewohner der Sphären, gesamtes Universum, Gott, der du es so herrlich geschaffen hast, dich rufe ich an: zeige mir einen Menschen, der gut ist!... Aber möge deine Gnade meine natürlichen Kräfte verzehnfachen; denn beim Anblick dieses Scheusals könnte ich vor Staunen sterben: man stirbt an weniger.

[6] Man lasse seine Nägel fünfzehn Tage lang wachsen. O! wie süß es ist, ein Kind, dessen Oberlippe noch nichts bedeckt, brutal aus seinem Bett zu reißen und die Augen, weit geöffnet, so zu tun, als lege man ihm sanft die Hand auf die Stirn, um seine schönen Haare nach hinten zu streichen! Dann, plötzlich, im Augenblick, da es am wenigsten darauf gefaßt ist, die Nägel tief in seine weiche Brust zu schlagen, doch so, daß es nicht stirbt; denn wenn es stürbe, könnte man es später nicht leiden sehen. Dann, die Wunden ausleckend, trinke man sein Blut; und während dieser Zeit, die so lange dauern müßte wie die Ewigkeit, weint das Kind. Nichts ist so gut wie dieses noch ganz warme Blut, das ihm auf die angegebene Weise entzogen wird, es sei denn seine Tränen, bitter wie

Salz. Mensch, hast du nie dein Blut gekostet, als du dich einmal versehentlich in den Finger schnittest? Wie gut, nicht wahr; denn es schmeckt nach nichts. Überdies, erinnerst du dich nicht, eines Tages bei deinen grausigen Grübeleien die hohle Hand auf dein kränkliches Antlitz gelegt zu haben, das feucht war von dem, was aus den Augen tropfte; die gleiche Hand dann unwiderstehlich an den Mund geführt zu haben, der in langen Zügen die Tränen aus dieser Schale trank, die zitterte wie die Zähne des Schülers, der seinen geborenen Unterdrücker mit schrägem Blick betrachtet? Wie gut, nicht wahr; denn sie schmecken nach Essig. Wie die Tränen der Frau, die am meisten liebt; aber die Tränen des Kindes sind dem Gaumen schmackhafter. Es ist nicht verräterisch; denn es kennt das Böse noch nicht: sie, die am meisten liebt, übt früher oder später Verrat... ich errate es durch Analogie, denn ich weiß nicht, was Freundschaft, was Liebe ist (wahrscheinlich werde ich sie nie akzeptieren; zumindest nicht von seiten der menschlichen Rasse). Da also dein Blut und deine Tränen dir nicht widerlich sind, nähre dich, nähre dich vertrauensvoll von den Tränen und dem Blut des Jünglings. Verbinde ihm die Augen, während du sein zuckendes Fleisch zerreißt; und nachdem du lange Stunden seinen sublimen Schreien gelauscht hast, dem markerschütternden Röcheln gleich, das während der Schlacht aus den Kehlen der mit dem Tode ringenden Verwundeten dringt, dann, nachdem du dich wie eine Lawine entfernt hast, stürzt du aus dem Nebenzimmer herbei und tust, als eiltest du ihm zu Hilfe. Du löst die Fesseln seiner Hände, deren Nerven und Adern geschwollen sind, du machst seine irren Augen wieder sehend, während du von neuem seine Tränen und sein Blut leckst. Wie wahr ist dann die Reue! Der göttliche Funke, der in uns ist und so selten erscheint, zeigt sich; zu spät! Wie fließt das Herz über, den Unschuldigen, dem man weh getan hat, trösten zu können: »Jüngling, der du soeben grausame Schmerzen littest, wer hat denn an dir ein solches Verbrechen begangen, für das ich keine Worte finde! Du Unglücklicher! Wie mußt du leiden! Und wenn deine Mutter das wüßte, sie könnte dem Tode, der die Schuldigen so entsetzt, nicht näher sein als ich es jetzt bin. Ach! was ist denn das Gute, was ist das Böse? Ist es ein und dasselbe, wodurch wir in rasender Wut unsere Ohnmacht und die Leidenschaft bekunden, selbst mit den unsinnigsten Mitteln zur Unendlichkeit zu gelangen? Oder sind es zwei verschiedene Dinge? Ja... besser, es wäre ein und dasselbe... denn was würde sonst aus mir werden am Tage des Jüngsten Gerichts! Vergib mir, Jüngling; er, der vor deinem edlen, geheiligten Antlitz steht, hat deine Knochen zerbrochen und dein Fleisch zerrissen, das an mehreren Stellen deines Leibes herabhängt. Ist meine kranke Vernunft dem Wahnsinn verfallen, ist es ein geheimer Instinkt, auf den meine verständige Einsicht keinen Einfluß hat, dem Instinkt des Adlers gleich, der seine Beute zerfleischt, der mich zu diesem Verbrechen getrieben hat, und doch litt ich ebensosehr wie mein Opfer! Vergib mir Jüngling! Einmal diesem flüchtigen Leben entronnen, wollen wir uns in Ewigkeit umschlungen halten; nur noch ein Wesen sein, Mund auf Mund gepreßt. Selbst so wird meine Strafe unvollständig sein. Dann wirst du mich zerfleischen, mit Zähnen und Nägeln zugleich, ohne je von mir abzulassen. Ich werde meinen Leib mit duftenden Girlanden schmücken für dieses Sühneopfer; und beide werden wir leiden, ich, zerfleischt zu werden, du, mich zu zerfleischen... Mund auf Mund gepreßt. O, du blondhaariger Jüngling mit den so sanften Augen, wirst du jetzt tun, wozu ich dir rate? Selbst gegen deinen Willen sollst du es tun, und du wirst mein Gewissen beglücken.« Nach solchen Worten wirst du einem Menschenwesen Böses getan haben und zugleich von demselben Wesen geliebt werden: das höchste Glück, das man sich denken kann. Später kannst du ihn ins Krankenhaus bringen; denn der Lahme kann sein Leben nicht verdienen. Von dir wird man sagen, du seist gut, und Lorbeerkränze und Goldmedaillen werden deine nackten Füße verbergen und das große Grab mit dem Greisenantlitz bedecken. O du, dessen Namen ich hier nicht niederschreiben will, da diese Seite der Heiligkeit des Verbrechens geweiht ist, ich weiß, daß dein Verzeihen unermeßlich war wie das Weltall.

Ich aber, ich lebe noch!

[7] Ich habe einen Pakt mit der Prostitution geschlossen, um Zwietracht in den Familien zu säen. Ich erinnere mich der Nacht, die dieser gefährlichen Liebschaft vorausging. Ich sah vor mir ein Grab. Ich hörte einen Glühwurm, groß wie ein Haus, der zu mir sprach: »Ich werde dich erleuchten. Lies die Inschrift. Nicht von mir kommt dieser höchste Befehl.« Ein ungeheures blutfarbenes Licht, bei dessen Anblick meine Kiefer zusammenschlugen und meine Arme kraftlos herabsanken, verbreitete sich in den Lüften bis zum Horizont. Ich lehnte mich an eine zerfallene Mauer, denn

mir war, als müsse ich umfallen und ich las: »Hier ruht ein Jüngling, der an der Schwindsucht starb: ihr wißt warum. Betet nicht für ihn.« Viele Menschen hätten vielleicht nicht meinen Mut gehabt. Unterdessen kam eine schöne nackte Frau und legte sich zu meinen Füßen nieder. Ich zu ihr mit traurigem Antlitz: »Du kannst wieder aufstehen.« Ich reichte ihr die Hand, mit welcher der Brudermörder seine Schwester erwürgt. Der Glühwurm zu mir: »Nimm einen Stein und töte sie.« – »Warum?« sage ich ihm. Er zu mir: »Hüte dich, du der Schwächere, da ich der Stärkere bin. Diese hier heißt PROSTITUTION.« Tränen in den Augen, rasende Wut im Herzen, fühlte ich eine unbekannte Kraft in mir entstehen. Ich nahm einen riesigen Stein; nach mehreren Versuchen brachte ich ihn mit Mühe bis zur Höhe meiner Brust; mit den Armen hob ich ihn auf die Schultern. Ich stieg auf einen Berg bis zum Gipfel: von dort zerschmetterte ich den Glühwurm. Sein Haupt bohrte sich um die Größe eines Menschen in den Erdboden; der Stein schnellte wieder empor bis zur Höhe von sechs Kirchen. Er stürzte von neuem hinab in den See, dessen wirbelnde Wasser sich einen Augenblick senkten, während er einen ungeheuren, umgestülpten Kegel bohrte. Die Oberfläche glättete sich wieder; das blutige Licht leuchtete nicht mehr. »Wehe! wehe!« rief die schöne nackte Frau, »was hast du getan?« Ich zu ihr: »Ich ziehe dich ihm vor; weil ich Mitleid mit den Unglücklichen habe. Es ist nicht deine Schuld, wenn die ewige Gerechtigkeit dich geschaffen hat.« Sie zu mir: »Eines Tages werden die Menschen mich gerecht behandeln; mehr sage ich dir nicht. Laß mich gehen, um auf dem Grunde des Meeres meine nie endende Trauer zu verbergen. Nur du und die gräßlichen Ungeheuer, von denen es in jenen schwarzen Schlünden wimmelt, verachten mich nicht. Du bist gut. Adieu, du, der du mich geliebt hast!« Ich zu ihr: »Adieu! Noch einmal: Adieu! Ich werde dich immer lieben!...Von heute an gebe ich die Tugend auf.« Darum, o Völker, wenn ihr den Winterwind über das Meer und dessen Gestade, über die Großstädte, die längst um mich trauern, und über die kalten Polargebiete heulen hört, dann sagt: »Es ist nicht Gottes Geist, der vorüberzieht: es ist nur der schrille Seufzer der Prostitution mit dem tiefen Stöhnen des Montevideaners vereint.« Ich sage es euch, ihr Kinder. Kniet nieder, voller Erbarmen; und mögen die Menschen, zahlreicher als die Läuse, lange Gebete sprechen.

[8] Beim Schein des Mondes, nahe am Meer, sieht man, an einsa-

men Stellen der Landschaft, in bittere Gedanken versunken, alle Dinge gelbe, verschwommene, phantastische Gestalt annehmen. Der Schatten der Bäume gleitet, bald schnell, bald langsam, kommend und gehend in wechselnden Formen, sich flach an den Erdboden pressend. Einst, als ich auf den Flügeln der Jugend davonflog, schien mir dies seltsam und ließ mich träumen; jetzt bin ich daran gewöhnt. Der Wind seufzt durch die Blätter sein sehnendes Lied und die Eule klagt ihr tiefes Weh, so daß sich dem, der sie hört, die Haare sträuben. Da zerreißen die rasend gewordenen Hunde ihre Ketten und flüchten aus den entlegenen Höfen; sie laufen querfeldein, hierhin und dorthin, Beute des Wahnsinns. Plötzlich stehen sie still und blicken um sich, wild, unruhig und flammenden Auges; und den Elefanten in der Wüste gleich, die, bevor sie sterben, mit einem letzten Blick zum Himmel verzweifelt ihren Rüssel heben und die Ohren hängen lassen, so lassen auch die Hunde die Ohren hängen, heben das Haupt, blähen den furchtbaren Hals und heben an zu bellen, einer nach dem andern, wie ein Kind, das vor Hunger schreit, wie eine am Bauch verwundete Katze auf dem Dach, wie eine Frau in Wehen, wie ein Pestkranker, der im Spital im Sterben liegt, wie ein junges Mädchen, das eine erhabene Weise singt, wider die Sterne im Norden, wider die Sterne im Osten, wider die Sterne im Süden, wider die Sterne im Westen; wider den Mond, wider die Berge, die von fern an riesige, im Finstern liegende Felsen erinnern; wider die kalte Luft, die sie in vollen Zügen atmen und die das Innere ihrer Nüstern rot und brennend macht; wider das Schweigen der Nacht; wider die Nachteulen, die schrägen Fluges, eine Ratte oder einen Frosch im Schnabel, lebendige Nahrung so süß für die Jungen, ihre Schnauzen streifen; wider die Hasen, die im Nu vorbei sind; wider den Dieb, der nach einem Verbrechen mit galoppierendem Pferd entflieht; wider die das Heidekraut bewegenden Schlangen, die ihr Fell sich sträuben und ihre Zähne knirschen lassen; wider ihr eigenes Gebell, das ihnen selber Angst einjagt; wider die Kröten, die sie mit einem kurzen Hieb ihrer Kinnbacken zermalmen (warum haben sie das Moor verlassen?); wider die Bäume, deren träge sich wiegende Blätter so viele Geheimnisse sind, die sich nicht begreifen, die sie mit ihren unbeweglichen, intelligenten Augen ergründen wollen; wider die Spinnen, die an ihren langen Beinen hängend, sich auf die Bäume retten; wider die Raben, die tagsüber nichts zu fressen gefunden haben und mit müdem Flügel unter das schützende Dach zurückkehren, wider die Felsen am Ufer; wider die Feuer, die an den Masten unsichtbarer Schiffe erscheinen; wider den dumpfen Schlag der Wellen; wider die großen Fische, die schwimmend ihren schwarzen Rücken zeigen, dann in die Tiefe tauchen; und wider den Menschen, der sie versklavt. Darauf laufen sie von neuem querfeldein und springen mit blutigen Pfoten über Gräben, Wege, Felder, Gräser und spitze Steine. Als wären sie von Tollwut besessen, suchen sie einen großen Teich, um ihren Durst zu stillen. Ihr unablässiges Heulen entsetzt die Natur. Wehe dem verspäteten Wanderer! Die Freunde der Friedhöfe überfallen ihn, zerreißen ihn, fressen ihn mit bluttriefendem Maul; denn sie haben keine verfaulten Zähne. Die wilden Tiere wagen sich nicht heran, um an dem Fleischmahl teilzunehmen und flüchten zitternd ins Weite. Nach mehreren Stunden, zu Tode erschöpft vom Laufen kreuz und quer, die Zunge aus den Mäulern hängend, fallen die Hunde übereinander her, ohne zu wissen, was sie tun und zerreißen sich mit unglaublicher Geschwindigkeit in tausend Fetzen. Nicht aus Grausamkeit handeln sie so. Eines Tages sagte mir meine Mutter mit glasigem Auge: »Wenn du auf deinem Lager liegst und draußen im Feld die Hunde bellen hörst, dann verbirg dich unter der Decke und spotte ihrer nicht: sie haben unersättlichen Durst nach der Unendlichkeit, wie du, wie ich, wie alle Menschen mit bleichem, schmalem Gesicht. Ich erlaube dir sogar, dich ans Fenster zu stellen, um dieses Schauspiel zu betrachten, das nicht ohne Erhabenheit ist.« Seither achte ich den Wunsch der Toten. Auch ich, gleich den Hunden, sehne mich nach Unendlichkeit... Ich kann und kann dieses Sehnen nicht stillen! Ich bin der Sohn des Mannes und der Frau, so sagte man mir. Das wundert mich... ich glaubte mehr zu sein! Übrigens, was kümmert's mich, woher ich komme? Hätte mein Wille darüber bestimmen können, wäre ich lieber der Sohn der Haiin geworden, deren Hunger Freund der Stürme ist und des Tigers, dessen Grausamkeit jeder kennt: ich wäre nicht so böse. Ihr, die ihr mich anseht, weichet von mir, denn mein Atem hat einen giftigen Hauch. Noch hat keiner die grünen Furchen auf meiner Stirn gesehen; auch nicht die vorspringenden Knochen in meinem hageren Antlitz, großen Fischgräten gleich oder den Felsen am Meeresufer oder den abrupten Alpenbergen, die ich oft durchstreifte, als die Haare meines Hauptes noch von anderer Farbe waren. Und wenn ich in Gewitternächten, mit glühenden Augen, die Haare vom Sturmwind gepeitscht, die menschlichen Behausungen umschleiche, einsam wie ein Stein mitten auf dem Wege, bedecke ich mein entstelltes Antlitz mit einem Stück Samt, schwarz wie der Ruß im Innern der Kamine: die Augen sollen nicht Zeugen der Häßlichkeit sein, mit der das Höchste Wesen, lächelnd in seinem gewaltigen Haß, mich gezeichnet hat. Jeden Morgen, wenn für die andern die Sonne aufgeht, Freude und heilsame Wärme in der ganzen Natur verbreitend, dann, hinten in meiner geliebten Höhle hockend, jeder Zug meines Antlitzes unbewegt, den starren Blick auf die Finsternis des Raumes gerichtet, in einer Verzweiflung, die mich wie Wein berauscht, zerreiße ich mit meinen mächtigen Händen meine zerfetzte Brust. Dennoch fühle ich, daß ich nicht tollwütig bin! Dennoch fühle ich, daß ich nicht der einzige bin, der leidet! Dennoch fühle ich, daß ich atme! Einem Verurteilten gleich, der bald aufs Schafott steigen wird und seine Muskeln erprobt, über deren Schicksal er nachdenkt, stehe ich mit geschlossenen Augen auf meinem Lager aus Stroh und drehe langsam meinen Hals von rechts nach links, von links nach rechts, stundenlang; ich falle nicht tot um. Von Zeit zu Zeit, wenn mein Hals sich nicht mehr in gleicher Richtung drehen kann und innehält, um sich in entgegengesetzter Richtung zu drehen, sehe ich plötzlich den Horizont durch die wenigen Zwischenräume im dichten Gestrüpp, das den Eingang bedeckt: ich sehe nichts! Nichts... es sei denn Felder, im wirbelnden Tanz mit Bäumen und mit langen Vogelreihen, die durch die Lüfte ziehen. Das verwirrt mein Blut und mein Gehirn... Wer schlägt mir mit der Eisenstange auf den Kopf gleich einem Hammer, der den Amboß schlägt?

[9] Ich nehme mir vor, ohne Rührung mit lauter Stimme die ernste und kalte Strophe vorzutragen, die ihr hören werdet. Ihr aber, gebt acht auf das, was sie enthält und hütet euch vor dem schmerzlichen Eindruck, den sie unfehlbar in eurer aufgewühlten Phantasie hinterlassen wird gleich einem Stigma. Glaubt nicht, ich sei dem Sterben nahe, denn noch bin ich kein Skelett, und meine Stirn ist nicht vom Alter gezeichnet. Folglich weisen wir jeden Vergleich mit dem Schwan, im Moment, da sein Leben entflieht, zurück, und ihr seht vor euch ein Scheusal, dessen Antlitz euch zu meinem Glück verborgen bleibt; jedoch ist es weniger schrecklich, als seine Seele. Dennoch bin ich kein Verbrecher... Genug davon. Unlängst sah ich das Meer wieder und schritt über das Deck der Schiffe und meine Erinnerungen sind frisch als wäre es gestern gewesen.

Gleichwohl, seid, wenn ihr es könnt, genauso gefaßt wie ich bei dieser Lektüre, die ich schon bereue, euch anzubieten, und errötet nicht beim Gedanken an das, was das Menschenherz ist. O Krake mit dem seidenen Blick! du, dessen Seele von der meinen unzertrennlich ist; du, der schönste Bewohner des Erdballs, der einem Serail von vierhundert Saugnäpfen befiehlt; du, in dem die sanfte Tugend der Kommunikation und die göttlichen Grazien, einig und unzerstörbar verbunden, in edler Gemeinschaft beisammen wohnen, als wärest du ihre natürliche Residenz, warum bist du nicht bei mir, deinen Quecksilberleib an meine Aluminiumbrust gepreßt, beide auf einem Felsen am Ufer sitzend, um dieses Schauspiel zu betrachten, das ich verehre!

Alter Ozean mit den kritallenen Wogen, du gleichst proportional den azurblauen Flecken, die man auf dem zerschlagenen Rükken der Schiffsjungen sieht; du bist ein ungeheures Blau auf den Leib der Erde geschlagen: ich liebe diesen Vergleich. Darum geht bei deinem ersten Anblick ein weiter Hauch von Trauer über dich hinweg, den man für das Säuseln deiner sanften Brise halten könnte, unauslöschliche Spuren in der tief erschütterten Seele hinterlassend und du erinnerst deine Liebsten, ohne daß man sich dessen immer bewußt wird, an die rauhen Anfänge des Menschen, da er den Schmerz kennenlernt, der ihn nicht mehr verläßt. Ich grüße, dich alter Ozean!

Alter Ozean, deine harmonisch sphärische Gestalt, die das ernste Antlitz der Geometrie erfreut, erinnert mich nur zu sehr an die kleinen Augen des Menschen, in ihrer Winzigkeit denen des Wildschweins, und in der kreisförmigen Vollendung ihrer Konturen denen der Nachtvögel gleich. Und doch hielt sich der Mensch in allen Jahrhunderten für schön. Ich aber vermute vielmehr, daß der Mensch nur aus Eigenliebe an seine Schönheit glaubt; daß er aber nicht wirklich schön ist und daß er dies ahnt; denn warum betrachtet er das Antlitz seiner Mitmenschen mit soviel Verachtung? Ich grüße dich, alter Ozean!

Alter Ozean, du bist das Symbol der Identität: immer dir selber gleich. Im Grunde deines Wesens änderst du dich nicht, und wenn deine Wogen irgendwo in Aufruhr sind, dann sind sie in einer andern, ferneren Gegend in vollendeter Ruhe. Du gleichst nicht dem Menschen, der auf der Straße stehenbleibt, um zwei Bulldoggen zuzusehen, die sich an der Gurgel packen, der aber nicht stehenbleibt, wenn man einen Menschen zu Grabe trägt; der heute morgen zugänglich ist und heute abend schlechter Laune; der heute lacht und morgen weint. Ich grüße dich, alter Ozean!

Alter Ozean, es ist nicht unmöglich, daß du in deinem Schoß noch mancherlei birgst, was dem Menschen später von Nutzen sein könnte. Du hast ihm schon den Wal geschenkt. Du machst es den gierigen Augen der Naturwissenschaften nicht leicht, die tausend Geheimnisse deiner inneren Organisation zu erraten; du bist bescheiden. Der Mensch rühmt sich unaufhörlich um nichtiger Dinge willen. Ich grüße dich, alter Ozean!

Alter Ozean, die verschiedenen Fischarten, die du ernährst, haben einander nicht Brüderschaft geschworen. Jede Art lebt für sich. Temperament und Beschaffenheit, die bei jeder variieren, erklären zur Genüge, was zunächst nur eine Anomalie zu sein scheint. So ist es auch beim Menschen, der nicht die gleichen Entschuldigungsgründe hat. Wenn dreißig Millionen Menschenwesen ein Stück Erde bewohnen, so sehen sie sich genötigt, das Dasein ihrer Nachbarn nicht zu achten, die, Wurzeln gleich, im nächstgelegenen Erdreich haften. Vom großen bis zum kleinen hinunter, lebt jeder Mensch wie ein Wilder in seiner Höhle und geht selten hinaus, um seinen Mitmenschen zu besuchen, der wie er in einer anderen Höhle hockt. Die große universelle Menschheitsfamilie ist eine Utopie, der mittelmäßigsten Logik würdig. Zudem weckt der Anblick deiner fruchtbaren Brüste die Vorstellung der Undankbarkeit; denn man denkt sofort an jene zahlreichen Eltern, die sich dem Schöpfer gegenüber so undankbar erweisen, daß sie die Frucht ihrer elenden Verbindung verlassen. Ich grüße dich, alter Ozean!

Alter Ozean, deine materielle Größe läßt sich nur an der Vorstellung der tätigen Kraft ermessen, die dazu gehörte, die Gesamtheit deiner Masse zu erzeugen. Man kann dich nicht mit einem Blick umfassen. Um dich zu betrachten, muß das Auge sein Teleskop in dauernder Bewegung auf die vier Punkte des Horizontes richten, einem Mathematiker gleich, der zur Lösung einer algebraischen Gleichung die verschiedenen Möglichkeiten getrennt prüfen muß, bevor er die Schwierigkeit meistert. Der Mensch ißt nahrhafte Substanzen und macht andere Anstrengungen, die eines besseren Schicksals würdig wären, um fett zu erscheinen. Mag dieser reizende Frosch sich nur aufblasen, soviel er will. Sei beruhigt, er wird nie deinen Umfang erreichen; ich vermute es wenigstens. Ich grüße dich, alter Ozean!

Alter Ozean, deine Wasser sind bitter. Ihr Geschmack gleicht genau dem der Galle, welche die Kritik über die schönen Künste, über die Wissenschaft, über alles ergießt. Hat jemand Genie, wird er für einen Dummkopf gehalten; ist ein anderer schön von Gestalt, nennt man ihn buckliges Scheusal. Gewiß, der Mensch spürt gewaltig seine Unvollkommenheit, die er übrigens zu dreivierteln sich selbst zuzuschreiben hat, da er sie derartig tadelt! Ich grüße dich, alter Ozean!

Alter Ozean, den Menschen ist es trotz ihrer ausgezeichneten Methoden und mit Hilfe der wissenschaftlichen Forschungsmittel noch nicht gelungen, die schwindelnde Tiefe deiner Abgründe zu ermessen; du hast Tiefen, welche die längsten, die schwersten Lote als unergründlich anerkennen. Den Fischen... ist es erlaubt: den Menschen nicht. Oft habe ich mich gefragt, was leichter zu ergründen sei: die Tiefe des Ozeans oder die Tiefe des menschlichen Herzens! Oft stand ich, die Hand auf der Stirn, auf den Schiffen, während der Mond sich in unregelmäßigem Takt zwischen den Masten wiegte, und ich überraschte mich dabei, von allem abzusehen, was nicht das verfolgte Ziel betraf und mich zu bemühen, dieses schwierige Problem zu lösen! Ja, was von beiden ist tiefer, ist undurchdringlicher: der Ozean oder das menschliche Herz? Wenn dreißig Jahre Lebenserfahrung es bis zu einem gewissen Punkt vermögen, die Waagschale der einen oder der anderen dieser Lösungen zuneigen zu lassen, wird es mir erlaubt sein, zu sagen, daß der Ozean trotz seiner Tiefe, was diese Eigenschaft angeht, sich nicht mit der Tiefe des menschlichen Herzens vergleichen kann. Ich stand in Beziehung zu Menschen, die tugendhaft waren. Sie starben mit sechzig Jahren, und da war keiner, der nicht rief: »Sie haben Gutes auf dieser Erde getan, das heißt, sie haben Barmherzigkeit geübt: das ist alles, das ist kein Kunststück, das kann jeder.« Wer soll begreifen, warum zwei Liebende, die sich tags zuvor abgöttisch liebten, um eines mißverstandenen Wortes willen auseinandergehen, der eine nach Osten, der andere nach Westen und mit den Stacheln des Hasses, der Rachsucht, der Liebe und der Reue, jeder in seinen einsamen Stolz gehüllt, sich nicht mehr wiedersehen. Das ist ein Wunder, das täglich wiederkehrt und deshalb nicht weniger wunderbar ist. Wer soll begreifen, warum man nicht nur das allgemeine Unglück seiner Mitmenschen, sondern auch das besondere seiner liebsten Freunde genießt, während man sich gleichzeitig darüber grämt? Um die Reihe abzuschließen, ein unbestreitbares

Beispiel: der Mensch sagt heuchlerisch ja und denkt nein. Darum haben die Frischlinge der Menschheit so großes Vertrauen zueinander und sind nicht egoistisch. Die Psychologie hat noch viel zu lernen. Ich grüße dich, alter Ozean.

Alter Ozean, du bist so mächtig, daß die Menschen es auf eigene Kosten erfahren haben. Mögen sie noch so sehr alle ihre geistigen Hilfsquellen aufbieten... sie sind unfähig, dich zu beherrschen. Sie haben ihren Meister gefunden. Ich sage, daß sie etwas gefunden haben, was stärker ist als sie. Dieses Etwas hat einen Namen. Dieser Name ist: Ozean! Die Furcht, die du ihnen einflößt, ist so groß, daß sie dich respektieren. Trotzdem läßt du ihre schwersten Maschinen mit Grazie, Eleganz und Leichtigkeit tanzen. Du läßt sie gymnastische Sprünge bis zum Himmel und wunderbare Tauchstürze bis auf den Grund deiner Bereiche machen: ein Seiltänzer könnte eifersüchtig werden. Sie können sich glücklich schätzen, wenn du sie nicht endgültig in deine sprudelnden Gewänder gehüllt, ohne Eisenbahn in deine wässerigen Eingeweide beförderst, damit sie sich nach dem Befinden der Fische erkundigen und besonders nach ihrem eigenen Befinden. Der Mensch sagt: »Ich bin intelligenter als der Ozean.« Das ist möglich; das ist sogar beinahe wahr; aber der Ozean ist ihm gefährlicher als er dem Ozean: das braucht nicht bewiesen zu werden. Dieser beobachtende Patriarch, Zeitgenosse der ersten Epochen unseres schwebenden Erdballs, lächelt mitleidig, wenn er den Seeschlachten der Nationen zusieht. Da sind etwa hundert Leviathane, von Menschenhand geschaffen. Die emphatischen Befehle der Vorgesetzten, die Schreie der Verwundeten, die Kanonenschüsse, dieser ganze Lärm wird nur deshalb gemacht, um einige Sekunden auszulöschen. Dann scheint das Drama aus zu sein und der Ozean alles in seinen Bauch befördert zu haben. Das Maul ist furchtbar. Nach unten zu, in der Richtung des Unbekannten, muß es gewaltig sein. Als krönenden Schluß der stupiden Komödie, die nicht einmal interessant ist, sieht man mitten in der Luft einen aus Müdigkeit zurückgebliebenen Storch, der, ohne seinen Flug zu verlangsamen, krächzt: »Sieh da! ...ein schlechter Spaß! Dort unten waren schwarze Punkte; ich mache die Augen zu: weg sind sie.« Ich grüße dich, alter Ozean!

Alter Ozean, o großer Junggeselle, wenn du die feierliche Einsamkeit deiner phlegmatischen Reiche durcheilst, erfüllt dich gerechter Stolz über deine angeborene Herrlichkeit und über das wahre Lob, das ich dir eifrig spende. In Wollust gewiegt von dem sanften Fluidum deiner majestätischen Gelassenheit, die das grandioseste der Attribute ist, welche die Allmacht dir verliehen hat, rollst du inmitten eines dunklen Mysteriums mit dem ruhigen Gefühl deiner ewigen Macht, deine unvergleichlichen Wogen über deine ganze erhabene Oberfläche. Sie folgen parallel aufeinander, durch kurze Intervalle getrennt. Kaum verströmt die eine, so wächst die andere ihr entgegen, von dem melancholischen Geräusch des Schaumes begleitet, der sich auflöst, um uns zu sagen, daß alles Schaum ist. (So sterben die Menschenwesen, diese lebendigen Wogen, eins nach dem andern, in Monotonie, doch ohne schäumendes Geräusch zu hinterlassen.) Vertrauensvoll ruht der Zugvogel auf ihnen aus und gibt sich mit stolzer Anmut ihren Bewegungen hin, bis das Gerippe seiner Schwingen, mit neu gewonnener Kraft, seine fliegende Wallfahrt fortsetzen kann. Ich wünschte, die menschliche Majestät verkörperte auch nur einen Abglanz der deinen. Ich verlange viel, und dieser aufrichtige Wunsch ist ruhmvoll für dich. Deine moralische Größe, Ebenbild des Unendlichen, ist unermeßlich wie das Denken des Philosophen, wie die Liebe der Frau, wie die göttliche Schönheit des Vogels, wie die Meditationen des Dichters. Du bist schöner als die Nacht. Antworte mir, Ozean, willst du mein Bruder sein? Bewege dich mit Ungestüm... heftiger... noch heftiger... wenn du willst, daß ich dich mit der Rache Gottes vergleiche; strecke deine fahlen Krallen aus und bahne dir einen Weg zu deiner eigenen Brust... gut so. Rolle deine entsetzlichen Wogen, abscheulicher Ozean, den ich allein begreife und zu dessen Füßen ich niedersinke. Die Majestät des Menschen ist unecht: er kann mich nicht beeindrucken: du, ja. Oh! wenn du heranbraust, mit hohem furchtbarem Wogenkamm, von deinen wirbelnden Wassertälern umgeben wie von einem wilden, magnetischen Hof, deine Wellen übereinander wälzend im Bewußtsein dessen, was du bist, während du aus den Tiefen der Brust wie von heftiger, nicht zu ergründender Reue gequält, unaufhörlich jenes dumpfe Gebrüll ausstößt, das die Menschen so fürchten, selbst, wenn sie dich zitternd vom sicheren Ufer betrachten, dann erkenne ich, daß mir das Vorrecht, mich deinesgleichen zu nennen, nicht zukommt. Darum würde ich dir im Bewußtsein deiner Überlegenheit meine ganze Liebe schenken (und niemand weiß, welche Menge an Liebe mein Streben zum Schönen enthält), wenn du mich nicht schmerzlich an meine Mitmenschen gemahntest, die den hohnvollsten Gegensatz zu dir bilden, die possierlichste Antithese, die je in der Schöpfung gesehen wurde: ich kann dich nicht lieben, ich hasse dich. Warum kehre ich zum tausendstenmal zu dir zurück, in deine Freundesarme, die sich öffnen, um meine brennende Stirn zu streicheln, deren Fieber bei dieser Berührung verschwindet! Ich kenne dein verborgenes Schicksal nicht; alles, was dich betrifft, interessiert mich. Sage mir also, ob du die Wohnung des Höllenfürsten bist. Sage es mir... sage es mir, Ozean (mir allein, um jene nicht zu betrüben, die bisher nur Illusionen kennen), und ob es der Atem Satans ist, der die Stürme erzeugt, die deine salzigen Wasser bis in die Wolken schleudern. Du mußt es mir sagen, weil ich mich freuen würde, die Hölle dem Menschen so nahe zu wissen. Dies soll die letzte Strophe meines Anrufes sein. Darum, ein einziges Mal noch will ich dich grüßen und dir Lebewohl sagen! Alter Ozean, mit den kristallenen Wogen... Meine Augen füllen sich mit reichlichen Tränen, und es fehlt mir an Kraft, um fortzufahren; denn ich fühle, der Augenblick ist gekommen, da ich zu den brutal aussehenden Menschen zurückkehren muß; aber... Mut! Nehmen wir unsere ganze Kraft zusammen und vollenden wir mit dem Gefühl der Pflicht unser Schicksal auf Erden. Ich grüße dich, alter Ozean!

[10] In meiner letzten Stunde (ich schreibe dies auf meinem Sterbebett) wird man mich nicht von Priestern umgeben sehen. Ich will sterben von der stürmischen Woge des Meeres gewiegt oder auf dem Berge stehend... die Augen aufwärts gerichtet, nein: ich weiß, daß meine Vernichtung total sein wird. Übrigens hätte ich auf keine Gnade zu hoffen. Wer öffnet die Tür meiner Totenkammer? Ich hatte gesagt, es dürfe niemand herein. Wer ihr auch seid, entfernt euch; aber wenn ihr ein Zeichen von Schmerz oder Furcht auf meinem Hyänenantlitz zu sehen glaubt (ich benutze diesen Vergleich, obwohl die Hyäne schöner ist als ich und angenehmer zu betrachten), dann seht euren Irrtum ein: er trete näher. Wir sind in einer Winternacht, da die Elemente von allen Seiten aufeinanderprallen, da der Mensch sich fürchtet und der Jüngling einem Verbrechen an einem Freunde nachsinnt, wenn er das ist, was ich in meiner Jugend war. Möge der Wind, dessen klagendes Heulen die Menschheit betrübt, seit es den Wind und die Menschheit gibt, mich kurz vor dem letzten Todeskampf auf dem Skelett seiner Schwingen durch die Welt tragen, ungeduldig meinen Tod erwartend. Selbst dann werde ich mich noch insgeheim an den zahlrei-

chen Beispielen menschlicher Bosheit erfreuen (ein Bruder sieht gern den Taten seiner Brüder zu, ohne selbst gesehen zu werden). Der Adler, der Rabe, der unsterbliche Pelikan, die wilde Ente, der wandernde Kranich, wach und zitternd vor Kälte, werden mich im Schein der Blitze vorüberziehen sehen, furchtbares und zufriedenes Gespenst. Sie wissen nicht, was dies bedeutet. Auf Erden die Viper, das dicke Krötenauge, der Tiger, der Elefant; im Meer der Wal, der Hai, der Hammerfisch, der unförmige Rochen, der Zahn des polaren Seehunds, werden sich fragen, was es mit dieser Abweichung vom Naturgesetz auf sich hat. Zitternd und wehklagend wird der Mensch seine Stirn auf die Erde pressen. »Ja, ich übertreffe euch alle durch meine angeborene Grausamkeit, sie auszulöschen stand nicht in meiner Macht. Ist dies der Grund, daß ihr euch kniend vor mir zeigt? Oder weil ihr mich, ein neues Phänomen, einem furchtbaren Kometen gleich, den blutbesudelten Raum durcheilen seht? (Aus meinem großen Leib regnet es Blut, einer schwärzlichen Wolke gleich, die der Orkan vor sich hertreibt.) Fürchtet nichts, Kinder, ich will euch nicht fluchen. Das Böse, das ihr mir getan habt, ist zu groß, zu groß das Böse, das ich euch tat, als daß es mit Willen geschehen sein könnte. Ihr seid euren Weg gegangen, ich den meinen, beide gleich, beide verderbt. Bei solcher Gleichheit des Charakters mußten wir uns notwendigerweise begegnen; der Zusammenprall, der dabei erfolgte, wurde uns gegenseitig zum Verhängnis.« Dann heben die Menschen allmählich wieder das Haupt, ihr Mut kehrt zurück, sie recken den Hals wie die Schnecke, um den zu sehen, der so spricht. Plötzlich verzerrt sich ihr fieberglühendes, von furchtbaren Leidenschaften entstelltes Antlitz so heftig, daß es den Wölfen Angst einjagt. Sie schnellen alle zugleich empor wie eine ungeheure Sprungfeder. Welch furchtbare Flüche! Welch herzzerreißendes Geschrei! Sie haben mich erkannt. Jetzt verbünden sich die Tiere der Erde mit den Menschen und lassen ihr wunderliches Heulen vernehmen. Kein gegenseitiger Haß mehr; beider Haß wendet sich gegen den gemeinsamen Feind, gegen mich; durch ein universelles Einverständnis kommt man einander näher. Winde, die ihr mich tragt, hebt mich höher empor; ich fürchte die Hinterlist. Ja, entschwinden wir nach und nach ihren Augen, wieder einmal völlig befriedigter Zeuge dessen, was aus den Leidenschaften entsteht... Ich danke dir, o Rinolophus, mich mit deinem Flügelschlag geweckt zu haben, du, auf dessen Nase sich ein Kamm in Hufeisenform erhebt:

tatsächlich bemerke ich, daß es leider nur eine vorübergehende Krankheit war und mit Ekel fühle ich mich zu neuem Leben erwachen. Einige sagen, du wärest zu mir gekommen, um mir das wenige Blut auszusaugen, das mein Körper enthält: warum ist diese Hypothese nicht Wirklichkeit!

[11] Eine Familie umringt eine Lampe, die auf dem Tisch steht:

– Mein Sohn, gib mir die Schere, die auf dem Stuhl dort liegt.

– Da liegt keine Schere, Mutter.

– Dann suche sie im anderen Zimmer. Erinnerst du dich der Zeit, mein sanfter Gebieter, als wir uns ein Kind wünschten, in dem wir zum zweiten Male geboren würden und das die Stütze unseres Alters wäre?

– Ich erinnere mich, und Gott hat unsere Bitte erhört. Wir können uns nicht über unser Erdenlos beklagen. Jeden Tag segnen wir die Vorsehung für ihre Wohltaten. Unser Eduard hat die ganze Anmut seiner Mutter.

– Und die Männlichkeit seines Vaters.

– Hier ist die Schere, Mutter; ich habe sie endlich gefunden.

Er nimmt seine Arbeit wieder auf... Aber jemand ist an der Haustür erschienen und betrachtet eine Weile das Bild, das sich seinen Augen bietet:

– Was hat dieser Anblick zu bedeuten! Viele Leute sind weniger glücklich als diese. Womit begründen sie ihre Liebe zum Dasein? Verlasse dieses friedliche Heim, Maldoror; dein Platz ist nicht hier.

Er ist fortgegangen!

– Ich weiß nicht, wie es kommt; aber in meinem Herzen tobt ein Kampf zwischen den menschlichen Trieben. Meine Seele ist unruhig und ohne zu wissen, warum; die Luft ist schwer.

– Frau, ich habe das gleiche Gefühl wie du; ich zittere, als drohe uns Unglück. Vertrauen wir auf Gott; in ihm ist die höchste Hoffnung.

– Mutter, ich atme so schwer; der Kopf tut mir weh.

– Auch du, mein Sohn! Ich werde dir die Stirn und die Schläfen mit Essig befeuchten.

– Nein, gute Mutter.

Seht, er stützt seinen müden Körper an die Stuhllehne.

– Etwas Unerklärliches geht in mir vor. Jetzt ist mir der geringste Gegenstand im Wege.

– Wie blaß du bist! Bevor dieser Abend zu Ende geht, wird ein Unglück uns alle drei in den See der Verzweiflung stürzen!

Ich höre in der Ferne lange, herzzerreißende Schmerzensschreie.

– Mein Sohn!

– Ach! Mutter! ...ich fürchte mich!

– Schnell, sage mir, ob du leidest.

– Mutter, ich leide nicht... Ich sage nicht die Wahrheit.

Der Vater kann sich vor Staunen nicht fassen:

– Solche Schreie hört man manchmal in der Stille sternenloser Nächte. Aber wenn man sie auch hört, so ist doch der, welcher schreit, nicht in unserer Nähe; denn aus drei Meilen Entfernung hört man diese Klagen, die der Wind von Stadt zu Stadt trägt. Man hatte mir oft von diesem Phänomen erzählt; aber ich habe nie Gelegenheit gehabt, selbst seine Richtigkeit zu prüfen, Frau, du sprachst mir von Unglück; wenn es in der langen Spirale der Zeit ein Unglück gäbe, das wirklicher wäre, so ist es das Unglück dessen, der jetzt den Schlaf seiner Mitmenschen stört...

Ich höre fernher lange, herzzerreißende Schmerzensschreie.

– Gebe der Himmel, daß seine Geburt kein Unheil für sein Land sei, das ihn aus seinem Schoß verstoßen hat. Er zieht von Land zu Land, überall Abscheu erweckend. Die einen sagen, er sei von Kind auf mit einer Art erblichem Wahnsinn belastet. Andere glauben zu wissen, er sei von extremer und instinktiver Grausamkeit, deren er sich selber schäme, und seine Eltern seien aus Schmerz darüber gestorben. Manche behaupten, man habe ihm in seiner Jugend einen Schimpfnamen gegeben; darüber sei er für den Rest seines Daseins untröstlich geblieben, denn seine verletzte Würde habe darin einen offenbaren Beweis menschlicher Bosheit gesehen, die sich in den ersten Jahren zeigt und in der Folge zunimmt. Dieses Schimpfwort lautete VAMPIR!...

Ich höre in der Ferne lange, herzzerreißende Schmerzensschreie.

– Sie sagen auch, daß furchtbare Angstträume ihm Tag und Nacht, ohne Rast und Ruhe, das Blut aus Mund und Ohren treiben; und daß Gespenster sich zu ihm ans Bett setzen und ihm unabsichtlich, von unbekannter Macht getrieben, bald mit sanfter, bald mit einer wie Schlachtenlärm tosenden Stimme diesen immer lebendigen, immer scheußlichen Schimpfnamen mit schonungsloser Beharrlichkeit ins Gesicht schleudern, der erst mit dem Weltall untergehen wird. Einige behaupten sogar, die Liebe habe ihn in diesen Zustand versetzt; oder diese Schreie seien Ausdruck der Reue über irgendein Verbrechen, das in der Nacht einer geheimnisvollen Vergangenheit begraben liegt. Aber die meisten glauben, er werde von unermeßlichem Hochmut gefoltert, wie einst Satan, und er wolle es Gott gleichtun...

Ich höre in der Ferne lange, herzzerreißende Schmerzensschreie.

– Mein Sohn, dies sind ungewöhnlich vertrauliche Mitteilungen; ich beklage dein Alter, sie gehört zu haben, und ich hoffe, du wirst diesen Menschen nie nachahmen. Sprich, o mein Eduard; antworte, daß du diesen Menschen nie nachahmen wirst.

– O heißgeliebte Mutter, der ich das Leben verdanke, ich verspreche dir, wenn das heilige Versprechen eines Kindes von Wert sein kann, daß ich diesen Menschen nie nachahmen werde.

– Das ist recht, mein Sohn; man muß seiner Mutter in allem, was es auch sei, gehorchen.

Die Schmerzensschreie sind nicht mehr zu hören.

– Frau, hast du deine Arbeit beendet?

– Einige Stiche fehlen noch an diesem Hemd, obwohl wir lange wach geblieben sind.

– Auch ich habe ein begonnenes Kapitel nicht beendet. Nutzen wir den letzten Schein der Lampe; jeder vollende seine Arbeit, denn das Öl ist fast verbraucht....

Das Kind hat gerufen: – Wenn Gott uns leben läßt!

– Strahlender Engel, komm zu mir; du kannst von morgens bis abends auf der Wiese spazierengehen; du brauchst nicht zu arbeiten. Mein herrlicher Palast hat Mauern aus Silber, Säulen aus Gold und Tore aus Diamanten. Du kannst schlafen gehen, wann du magst, vom Klang himmlischer Musik begleitet, ohne dein Gebet zu sprechen. Wenn morgens die Sonne in herrlichen Strahlen aufgeht und die fröhliche Lerche ihren Triller hinaufträgt ins unendliche Blau, kannst du im Bett bleiben, bis es dich müde macht. Du wirst über kostbarste Teppiche schreiten; die Luft, die du atmest, wird dauernd von den duftenden Essenzen wohlriechender Blumen erfüllt sein.

– Es ist Zeit, daß Körper und Geist sich zur Ruhe begeben. Erhebe dich, Mutter der Familie, auf deine muskelstarken Fesseln. Es ist nur gerecht, daß deine steifen Finger die Nadel übertriebener Arbeit niederlegen. Extreme haben nichts Gutes.

– O! wie lieblich wird dein Leben sein! Ich schenke dir einen Zauberring; eine Drehung seines Rubins macht dich unsichtbar wie die Prinzessin in den Märchen.

– Lege deine täglichen Waffen in den schützenden Schrank zurück, während auch ich meine Sachen ordne.

– Bringst du ihn in seine vorige Lage zurück, wirst du wieder in deiner natürlichen Gestalt erscheinen, o junger Zauberer. Dies, weil ich dich liebe und weil ich bestrebt bin, dein Glück zu machen.

– Geh fort, wer du auch seist; fasse meine Schultern nicht an.

– Mein Sohn, schlafe nicht ein, laß dich nicht von den Träumen der Kindheit wiegen; das gemeinsame Gebet hat nicht begonnen und noch sind deine Kleider nicht mit Sorgfalt auf einen Stuhl gelegt... Kniet nieder! Ewiger Schöpfer des Weltalls, du zeigst deine unendliche Güte bis in die kleinsten Dinge.

– Liebst du denn nicht die kristallklaren Bäche, in denen sich Tausende roter, blauer, silberner Fischchen tummeln? Du wirst sie mit einem Netz fangen, so schön, daß sie von selbst hineingehen, bis es voll ist. Vom Wasserspiegel aus wirst du blitzende Kiesel sehen, glatter als Marmor.

– Mutter, sieh diese Krallen; ich traue ihm nicht; aber mein Gewissen ist ruhig, denn ich habe mir nichts vorzuwerfen.

– Du siehst uns anbetend dir zu Füßen, vom Gefühl deiner Größe beklommen. Schleicht sich ein hochmütiger Gedanke in unsere Phantasie, so geben wir ihn sofort mit dem Speichel der Verachtung wieder von uns und bringen ihn dir zum sühnelosen Opfer.

– Du wirst dort mit kleinen Mädchen baden, die dich mit ihren Armen umschlingen. Wenn du aus dem Bade steigst, werden sie dir Kränze aus Rosen und Nelken winden. Sie haben durchsichtige Schmetterlingsflügel und lang gelocktes Haar, das die Lieblichkeit ihrer Stirn umweht.

– Und wäre dein Palast schöner als Kristall, ich würde dieses Haus nicht verlassen, um dir zu folgen. Ich glaube, du bist nur ein Betrüger, da du so leise zu mir sprichst, aus Furcht gehört zu werden. Seine Eltern zu verlassen ist eine schlechte Tat. Ich bin kein undankbarer Sohn. Was deine kleinen Mädchen angeht, so sind sie nicht so schön wie die Augen meiner Mutter.

– Unser ganzes Leben hat sich in Hymnen deines Ruhmes erschöpft. So waren wir bisher, so werden wir bleiben bis zu dem Augenblick, da du uns befehlen wirst, diese Erde zu verlassen.

– Sie werden dir auf dein leisestes Zeichen gehorchen und nur daran denken, dir zu gefallen. Wenn du den Vogel begehrst, der nie ausruht, werden sie ihn dir bringen. Wenn du den Schneewagen begehrst, der dich in einem Augenblick zur Sonne trägt, werden sie ihn dir bringen. Was würden sie dir nicht bringen! Sie würden dir sogar den Drachen bringen, groß wie ein Turm, den man im Mond versteckt hält und an dessen Schweif Vögel aller Art an seidenen Bändern hängen. Gib acht auf dich… höre meinen Rat.

– Tu was du willst; ich rufe nicht um Hilfe, um das Gebet nicht zu unterbrechen. Wenn auch dein Leib sich in Nebel auflöst, sobald ich ihn wegstoßen will, wisse, daß ich dich nicht fürchte.

– Vor dir ist nichts groß, es sei denn die Flamme, die sich aus einem reinen Herzen erhebt.

– Bedenke, was ich dir sagte, wenn du es nicht bereuen willst.

– Himmlischer Vater, beschwöre, beschwöre das Unglück, das über unsere Familie hereinzubrechen droht.

– Willst du denn nicht weichen, böser Geist?

– Bewahre diese geliebte Gattin, die mich tröstete, wenn ich mutlos war.

– Da du mich zurückstößt, sollst du weinen und mit den Zähnen klappern wie ein Gehenkter.

– Und diesen liebreichen Sohn, dessen keusche Lippen sich kaum den Küssen der Morgenröte des Lebens geöffnet haben.

– Mutter, er erwürgt mich… Vater, hilf mir… Ich kann nicht mehr atmen… Euern Segen!

Ein Schrei von ungeheuerlichem Hohn hat sich in die Lüfte erhoben. Seht, wie die Adler betäubt von der Höhe der Wolken herabfallen, sich selbst überschlagend, buchstäblich von der Luftsäule erschlagen.

– Sein Herz schlägt nicht mehr… Und auch sie ist tot, zugleich mit der Frucht ihres Schoßes, Frucht, die ich nicht mehr erkenne, so ist sie entstellt… Mein Weib!… Mein Sohn!… Ich erinnere mich einer fernen Zeit, da ich Gatte und Vater war.

Vor dem Bild, das sich seinen Augen bot, glaubte er, diese Ungerechtigkeit nicht ertragen zu können. Wenn die Macht wirkt, die ihm die Höllengeister verliehen haben oder die er vielmehr aus sich selber zieht, so sollte dieses Kind, bevor die Nacht zu Ende ging, nicht mehr sein.

[12] Er, der nicht weinen kann (denn er hat das Leid immer nach

innen verdrängt), bemerkte, daß er sich in Norwegen befand. Auf den Färöer-Inseln war er zugegen, als man in den steilen Felsspalten nach Meervogelnestern suchte, und er wunderte sich, daß das dreihundert Meter lange Seil, das den Forscher über dem Abgrund hält, von solcher Haltbarkeit gewählt worden war. Was man auch sagen mag, er sah darin ein auffallendes Beispiel menschlicher Güte, und er traute seinen Augen nicht. Wäre er mit der Vorbereitung des Seiles beauftragt worden, hätte er es an mehreren Stellen eingekerbt, damit es zerreiße und den Jäger ins Meer stürze! Eines Abends wandte er sich dem Friedhof zu und die Jünglinge, denen es Vergnügen bereitet, die Leichen kürzlich verstorbener schöner Frauen zu schänden, hätten folgende Unterhaltung mit anhören können, die sich im Bild einer Handlung verlor, welche sich zugleich abspielen wird.

– Nicht wahr, Totengräber, du möchtest gern mit mir plaudern? Ein Pottfisch taucht langsam aus der Tiefe des Meeres empor und hebt sein Haupt über die Fluten, um das Schiff zu sehen, das durch diese einsamen Gewässer zieht. Die Neugier wurde mit dem Weltall geboren.

– Freund, es ist mir unmöglich, Gedanken mit dir auszutauschen. Schon längst lassen die sanften Strahlen des Mondes den Marmor der Gräber erschimmern. Dies ist die stille Stunde, da so manchem Menschenwesen im Traum Frauen in Ketten erscheinen, ihre Leichentücher schleppend, mit Blut befleckt wie ein schwarzer Himmel mit Sternen. Er, der schläft, stößt Seufzer aus wie ein zum Tode Verurteilter, bis er erwacht und merkt, daß die Wirklichkeit dreimal schlimmer ist als der Traum. Mit meiner unermüdlichen Schaufel muß ich dieses Grab zu Ende graben, damit es morgen früh bereit sei. Um ernsthafte Arbeit zu leisten, darf man nicht zwei Dinge zugleich tun.

– Er glaubt, es sei eine ernsthafte Arbeit, ein Grab zu graben! Du glaubst, ein Grab zu graben, sei eine ernsthafte Arbeit!

– Wenn der wilde Pelikan beschließt, seinen Jungen die eigene Brust zu fressen zu geben und als Zeugen nur den hat, der den Menschen zur Schande, eine solche Liebe zu schaffen wußte, so ist diese Tat verständlich, wenn auch das Opfer groß ist. Wenn ein junger Mann eine Frau, die er abgöttisch liebte, in den Armen seines Freundes sieht, dann zündet er sich eine Zigarre an; er geht nicht aus dem Haus und schließt unlösbare Freundschaft mit dem Schmerz; diese Tat ist verständlich. Wenn ein Internatsschüler eines Gymnasiums Jahre hindurch, die Jahrhunderte sind, von morgens bis abends, von abends bis zum folgenden Tag von einem Paria der Zivilisation regiert wird, der ihn nicht aus den Augen läßt, so fühlt er, wie ihm stürmische Fluten heftigen Hasses gleich dikkem Rauch ins Gehirn steigen, das nahe am Zerspringen ist. Seit man ihn ins Gefängnis warf bis zu dem nahenden Augenblick seiner Befreiung, macht ein starkes Fieber sein Angesicht gelb, gräbt Falten in seine Stirn und höhlt ihm die Augen. Nachts grübelt er, weil er nicht schlafen will. Tags schwingt sich sein Geist über die Mauern der Verdummungsstätte, bis zu dem Augenblick, da er ausbricht oder aus diesem ewigen Kloster wie ein Pestkranker hinausgeworfen wird; diese Tat ist verständlich. Ein Grab zu graben übersteigt oft die natürlichen Kräfte. Wie soll die Hacke diese Erde umwühlen, Fremdling, die uns zuerst ernährt, uns dann ein bequemes Bett schenkt, geschützt vor dem in diesen kalten Regionen wild blasenden Winterwind, wenn er, der die Hacke in seinen zitternden Händen hält, nachdem er tagsüber die Wangen der einst Lebendigen und jetzt in sein Königreich Zurückkehrenden krampfhaft betastet hat, abends vor sich auf jedem Holzkreuz in flammenden Lettern das furchtbare Rätsel geschrieben sieht, das die Menschheit noch nicht gelöst hat: Sterblichkeit oder Unsterblichkeit der Seele.

Ich habe dem Schöpfer des Weltalls immer meine Liebe bewahrt; aber wenn wir nach dem Tode nicht mehr existieren sollten, warum sehe ich dann in den meisten Nächten, wie jedes Grab sich öffnet und seine Bewohner behutsam die Bleideckel heben, um frische Luft zu schöpfen.

– Höre auf zu arbeiten. Die Erregung nimmt dir die Kraft; du scheinst mir schwach wie ein Schilfrohr; es wäre heller Wahnsinn, weiterzugraben. Ich bin stark; ich werde dich vertreten. Du, tritt beiseite; du wirst mir Rat erteilen, wenn ich es nicht gut mache.

– Wie muskulös seine Arme sind, und welche Freude, ihn mit solcher Leichtigkeit die Erde umgraben zu sehen!

– Kein unnützer Zweifel darf dein Denken quälen: alle diese Gräber, die auf dem Friedhof verstreut liegen wie Blumen auf einer Wiese, ein Vergleich, dem es an Wahrheit fehlt, sind würdig, mit dem klaren Zirkel des Philosophen gemessen zu werden. Die gefährlichen Halluzinationen können am Tage kommen, aber sie kommen vor allem des Nachts. Also wundere dich nicht über phantastische Visionen, die deine Augen wahrzunehmen scheinen.

Tagsüber, wenn der Geist ruht, befrage dein Gewissen; es wird dir mit Sicherheit sagen, daß Gott, der den Menschen mit einem Tüpfelchen seiner eigenen Intelligenz geschaffen hat, von grenzenloser Güte ist und nach dem irdischen Tode dieses Meisterwerk in seinem Schoß empfangen wird. Warum weinst du, Totengräber? Warum diese Tränen, gleich denen eines Weibes? Erinnere dich wohl; wir sind auf diesem entmasteten Schiff um zu leiden. Es ist verdienstvoll für den Menschen, daß Gott ihn für fähig erachtet hat, seine schwersten Leiden zu besiegen. Sprich, und da es dein teuerster Wunsch ist, nicht leiden zu müssen, sage, worin dann die Tugend besteht, ein Ideal, das zu erreichen sich jeder bemüht, wenn deine Zunge wie die anderer Menschen beschaffen ist?

– Wo bin ich? Ist mein Wesen nicht verändert? Ich spüre einen gewaltigen Hauch des Trostes meine aufgeheiterte Stirn berühren wie der Frühlingswind die Hoffnung der Greise belebt. Wer ist dieser Mensch, dessen sublime Sprache Dinge sagte, die der erste beste nicht ausgesprochen hätte? Welch schöne Musik in der unvergleichlichen Melodie seiner Stimme? Ich höre ihn lieber sprechen als andere singen. Indessen, je länger ich ihn betrachte, desto weniger offen scheint mir sein Antlitz. Der allgemeine Ausdruck seiner Züge steht in seltsamem Kontrast zu diesen Worten, die Gottes Liebe allein hat inspirieren können. Seine Stirn, von einigen Furchen gezeichnet, trägt ein unauslöschliches Stigma. Ist dieses Stigma, das ihn vorzeitig altern ließ, würdig oder infam? Dürfen seine Runzeln mit Ehrfurcht betrachtet werden? Ich weiß es nicht und ich fürchte mich, es zu wissen. Obgleich er sagt, was er nicht denkt, glaube ich doch, daß er, getrieben von den letzten Fetzen einer in ihm zerstörten Barmherzigkeit, Gründe hat, so zu handeln wie er es tat. Er ist in Meditationen vertieft, die mir unbekannt sind, und mit doppeltem Eifer setzt er die schwere Arbeit fort, die ihm ungewohnt ist. Der Schweiß näßt seine Haut; er merkt es nicht. Er ist trauriger als die Gefühle, die der Anblick eines Kindes in der Wiege einflößt. O! wie düster er ist!... Woher kommst du!... Fremdling, erlaube, daß ich dich berühre und daß meine Hände, die selten die der Lebenden ergreifen, sich auf den Adel deines Leibes legen. Was auch daraus entstehen mag, so werde ich wissen, woran ich bin. Diese Haare sind die schönsten, die ich je in meinem Leben berührt habe. Wer hätte die Kühnheit zu bestreiten, daß ich nicht über die Qualität der Haare Bescheid wüßte?

– Was willst du von mir, wenn ich ein Grab grabe? Der Löwe

wünscht nicht gereizt zu werden, wenn er frißt. Wenn du es nicht weißt, dann lernst du es von mir. Los, beeile dich; erfülle deinen Wunsch.

– Was bei meiner Berührung erschauert, indem es mich selbst erschauern läßt, ist zweifellos fleischlich. Es ist wahr... ich träume nicht! Wer bist du nur, der du dich niederbeugst, um ein Grab zu graben, während ich nichts tue, einem Faulenzer gleich, der das Brot der andern ißt? Es ist Zeit zu schlafen oder seine Ruhe der Wissenschaft zu opfern. Jedenfalls ist niemand mehr seinem Hause fern und jeder hütet sich, die Tür offen zu lassen, damit die Diebe nicht eindringen können. Er schließt sich in sein Zimmer ein so gut er kann, während es der Asche des alten Kamins noch gelingt, den Saal in einen Hauch von Wärme zu hüllen. Du aber handelst nicht wie die andern; deine Kleider lassen auf den Bewohner eines fernen Landes schließen.

– Zwar bin ich nicht müde, aber es ist unnötig, das Grab noch tiefer zu graben. Jetzt kleide mich aus; dann lege mich hinein.

– Die Unterhaltung, die wir beide seit einer Weile führen, ist so seltsam, daß ich nicht weiß, was ich dir antworten soll... Ich glaube, er will lachen.

– Ja, ja, es ist wahr, ich wollte lachen; achte nicht mehr auf das, was ich sagte.

Er ist zusammengebrochen, und der Totengräber hat sich beeilt, ihn zu stützen. – Was hast du?

– Ja, ja, es ist wahr, ich habe gelogen... ich war müde, als ich die Hacke beiseite legte... ich verrichtete zum erstenmal solche Arbeit... achte nicht mehr auf das, was ich sagte.

– Meine Meinung festigt sich mehr und mehr: dies ist jemand, der furchtbares Leid erduldet. Möge der Himmel mich davon abbringen, ihn auszufragen. Lieber will ich in Ungewißheit verharren, so groß ist das Mitleid, das er mir einflößt. Auch würde er mir nicht antworten wollen, das ist sicher: in solch anormalem Zustand sein Herz ausschütten, heißt doppelt leiden.

– Laß mich hinaus aus diesem Friedhof; ich will weiter wandern.

– Deine Beine tragen dich nicht; du würdest dich unterwegs verirren. Es ist meine Pflicht, dir ein grobes Lager anzubieten; ein anderes habe ich nicht. Vertraue mir; denn die Gastfreundschaft fordert durchaus keine Vergewaltigung deiner Geheimnisse.

– O ehrwürdige Laus, du, mit dem Leib ohne Flügeldecken, eines Tages warfst du mir mißmutig vor, deine sublime Intelligenz nicht genügend zu lieben, die sich nicht entziffern läßt; vielleicht hattest du recht, da ich nicht einmal für diesen hier Dankbarkeit empfinde. Fanal des Maldoror, wohin lenkst du seine Schritte?

– Zu mir. Ob du ein Verbrecher bist, der die Vorsichtsmaßregel außer acht ließ, seine rechte Hand nach dem Verbrechen mit Seife zu waschen, was durch die Besichtigung dieser Hand leicht zu erkennen ist, oder ein Bruder, der seine Schwester verloren hat oder ein entthronter Monarch auf der Flucht aus seinen Königreichen, mein wahrhaft grandioser Palast ist würdig, dich zu empfangen. Er wurde nicht aus Diamanten und Edelsteinen errichtet, denn es ist nur eine arme, schlecht gebaute Hütte; aber diese berühmte Hütte hat eine historische Vergangenheit, die in der Gegenwart erneuert und unablässig fortgesetzt wird. Wenn sie sprechen könnte, würde sie dich erstaunen, dich, den nichts in Erstaunen zu versetzen scheint. Wie oft, zugleich mit ihr, sah ich die Totensärge an mir vorüberziehen, in denen Knochen lagen, die bald wurmstichiger sein sollten als die Rückwand meiner Tür, an die ich mich lehnte. Meine zahllosen Untertanen werden täglich mehr. Ich habe es nicht nötig, in bestimmten Abständen Volkszählungen vorzunehmen, um das zu bemerken. Hier ist es wie bei den Lebenden; jeder zahlt eine Steuer, je nach dem Reichtum der Behausung, die er sich ausgesucht hat; und wenn irgendein Geizhals sich weigerte, seinen Anteil zu leisten, so habe ich Befehl, zu seiner Person nach der Art der Gerichtsvollzieher zu sprechen: es fehlt nicht an Schakalen und Geiern, die es nach einer guten Mahlzeit gelüstet. Ich sah den, der einst schön war, sich den Fahnen des Todes stellen; den, der nach seinem Leben nicht häßlich geworden war; den Mann, die Frau, den Bettler, die Söhne des Königs; die Illusionen der Jugend, die Skelette der Greise; das Genie, den Wahnsinn; die Faulheit, ihr Gegenteil; den, der falsch war, den, der die Wahrheit liebte; die Maske des Hochmütigen, die Bescheidenheit des Demütigen; das Laster von Blumen umkränzt und die verratene Unschuld.

– Nein, ich weise gewiß nicht dein Lager zurück, das bis zum Anbruch der Morgenröte, die nicht mehr fern sein kann, meiner würdig ist. Ich danke dir für dein Wohlwollen... Totengräber, es ist schön, die Ruinen der Städte zu betrachten; noch schöner aber ist es, die Ruinen der Menschen zu betrachten!

[13] Der Bruder des Blutegels schritt langsam durch den Wald.

Mehrmals steht er still und öffnet den Mund, um zu sprechen. Aber jedesmal krampft sich seine Kehle zusammen und drängt die mißglückte Bemühung zurück. Endlich ruft er: »Mensch, wenn du einem toten, umgedrehten Hund begegnest, der an einer Schleuse lehnt, die ihn nicht weiter läßt, dann greife nicht, wie die anderen, mit der Hand nach den Würmern, die aus seinem gedunsenen Leib kriechen, betrachte sie nicht verwundert, öffne kein Messer, um eine große Menge davon zu zerstückeln, weil du dir sagst, daß auch du nicht mehr sein wirst als dieser Hund. Nach welchem Geheimnis suchst du? Weder ich noch die vier Schwimmmflossen des Eisbären im Nordmeer haben das Rätsel des Lebens lösen können. Hüte dich, es wird Nacht und du bist seit dem Morgen da. Was wird deine Familie mitsamt deinem Schwesterchen sagen, wenn du so spät kommst? Wasche deine Hände, gehe den Weg weiter, der dorthin führt, wo du schläfst... Wer ist dieses Wesen dort hinten am Horizont, das es wagt, sich mir furchtlos in schrägen, unruhigen Sprüngen zu nähern; und welche Majestät mit heiterer Milde gepaart! Sein Blick, wenn auch sanft, ist tief. Seine riesigen Augenlider spielen mit der Brise und scheinen zu leben. Ich kenne es nicht. Mein Leib erzittert, während ich ihm in die gräßlichen Augen blicke; dies ist das erste Mal, seit ich an den trockenen Brüsten derer saugte, die man Mutter nennt. Etwas wie ein Heiligenschein strahlenden Lichtes umgibt es. Als es zu sprechen begann, verstummte alles in der Natur und wurde von einem heftigen Schauder ergriffen. Da es dir gefällt zu mir zu kommen wie von einem Magneten angezogen, werde ich mich nicht widersetzen. Wie schön es ist! Es tut mir weh, dies zu sagen. Du mußt mächtig sein; denn dein Antlitz ist übermenschlich, traurig wie das Weltall und schön wie der Selbstmord. Ich verabscheue dich so sehr ich nur kann; und es wäre mir lieber, seit Anbeginn der Zeiten eine Schlange um meinen Hals geringelt zu sehen und nicht deine Augen... Was! ...du bist es, Kröte! ...dicke Kröte! ...unglückliche Kröte!... Verzeih!... Was willst du auf dieser Erde, wo die Verdammten sind? Aber was hast du denn mit deinen klebrigen, stinkigen Eiterbeulen gemacht, da du so sanft aussiehst? Als du von oben herabstiegst, auf höheren Befehl, mit dem Auftrag, die verschiedenen Rassen existierender Wesen zu trösten, stürztest du mit der Geschwindigkeit des Hühnergeiers auf die Erde herab, und diese lange, herrliche Fahrt hatte deine Flügel nicht müde gemacht; ich sah dich! Arme Kröte! Wie gedachte ich doch damals der Unendlichkeit, wie gedachte ich zugleich meiner Schwäche. Noch jemand, der den Erdbewohnern überlegen ist, sagte ich mir: und das durch göttlichen Willen. Warum nicht auch ich? Was soll die Ungerechtigkeit in den höchsten Beschlüssen? Ist er von Sinnen, der Schöpfer? Doch er ist der stärkste und furchtbar ist sein Zorn! Seit du mir erschienst, Herrscherin der Teiche und der Sümpfe! von einem Ruhm bedeckt, der Gott allein gehört, hast du mich teilweise getröstet; aber meine schwankende Vernunft versinkt vor solcher Größe! Wer bist du nur? Bleibe... o, bleibe noch auf dieser Erde! Falte deine weißen Flügel wieder zusammen und blicke nicht aufwärts mit unruhigen Augenlidern... Wenn du gehst, laß uns zusammen gehen!« Die Kröte setzte sich auf die Hinterschenkel (die denen des Menschen so ähnlich sind) und während die Erdschnecken, die Kellerasseln und die Nacktschnecken beim Anblick ihres Todfeindes flüchteten, sprach sie folgende Worte: »Höre mich, Maldoror. Sieh mein Antlitz, ruhig wie ein Spiegel, und meine Intelligenz, glaube ich, ist der deinen gleich. Eines Tages nanntest du mich die Stütze deines Lebens. Seither habe ich das Vertrauen, das du in mich setztest, nicht Lügen gestraft. Ich bin nur ein schlichter Bewohner des Schilfrohrs, das ist wahr, aber dank der Berührung mit dir und da ich nur das übernahm, was du Schönes hattest, ist mein Verstand gewachsen und ich kann zu dir sprechen. Ich bin zu dir gekommen, um dich dem Abgrund zu entreißen. Jene, die sich deine Freunde nennen, sehen dich jedesmal bestürzt an, wenn sie dir bleich und gebeugt in Theatern, auf öffentlichen Plätzen, in Kirchen oder auf jenem Pferd begegnen, das von zwei nervigen Schenkeln getrieben nur nachts galoppiert und seinen gespenstigen Meister, in einen langen, schwarzen Mantel gehüllt, davonträgt. Laß solche Gedanken fahren, die dein Herz leer machen wie eine Wüste; sie sind brennender als Feuer. Dein Geist ist so krank, daß du es nicht einmal merkst, und jedesmal, wenn wahnsinnige Worte, gleichwohl von höllischer Größe aus deinem Munde kommen, glaubst du in deinem natürlichen Zustand zu sein. Unglücklicher! was hast du seit dem Tage deiner Geburt gesagt? O, trauriger Überrest einer unsterblichen Intelligenz, die Gott mit soviel Liebe geschaffen hatte! Du hast nur noch entsetzlichere Flüche erzeugt als der Anblick hungriger Panther. Ich aber hätte lieber festgeklebte Augenlider, einen Leib ohne Arme und Beine, den Mord eines Menschen auf dem Gewissen, als daß ich du wäre! Weil ich dich hasse. Warum solchen Charakter haben, der mich erstaunt? Mit welchem Recht kommst du auf diese Erde, um ihre Bewohner zum Gespött zu machen, du verfaultes Wrack, von Skepsis hin und her geworfen? Wenn es dir hier nicht gefällt, dann kehre zurück in die Sphären, aus denen du kommst. Ein Städter darf nicht in den Dörfern wohnen wie ein Fremder. Wir wissen, daß es in den Weltenräumen Sphären gibt, die geräumiger sind als unsere und deren Geister eine Intelligenz besitzen, die wir nicht einmal begreifen können. Geh also fort! ... verlasse diesen schwankenden Boden! ... zeige endlich deine göttliche Substanz, die du bisher verborgen hast; und schwinge dich sobald wie möglich empor zu deiner Sphäre, um die wir dich nicht beneiden, hochmütig wie du bist! denn es ist mir nicht gelungen zu erkennen, ob du ein Mensch bist oder mehr als ein Mensch! so lebe denn wohl; gib die Hoffnung auf, der Kröte nochmals auf deinem Wege zu begegnen. Du warst die Ursache meines Todes. Ich aber, ich mache mich auf in die Ewigkeit, um deine Verzeihung zu erflehen!«

[14] Wenn es manchmal logisch ist, sich auf den Schein der Phänomene zu berufen, dann endet hier der Erste Gesang. Seid nicht streng mit dem, der seine Leier erst versucht: sie hat einen so seltsamen Klang! Wollt ihr jedoch unparteiisch sein, dann werdet ihr schon, inmitten aller Unvollkommenheiten, eine starke Eigenart erkennen. Was mich betrifft, so werde ich mich wieder an die Arbeit begeben, um in einer nicht zu fernen Zeit einen Zweiten Gesang erscheinen zu lassen. Das Ende des neunzehnten Jahrhunderts wird seinen Dichter sehen (er wird jedoch mit keinem Meisterwerk beginnen, sondern dem Gesetz der Natur folgen). Er wurde an amerikanischen Ufern geboren, an der Mündung des La Plata, dort, wo zwei einst feindliche Völker sich heute bemühen, einander durch materiellen und moralischen Fortschritt zu überflügeln. Buenos-Aires, die Königin des Südens und das kokette Montevideo reichen sich über die silbernen Fluten der großen Mündungsbucht die Freundschaftshand. Aber der ewige Krieg hat seine Zerstörergewalt über die Felder gebreitet und erntet mit Freuden zahllose Opfer. Lebe wohl, Greis, und gedenke meiner, wenn du mich gelesen hast. Du aber, Jüngling, verzweifle nicht; denn du hast einen Freund in dem Vampir, trotz deiner gegenteiligen Meinung. Wenn du den Acarus sarcoptus mitrechnest, der die Krätze verursacht, hast du zwei Freunde!

*Ende des Ersten Gesanges*

# *Zweiter Gesang*

[1] Wohin ist er entschwunden, dieser Erste Gesang des Maldoror, seit sein Mund voller Blätter der Belladonna ihn in einem Moment der Besinnung durch die Königreiche des Zornes entfliehen ließ? Wohin ist dieser Gesang entschwunden… Man weiß es nicht genau. Weder die Bäume noch die Winde haben ihn bewahrt. Und die Moral, die an dieser Stelle vorüberging, nicht ahnend, daß sie in diesen glühenden Seiten einen energischen Verteidiger besaß, sah ihn, wie er sich festen und aufrechten Schrittes den düsteren Winkeln und den geheimen Fasern der Gewissen zuwandte. Für die Wissenschaft ist wenigstens dies gewonnen, daß der Mensch mit dem Krötenantlitz sich seitdem selbst nicht mehr erkennt und oft in wütende Rasereien verfällt, die ihn einem Tier der Wälder ähnlich machen. Es ist nicht seine Schuld. Er hatte zu allen Zeiten geglaubt, während er die Augenlider vor den Reseden der Bescheidenheit senkte, er bestünde nur aus Gutem und einer winzigen Menge Bösem. Plötzlich lehrte ich ihn, indem ich sein Herz und dessen Gewebe in vollem Licht zeigte, daß er, im Gegenteil, nur aus Bösem und einer winzigen Menge Gutem bestünde, welches die Gesetzgeber nur mit Mühe vor dem Verdunsten retten. Ich möchte, daß er um meiner bitteren Wahrheiten willen keine ewige Scham empfinde, da ich ihn nichts Neues lehre; aber die Verwirklichung dieses Wunsches würde den Gesetzen der Natur nicht entsprechen. Tatsächlich reiße ich ihm die Maske von seinem verräterischen und kotbesudelten Antlitz und lasse die erhabenen Lügen, mit denen er sich selber täuscht, eine nach der andern fallen wie Elfenbeinkugeln auf ein Silberbecken: also ist es verständlich, daß er der Ruhe nicht befiehlt, die Hände auf sein Antlitz zu legen, selbst wenn die Vernunft die Finsternis des Hochmuts zerstreut. Darum hat sich der Held, den ich in Szene setze, unversöhnlichen Haß zugezogen, indem er die Menschheit, die sich für unverletzlich hielt, durch die Bresche absurder philanthropischer Tiraden angreift; wie Sandkörner häufen sie sich in seinen Büchern, deren drollige, wenn auch langweilige Komik ich manchmal, wenn die

Vernunft mich verläßt, beinahe schätze. Er hatte es vorausgesehen. Es genügt nicht, die Statue der Güte auf die Kopfseite der Pergamente zu meißeln, die in den Bibliotheken enthalten sind. O Menschenwesen! da stehst du jetzt, nackt wie ein Wurm vor meinem diamantenen Schwert! Gib deine Methode auf; es ist zu spät, den Hochmütigen zu spielen: zu dir erhebe ich mein Gebet, auf den Knien liegend. Es ist jemand da, der die geringsten Bewegungen deines sündigen Lebens beobachtet; du bist von den subtilen Netzen seines erbitterten Scharfsinns eingesperrt. Traue ihm nicht, wenn er dir den Rücken zukehrt; denn er sieht dich an; traue ihm nicht, wenn er die Augen schließt; denn immer noch sieht er dich an. Es läßt sich schwer glauben, daß es dein furchtbarer Entschluß sei, was List und Bosheit angeht, das Kind meiner Phantasie überflügeln zu wollen. Seine geringsten Schläge treffen. Wenn man behutsam vorgeht, ist es möglich, den, der es zu ignorieren glaubt, zu lehren, daß Wölfe und Räuber einander nicht fressen: das ist vielleicht bei ihnen nicht der Brauch. Folglich, lege furchtlos die Sorge um deine Existenz in seine Hände: er wird sie in einer ihm bekannten Weise führen. Glaube nicht an die Absicht, die er in der Sonne leuchten läßt, dich zu korrigieren; denn du interessierst ihn nur mittelmäßig, um nicht weniger zu sagen; noch habe ich nicht das wohlwollende Maß meiner Prüfung an die totale Wahrheit gelegt. Aber er liebt es, dir Böses zu tun, in der berechtigten Überzeugung, daß du ebenso böse wirst wie er und ihn, sobald die Stunde schlägt, in den gähnenden Schlund der Hölle begleitest. Sein Platz ist schon lange vorgemerkt, an der Stelle, wo ein Galgen aus Eisen steht, an dem Ketten und Halseisen hängen. Wenn das Schicksal ihn dorthin trägt, wird der Höllentrichter nie schmackhaftere Beute gekostet und er nie eine schicklichere Behausung gesehen haben. Mir scheint, ich spreche in einer absichtlich väterlichen Art, und die Menschheit hat kein Recht, sich zu beklagen.

[2] Ich ergreife die Feder, die den Zweiten Gesang konstruieren wird... ein Instrument, das den Flügeln eines fuchsroten Meeradlers ausgerissen wurde. Aber... was haben denn meine Finger? Die Gelenke verharren in Lähmung, sobald ich meine Arbeit beginne. Dennoch, ich muß schreiben... Es ist unmöglich! Nun, ich wiederhole, daß ich meine Gedanken niederschreiben muß: ich habe das Recht wie jeder andere, mich diesem natürlichen Gesetz zu unterwerfen... Aber nein, aber nein, die Feder bleibt unbeweglich!...

Da, seht, quer über die Felder zuckt in der Ferne der Blitz. Das Gewitter zieht durch den Raum. Es regnet... Es regnet weiter... Wie es regnet!... Der Blitz hat eingeschlagen... er ist auf mein halbgeöffnetes Fenster niedergegangen und hat mich, an der Stirn getroffen, auf die Fliesen geworfen. Armer Jüngling! Dein Antlitz war schon zur Genüge von den vorzeitigen Runzeln und der angeborenen Häßlichkeit gezeichnet, als daß du noch diese lange, schweflige Narbe nötig gehabt hättest! (Ich habe soeben vorausgesetzt, daß die Wunde verheilt sei, was nicht so bald geschehen wird.) Warum dieses Gewitter, und warum die Lähmung meiner Finger? Ist es eine Warnung von oben, um mich am Schreiben zu hindern und mich besser bedenken zu lassen, welcher Gefahr ich mich aussetze, wenn ich den Geifer meines viereckigen Mundes destilliere? Aber dieses Gewitter ist nicht die Ursache meiner Furcht. Was würde mir an einer Legion von Gewittern liegen! Die himmlischen Polizisten erfüllen mit Eifer ihre peinliche Pflicht, wenn ich dies summarisch nach meiner verletzten Stirn beurteile. Ich brauche dem Allmächtigen nicht für seine bemerkenswerte Geschicklichkeit zu danken; er hat den Blitz so niederfahren lassen, daß mein Gesicht in zwei gleiche Hälften geschnitten wurde, von der Stirn an, wo die Wunde am gefährlichsten ist: möge ihn ein anderer beglückwünschen! Aber die Gewitter greifen jemanden an, der stärker ist als sie. Also, furchtbarer Ewiger mit dem Viperantlitz, es genügte dir nicht, meine Seele zwischen die Grenzen des Wahnsinns und der langsam tötenden Wutgedanken gestellt zu haben, du fandest es obendrein, nach reiflicher Prüfung, schicklich für deine Majestät, eine Schale Blut aus meiner Stirn fließen zu lassen!... Aber, wer sagt dir schließlich etwas? Du weißt, daß ich dich nicht liebe, im Gegenteil, daß ich dich hasse: warum gibst du dich nicht damit zufrieden? Wann wird dein Betragen aufhören, sich in den Schein des Ungewöhnlichen zu hüllen? Sprich offen zu mir wie zu einem Freund: wird es dir nicht endlich klar, daß du in deiner gehässigen Verfolgung einen naiven Eifer an den Tag legst, dessen totale Lächerlichkeit hervorzuheben keiner deiner Engel wagen würde? Warum dieser Zorn? Wisse, wenn du mich geschützt vor deinen Verfolgungen leben ließest, würde dir meine Dankbarkeit gehören... Vorwärts, Sultan, wische mit deiner Zunge das Blut ab, welches das Parkett beschmutzt. Der Verband ist fertig: meine blutgestillte Stirn ist mit Salzwasser gewaschen, der Verband kreuzweise über mein Antlitz gelegt. Das Resultat ist nicht endlos: vier blutbefleckte Hemden und zwei Taschentücher. Auf den ersten Blick hätte man nicht vermutet, daß Maldorors Adern so viel Blut enthielten; denn sein Antlitz spiegelt nur die Blässe des Kadavers wider. Aber das ist nun einmal so. Vielleicht ist es so ziemlich das ganze Blut, das sein Körper enthielt, und wahrscheinlich bleibt nicht mehr viel übrig. Genug, genug, gieriger Hund, laß das Parkett wie es ist; dein Bauch ist voll. Trinke nicht mehr; denn du würdest dich bald erbrechen. Du bist reichlich satt, lege dich in die Hundehütte; du schwimmst im Glück; denn dank den Blutkörperchen, die du mit feierlich sichtbarer Genugtuung in deinen Schlund hineingetrieben hast, wirst du ganze drei Tage lang nicht an Hunger denken. Du, Léman, nimm einen Besen; ich würde es auch gern tun, aber ich habe nicht die Kraft dazu. Du verstehst, nicht wahr, daß ich nicht die Kraft dazu habe? Lege deine Tränen wieder in ihr Futteral; sonst müßte ich glauben, daß es dir an Mut fehlt, kalten Blutes die große Narbe zu betrachten, die eine für mich bereits in der Nacht verflossener Zeiten verlorene Folter verursachte. Hole zwei Eimer Wasser vom Brunnen. Sobald das Parkett gewaschen ist, lege diese Wäsche in das Nebenzimmer. Wenn die Wäscherin heute abend kommt, wie verabredet, dann gib sie ihr; aber da es seit einer Stunde heftig geregnet hat und es weiter regnet, glaube ich nicht, daß sie ausgehen wird; dann kommt sie also morgen früh. Wenn sie dich fragt, woher all dies Blut kommt, brauchst du ihr nicht zu antworten. O! wie schwach ich bin! Was macht das schon; soviel Kraft werde ich haben, den Federhalter zu heben und soviel Mut, mir den Kopf zu zerbrechen. Was hat der Schöpfer davon gehabt, mich mit einem blitzbringenden Gewitter zu quälen, als wäre ich ein Kind? Deshalb bin ich nicht weniger entschlossen, zu schreiben. Diese Bandage ist mir lästig, und in meinem Zimmer riecht es nach Blut…

[3] Möge nie der Tag kommen, da Lohengrin und ich auf der Straße aneinander vorübergehen, uns mit dem Ellbogen streifend, ohne uns anzusehen, wie zwei eilige Passanten! O! möge ein solcher Verdacht mir ewig fern bleiben! Der Ewige hat die Welt geschaffen wie sie ist: er würde große Weisheit zeigen, wenn er, nur gerade so lange wie nötig, um den Kopf einer Frau mit einem Hammerschlag zu zertrümmern, seine sternengleiche Majestät vergäße, um uns die Geheimnisse zu offenbaren, in deren Mitte unsere Existenz erstickt wie ein Fisch auf dem Boden einer Barke. Aber er

ist groß und edel; er ist uns durch die Macht seiner Konzeptionen überlegen; wenn er mit den Menschen verhandelte, würde ihm alle Schande bis ins Angesicht springen. Aber... du elender Wicht! warum errötest du nicht? Nicht genug damit, daß das Heer körperlicher und seelischer Leiden, das uns umgibt, gezeugt worden ist: das Geheimnis unseres lumpigen Schicksals wird uns nicht enthüllt. Ich kenne ihn, den Allmächtigen... und auch er muß mich kennen. Wenn wir, durch Zufall, den gleichen Weg gehen, sieht mich sein durchdringender Blick von weitem kommen: er schlägt einen Querweg ein, um dem dreifachen Platinstachel auszuweichen, den die Natur mir verlieh gleich einer Zunge! Du wirst mir die Freude machen, o Schöpfer, mich mein Herz ausschütten zu lassen. Da ich mich mit fester und kalter Hand der furchtbaren Ironie zu bedienen weiß, warne ich dich; denn mein Herz enthält davon zur Genüge, um dich bis ans Ende meines Daseins anzugreifen. Ich werde dein hohles Gerippe schlagen; aber mit solcher Kraft, daß ich verspreche, die Überbleibsel an Intelligenz aus ihm herauszuholen, die du dem Menschen nicht hast geben wollen, weil es dich eifersüchtig gemacht hätte, ihn dir gleich zu erschaffen, und frech verbargst du sie in deinen Eingeweiden, du schlauer Räuber, als ob du nicht wußtest, daß mein immer offenes Auge sie eines Tages entdecken, herausnehmen und mit meinen Mitmenschen teilen würde. Ich habe getan, wie ich sage, und jetzt fürchten sie dich nicht mehr; sie verhandeln mit dir wie eine Macht mit der anderen. Gib mir den Tod, um meine Kühnheit zu büßen: ich entblöße meine Brust und warte in Demut. Erscheint nur, ihr lächerlichen Gewalten ewiger Sühne! ...emphatischer Aufmarsch zu viel gerühmter Attribute! Er hat die Unfähigkeit gezeigt, den Kreislauf meines Blutes aufzuhalten, das seiner spottet. Jedoch habe ich Beweise, daß er nicht zögert, den Atem anderer Menschen in der Jugendblüte auszublasen, wenn sie kaum die Freuden des Daseins gekostet haben. Das ist einfach grausig; aber nur der Schwäche meiner Meinung nach. Ich sah den Schöpfer, seine zwecklose Grausamkeit anstachelnd, Feuersbrünste entfachen, in denen Greise und Kinder umkamen! Nicht ich beginne den Angriff; er ist es, der mich zwingt, ihn wie einen Kreisel mit der Stahlpeitsche zu drehen. Ist er es nicht, der mir die Anklagen gegen sich selbst in die Hand gibt? Möge mein furchtbarer Eifer nicht versiegen! Er nährt sich von wahnsinnigen Angstträumen, die meine Schlaflosigkeit foltern. Lohengrin ist die Ursache, daß das, was vorangeht, geschrieben wurde; kehren wir also zu ihm zurück. Aus Furcht, er könnte später anderen Menschen gleichen, hatte ich zunächst beschlossen, ihn sobald er über das Alter der Unschuld hinaus wäre, mit Messerstichen zu töten. Aber ich überlegte es mir und gab klugerweise meinen Entschluß beizeiten auf. Er ahnt nicht, daß sein Leben eine Viertelstunde lang in Gefahr schwebte. Alles war bereit und das Messer war schon gekauft. Es war ein allerliebstes Stilett, denn ich liebe Anmut und Eleganz bis hin zu den Werkzeugen des Todes; jedoch war es lang und spitz. Eine einzige Verletzung am Hals, wobei ich mit Sorgfalt eine der Kopfschlagadern durchbohrt hätte, wäre genug gewesen. Ich bin mit meinem Verhalten zufrieden; später hätte ich es bereut. Also tu', was du willst, Lohengrin, handle nach deinem Belieben, schließe mich lebenslänglich in ein finsteres Gefängnis ein mit Skorpionen als Gefährten meiner Gefangenschaft oder reiße mir ein Auge aus, bis es zu Boden fällt, ich werde dir nie den geringsten Vorwurf machen; ich bin dein, ich gehöre dir, ich lebe nicht mehr für mich. Der Schmerz, den du mir so bereitest, kann das Glück nicht aufwiegen, zu wissen, daß er, der mich mit seinen mörderischen Händen verletzt, von göttlicherem Wesen ist als seinesgleichen. Ja, selbst das ist schön, sein Leben für ein menschliches Wesen hinzugeben und so die Hoffnung zu bewahren, daß nicht alle Menschen böse sind, da es schließlich einen gegeben hat, der es verstanden hat, den mißtrauischen Widerwillen meiner bitteren Sympathie mit Gewalt an sich zu reißen!...

[4] Es ist Mitternacht; von der Bastille bis zur Madeleine ist kein einziger Omnibus mehr zu sehen. Ich irre mich; einer ist da, der plötzlich auftaucht, als stiege er aus den Tiefen der Erde. Die wenigen verspäteten Fußgänger mustern ihn aufmerksam; denn er scheint keinem anderen zu gleichen. Auf der Imperiale sitzen Menschen mit unbeweglichen Augen wie die eines toten Fisches. Sie sind dicht aneinandergedrängt und scheinen das Leben verloren zu haben; übrigens ist die zulässige Zahl nicht überschritten. Wenn der Kutscher seinen Pferden einen Peitschenhieb versetzt, scheint es, als bewege die Peitsche seinen Arm und nicht sein Arm die Peitsche. Was mag das wohl sein, diese Versammlung bizarrer, stummer Wesen? Sind es Mondbewohner? Momentweise könnte man versucht sein, es zu glauben, jedoch sehen sie eher wie Leichen aus. Der Omnibus, der es eilig hat, die Endstation zu erreichen, verschlingt den Raum, daß das Pflaster nur so kracht... Er flüch-

tet!... Aber eine unförmige Masse folgt erbittert seinen Spuren mitten im Staub. »Haltet! ich flehe euch an; haltet... meine Beine sind geschwollen, weil ich den ganzen Tag gelaufen bin... ich habe seit gestern nichts gegessen... meine Eltern haben mich verlassen... ich weiß nicht mehr, was tun... ich möchte nach Hause zurück und wäre dort schnell angelangt, wenn ihr mir einen Platz gäbet... ich bin ein kleines Kind, acht Jahre alt und vertraue euch...« Er flüchtet!... Er flüchtet!... Aber eine unförmige Masse folgt erbittert seinen Spuren mitten im Staub. Einer dieser kaltäugigen Menschen gibt seinem Nachbarn einen Stoß mit dem Ellbogen und scheint ihm seine Unzufriedenheit über diese silberhell klingenden Klagen auszudrücken, die an sein Ohr dringen. Der andere senkt unmerklich bejahend das Haupt und schlüpft von neuem in die Unbeweglichkeit seines Egoismus wie eine Schildkröte in ihren Panzer. Die Züge der übrigen Fahrgäste drücken die gleichen Gefühle aus wie die dieser beiden. Die Schreie, die von Sekunde zu Sekunde durchdringender werden, sind noch zwei bis drei Minuten lang zu hören. Man sieht Fenster sich auf den Boulevard öffnen und ein erschrockenes Gesicht, ein Licht in der Hand, schließt, nach einem Blick auf den Fahrdamm, ungestüm den Fensterladen und zeigt sich nicht wieder... Er flüchtet!... Er flüchtet!... Aber eine unförmige Masse folgt erbittert seinen Spuren mitten im Staub. Allein ein Jüngling, in Träume versunken, scheint, inmitten dieser Personen aus Stein, Mitleid für das Unglück zu empfinden. Er wagt nicht, die Stimme zugunsten des Kindes zu erheben, das ihn mit seinen schmerzenden Beinchen erreichen zu können glaubt; denn die andern Menschen werfen ihm verächtliche und gebieterische Blicke zu, und er weiß, daß er gegen alle nichts tun kann. Den Ellbogen auf die Knie gestützt, den Kopf in die Hände gelegt, fragt er sich bestürzt, ob dieses wirklich das ist, was man MENSCHLICHE BARMHERZIGKEIT nennt. Dann sieht er ein, daß es nichts ist als ein leeres Wort, das man nicht einmal mehr im Wörterbuch der Dichtkunst findet und gibt offen seinen Irrtum zu. Er sagt sich: »In der Tat, warum sich für ein kleines Kind interessieren? Lassen wir das.« Indessen rinnt eine brennende Träne über die Wange des Jünglings, der soeben gelästert hat. Schmerzlich streicht er mit der Hand über die Stirn, als wolle er eine Wolke zerstreuen, deren Undurchsichtigkeit seine Intelligenz verdunkelt. Er gibt sich große Mühe, mit dem Jahrhundert fertigzuwerden, in das er geworfen worden ist, aber vergeblich; er fühlt, daß er darin nicht an seinem

Platz ist, und doch kann er es nicht verlassen. Furchtbares Gefängnis! Grausige Fatalität! Lombano, seit diesem Tag bin ich mit dir zufrieden! Ich beobachtete dich unausgesetzt. während mein Antlitz dieselbe Gleichgültigkeit atmete wie das der anderen Fahrgäste. Mit einer Gebärde der Empörung erhebt sich der Jüngling und will sich zurückziehen, um nicht einmal unfreiwillig an einer schlechten Tat beteiligt zu sein. Ich mache ihm ein Zeichen, und er setzt sich wieder an meiner Seite nieder... Er flüchtet! Er flüchtet!... Aber eine unförmige Masse folgt erbittert seinen Spuren mitten im Staub. Plötzlich hören die Schreie auf; denn das Kind ist über einen spitzen Pflasterstein gestolpert und hat sich beim Fallen den Kopf verletzt. Der Omnibus ist am Horizont verschwunden, und es ist nur noch die schweigende Straße zu sehen... Er flüchtet!... Er flüchtet!... Aber keine unförmige Masse folgt mehr erbittert seinen Spuren mitten im Staub. Seht den Lumpensammler, der dort vorübergeht, über das fahle Licht seiner Laterne gebeugt; er hat mehr Herz als alle seinesgleichen im Omnibus. Soeben hat er das Kind aufgehoben; seid sicher, daß er es gesund pflegen und nicht verlassen wird wie seine Eltern es taten. Er flüchtet!... Er flüchtet!... Aber von dort, wo er steht, folgt der durchdringende Blick des Lumpensammlers erbittert seinen Spuren mitten im Staub... Stupide, idiotische Rasse! Du wirst es bereuen, dich so zu betragen. Dies sage ich dir. Du wirst es bereuen, jawohl, du wirst es bereuen. Meine Dichtkunst wird nur darin bestehen, den Menschen, dieses Raubtier, mit allen Mitteln anzugreifen und mit ihm den Schöpfer, der ein solches Ungeziefer nicht hätte erzeugen sollen. Bände auf Bände werden sich türmen bis ans Ende meines Lebens und doch wird man darin immer nur diesen einzigen meinem Bewußtsein dauernd gegenwärtigen Gedanken finden!

[5] Bei meinem täglichen Spaziergang kam ich jedesmal durch eine enge Gasse; jeden Tag folgte mir in respektvoller Entfernung, die ganze Gasse entlang, ein kleines, schlankes Mädchen von zehn Jahren, das mich mit sympathischen, neugierigen Augenlidern betrachtete. Es war groß für sein Alter und hoch gewachsen. Volles, schwarzes, in der Mitte gescheiteltes Haar fiel in getrennten Zöpfen auf die marmorgleichen Schultern herab. Eines Tages folgte es mir wie gewöhnlich; die muskulösen Arme einer Frau aus dem Volk ergriffen es bei den Haaren wie der Wirbelwind das Blatt ergreift, schlugen zwei brutale Ohrfeigen auf eine stolze, stumme

Wange und führten dieses verirrte Gewissen ins Haus zurück. Vergeblich spielte ich den Unbekümmerten; das Kind verfehlte nie, mich mit seiner unerwünscht gewordenen Gegenwart zu verfolgen. Bog ich in eine andere Straße ein, um meinen Weg fortzusetzen, stand es still, kämpfte am Ende der engen Gasse einen heftigen Kampf gegen sich selbst, unbeweglich wie die Statue des Schweigens und blickte unablässig vor sich hin bis ich verschwand. Einmal ging dieses junge Mädchen mir durch die Gasse voran und hielt mit mir Schritt. Ging ich schnell, um es zu überholen, lief es fast, um den gleichen Abstand zu wahren; aber wenn ich den Schritt verlangsamte, um einen größeren Zwischenraum zwischen uns zu legen, ging es ebenfalls langsamer, und dies tat es mit kindlicher Anmut. Am Ende der Gasse angelangt, wandte es sich langsam um, so daß mir der Durchgang versperrt wurde. Ich hatte keine Zeit, auszuweichen, und ich stand seinem Antlitz gegenüber. Seine Augen waren geschwollen und rot. Ich erkannte leicht, daß es mit mir sprechen wollte und nicht wußte, wie dies anzufangen sei. Plötzlich, leichenblaß geworden, fragte es mich: »Würden Sie die Güte haben, mir zu sagen, wie spät es ist?« Ich sagte ihm, ich trüge keine Uhr und entfernte mich schnell. Seit diesem Tage, Kind, mit der unruhigen und frühreifen Phantasie, hast du den geheimnisvollen Jüngling, der mühevoll seine schwere Sandale auf das Pflaster der gewundenen Straßenkreuzungen schlug, nicht mehr in der engen Gasse gesehen. Die Erscheinung dieses flammenden Kometen wird nicht mehr, einem traurigen Gegenstand fanatischer Neugier gleich, auf der Fassade deiner enttäuschten Beobachtung leuchten; und oft, allzuoft, vielleicht immer, wirst du dessen gedenken, den weder das Böse noch das Gute des gegenwärtigen Lebens zu beunruhigen schien, der ziellos dahinschritt, mit fürchterlich totem Antlitz, das Haar gesträubt, schwankenden Fußes, und die Arme blind durch die höhnischen Fluten des Äthers ziehend, als wolle er dort die blutige Beute der Hoffnung suchen, von dem unerbittlichen Schneepflug der Fatalität ununterbrochen in den unermeßlichen Regionen des Raumes hin- und hergeschleudert. Du wirst mich nicht mehr sehen, und ich werde dich nicht mehr sehen!... Wer weiß? Vielleicht war dieses Mädchen nicht so wie es sich zeigte? Unter naiver Hülle verbarg es vielleicht unendliche List, die Bürde von achtzehn Jahren und den Zauber des Lasters. Man hat Verkäuferinnen der Liebe gesehen, die fröhlich das Vaterland ihrer Britischen Inseln verließen und die Meerenge überquerten.

Ihre Flügel strahlten und umschwirrten in goldenen Schwärmen die Lichter von Paris und wenn ihr sie erblicktet, sagtet ihr: »Aber das sind ja noch Kinder; sie sind nicht älter als zehn oder zwölf Jahre.« In Wirklichkeit waren sie zwanzig. O! verflucht seien die Umwege jener düsteren Gasse bei solchem Verdacht! Furchtbar! furchtbar, was dort geschieht. Ich glaube, daß seine Mutter es schlug, weil es sein Handwerk nicht geschickt genug ausübte. Es ist möglich, daß es nur ein Kind war, und dann ist die Mutter noch schuldiger. Ich aber will einem solchen Verdacht keinen Glauben schenken, der ja nur eine Hypothese ist und ziehe es vor, in diesem überspannten Charakter eine Seele zu lieben, die sich zu früh offenbart... So höre denn, kleines Mädchen, sollte ich je wieder durch die enge Gasse kommen, dann laß dich nicht mehr vor mir blicken. Es könnte dich teuer zu stehen kommen! Schon steigen mir Blut und Haß in kochenden Strömen zu Kopfe. Ich sollte großmütig genug sein, meinesgleichen zu lieben! Nein, nein! Seit dem Tage meiner Geburt ist dies bei mir beschlossen! Sie, sie lieben mich nicht! Welten werden einander zerstören und der Granit gleich einem Kormoran auf der Oberfläche der Fluten dahingleiten, bevor ich die schändliche Hand eines menschlichen Wesens berühre. Fort... fort, diese Hand!... Kleines Mädchen, du bist kein Engel, und überhaupt wirst du werden wie die anderen Frauen. Nein, nein, ich flehe dich an; tritt nie mehr vor meine finster gefurchte Stirn. In einem Moment der Verirrung könnte ich deine Arme packen, sie auswringen wie ein gewaschenes Wäschestück, aus dem man das Wasser preßt oder sie krachend zerbrechen wie zwei trockene Zweige und dich dann zwingen, sie zu essen. Ich könnte, mit sanfter, liebkosender Miene deinen Kopf in meine Hände nehmend, meine gierigen Finger in die Lappen deines unschuldigen Gehirns stoßen, um ihm mit lächelnden Lippen ein wirksames Fett zu entziehen, das meine, von des Lebens ewiger Schlaflosigkeit schmerzenden Augen wäscht. Ich könnte, wenn ich deine Augenlider mit einer Nähnadel festnähte, dich des Schauspiels der Welt berauben und dich in die Unmöglichkeit versetzen, deinen Weg zu finden; nicht ich werde dir als Führer dienen. Ich könnte deinen jungfräulichen Leib mit eisernem Arm emporheben, dich bei den Beinen packen und dich um mich kreisen lassen wie eine Schleuder, dann, eine letzte Kreislinie beschreibend, alle meine Kräfte konzentrieren, um dich gegen die Mauer zu schmettern. Jeder Blutstropfen wird auf eine menschliche Brust spritzen, um die Menschen zu erschrecken und ihnen ein

Beispiel meiner Bosheit vor Augen zu führen: sie werden sich ohne Unterlaß Fetzen auf Fetzen von Fleisch herunterreißen; der Tropfen Blut aber bleibt unauslöschlich an gleicher Stelle, und wird leuchten wie ein Diamant. Sei unbesorgt, ich werde einem halben Dutzend Diener befehlen, die angebeteten Reste deines Leibes zu bewachen, um sie vor dem Hunger blutgieriger Hunde zu schützen. Gewiß, der Körper ist an der Mauer hängengeblieben wie eine reife Birne und nicht heruntergefallen; aber die Hunde bringen hohe Sprünge zustande, wenn man nicht auf sie achtet.

[6] Wie lieb ist das Kind, das dort auf einer Bank im Tuileriengarten sitzt! Seine kühnen Augen durchbohren einen unsichtbaren Gegenstand im fernen Raum. Es kann höchstens acht Jahre alt sein, und doch spielt es nicht, wie es sich für Kinder geziemt. Wenigstens sollte es lachen und mit einem Kameraden spazierengehen, anstatt allein zu bleiben; aber so ist es nicht veranlagt.

Wie lieb ist das Kind, das dort auf einer Bank im Tuileriengarten sitzt! Ein Mann, von heimtückischer Absicht getrieben, setzt sich, mit verdächtigen Allüren, neben das Kind auf dieselbe Bank. Wer ist es? Ich brauche es euch nicht zu sagen; denn ihr werdet ihn an seiner tückischen Unterhaltung erkennen. Hören wir ihnen zu, stören wir sie nicht:

– Woran dachtest du, Kind?

– Ich dachte an den Himmel.

– Du brauchst nicht an den Himmel zu denken; es genügt vollauf, an die Erde zu denken. Bist du denn schon lebensmüde, der du kaum geboren bist?

– Nein, aber jeder hat den Himmel lieber als die Erde.

– Was du nicht sagst; ich nicht. Denn da Himmel und Erde von Gott geschaffen wurden, sei versichert, daß du dort den gleichen Übeln begegnen wirst wie hier. Du wirst nach deinem Tode nicht nach deinen Verdiensten belohnt; denn wenn man hier auf Erden Ungerechtigkeiten an dir begeht (wie du es später noch erfahren wirst), so ist kein Grund vorhanden, daß man sie im anderen Leben nicht mehr begeht. Am besten denkst du gar nicht an Gott und verschaffst dir selber Gerechtigkeit, da man sie dir verweigert. Wenn einer deiner Kameraden dich beleidigte, wärest du dann nicht glücklich, ihn zu töten?

– Aber das ist verboten.

– Es ist nicht so verboten wie du glaubst. Es kommt nur darauf an, sich nicht ertappen zu lassen. Die Gerechtigkeit, die uns die Gesetze bringen, ist nichts wert; auf die Rechtsgrundsätze des Beleidigten kommt es an. Wenn du einen deiner Kameraden nicht ausstehen könntest, würde dich dann die Vorstellung nicht unglücklich machen, in dauernder Gegenwart seiner Gedanken zu leben?

– Das ist wahr.

– Also würde einer deiner Kameraden dich zeitlebens unglücklich machen; denn wenn er sieht, daß dein Haß nur passiv ist, wird er denoch fortfahren, dich zu verhöhnen und dir ungestraft Böses zu tun. Darum gibt es nur ein Mittel, der Situtation ein Ende zu machen: sich seines Feindes zu entledigen. Darauf wollte ich hinaus, um dir begreiflich zu machen, auf welchen Fundamenten die heutige Gesellschaft gegründet ist. Jeder muß sich selbst Gerechtigkeit verschaffen, sonst ist er ein Dummkopf. Wer den Sieg über seine Mitmenschen davonträgt, ist der schlauste und der stärkste. Möchtest du nicht eines Tages deine Mitmenschen beherrschen?

– Ja, ja.

– Also sei der stärkste und der schlauste. Du bist noch zu jung, um der stärkste zu sein; aber schon von heute an kannst du dich der List bedienen, des schönsten Werkzeuges genialer Menschen. Als David, der Hirte, den Riesen Goliath mit einem von der Schleuder geworfenen Stein an der Stirn traf, müssen wir da nicht bewundernd erkennen, daß David seinen Gegner nur durch List besiegt hat, während der Riese ihn, im Gegenteil, bei einem Nahkampf wie eine Fliege zermalmt hätte? Dasselbe gilt für dich. Im offenen Krieg wirst du die Menschen, die du beherrschen möchtest, nie besiegen; mit List dagegen wirst du allein gegen alle kämpfen können. Du wünschst dir Reichtum, schöne Paläste und Ruhm? oder hast du mich getäuscht, als du dich zu diesen edlen Zielen bekanntest?

– Nein, nein, ich täuschte Euch nicht. Aber ich möchte das, was ich wünsche, durch andere Mittel erwerben.

– Dann wirst du gar nichts erwerben. Tugendhafte und gutmütige Mittel führen zu nichts. Tatkräftigere Hebel und kusntvollere Schliche müssen ins Werk gesetzt werden. Bevor du durch Tugend berühmt wirst und ans Ziel gelangst, werden hundert andere Zeit haben, Kapriolen über deinen Rücken zu machen, um vor dir ans Ziel der Bahn zu gelangen und zwar so, daß dort kein Platz mehr für deine beschränkten Ideen übrigbleibt. Man muß verstehen, den

Horizont der heutigen Zeit viel weiter zu fassen. Hast du zum Beispiel nie von dem gewaltigen Ruhm sprechen hören, den die Siege bringen? Und doch kommen Siege nicht von allein. Es muß Blut vergossen werden, viel Blut, um sie hervorzubringen und sie den Eroberern zu Füßen zu legen. Ohne die Leichen und die verstreuten Gliedmaßen, die du dort auf der Ebene siehst, wo das Blutbad klugerweise stattfand, gäbe es keinen Krieg, und ohne Krieg gäbe es keinen Sieg. Du siehst, wenn man berühmt werden will, muß man voller Anmut in die Blutströme tauchen, die das Kanonenfutter speist. Der Zweck heiligt die Mittel. Vor allem muß man Geld besitzen, um Ruhm zu erwerben. Da du aber keines hast, mußt du morden, um es zu gewinnen; da du aber nicht stark genug bist, um den Dolch zu führen, werde ein Dieb bis deine Glieder stark geworden sind. Und damit sie schneller erstarken, rate ich dir, zweimal am Tage Gymnastik zu treiben, morgens eine Stunde, abends eine Stunde. Auf diese Weise kannst du dich schon von fünfzehn Jahren an, mit einem gewissen Erfolg, im Verbrechen versuchen, anstatt bis zwanzig zu warten. Die Liebe zum Ruhm entschuldigt alles, und vielleicht wirst du später, als Herr deiner Mitmenschen, ihnen fast ebensoviel Gutes tun, wie du ihnen zu Anfang Böses getan hast!…

Maldoror bemerkt, daß das Blut im Kopf seines jungen Zuhörers kocht; seine Nasenlöcher sind geweitet und aus seinen Lippen quillt ein leichter weißer Schaum. Er fühlt ihm den Puls; die Pulsschläge überstürzen sich. Das Fieber hat diesen zarten Körper befallen. Er fürchtet die Folgen seiner Worte; er schleicht davon, der Unglückliche, verärgert, daß er sich nicht länger mit diesem Kind unterhalten konnte. Wenn es schon im reifen Alter so schwierig ist, zwischen Gutem und Bösem hin und her schwankend, die Leidenschaften zu zügeln, was vermag dann ein so unerfahrener Geist? und welche verhältnismäßig größere Menge an Tatkraft ist für ihn erforderlich? Das Kind wird mit dreitägiger Bettruhe davonkommen. Gebe der Himmel, daß die mütterliche Nähe dieser sensiblen Blüte, zerbrechliche Hülle einer schönen Seele, den Frieden bringe!

[7] Dort in dem Hain, umgeben von Blumen, ruht auf dem Rasen, der feucht ist von Tränen, in tiefem Schlummer, der Hermaphrodit. Der Mond hat seine Scheibe aus der Masse der Wolken befreit und liebkost mit seinen bleichen Strahlen dies süße Jüng-

lingsantlitz. In seinen Zügen vermählt sich männlichste Tatkraft mit der Anmut einer himmlischen Jungfrau. Nichts an ihm scheint natürlich, nicht einmal die Muskeln seines Körpers, die die harmonischen Umrisse weiblicher Formen durchbrechen. Er hat den Arm über die Stirn gebeugt, die andere Hand auf die Brust gepreßt, als wolle er die Schläge eines Herzens unterdrücken, das sich jeder Vertraulichkeit verschließt und die schwere Bürde eines ewigen Geheimnisses trägt. Des Lebens müde und sich des Umgangs mit Wesen schämend, die ihm nicht ähnlich sind, hat die Verzweiflung sich seiner Seele bemächtigt, und so geht er dahin, allein wie der Bettler des Tales. Wie verschafft er sich die Mittel zum Leben? Mitfühlende Seelen wachen in seiner Nähe, ohne daß er diese Bewachung vermutet und verlassen ihn nicht: er ist so gut! er ist so ergeben in sein Schicksal! Gern spricht er manchmal mit empfindsam veranlagten Menschen, ohne ihre Hand zu berühren, und er wahrt Distanz aus Furcht vor einer eingebildeten Gefahr. Wenn man ihn fragt, warum er die Einsamkeit zur Gefährtin gewählt hat, dann hebt er die Augen zum Himmel und unterdrückt nur mit Mühe eine Träne des Vorwurfs wider die Vorsehung; Antwort aber gibt er nicht auf diese unvorsichtige Frage, die in den Schnee seiner Augenlider die Röte der morgendlichen Rose gießt. Wenn die Unterhaltung sich in die Länge zieht, wird er unruhig, wendet die Augen nach den vier Seiten des Horizonts, als suchte er der Gegenwart eines sich nahenden, unsichtbaren Feindes zu entfliehen, winkt mit der Hand ein plötzliches Lebewohl, entfernt sich auf den Schwingen seiner wachsamen Scham und verschwindet im Walde. Man hält ihn allgemein für wahnsinnig. Eines Tages warfen sich vier maskierte Männer auf ihn, die Befehl dazu erhalten hatten und legten ihm solide Fesseln an, so daß er nur noch die Beine bewegen konnte. Die Peitsche schlug ihre derben Riemen auf seinen Rücken und sie befahlen ihm, sich unverzüglich auf den Weg nach Bicêtre zu begeben. Er lächelte unter den Hieben und sprach zu ihnen mit soviel Gefühl und Intelligenz über viele menschliche Wissenschaften, die er studiert hatte und die bei dem, der die Schwelle der Jugend noch nicht überschritten hatte, große Bildung verrieten, auch sprach er über das Schicksal der Menschheit, wobei er ganz den dichterischen Adel seiner Seele enthüllte, daß seine Wärter, bis aufs Blut entsetzt über die Tat, die sie begangen hatten, seine zerschlagenen Glieder von den Fesseln befreiten und auf die Knie fallend, seine Verzeihung erflehten, die ihnen gewährt wurde, und sie entfernten sich mit den Zeichen einer Verehrung, die den Menschen gewöhnlich nicht zuerkannt wird. Seit diesem Ereignis, worüber viel gesprochen wurde, erriet jeder sein Geheimnis, aber man tut, als kenne man es nicht, um seine Leiden nicht zu verschlimmern; und die Regierung bewilligt ihm eine Ehrenrente, um ihn vergessen zu machen, daß man ihn einst gewaltsam und ohne vorherige Prüfung in eine Irrenanstalt hatte bringen wollen. Die Hälfte seines Geldes verwendet er für sich; den Rest gibt er den Armen. Wenn er einen Mann und eine Frau sieht, die in einer Platanenallee spazierengehen, dann ist ihm, als spalte sich sein Körper von unten nach oben in zwei Teile und jeder neue Teil umarme einen der Spaziergänger; aber es ist nur eine Halluzination, und bald übernimmt die Vernunft von neuem die Herrschaft. Darum mischt er sich weder unter Männer noch unter Frauen; denn seine übertriebene Scham, die aus der Idee entstand, er sei nur ein Scheusal, hindert ihn, seine glühende Sympathie, wem es auch sei, zu gewähren. Er würde es als Schändung seiner selbst und als Schändung der andern empfinden. Sein Stolz wiederholt ihm diesen Grundsatz: »Ein jeder bleibe in seiner Natur.« Sein Stolz, sagte ich, weil er fürchtet, daß man bei der Bindung seines Lebens an einen Mann oder an eine Frau, ihm früher oder später die Beschaffenheit seines Organismus als einen ungeheuren Makel vorwerfen würde. So verschanzt er sich hinter seiner Eigenliebe, da dieser gottlose, nur aus ihm selbst kommende Verdacht ihn kränkt, und beharrlich bleibt er allein, von Kummer verzehrt und ohne Tröstung. Dort in dem Hain, umgeben von Blumen, ruht auf dem Rasen, der feucht ist von Tränen, in tiefem Schlummer, der Hermaphrodit. Durch die Zweige der Bäume betrachten die munteren Vögel mit Entzücken dieses schwermütige Antlitz, und die Nachtigall verschweigt ihre kristallenen Kavatinen. Die nächtliche Gegenwart des unglücklichen Hermaphroditen hat dem Gehölz die Weihe eines Grabes gegeben. O, verirrter Wanderer, bei deinem Hang zum Abenteuer, der dich schon im zartesten Kindesalter Vater und Mutter verlassen ließ; bei den Leiden, die dich der Durst in der Wüste erdulden ließ; bei deinem Vaterland, das du, Verbannter, nach langem Umherirren in fremden Ländern vielleicht suchst; bei deinem treuen Freund, dem Streitroß, das Verbannung und Unbill der Witterung in Regionen, durch welche dich die Lust zum Vagabundieren trieb, mit dir teilte; bei der Würde, die dem Menschen die Reisen in ferne Länder, über unerforschte Meere, inmitten polarer Eisberge oder unter tropischer Sonne verleihen, laß deine Hand nicht wie ein Spiel des Windes das Lockenhaar berühren, das auf den Boden gebreitet, sich mit dem grünen Grase mischt. Weiche um einige Schritte zurück, du wirst besser daran tun. Dieses Haar ist unantastbar; der Hermaphrodit selbst hat es so gewollt. Er verbietet, daß menschliche Lippen in frommer Scheu sein Haar küssen, das nach dem Hauch der Berge duftet, auch nicht seine Stirn, die gerade jetzt leuchtet wie die Sterne am Firmament. Besser noch ist es zu glauben, daß ein Stern selbst die Bahn der Planeten verließ, den Weltenraum durchquerte, um sich auf diese erhabene Stirn zu senken, die er mit diamantener Klarheit umgibt wie mit einem Heiligenschein. Die Nacht, deren Finger seine Traurigkeit fortstreicht, legt ihren ganzen Zauber an, um den Schlaf dieser verkörperten Scham, dieses vollkommenen Ebenbildes engelgleicher Unschuld zu feiern; das Summen der Insekten ist weniger hörbar. Über ihn neigen die Zweige ihre dicht belaubte Erhabenheit, um ihn vor dem Tau zu bewahren, und während der Wind die Saiten seiner melodischen Harfe ertönen läßt, schickt er ihre fröhlichen Klänge durch das Schweigen des Weltalls auf seine gesenkten Augenlider, die, unbeweglich, dem kadenzierten Konzert schwebender Welten zu lauschen glauben. Er träumt, er sei glücklich; seine körperliche Natur sei verändert oder, jedenfalls, er schwebe auf purpurner Wolke einer anderen Sphäre entgegen, von Wesen gleicher Natur wie die seine bevölkert. Ach! möge seine Illusion bis zur erwachenden Morgenröte dauern! Er träumt, die Blumen umtanzten ihn im Reigen, gleich endlosen tollen Girlanden und durchtränkten ihn mit köstlichen Düften, während er in den Armen eines Wesens von magischer Schönheit eine Liebeshymne singt. Aber es ist nur ein morgendämmriger Dunst, den seine Arme umschlingen, und sobald er erwacht, werden seine Arme ihn nicht mehr umschlingen. Erwache nicht, Hermaphrodit; erwache noch nicht, ich flehe dich an. Warum willst du mir nicht glauben? Schlafe... schlafe weiter. Möge deine Brust sich heben bei der Verfolgung der schimärischen Hoffnung des Glücks, ich erlaube es dir; aber öffne deine Augen nicht! Nein! Öffne deine Augen nicht! So will ich dich verlassen, um nicht Zeuge deines Erwachens zu sein. Vielleicht, eines Tages, mit Hilfe eines umfangreichen Buches, werde ich in bewegten Worten deine Geschichte erzählen, entsetzt von dem, was sie enthält und von den Lehren, die sie erteilt. Bis jetzt habe ich es nicht gekonnt; denn jedesmal, wenn ich beginnen wollte, fielen reichliche Tränen auf das Papier, und meine Finger zitterten, aber nicht aus Altersschwäche. Am Ende aber will ich diesen Mut aufbringen. Ich bin empört, nicht bessere Nerven zu haben als eine Frau, und jedesmal, wenn ich an dein großes Elend denke, in Ohnmacht zu fallen wie ein kleines Mädchen. Schlafe... schlafe weiter; aber öffne deine Augen nicht. Nein! öffne deine Augen nicht! Lebe wohl, Hermaphrodit! Keinen Tag werde ich vergessen, für dich zum Himmel zu beten (wenn es für mich wäre, würde ich nicht zu ihm beten). Friede sei in deiner Brust!

[8] Wenn eine Frau mit Sopranstimme dem Auditorium dieser menschlichen Harmonie ihr melodisches Tremolo zu Gehör bringt, dann füllen sich meine Augen mit verborgener Flamme und sprühen schmerzliche Funken, während in meinen Ohren die Sturmglocke der Kanonade zu gellen scheint. Woher kommt wohl dieser tiefe Widerwille gegen alles, was mit dem Menschen zusammenhängt? Wenn die Akkorde dagegen den Fasern eines Instrumentes entschweben, höre ich mit Wonne die perlenden Töne, die im Takt auf den elastischen Wellen des Äthers entfliehen. Die Wahrnehmung überträgt meinem Gehör nur den Eindruck einer nerven- und geistschmelzenden Süße; unsagbare Schläfrigkeit umhüllt mit ihrem magischen Mohn, wie mit einem das Tageslicht filternden Schleier, die muntere Macht meiner Sinne und die lebendigen Kräfte meiner Phantasie. Es heißt, ich sei in den Armen der Taubheit geboren! In den ersten Jahren meiner Kindheit hörte ich nicht, was man mir sagte. Als es mit größten Schwierigkeiten gelang, mich sprechen zu lehren, konnte ich doch nur dann zusammenhängende Gedanken mitteilen, wenn ich auf einem Blatt Papier nachlas, was jemand schrieb. Eines Tages, unseliger Tag, wuchs ich in Schönheit und Unschuld heran; und jeder bewunderte die Intelligenz und die Güte des göttlichen Jünglings. Viele Gewissen erröteten bei der Betrachtung dieser kristallklaren Züge, wo seine Seele ihren Thron gebaut hatte. Man näherte sich ihm nur mit Ehrfurcht, weil man in seinen Augen den Blick eines Engels gewahrte. Aber nein, ich wußte nur zu gut, daß die glücklichen Rosen der Jugend nicht ewig blühen, die sich in kapriziösen Girlanden um seine bescheidene und edle Stirn wanden, diese Stirn, die alle Müter frenetisch küßten. Ich begann zu ahnen, daß das Weltall mit seiner gestirnten Wölbung empfindungsloser und aufreizender Himmelskörper

vielleicht nicht so grandios war, wie ich geträumt hatte. Eines Tages also, müde, auf dem abrupten Pfad der irdischen Reise weiter zu klettern und schwankenden Schrittes, wie ein Trunkener, durch die düsteren Katakomben des Lebens zu ziehen, hob ich langsam meine spleenigen, von einem großen bläulichen Ring gezeichneten Augen empor zur Konkavität des Firmaments und wagte es, jung wie ich war, in die Geheimnisse des Himmels einzudringen. Da ich nicht fand, was ich suchte, hob ich das verstörte Augenlid höher, noch höher, bis ich einen Thron bemerkte, geformt aus menschlichen Exkrementen und Gold, auf dem, in ein Leichentuch aus ungewaschenem Krankenhauslinnen gehüllt, mit dem Ausdruck idiotischen Hochmuts, die Gestalt dessen thronte, der sich selbst als den Schöpfer bezeichnet! In der Hand hielt er den verwesten Rumpf eines toten Menschen und führte ihn abwechselnd von den Augen an die Nase und von der Nase an den Mund; einmal am Munde, errät man, was er damit tat. Seine Füße standen in einem riesigen Pfuhl kochenden Blutes, an dessen Oberfläche plötzlich, wie Bandwürmer aus dem Inhalt eines Nachtgeschirrs, zwei oder drei vorsichtige Köpfe erschienen, und sofort, mit pfeilartiger Geschwindigkeit wieder untertauchten: ein gut gezielter Fußtritt auf den Nasenknochen, war der bekannte Lohn der Empörung gegen die Vorschrift, von dem Bedürfnis verursacht, eine andere Luft zu atmen; denn schließlich waren diese Menchen keine Fische! Höchstens Amphibien, die zwischen zwei Wassern in dieser verpesteten Flüssigkeit schwammen! ... bis der Schöpfer, sobald seine Hände leer waren, mit den beiden größten Krallen des Fußes, einen anderen Taucher wie mit einer Zange am Halse packte und ihn aus dem rötlichen Moder, der erlesenen Sauce in die Luft hob! Mit diesem machte er es wie mit dem anderen. Zuerst fraß er den Kopf, dann die Beine und die Arme und zuletzt den Rumpf, bis nichts mehr übrigblieb; denn er knabberte auch die Knochen. Und so fort während der übrigen Stunden seiner Ewigkeit. Manchmal rief er: »Ich habe euch geschaffen; also habe ich das Recht, mit euch zu machen, was ich will. Ihr habt mir nichts getan, ich behaupte nicht das Gegenteil. Ich lasse euch leiden, und zwar zu meinem Vergnügen.« Und er setzte sein grausames Mahl fort, wobei er den Unterkiefer bewegte, der wiederum seinen mit Hirn bespritzten Bart bewegte. O Leser, läuft dir bei diesem letzten Detail nicht das Wasser im Munde zusammen? Nicht jeder kann sich ein so gutes, ganz frisches Hirn leisten, das erst vor einer Viertelstunde im Fischteich geangelt wurde. Die Glieder gelähmt und die Kehle stumm, betrachtete ich eine Zeitlang dieses Schauspiel. Dreimal wäre ich beinahe umgefallen, wie ein Mensch, der eine zu starke Erschütterung erfährt; dreimal gelang es mir, mich wieder auf die Beine zu bringen. Keine Faser meines Leibes blieb unbeweglich, und ich zitterte wie die Lava im Innern eine Vulkans. Schließlich, da meine beklommene Brust nicht schnell genug die lebenspendende Luft hinauspressen konnte, öffneten sich die Lippen meines Mundes, und ich stieß einen Schrei aus... einen so zerreißenden Schrei... daß ich ihn hörte! Die Fesseln meines Ohres zerrissen plötzlich, das Trommelfell krachte unter dem Anprall dieser Masse tönender Luft, die ich mit Energie weit von mir stieß, und es ereignete sich ein neues Phänomen in dem von der Natur verdammten Organ. Ich hatte soeben einen Ton gehört! Ein fünfter Sinn offenbarte sich mir! Aber welche Freude hätte mir eine solche Entdeckung bereiten können? Von jetzt an erreichte der menschliche Ton mein Ohr nur mit dem schmerzlichen Gefühl, welches das Erbarmen mit einer großen Ungerechtigkeit verursacht. Sprach jemand zu mir; so erinnerte ich mich des einst über den sichtbaren Sphären Geschauten und des wilden Aufschreis, in dem meine erstickten Gefühle sich Luft gemacht hatten und dessen Klang dem meiner Mitmenschen glich! Ich konnte ihm nicht antworten; denn die Folterqualen, denen die Schwäche des Menschen in diesem grausigen Purpurmeer ausgesetzt wurden, zogen brüllend wie geschundene Elefanten an meiner Stirn vorüber und streiften mit ihren feurigen Schwingen mein verbranntes Haar. Später, als ich die Menschheit besser kannte, gesellte sich zu dem Mitleid heftige Wut gegen diese grausame Rabenmutter, deren verstockte Kinder nichts können als fluchen und Böses tun. Frechheit der Lüge! Sie sagen, das Böse bei ihnen sei nur ein Ausnahmezustand!... Jetzt ist es längst vorbei; lange schon richte ich an niemanden mehr das Wort. Ihr aber, wer ihr auch seid, wenn ihr an meiner Seite steht, laßt aus den Stimmbändern eures Schlundes keinen Ton entweichen; euer unbeweglicher Kehlkopf bemühe sich nicht, die Nachtigall zu überbieten; und ihr selbst, macht keinen Versuch, mir mit Hilfe der Stimme eure Seele zu offenbaren. Bewahrt religiöses Schweigen, das nichts unterbricht; faltet demütig eure Hände über der Brust und richtet eure Augenlider nach unten. Ich habe es euch gesagt, seit jene Vision mir die höchste Wahrheit enthüllte, haben zu viele Angstträume, nächtelang, tagelang, gierig an meiner Kehle gesaugt, als daß ich noch den

Mut haben könnte, selbst in Gedanken die Leiden neu zu beleben, die ich in jener höllischen Stunde erfuhr und deren Erinnerung mich unablässig verfolgt. O! wenn ihr hört wie die Schneelawine von der Höhe des kalten Berges herabstürzt; wie die Löwin in der dürren Wüste um die verschwundenen Jungen klagt; wie der Orkan sein Schicksal erfüllt; wie der Verurteilte im Gefängnis, am Vorabend der Guillotine, brüllt; und der wilde Krake den Wogen des Meeres von seinen Siegen über die Badenden und die Schiffbrüchigen erzählt, sagt selbst, sind diese majestätischen Stimmen nicht schöner als das Hohngelächter des Menschen!

[9] Es lebt ein Ungeziefer, das die Menschen auf ihre Kosten ernähren. Sie sind ihm nichts schuldig; aber sie fürchten es. Dieses Insekt, das keinen Wein mag, sondern Blut vorzieht, wäre fähig, wenn man seine legitimen Bedürfnisse nicht befriedigte, durch okkulte Macht so groß zu werden wie ein Elefant und die Menschen zu zertreten als wären sie Ähren. Auch muß man sehen mit welchem Respekt, mit welch hündischer Verehrung man ihm begegnet, wie es größere Hochachtung genießt als die Tiere der Schöpfung. Als Thron wird ihm das Haupt gegeben, wo es seine Krallen mit Würde in die Wurzeln der Haare schlägt. Später, wenn es Fett ansetzt und in ein vorgerücktes Alter tritt, tötet man es, den Bräuchen eines alten Volkes folgend, um ihm die Unannehmlichkeiten des Alters zu ersparen. Ein grandioses Begräbnis wird ihm bereitet wie einem Helden, und die Bahre, die es geradewegs zum Deckel der Gruft befördert, wird von den vornehmsten Bürgern auf den Schultern getragen. Über der feuchten Erde, die der Totengräber mit kundiger Schaufel aufwirft, werden vielfarbige Phrasen über die Unsterblichkeit der Seele, über die Erbärmlichkeit des Lebens, über den unerforschlichen Willen der Vorsehung kombiniert, und dann schließt sich der Marmor für immer über diesem arbeitserfüllten Dasein, das nur noch eine Leiche ist. Die Menge zerstreut sich, und bald bedecken die Schatten der Nacht die Mauern des Friedhofs.

Aber tröstet euch, Menschen, über seinen schmerzlichen Verlust. Schon naht seine unzählige Familie, mit der es euch freigebig beschenkt hat, auf daß eure Verzweiflung weniger bitter sei und gleichsam besänftigt durch die angenehme Gegenwart dieser bissigen Mißgeburten, aus denen später herrliche Läuse werden, Läuse von auffallender Schönheit, Ungeheuer mit der Allüre des Weisen.

Unter seinem mütterlichen Fittich hat es mehrere Dutzend geliebter Eier ausgebrütet, und diese in euren Haaren, die von dem erbitterten Saugen dieser furchtbaren Fremdlinge ausgetrocknet sind. Schnell kam die Zeit, da die Eier zerplatzten. Fürchtet nichts, die angehenden Philosophen werden im Laufe dieses ephemeren Lebens bald heranwachsen. Sie wachsen so sehr, daß sie es euch mit ihren Krallen und ihren Saugrüsseln zu spüren geben werden.

Ihr Menschen wißt ja nicht, warum sie nicht die Knochen eures Hauptes fressen und sich damit begnügen, mit ihrer Pumpe die Quintessenz eures Blutes zutage zu fördern. Wartet einen Augenblick, ich werde es euch sagen: weil sie nicht die Kraft dazu haben. Entspräche die Größe ihrer Kauwerkzeuge der Unbegrenztheit ihrer Wünsche, dann könntet ihr sicher sein, daß das Gehirn, die Netzhaut der Augen, die Wirbelsäule, ja, der ganze Körper verschlungen würde. Wie ein Wassertropfen. Beobachtet durch ein Mikroskop auf dem Kopf eines jungen Straßenbettlers eine Laus an der Arbeit; ihr werdet mir eure Meinung darüber sagen. Leider sind sie klein, diese Räuber des langen Haares. Als Rekruten wären sie untauglich; denn sie haben nicht die vom Gesetz vorgeschriebene Größe. Sie gehören zur Liliputanerwelt der Kurzschenkligen, und die Blinden zögern nicht, sie zu den unendlich Kleinen zu zählen. Wehe dem Pottfisch, der es mit einer Laus aufnehmen wollte. Trotz seiner Größe würde er im Handumdrehen verschlungen sein. Nicht einmal der Schwanz würde übrigbleiben, um von dem Ereignis zu berichten. Der Elefant läßt sich streicheln. Die Laus nicht. Ich rate euch nicht, diesen gefährlichen Versuch zu wagen. Wehe euch, wenn eure Hand beharrt ist oder auch nur aus Haut und Knochen bestünde. Es ist um eure Finger geschehen. Sie werden krachen als würden sie gefoltert. Durch einen seltsamen Zauber verschwindet die Haut. Die Läuse sind unfähig, so viel Böses zu tun wie ihre Phantasie im Schilde führt. Wenn ihr eine Laus auf eurem Wege findet, dann geht vorbei und leckt nicht an den Papillen ihrer Zunge. Es könnte euch etwas zustoßen. Das ist schon vorgekommen. Wie dem auch sei, ich bin schon über die Menge des Bösen froh, was sie dir, o Menschenrasse, antut; nur wünschte ich, sie würde dir mehr antun.

Wie lange wirst du den wurmstichigen Kult dieses Gottes bewahren, der für deine Gebete und großzügigen Gaben, die du ihm als Sühnopfer darbringst, unempfindlich ist? Sieh, dieser furchtbare Manitu ist nicht dankbar für die weiten Schalen voll Blut und

Hirn, die du auf seinen, fromm mit Blumengirlanden geschmückten Altären vergießt. Er ist nicht dankbar... denn Erdbeben und Orkane wüten unablässig seit Anbeginn der Dinge. Und dennoch, ein Schauspiel, das der Beobachtung würdig ist, je gleichgültiger er sich zeigt, um so mehr bewunderst du ihn. Man sieht, daß du seinen Attributen, die er verbirgt, mißtraust, und dein Vernunftschluß stützt sich auf die Betrachtung, daß allein eine Gottheit von äußerster Macht, den Getreuen, die seiner Religion gehorchen, so große Verachtung entgegenbringen kann. Darum existieren in jedem Lande verschiedene Götter, hier das Krokodil, dort die Verkäuferin der Liebe; was aber die Laus betrifft, bei diesem heiligen Namen knien aller Völker gemeinsam im Vorhof des Tempels vor dem unförmigen, blutgierigen Götzenbild nieder und küssen universell die Ketten ihrer Versklavung. Das Volk, das seinen eigenen kriecherischen Instinkten nicht gehorchte und Miene machte, sich zu empören, würde früher oder später von der Erde verschwinden wie das Blatt des Herbstes, von der Rache des unversöhnlichen Gottes vernichtet.

O Laus, mit dem eingeschrumpften Augapfel, solange die Ströme das Gefäll ihrer Wasser in die Tiefen des Meeres ergießen; solange die Gestirne kreisend ihre Bahn ziehen; solange die lautlose Leere keinen Horizont hat; solange die Menschheit durch verderbliche Kriege sich selber zerfleischt; solange die göttliche Gerechtigkeit ihre rächenden Blitze auf diesen egoistischen Erdball schleudert; solange der Mensch seinen Schöpfer verkennt und ihn, nicht ohne Grund, mit einem Unterton der Verachtung verspottet, wird deine Herrschaft über das Weltall gesichert sein, und deine Dynastie wird ihre Glieder von Jahrhundert zu Jahrhundert vermehren. Ich grüße dich, aufgehende Sonne, himmlische Befreierin, dich, die unsichtbare Feindin des Menschen. Befiehl der Unreinheit weiter, sich dem Menschen in schamlosen Umarmungen zu vermählen und ihm mit nicht in den Staub geschriebenen Eiden zu schwören, in alle Ewigkeit seine getreue Geliebte zu bleiben. Küsse von Zeit zu Zeit das Kleid dieser großen Buhlerin zum Gedächtnis der wichtigen Dienste, die sie nicht versäumt, dir zu erweisen. Wenn sie den Menchen nicht mit ihren geilen Brüsten verführte, könntest du, das Produkt dieser vernünftigen und konsequenten Paarung, wahrscheinlich nicht existieren. O Tochter der Unreinheit! Sage deiner Mutter, daß ihr Dasein gefährdet wäre, wenn sie das Bett des Menschen verließe, um allein und ohne Halt auf einsamen Wegen zu wandeln. Mögen ihre Eingeweide, die dich neun Monate lang in ihren duftenden Wänden trugen, einen Augenblick beim Gedanken an die Gefahren, die infolgedessen ihrer so zarten, so freundlichen, so stillen, jedoch schon kalten und grausamen Frucht drohen, erschüttert sein. O Unreinheit, Königin der Weltreiche, bewahre den Augen meines Hasses das Schauspiel der unmerklichen Muskelzunahme deiner verhungerten Nachkommenschaft. Du weißt, um dieses Ziel zu erreichen, brauchst du dich nur noch fester in die Weichteile des Menschen zu pressen. Du darfst es tun, ohne die Schamhaftigkeit zu verletzen, da ihr beide schon lange verheiratet seid.

Wenn es mir erlaubt ist, dieser Ruhmeshymne einige Worte hinzuzufügen, so werde ich sagen, was mich betrifft, habe ich eine Gruft von vierzig Quadratmeilen und einer entsprechenden Tiefe graben lassen. Dort ruht in unreiner Jungfräulichkeit eine lebendige Mine von Läusen. Sie erfüllt die Niederungen der Gruft und schlängelt sich dann in weiten dichten Adern nach allen Richtungen. Diese künstliche Mine stellte ich folgendermaßen her. Ich entriß den Haaren der Menschheit eine weibliche Laus. Drei Nächte hintereinander konnte man mich mit ihr schlafen sehen, dann warf ich sie in die Gruft. Die menschliche Befruchtung, die in anderen gleichen Fällen null und nichtig gewesen wäre, wurde diesmal vom Schicksal angenommen; und nach Verlauf einiger Tage erblickten Tausende von Ungeheuern in einem kompakten Knoten wimmelnder Materie das Licht der Welt. Der schaurige Knoten wurde mit der Zeit größer und größer und nahm zugleich die flüssige Eigenschaft des Quecksilbers an, während er sich zu mehreren Ästen verzweigte, die sich gegenseitig ernähren, indem sie sich selber fressen (die Geburt ist größer als die Sterblichkeit), wenn ich ihnen nicht gerade einen neugeborenen Bastard, dessen Mutter den Tod herbeiwünschte oder einen Arm, den ich, dank dem Chloroform, einem jungen Mädchen über Nacht abschneiden werde, als Fraß vorwerfe. Alle fünzehn Jahre nimmt die Zahl der Läusegeschlechter, die sich vom Menschen nähren, sehr stark ab, und sie selbst sagen als unfehlbar voraus, daß die Zeit ihrer vollständigen Vernichtung nahe sei. Denn es gelingt dem Menschen, da er klüger ist als sein Feind, ihn zu besiegen. Dann fördere ich mit einer Höllenschaufel, die meine Kräfte steigert, aus dieser unerschöpflichen Mine Blöcke von Läusen zutage, wie Berge so groß, zerschlage sie mit Axthieben und schaffe sie im Laufe finsterer

Nächte in die Arterien der Städte. Dort, in Berührung mit der menschlichen Temperatur, lösen sie sich auf wie in den ersten Tagen, als sie in den gewundenen Stollen der unterirdischen Mine Gestalt annahmen, höhlen sich ein Bett in den Kies und rinnen in Bächen in die Behausungen gleich schädlichen Geistern. Dumpf bellt der Wächter des Hauses, denn ihm scheint, eine Legion unbekannter Wesen dringe durch die Poren der Mauern herein und bringe den Terror an die Stätte des Schlafes. Vielleicht habt auch ihr, wenigstens einmal im Leben, diese Art von schmerzlich anhaltendem Heulen gehört. Ohnmächtigen Auges versucht er das Dunkel der Nacht zu durchdringen; denn dies ist seinem Hundegehirn unbegreiflich. Das dumpfe Summen reizt ihn, und er spürt Verrat. So fallen Millionen Feinde, gleich Wolken von Heuschrekken, über jede Stadt her. Sie reichen für fünfzehn Jahre. Sie werden den Menschen bekämpfen, indem sie ihm brennende Wunden schlagen. Nach dieser Zeit werde ich neue schicken. Wenn ich die Blöcke belebter Materie zerstoße, kann es vorkommen, daß ein Bruchstück von größerer Dichte ist als ein anderes. Seine Atome geben sich rasende Mühe, ihre Siedlung abzuspalten, um hinzugehen und die Menschheit zu quälen; dem widersteht aber die Festigkeit der blinden Kraft. Durch eine letzte Erschütterung bringen sie einen solchen Druck hervor, daß der Stein, da er seine lebendigen Urzellen nicht zertrümmern kann, sich selbst hoch in die Luft schleudert, als würde er von Pulver gesprengt, wieder herabfällt und sich fest in den Erdboden bohrt. Manchmal sieht der verträumte Bauer einen Meteor, der senkrecht, in Richtung nach unten, auf ein Maisfeld, den Raum spaltet. Er weiß nicht, woher der Stein kommt. Ihr aber habt jetzt, klar und bündig, die Erklärung des Phänomens.

Wenn die Erde mit Läusen bedeckt wäre wie der Meeresstrand mit Sandkörnern, dann würde die menschliche Rasse vernichtet werden. Beute furchtbarer Schmerzen. Welch ein Schauspiel! Ich mit Engelsflügeln, unbeweglich in den Lüften, um es zu betrachten.

[10] O strenge Mathematik, ich habe dich nicht vergessen, seit deine gelehrten Unterweisungen mir, süßer als Honig, ins Herz drangen wie eine erfrischende Woge. Von der Wiege an begehrte ich instinktiv, aus deiner Quelle zu trinken, die älter ist als die Sonne und immer noch wandle ich im heiligen Vorhof deines feierlichen Tempels, der ich der treueste deiner Jünger bin. Mein Geist

war in Nebel gehüllt, in etwas unbestimmt Dichtes wie Rauch; aber in gläubigem Dienst gelang es mir, die Stufen deines Altars zu erklimmen, und du hast diesen düsteren Schleier vertrieben wie der Wind das Brettspiel vertreibt. Du hast ihn ersetzt durch äußerste Kälte, vollendete Vorsicht und unbeirrbare Logik. Mit Hilfe deiner stärkenden Milch hat sich mein Denkvermögen schnell entwickelt und inmitten der bezaubernden Klarheit, mit der du jene, die dich aufrichtig lieben, verschwenderisch beschenkst, ungeheure Dimensionen erreicht. Arithmetik! Algebra! Geometrie! Grandiose Dreifaltigkeit, leuchtendes Dreieck! Wer euch nicht gekannt hat, ist ein armer Wicht! Er verdiente die Strafe der härtesten Folter; denn in seiner unwissenden Sorglosigkeit liegt blinde Verachtung; wer euch aber kennt und zu würdigen weiß, begehrt keine Güter der Erde mehr; begnügt sich mit euren magischen Freuden; und von euren dunklen Fittichen getragen, wünscht er nichts weiter als sich leichten Fluges, eine aufsteigende Schneckenlinie konstruierend, zum Sphärengewölbe der Himmel emporzuschwingen. Die Erde zeigt ihm nur Täuschung und moralisches Blendwerk; du aber, o knappe Mathematik, erfüllst durch die unwiderlegliche Verkettung deiner fest gefügten Lehrsätze und durch die Beharrlichkeit deiner eisernen Gesetze die geblendeten Augen mit einem mächtig leuchtenden Widerschein jener höchsten Wahrheit, deren Spur in der Ordnung des Weltalls zu finden ist. Aber die Ordnung, die dich umgibt, vergegenwärtigt vor allem in der vollkommenen Regelmäßigkeit des Quadrats, Freund des Pythagoras, ist noch größer; denn der Allmächtige hat sich und seine Attribute in dieser denkwürdigen Arbeit, die darin bestand, dem Schoße des Chaos deine Schätze an Lehrsätzen und deine herrliche Pracht zu entreißen, völlig offenbart. Im Altertum und in modernen Zeiten sah manch große menschliche Vorstellungskraft ihren Geist sich entsetzen bei der Betrachtung deiner symbolischen Figuren, die gleich entsprechend geheimnisvollen, von verborgenem Atem lebenden Zeichen auf flammendem Papier geschrieben standen, was der vulgäre Laie nicht versteht und die doch nur die leuchtende Offenbarung der Axiome und der ewigen Hieroglyphen waren, die vor dem Weltall existierten und die nach ihm bestehen werden. Über den Abgrund eines verhängnisvollen Fragezeichens gebeugt, fragt sie sich, wie es wohl kommt, daß die Mathematik solch imposante Größe und so viel unbestreitbare Wahrheit enthält, während sie im Vergleich mit dem Menschen, in diesem nur falschen Hochmut und

Lüge findet. So neigt dieser höhere Geist, dem die edle Vertraulichkeit deiner Ratschläge die Kleinheit der Menschen und ihren unvergleichlichen Wahnsinn nur noch fühlbarer macht, betrübt das erbleichte Haupt über eine hagere Hand und vertieft sich weiter in übernatürliche Meditationen. Er beugt seine Knie vor dir, und seine Verehrung huldigt deinem göttlichen Antlitz als wäre es das Ebenbild des Allmächtigen selbst. In meiner Kindheit erschient ihr mir in einer Maiennacht bei Mondenschein auf einer grünen Wiese an den Ufern eines klaren Baches, alle drei mit gleicher Anmut und Scheu, alle drei majestätisch wie Königinnen. In euren langen, dunstartig wehenden Gewändern, kamt ihr mir einige Schritte entgegen und zogt mich an eure stolzen Brüste, wie einen angestammten Sohn. Da warf ich mich beflissen in eure Arme, und meine Hände klammerten sich an eure weiße Brust. Ich habe mich in Dankbarkeit von eurem fruchtbaren Manna genährt und fühlte, daß die Menschlichkeit in mir wuchs und besser wurde. Seit jener Zeit, o göttliche Rivalinnen, habe ich euch nicht verlassen. Seit jener Zeit erloschen allmählich in meiner enttäuschten Vernunft so manche energische Pläne, so manche Neigungen, deren konfigurative Zeichen ich in die Seiten meines Herzens gemeißelt zu haben glaubte wie in Marmor, sie erloschen wie die Schatten der Nacht im aufgehenden Morgenrot! Seit jener Zeit sah ich den Tod mit der dem bloßen Auge erkennbaren Absicht, die Gräber zu bevölkern, sah ihn die von Menschenblut gedüngten Schlachtfelder verwüsten und frühe Blumen über die Gebeine der Toten wachsen lassen. Seit jener Zeit war ich Zeuge der Revolutionen unseres Erdballs; Erdbeben, Vulkane mit ihrer feurigen Lava, der Samum der Wüste und Schiffbrüche im Sturm fanden mich gegenwärtig als unempfindlichen Zuschauer. Seit jener Zeit sah ich zahlreiche Menschengeschlechter sich morgens, die Augen aufwärts gewandt, mit der ungewohnten Freude der Schmetterlingspuppe, die ihre letzte Metamorphose begrüßt, in den Raum emporschwingen, und abends vor Sonnenuntergang sterben, das Haupt geknickt wie verblühte Blumen, vom klagenden Heulen des Windes gewiegt. Ihr aber, ihr bleibt immer gleich. Keine Veränderung, keine verpestete Luft berührt die steilen Felsen und die unermeßlichen Täler eurer Identität. Eure bescheidenen Pyramiden werden die Pyramiden Ägyptens überdauern, Ameisenhaufen, von Dummheit und Sklaverei erbaut. Noch das Ende der Jahrhunderte wird eure kabbalistischen Chiffren, eure lakonischen Gleichungen über den Trümmern der Zeiten stehen und eure skulpturalen Linien zur rächenden Rechten des Allmächtigen sitzen sehen, während die Sterne sich, Windhosen gleich, verzweifelt in die Ewigkeit einer furchtbaren und universellen Nacht stürzen und die Menschheit mit Zittern und Zagen darangeht, ihre Rechnung mit dem letzten Gericht zu begleichen. Dank für die zahllosen Dienste, die ihr mir erwiesen habt. Dank für die fremden Eigenschaften, mit denen ihr meine Intelligenz bereichert habt. Ohne euch wäre ich vielleicht in meinem Kampf gegen den Menschen besiegt worden. Ohne euch hätte er mich gezwungen, mich im Staube zu wälzen und den Staub seiner Füße zu küssen. Ohne euch hätte er mit heimtückischer Kralle mein Fleisch und meine Knochen durchpflügt. Ich aber war auf meiner Hut wie ein erfahrener Athlet. Ihr gabt mir die Kälte, die aus eurer sublimen, leidenschaftslosen Begriffswelt entspringt. Ich bediente mich ihrer, um die ephemeren Genüsse meiner kurzen Reise geringschätzig abzulehnen und die sympathischen aber trügerischen Angebote meiner Mitmenschen von der Tür zu weisen. Ihr gabt mir die hartnäckige Vorsicht, die man bei jedem Schritt in euren wunderbaren Methoden der Analyse, der Synthese und der Deduktion entziffert. Ich bediente mich ihrer, um die bösartigen Ränke meines Todfeindes zu vereiteln, ihn meinerseits geschickt anzugreifen und dem Menschen einen spitzen Dolch in die Eingeweide zu stoßen, der für immer in seinem Leib steckenbleiben wird; denn dies ist eine Wunde, von der er sich nicht mehr erholt. Ihr gabt mir die Logik, die eigentliche Seele eurer weisheitsvollen Lehren; mit ihren Vernunftschlüssen, deren verwickeltes Labyrinth dadurch nur verständlicher wird, verdoppelten sich die kühnen Kräfte meiner Intelligenz. Mit Hilfe dieses furchtbaren Bundesgenossen tauchte ich unter in die Niederungen der Menschheit, wo ich der Klippe des Hasses gegenüber, die schwarze, scheußliche Bosheit entdeckte, die inmitten tödlicher Krankheitskeime vermodert und bewundernd ihren Bauchnabel betrachtet. Als erster entdeckte ich in der Finsternis ihres Schoßes dieses unheilvolle Laster, das Böse, an sich überlegen dem Guten. Mit dieser vergifteten Waffe, die ihr mir lieht, zwang ich den Schöpfer persönlich von seinem Piedestal, das ihm die Feigheit des Menschen errichtet hat, herabzusteigen! Zähneknirschend ertrug er diese schmachvolle Beschimpfung; denn er hatte einen zum Gegner, der stärker war als er. Aber ich lasse ihn liegen wie ein Paket Bindfaden, um meinen Flug zu senken... Der Denker Descartes machte einmal die Bemerkung, daß nichts Festes auf dir errichtet worden sei. Dies war eine geschickte Art, zu verstehen zu geben, daß der erste beste deinen unschätzbaren Wert nicht ohne weiteres entdecken könne. Was kann es tatsächlich Solideres geben als die bereits genannten drei Hauptqualitäten, die sich, wie zu einer einzigen Krone verflochten, auf der erhabenen Spitze deiner kolossalen Architektur erheben? Ein Monument, das durch tägliche Entdeckungen in deinen diamentenen Minen und durch wissenschaftliche Forschungen in deinen prachtvollen Bereichen unaufhörlich wächst. O heilige Mathematik, mögest du den Rest meiner Tage durch fortwährenden Umgang mit dir, über die Bosheit des Menschen und die Ungerechtigkeit des Groß-Alls trösten!

[11] »O Lampe mit silbernem Schnabel, meine Augen erblicken dich, Gefährtin des Kathedralengewölbes in den Lüften, und suchen zu ergründen, warum du dort hängst. Es heißt, dein Schein erleuchte zur Nacht die Menge derer, die zusammenströmen, um den Allmächtigen anzubeten und du weisest den reuigen Sündern den Weg zum Altar. Höre, dies ist gut möglich; aber... hast du es nötig, Leuten, denen du nichts schuldest, solche Dienste zu erweisen? Lasse, in Finsternis getaucht, die Säulen der Basiliken; und wenn ein Windstoß des Orkans, auf welchem der Dämon, wirbelnd durch den Raum davongetragen, mit ihm Schrecken verbreitend, in die heilige Stätte dringt, dann, anstatt mutig gegen die verpestete Bö des Höllenfürsten zu kämpfen, erlisch plötzlich, unter seinem fiebrigen Atem, damit er, den Blicken verborgen, unter den knienden Gläubigen seine Opfer wähle. Wenn du dies tust, dann darfst du sagen, daß ich dir mein ganzes Glück verdanke. Wenn du aber so leuchtest, zwar unbestimmte, aber genügende Helligkeit verbreitend, dann wage ich nicht, den Eingebungen meiner Natur zu folgen und verweile unter dem heiligen Säulengang, während ich durch die halbgeöffnete Pforte jene betrachte, die im Schoße des Herrn meiner Rache entfliehen. O dichterische Lampe! die du meine Freundin wärest, könntest du mich verstehen, wenn meine Füße zu nächtlicher Stunde den Basalt der Kirchen berühren, warum leuchtest du auf in einer Art, die mir, ich gestehe es, ungewöhnlich erscheint? Dann erschimmern deine Strahlen im Weiß des elektrischen Lichtes; das Auge erträgt deinen Anblick nicht; und mit neuer, mächtiger Flamme erhellst du die geringsten Einzelheiten im Hundestall des Schöpfers als wärest du die Beute eines

heiligen Zorns. Und wenn ich mich entferne, nachdem ich gelästert habe, wirst du von neuem unansehnlich, bescheiden und bleich, überzeugt, eine Tat der Gerechtigkeit vollbracht zu haben. Sage mir doch: solltest du die Winkel meines Herzens so gut kennen, daß, sobald ich an einer von dir bewachten Stätte erscheine, du dich beeilst, meine verderbliche Gegenwart zu verraten und die Aufmerksamkeit der Betenden dorthin zu lenken, wo der Feind der Menschen sich gerade zeigt? Ich neige zu dieser Meinung; denn auch ich lerne dich allmählich kennen; und ich weiß, wer du bist, alte Hexe, die so gut über die heiligen Moscheen wacht, wo dein sonderbarer Meister sich spreizt wie ein Hahnenkamm. Wachsame Hüterin, du hast dir eine wahnsinnige Mission gegeben. Ich warne dich: zeigst du mich auch nur ein einziges Mal durch helleres Leuchten deines phosphoreszierenden Scheins der Vorsicht meiner Mitmenschen an, denn ich mag dieses optische Phänomen nicht, das übrigens in keinem Lehrbuch der Physik erwähnt ist, dann packe ich dich bei der Haut deiner Brust, schlage meine Krallen in den Schorf deines räudigen Nackens und werfe dich in die Seine. Ich behaupte nicht, daß du dich wissentlich in einer mir schädlichen Weise beträgst, wenn ich dir nichts tue. Dort werde ich dir dann erlauben, zu leuchten, solange es mir gefällt; dort darfst du mit unauslöschlichem Lächeln meiner spotten; dort, von der Unfähigkeit deines verbrecherischen Öls überzeugt, wirst du es in bitterem Gram von dir geben wie Harn.« Nachdem Maldoror also gesprochen hat, verläßt er den Tempel nicht und bleibt die Augen fest auf die Lampe der heiligen Stätte gerichtet... Er glaubt eine Art von Herausforderung in der Haltung dieser Lampe zu sehen, die ihn durch ihre ungelegene Gegenwart in höchstem Grade reizt. Er sagt sich, sollte in dieser Lampe eine Seele eingeschlossen sein, so ist sie feige, da sie nicht aufrichtig auf einen loyalen Angriff erwidert. Seine nervösen Arme schlagen in die Luft und er wünscht, die Lampe verwandelte sich in einen Menschen; dem würde er eine böse Viertelstunde bereiten, das verspricht er sich. Aber daß eine Lampe sich in einen Menschen verwandelt; das wäre nicht natürlich. Er gibt jedoch nicht auf und sucht in dem Vorhof der elenden Pagode einen flachen Kiesel mit messerscharfer Schneide. Er schleudert ihn mit aller Kraft in die Luft... die Kette ist in der Mitte durchschnitten wie Gras von der Sense, und das Instrument des Kults fällt zu Boden, während sein Öl sich über die Fliesen ergießt... Er ergreift die Lampe, um sie hinauszutragen, aber sie sträubt sich und wächst. Er glaubt Flügel an ihren Seiten zu sehen, und der obere Teil nimmt die Gestalt einer Engelbüste an. Das Ganze will sich in die Luft erheben und setzt zum Fluge an, er aber hält es mit starker Hand zurück. Eine Lampe und ein Engel zu einem Leib verschmolzen, so etwas sieht man nicht oft. Er erkennt die Form der Lampe; er erkennt die Form des Engels; aber in seinem Geist kann er sie nicht trennen; tatsächlich sind sie in Wirklichkeit unlösbar miteinander verbunden und bilden nur einen unabhängigen, freien Leib; er aber glaubt, eine Wolke hätte seine Augen verhüllt und ihn ein wenig seiner ausgezeichneten Sicht beraubt. Trotzdem rüstet er sich mutig zum Kampf, denn sein Gegner kennt keine Furcht. Naive Leute erzählen denen, die es glauben wollen, daß die heilige Pforte, sich in den traurigen Angeln drehend, von selbst zuschlug, damit niemand Zeuge dieses gottlosen Kampfes wäre, dessen Peripetien sich innerhalb der Mauern des geschändeten Heiligtums abspielen sollten. Der Mann im Mantel, während ein unsichtbares Schwert ihm grausame Wunden beibringt, bemüht sich, seinen Mund dem Antlitz des Engels zu nähern; er denkt nur daran und sein ganzes Mühen ist auf dieses Ziel gerichtet. Die Kraft des Engels erlahmt und er scheint sein Schicksal zu ahnen. Er kämpft nur noch schwach und man sieht den Augenblick kommen, da sein Gegner ihn ganz nach Belieben Küssen wird, wenn es das ist, was er tun will. Nun, der Augenblick ist gekommen. Mit seinen Muskeln würgt er die Kehle des Engels, der nicht mehr atmen kann und reißt ihm das Antlitz herum, indem er es an seine gräßliche Brust drückt. Einen Augenblick rührt ihn das Schicksal, das dieses himmlische Wesen erwartet und dessen Freund er gern geworden wäre. Aber er sagt sich, es ist der Gesandte des Herrn und er kann seinen Zorn nicht meistern. Es ist geschehen; etwas Furchtbares kehrt in den Käfig der Zeit zurück. Er beugt sich hinab und legt die speicheltriefende Zunge auf diese engelgleiche Wange, die ihm flehende Blicke zuwirft. Er führt eine Weile seine Zunge über diese Wange. O! ...seht doch! ...seht! ...die weiß und rosa Wange ist schwarz geworden wie eine Kohle! Gestank von Fäulnis steigt von ihr empor. Es ist der Brand; ein Zweifel ist nicht mehr möglich. Das fressende Übel bedeckt das ganze Antlitz, und von dort läßt es seine rasende Wut auf die unteren Teile des Körpers aus; bald ist der ganze Leib nur noch eine einzige grausige Wunde. Er selbst, entsetzt (denn er ahnte nicht, daß seine Zunge ein so heftig wirkendes Gift enthielt), packt die

Lampe und flieht aus der Kirche. Draußen angelangt, sieht er in den Lüften eine schwärzliche Gestalt mit verbrannten Flügeln, die mühsam ihren Flug den himmlischen Regionen entgegenlenkt. Beide sehen sich an, während der Engel zu den lichten Höhen des Guten emporsteigt, stürzt Maldoror, im Gegenteil, hinab in die schwindelnden Tiefen des Bösen... Welch ein Blick! Alles, was die Menschheit seit sechzig Jahrhunderten gedacht hat und was sie im Laufe der kommenden Jahrhunderte noch denken wird, könnte bequem darin Platz finden, so viel sagten sie sich in diesem letzten Adieu! Aber man wird verstehen, daß es höhere Gedanken waren als solche, die der menschlichen Intelligenz entspringen; zunächst wegen der beiden Persönlichkeiten und dann wegen der Umstände. Dieser Blick verband sie in ewiger Freundschaft. Es erstaunt ihn, daß der Schöpfer über Sendboten von solchem Seelenadel verfügt. Einen Augenblick glaubt er, sich geirrt zu haben und fragt sich, ob es richtig war, dem Weg des Bösen zu folgen. Die Verwirrung ist vorbei; er beharrt bei seinem Entschluß; und es ist ruhmvoll, so denkt er, früher oder später den Allmächtigen zu besiegen, um an seiner Statt über das ganze Weltall und über Legionen so schöner Engel zu herrschen. Dieser hier gibt ihm wortlos zu verstehen, daß er im Laufe seines Aufstiegs zum Himmel seine ursprüngliche Gestalt zurücknehmen werde; er läßt eine Träne fallen, welche die Stirn dessen kühlt, der ihm den Brand gegeben hat; und langsam, einem Geier gleich, schwingt er sich durch die Wolken empor, bis er verschwindet. Der Schuldige betrachtet die Lampe, Ursache dessen, was vorangeht. Wie ein Wahnsinniger läuft er durch die Straßen, wendet sich der Seine zu und schleudert die Lampe über das Geländer. Ein paarmal dreht sie sich um sich selbst, dann versinkt sie endgültig in den schlammigen Wassern. Seit diesem Tag sieht man jeden Abend, sobald die Nacht hereinbricht, in der Höhe des Pont Napoléon, eine leuchtende Lampe emporsteigen, die sich anmutsvoll auf der Oberfläche des Flusses hält und anstelle eines Henkels zwei allerliebste Engelsflügel trägt. Langsam gleitet sie auf den Wassern dahin, unter den Bögen des Pont de la Gare und des Pont d'Austerlitz hindurch und zieht ihre schweigende Bahn auf der Seine abwärts bis zum Pont d'Alma. An dieser Stelle angelangt, kehrt sie mühelos stromaufwärts zurück und erreicht vier Stunden später ihren Ausganspunkt. So treibt sie es die ganze Nacht. IHR SCHIMMER, WEISS WIE ELEKTRISCHES LICHT, läßt die Gaslaternen längs beider Ufer verblassen, zwischen denen sie vorüberzieht wie eine Königin, einsam, unerforschlich, MIT UNAUSLÖSCHLICHEM LÄCHELN, OHNE IHR ÖL IN BITTEREM GRAM ZU VERGIESSEN. Zu Anfang machten die Schiffe Jagd auf sie, aber sie vereitelte diese vergeblichen Versuche, entkam jeder Verfolgung, indem sie tauchte wie eine Kokette und erst in großer Entfernung wieder emporstieg. Jetzt, sobald die abergläubischen Schiffer sie erblicken, rudern sie in entgegengesetzter Richtung davon und ihre Lieder verstummen. Wenn ihr des Nachts über eine Brücke geht, dann gebt wohl acht; sicher seht ihr hier oder da die Lampe leuchten; aber es heißt, sie zeige sich nicht jedermann. Wenn ein Mensch über die Brücke geht, der etwas auf dem Gewissen hat, so läßt sie plötzlich ihren Schein erlöschen, und vergeblich sucht der entsetzte Fußgänger, mit verzweifeltem Blick, die Oberfläche und den Schlamm des Stromes ab. Er weiß, was das bedeutet. Er möchte glauben, den himmlischen Schein gesehen zu haben; aber er sagt sich, daß das Licht vom Bug der Schiffe oder von der Spiegelung der Gaslaternen kam; und er hat recht... Er weiß, daß er die Ursache dieses Erlöschens ist; und in traurige Betrachtungen versunken, beschleunigt er den Schritt, um seine Wohnung zu erreichen. Dann steigt die Lampe mit silbernem Schnabel von neuem empor, und in zierlich geschwungenen, kapriziösen Arabesken zieht sie weiter die gewohnte Bahn.

[12] Höret die Gedanken meiner Kindheit, sobald ich erwachte, ihr Menschen mit rotem Glied: »Ich bin soeben erwacht; aber mein Geist ist noch benommen. Jeden Morgen spüre ich eine Schwere im Kopf. Nachts finde ich selten Ruhe; denn wenn es mir gelingt, einzuschlafen, quälen mich furchtbare Träume. Am Tage erschöpft sich mein Geist in bizarren Meditationen, während meine Augen ziellos den Raum durchschweifen; und nachts kann ich nicht schlafen. Wann aber soll ich sonst schlafen? Die Natur hat dennoch Anspruch auf ihr Recht. Da ich sie verachte, macht sie mein Antlitz bleich und erleuchtet meine Augen mit der grellen Flamme des Fiebers. Übrigens könnte ich mir nichts Besseres wünschen, als meinen Geist nicht durch unablässiges Nachdenken zu erschöpfen; aber selbst gegen meinen Willen treiben mich meine bestürzten Gefühle unwiderstehlich dieser abschüssigen Bahn entgegen. Ich habe gemerkt, daß die anderen Kinder ebenso sind wie ich; nur sind sie noch bleicher und ihre Stirn ist gefurcht wie die der Männer, unserer älteren Brüder. O Schöpfer des Weltalls, heute mor-

gen werde ich nicht verfehlen, dir den Weihrauch meines kindlichen Gebetes zu opfern. Manchmal vergesse ich es, und es fiel mir auf, daß ich mich an solchen Tagen glücklicher fühle als gewöhnlich; frei von jedem Zwang weitet sich meine Brust und freudiger atme ich die duftende Luft der Felder; wenn ich dagegen, auf Befehl meiner Eltern, die peinliche Pflicht erfülle, dir täglich ein Loblied zu singen, von der unzertrennlichen Langeweile begleitet, die mir seine mühsame Erfindung verursacht, dann bin ich den Rest des Tages traurig und reizbar, weil es mir weder logisch noch natürlich erscheint, zu sagen, was ich nicht denke, und ich suche die Abkehr der unendlichen Einsamkeit. Wenn ich sie bitte, mir diesen seltsamen Zustand meiner Seele zu erklären, erhalte ich keine Antwort. Ich möchte dich lieben, dich anbeten; aber du bist zu mächtig und in meinen Hymnen ist Furcht. Wenn du durch eine einzige Manifestation deines Geistes Welten zerstören oder erschaffen kannst, dann sind meine schwachen Gebete für dich ohne Nutzen; wenn du, wann es dir gefällt, die Cholera schickst, um die Städte zu verwüsten, oder den Tod, um in seinen Krallen die vier Lebensalter ohne jeden Unterschied davonzutragen, dann will ich mich nicht an einen so gefährlichen Feind binden. Nicht, daß der Haß den Lauf meiner Urteilskraft lenke; sondern ich fürchte, im Gegenteil, deinen eigenen Haß, der auf einen kapriziösen Befehl aus deinem Herzen hervortreten und ungeheuerlich werden kann wie die ausgebreiteten Schwingen des Kondors der Anden. Deine zweideutigen Belustigungen sind mir zu hoch, und ich würde wahrscheinlich ihr erstes Opfer sein. Du bist der Allmächtige; ich mache dir diesen Titel nicht streitig, da du allein das Recht hast, ihn zu tragen, und deine Wünsche mit ihren traurigen oder glücklichen Folgen haben nur dich selbst zum Ziel. Genau darum wäre es mir schmerzlich, neben deiner grausamen Tunika aus Saphir einherzuschreiten, nicht als dein Sklave, jedoch wie einer, der es von einem Moment auf den anderen werden könnte. Gewiß, wenn du in dich gehst, um dein unumschränktes Betragen zu prüfen, wenn das Phantom einer begangenen Ungerechtigkeit gegen diese unglückliche Menschheit, die dir immer gehorchte wie der treuste Freund, die unbeweglichen Wirbel seines rächenden Rückgrats vor dir aufrichtet, dann läßt dein verstörtes Auge die entsetzte Träne später Reue fallen, und mit gesträubten Haaren glaubt du selbst den aufrichtigen Entschluß zu fassen, die unbegreiflichen Spiele deiner Raubtierphantasie, die possenhaft sein könnten, wären sie nicht so kläglich, für immer im Dickicht des Nichts auszusetzen; zugleich aber weiß ich, daß die Beständigkeit nicht die Harpune ihrer ewigen Bleibe gleich einem zähen Mark in deine Knochen gepflanzt hat und daß du und deine Gedanken, von der schwarzen Lepra des Irrtums bedeckt, sehr oft in den todtraurigen See finsterer Flüche zurücksinken. Ich will gern glauben, daß diese unbewußt sind (wenngleich sie deshalb nicht weniger ihr verderbliches Gift enthalten) und daß das Böse und das Gute durch den verborgenen Zauber blinder Gewalt zur Einheit verschmolzen in heftigen Sprüngen von deiner brandbedeckten königlichen Brust niederstürzen wie der Wildbach vom Felsen; nichts aber gibt mir dafür den Beweis. Allzu oft sah ich deine schmutzigen Zähne knirschen vor Wut und dein erhabenes Antlitz, vom Moos der Zeit überwuchert, erröten wie eine glühende Kohle wegen irgendeiner mikroskopischen Kleinigkeit, welche die Menschen begangen hatten, als daß ich mich länger vor dem Wegweiser dieser einfältigen Hypothese aufhalten könnte. Täglich will ich mit gefalteten Händen die Stimme meines demütigen Gebetes zu dir erheben, da es sein muß; aber ich flehe dich an, laß deine Vorsehung meiner nicht gedenken, laß mich unbeachtet wie das kriechende Würmchen im Erdreich. Wisse, daß ich mich lieber mit gieriger Lust von Seepflanzen nährte, welche die tropischen Wogen dieser Küstengebiete in gischtsprühenden Armen an wilde Ufer unbekannter Inseln spülen, als mich von dir beobachtet zu wissen und dein grinsendes Seziermesser an meinem Gewissen zu spüren. Es hat dir soeben die Totalität meiner Gedanken offenbart, und ich hoffe, daß deine Vorsicht es leicht haben wird, dem gesunden Menschenverstand, dessen unauslöschlichen Stempel es trägt, Beifall zu spenden. Abgesehen von diesen Vorbehalten über die mehr oder weniger vertrauliche Art der Beziehungen, die ich mit dir unterhalten muß, ist mein Mund bereit, zu jeder Tagesstunde, einem künstlichen Odem gleich, die Flut der Lügen auszuatmen, die deine kleinliche Ruhmsucht mit Strenge von jedem Menschen fordert, sobald der Morgen sich bläulich erhebt, das Licht in den seidenen Falten der Dämmerung suchend wie ich, von der Liebe zum Guten getrieben, die Güte suche. Gering ist die Zahl meiner Jahre, doch fühle ich schon, daß Güte nichts ist als eine Vereinigung klingender Silben; ich habe sie nirgends gefunden. Zu leicht ist dein Wesen durchschaubar; du solltest es geschickter verbergen. Übrigens, vielleicht irre ich mich und du tust es absichtlich; denn du weißt besser als ein anderer wie du dich zu verhalten hast. Die Menschen setzen ihre Ehre darein, dich nachzuahmen; darum findet die heilige Güte kein Tabernakel in ihren wilden Augen; wie der Vater, so der Sohn. Was man auch von deiner Intelligenz denken mag, ich spreche darüber nur als unparteiischer Kritiker. Nichts wäre mir lieber, als getäuscht worden zu sein. Ich möchte dir nicht den Haß zeigen, den ich dir entgegenbringe und den ich zärtlich hege wie ein geliebtes Kind; denn es ist besser, ihn vor deinen Augen zu verbergen und sich dir nur als strengen Zensor zu zeigen, beauftragt, deine unlauteren Taten zu prüfen. So wirst du jeden aktiven Verkehr mit ihm abbrechen, du wirst ihn vergessen und diese gierige Wanze, die deine Leber zerfrißt, völlig vernichten. Ich ziehe es vor, dich träumerische und sanfte Worte hören zu lassen... Ja, du bist es, der die Welt, und alles, was sie umfaßt, geschaffen hat. Du bist vollkommen. Keine Tugend fehlt dir. Du bist sehr mächtig, das weiß jeder. Möge das ganze Universum allezeit dein ewiges Loblied singen! Die Vögel segnen dich, wenn sie sich vom Felde emporschwingen. Dein sind die Sterne... Amen!« Nach solchen Anfängen mögt ihr euch wundern, mich so zu finden wie ich bin!

[13] Ich suchte eine Seele, die mir ähnlich wäre und konnte sie nicht finden. Ich durchsuchte die verborgensten Winkel der Erde; meine Ausdauer war vergeblich. Allein konnte ich jedoch nicht bleiben. Ich brauchte jemanden, der meinen Charakter bejahte; ich brauchte jemanden, der ebenso dachte wie ich. Es war am Morgen; die Sonne erhob sich in ihrer ganzen Herrlichkeit am Horizont, da erhob sich auch vor meinen Augen ein Jüngling, unter dessen Schritten Blumen hervorsprossen. Er kam auf mich zu und reichte mir die Hand: »Ich bin zu dir gekommen, da du mich suchst. Segnen wir diesen glücklichen Tag.« Ich aber: »Geh fort; ich habe dich nicht gerufen; ich brauche deine Freundschaft nicht...« Es war am Abend; die Nacht begann, die Dunkelheit ihres Schleiers über die Natur auszubreiten. Eine schöne Frau, die ich nur undeutlich wahrnahm, breitete auch über mich ihren Zauberbahnn aus und sah mich teilnahmsvoll an; jedoch wagte sie nicht, mich anzusprechen. Ich sagte: »Tritt näher, damit ich die Züge deines Antlitzes deutlich erkenne; denn das Licht der Sterne ist nicht stark genug, um sie aus solcher Entfernung zu erhellen.« Da kam sie bescheidenen Schrittes und die Augen gesenkt über das Gras des Rasens auf mich zu. Sobald ich sie sah: »Ich sehe, daß Güte und

Gerechtigkeit in deinem Herzen ihren Wohnsitz haben: wir könnten nicht zusammen leben. Jetzt bewunderst du meine Schönheit, die manch eine verwirrt hat; aber früher oder später wirst du bereuen, mir deine Liebe geweiht zu haben; denn du kennst meine Seele nicht. Nicht, daß ich dir je untreu würde: der Frau, die sich mir so vertrauensvoll hingibt, gebe ich mich ebenso vertrauensvoll hin; aber merke dir dies, um es nie zu vergessen: Wölfe und Lämmer betrachten einander nicht mit sanften Augen.« Was aber brauchte ich dann, ich, der ich mit so heftigem Ekel von mir stieß, was die Menschheit Schönstes besaß! Was ich brauchte, hätte ich nicht sagen können. Ich war noch nicht daran gewöhnt, mir mittels der Methoden, welche die Philosophie empfiehlt, strenge Rechenschaft über die Phänomene meines Geistes abzulegen. Ich setzte mich auf eine Klippe, nahe am Meer. Soeben hatte ein Schiff alle Segel gehißt, um sich aus diesem Küstenbereich zu entfernen: ein kaum sichtbarer Punkt war am Horizont erschienen und näherte sich allmählich mit wachsender Geschwindigkeit, vom Sturmwind getrieben. Der Orkan begann seinen Angriff, und schon verdunkelte sich der Himmel und wurde in seiner Schwärze fast ebenso häßlich wie das Menschenherz. Das Schiff, das ein großes Kriegsschiff war, hatte alle Anker geworfen, um nicht auf die Felsen der Küste gefegt zu werden. Der Wind pfiff wütend aus allen vier Himmelsrichtungen und riß die Segel in Fetzen. Donnerschläge barsten inmitten der Blitze und konnten den Lärm des Jammergeschreis nicht übertönen, der aus dem fundamentlosen Hause, dem treibenden Grabe, erschallte. Das Schlingern der wässerigen Massen vermochte nicht die Ankerketten zu brechen; aber ihre Stöße hatten dem Wasser einen Weg in die Flanken des Schiffes gebahnt. Gewaltige Bresche; denn die Pumpen reichen nicht aus, um die salzigen Sturzwellen, die sich wie schäumende Berge auf der Brücke entladen, zurückzuwerfen. Das Schiff in Not gibt Alarmschüsse ab; aber es sinkt langsam... majestätisch. Wer nie ein Schiff mitten im Orkan hat sinken sehen, wo Blitze mit tiefster Finsternis wechseln, während jene, die es birgt, der wohlbekannten Verzweiflung erliegen, der kennt die Schläge des Lebens nicht. Schließlich steigt ein einziger, ungeheurer Schmerzensschrei aus den Flanken des Schiffes empor, während das Meer seine furchtbaren Angriffe verdoppelt. Dies ist der Schrei, den das Versagen menschlicher Kräfte ausstößt. Jeder hüllt sich in den Mantel der Resignation und legt sein Schicksal in Gottes Hand. Man drängt zurück wie eine Herde Schafe. Das Schiff in Not gibt Alarmschüsse ab; aber es sinkt langsam... majestätisch. Den ganzen Tag lang haben sie die Pumpen arbeiten lassen. Vergebliche Mühe. Die Nacht ist gekommen, stockfinster, unversöhnlich, um dieses anmutige Schauspiel vollendet zu machen. Jeder sagt sich, daß er, einmal im Wasser, nicht mehr wird atmen können; denn in welche Fernen er auch sein Gedächtnis zurückverfolgt, er findet keinen Fisch unter seinen Vorfahren; aber er ermahnt sich, den Atem so lange wie möglich zurückzuhalten, um sein Leben um zwei bis drei Sekunden zu verlängern; dies ist der rächende Hohn, mit dem er dem Tode begegnen will... Das Schiff in Not gibt Alarmschüsse ab; aber es sinkt langsam... majestätisch. Er weiß nicht, daß das Kriegsschiff beim Sinken eine gewaltige Drehung der Schlagwellen um sich selbst erzeugt; daß der schmutzige Schlamm sich den trüben Fluten vermischt und eine von unten kommende Kraft, Gegenstoß des Orkans, der oben seine Verwüstungen anrichtet, das Element zu ruckweisen und nervösen Bewegungen zwingt. So dürfte die angehende Wasserleiche trotz des Vorrats an Kaltblütigkeit, den sie im voraus sammelt, sich nach reiflicher Überlegung glücklich schätzen, ihr Leben in den Wirbeln des Abgrunds um die Hälfte eines gewöhnlichen Atemzuges verlängern zu können, um mit gutem Maß zu messen. Es wird ihr also unmöglich sein, den Tod zu verhöhnen, ihr höchster Wunsch. Das Schiff in Not gibt Alarmschüsse ab; aber es sinkt langsam... majestätisch. Dies ist ein Irrtum. Es gibt keine Alarmschüsse mehr ab, es sinkt nicht mehr. Die Nußschale ist völlig im Abgrund verschwunden. O Himmel! wie kann man noch leben, nachdem man solche Wonnen erfuhr! Es wurde mir soeben geschenkt, dem Todeskampf mehrerer Mitmenschen zuzusehen. Minute auf Minute folgte ich dem raschen Wechsel ihrer Ängste. Bald übertönte das Brüllen einer alten vor Angst wahnsinnig gewordenen Frau das Marktgeschrei. Bald war es nur das Gekreisch eines Säuglings, das die Kommandorufe an die Mannschaft verschlang. Das Schiff war zu weit entfernt, als daß ich die Jammerrufe, die mir der Windstoß zutrug, genau unterscheiden konnte; aber kraft meines Willens holte ich es näher zu mir heran, und die optische Täuschung war vollständig. Jede Viertelstunde, wenn ein Windstoß, der die anderen an Stärke übertraf, sein grausiges Heulen dem Schrei der verstörten Sturmvögel vermählte, das Schiff von achtern bis vorn in allen Fugen krachte und die Klagen derer verstärkte, die dem Tode zum sühnenden Opfer gebracht werden sollte, stieß ich mir die scharfe Spitze eines Eisens in die Wange und dachte bei mir: »Sie leiden mehr!« So hatte ich wenigstens den Maßstab eines Vergleiches. Vom Ufer aus fuhr ich sie hart an, indem ich Verwünschungen und Drohungen ausstieß. Mir schien, sie müßten mich hören! Mir schien, daß mein Haß und meine Worte, die Entfernung überwindend, die physikalischen Gesetze des Schalles vernichteten und deutlich in ihre Ohren drangen, betäubt vom Brüllen des tobenden Ozeans! Mir schien, sie müßten meiner gedenken und ihre Rache in ohmächtiger Wut aushauchen! Von Zeit zu Zeit warf ich den Blick auf die Städte, die auf dem Festland im Schlafe lagen; und da ich niemanden sah, der geahnt hätte, daß einige Meilen vom Ufer entfernt, ein Schiff mit einem Kranz von Raubvögeln und einem Piedestal leerbäuchiger Wasserriesen in den Fluten versank, da faßte ich wieder Mut, und die Hoffnung kehrte zu mir zurück! Also war ich ihres Untergangs sicher! Sie konnten mir nicht entgehen! Aus übertriebener Vorsicht hatte ich mein Doppelschußgewehr geholt, in der Absicht, jedem Schiffbrüchigen, der versuchen wollte, schwimmend die Klippen zu erreichen, um dem nahen Tod zu entgehen, mit einem Schuß in die Schulter den Arm zu zerschmettern und ihn so an der Ausführung seines Planes zu hindern. Im Augenblick, da der Orkan seinen Höhepunkt erreichte, sah ich einen energischen Kopf, die Haare gesträubt, sich mit verzweifelter Mühe über Wasser halten. Literweise schluckte er Wasser und versank, wie ein Kork hin- und hergeschleudert, im Abgrund. Bald aber tauchte er von neuem auf, mit triefenden Haaren; und das Auge ans Ufer geheftet, schien er dem Tode zu trotzen. Er war von herrlicher Kaltblütigkeit. Eine klaffende, blutige Wunde, von der Spitze irgendeines verborgenen Riffes verursacht, zerriß sein edles, furchtloses Antlitz. Er konnte höchstens sechzehn Jahre alt sein; denn im Lichte der Blitze, welche die Nacht erhellten, bemerkte man kaum den Anflug eines Pfirsichflaums auf seiner Lippe. Und jetzt war er nur noch zweihundert Meter vom Felsen entfernt; und ich erkannte deutlich sein Antlitz. Welch ein Mut! Welch unbezähmbarer Geist! Wie die Festigkeit dieses Hauptes das Schicksal zu verhöhnen schien, während es kraftvoll die Woge zerteilte, deren Furchen sich nur schwer vor ihm öffneten!... Ich hatte es im voraus beschlosen. Ich schuldete es mir selbst, mein Versprechen zu halten: die letzte Stunde für alle hatte geschlagen, keiner durfte entkommen. Mein Entschluß war gefaßt; nichts würde ihn erschüttern... Ein trockener

Schall ertönte, und alsbald versank das Haupt, um nicht wieder aufzutauchen. Dieser Mord machte mir kein so großes Vergnügen, wie man vermuten könnte; denn gerade, weil ich es satt hatte, immer zu töten, tat ich es künftig aus bloßer Gewohnheit, auf die man zwar nicht verzichten kann, die jedoch nur einen flüchtigen Genuß vermittelt. Das Gefühl ist abgestumpft, verhärtet. Welche Wonne konnte mir der Tod dieses Menschenwesens gewähren, wenn über hundert da waren, die mir das Schauspiel ihres letzten Kampfes gegen die Fluten bieten würden, sobald das Schiff gesunken war? Bei diesem Tode lockte mich nicht einmal die Gefahr; denn die menschliche Gerechtigkeit schlummerte, vom Orkan dieser furchtbaren Nacht gewiegt, einige Schritte von mir entfernt in den Häusern. Heute, da die Jahre auf meinem Körper lasten, bekenne ich mich aufrichtig zu dieser letzten und feierlichen Wahrheit: ich war nicht so grausam, wie man später bei den Menschen erzählte; es gab jedoch Zeiten, da ihre Bosheit ganze Jahre lang ihre beharrlichen Verwüstungen ausübte. Dann kannte mein Zorn keine Grenzen; Anfälle von Grausamkeit überkamen mich und ich wurde furchtbar für den, der sich meinen wilden Augen näherte, vorausgesetzt, er gehörte meiner Rasse an. Ein Pferd oder einen Hund ließ ich gehen: habt ihr gehört, was ich soeben sagte? In dieser Sturmnacht hatte ich leider einen solchen Anfall, mein Verstand war entflohen (denn gewöhnlich war ich zwar genauso grausam, jedoch von größerer Vorsicht); und alles, was mir diesmal in die Hände fiel, mußte untergehen; ich erhebe keinen Anspruch darauf, mein Unrecht zu entschuldigen. Die Schuld daran trifft nicht nur meine Mitmenschen. Ich stelle nur fest, was ist, in Erwartung des Jüngsten Gerichts, wobei ich mir im voraus den Nacken kratze... Was kümmert mich das Jüngste Gericht! Mein Verstand verläßt mich nie, wie ich behauptete, um euch zu täuschen. Und wenn ich ein Verbrechen begehe, so weiß ich, was ich tue: ich wollte nichts anderes tun! Auf dem Felsen stehend, Haare und Mantel vom Sturm gepeitscht, belauerte ich in Ekstase die Gewalt des Orkans, der unter dem sternenlosen Himmel seine Wut an einem Schiff ausließ. In triumphierender Haltung verfolgte ich die Entwicklung dieses Dramas, von dem Augenblick an, da das Schiff Anker warf, bis zu dem Augenblick, da es verschlungen wurde, fatales Gewand, das jene, die sich darin eingehüllt hatten wie in einen Mantel, in die Eingeweide des Meeres hinunterriß. Aber der Augenblick nahte, da ich selbst an diesen Szenen der verstörten Natur als Schauspieler mitwirken sollte. Als der Platz, wo das Schiff seinen Kampf gekämpft hatte, deutlich zeigte, daß dieses den Rest seiner Tage im Erdgeschoß des Meeres verbringen würde, kamen jene, die von den Fluten davongetragen worden waren, zum Teil wieder an die Oberfläche. Sie umschlangen einander zu zweit, zu dritt, was ein Mittel war, ihr Leben nicht zu retten; denn sie wurden in ihren Bewegungen gehemmt und gingen unter wie durchlöcherte Krüge... Welch ein Heer von Seeungeheuern zerteilt da die Fluten mit solcher Geschwindigkeit? Es sind ihrer sechs; ihre Flossen sind stark und bahnen sich einen Weg durch die empörten Wogen. Bald machen die Haie aus all diesen Menschenwesen, die ihre vier Gliedmaßen auf solch unsicherem Kontinent bewegen, nur noch ein Omelett ohne Eier und teilen es unter sich nach dem Gesetz des Stärkeren. Das Blut vermengt sich den Wassern und die Wasser vermengen sich dem Blut. Die wilde Lust ihrer Augen reicht aus, um den Schauplatz des Blutbades zu beleuchten... Aber was bringt denn dort hinten am Horizont die Wasser schon wieder in Aufruhr? Man könnte es für eine heranbrausende Windhose halten. Was für Ruderschläge! Ich sehe, was es ist. Eine riesige Haiin eilt herbei, um sich an der Entenleberpastete zu beteiligen und kalte Fleischbrühe zu essen. Sie rast vor Wut; denn sie hat Hunger. Ein Kampf entspinnt sich zwischen ihr und den Haien um ein paar zukkender Gliedmaßen willen, die hier und da auf der roten Sahne umherschwimmen, ohne ein Wort zu sagen. Rechts und links teilt sie bissige Hiebe aus, die tödliche Wunden erzeugen. Noch ist sie von drei lebendigen Haien umringt und muß sich nach allen Seiten drehen und wenden, um deren Ränke zu vereiteln. Mit wachsender, bisher nie gekannter Erregung verfolgt der am Ufer stehende Zuschauer diese neuartige Seeschlacht. Seine Augen sind auf die mutige Haiin mit den so starken Zähnen gerichtet. Er zögert nicht mehr, er schultert sein Gewehr und schießt mit gewohnter Gewandtheit seine zweite Kugel in die Kiemen eines der Haie, im Augenblick, da dieser sich auf dem Kamm einer Woge zeigt. Bleiben zwei Haie, die dadurch nur noch erbitterter kämpfen. Von der Höhe der Klippe wirft sich der Mensch mit dem brackigen Speichel ins Meer und schwimmt auf den schön gefärbten Teppich zu, in der Hand das stählerne Messer, das ihn niemals verläßt. Von jetzt an hat es jeder Hai mit einem Feind zu tun. Er nähert sich seinem ermatteten Gegner und stößt ihm, ohne Überstürzung, seine spitze Klinge in den Leib. Das bewegliche Bollwerk entledigt sich leicht des letzten Gegners... Jetzt sind sie allein, der Schwimmer und die von ihm gerettete Haiin. Einige Minuten lang sahen sie sich fest ins Gesicht; und beide erstaunten, so viel grausame Lust in den Blikken des anderen zu finden. Schwimmend drehen sie sich im Kreise, lassen einander nicht aus den Augen und jeder sagt sich: »Ich lebte bis jetzt im Irrtum; da ist einer, der böser ist als ich.« Da glitten sie zwischen zwei Wellen, einstimmig und in gegenseitiger Bewunderung aufeinander zu, die Haiin, das Wasser mit ihren Flossen zerteilend und Maldoror, die Fluten mit seinen Armen schlagend; und sie hielten den Atem an in tiefer Verehrung, jeder von dem Wunsche erfüllt, zum erstenmal sein lebendiges Ebenbild zu betrachten. In drei Metern Entfernung angelangt, prallten sie plötzlich, ohne die geringste Mühe aufeinander wie zwei Magneten und küßten sich mit Würde und Dankbarkeit in einer so zärtlichen Umarmung wie die eines Bruders oder einer Schwester. Die fleischlichen Lüste folgten diesem Freundschaftsbeweis auf dem Fuße. Zwei nervöse Schenkel preßten sich eng an die klebrige Haut des Ungeheuers wie zwei Blutegel; und Arme und Schwimmflossen um den Körper des geliebten Gegenstandes geschlungen, umfingen sie einander in Liebe, während ihre Kehlen und ihre Brüste bald nur noch eine einzige meergrüne Masse mit Algengeruch bildeten; inmitten des weiter tobenden Orkans; beim Leuchten der Blitze; den Gischt der Wogen als Hochzeitsbett, von der unterirdischen Strömung wie in einer Wiege davongetragen, den unbekannten Tiefen des Abgrunds entgegenstürzend, vermählten sie sich in langer, keuscher und grauenhaft häßlicher Paarung!... Endlich hatte ich sie gefunden, die mir ähnlich war!... Von jetzt an stand ich nicht mehr allein im Leben!... Sie dachte genau so wie ich!... Ich war meiner ersten Liebe begegnet!

[14] Die Seine trägt eine menschliche Leiche mit sich fort. Bei solcher Gelegenheit nimmt sie feierliche Allüren an. Der aufgedunsene Leichnam hält sich über Wasser; er verschwindet unter einem Brückenbogen; weiter hinten jedoch sieht man ihn von neuem erscheinen, sich langsam um sich selber drehend wie ein Mühlrad, und von Zeit zu Zeit wieder untertauchen. Ein Schiffer fängt ihn mit Hilfe einer Stange auf und bringt ihn an Land. Bevor man die Leiche ins Leichenschauhaus befördert, läßt man sie eine Zeitlang auf der Böschung liegen, um Wiederbelebungsversuche anzustellen. Die dichte Menge versammelt sich um den Leichnam. Die hin-

ten Stehenden, die nicht sehen können, drängen, so sehr sie nur können die Vorderen. Jeder sagt sich: »Ich hätte mich bestimmt nicht ertränkt.« Man beklagt den Jüngling, der Selbstmord begangen hat; man bewundert ihn; aber man ahmt ihn nicht nach. Er jedoch hat es ganz natürlich gefunden, sich den Tod zu geben, da er nichts auf Erden für fähig hielt, ihn zufriedenzustellen und weil er nach Höherem strebte. Sein Antlitz ist vornehm und seine Kleider sind reich. Ob er schon siebzehn Jahre alt ist? Das heißt jung sterben! Die gelähmte Menge hält ihre unbeweglichen Augen weiter auf ihn gerichtet… Es wird Nacht. Jeder zieht sich stillschweigend zurück. Keiner wagt es, den Ertrunkenen umzudrehen, damit er das Wasser ausspeien kann, das seinen Leib füllt. Man fürchtet, für empfindlich gehalten zu werden, und hinter seinem Hemdkragen verschanzt, hat keiner sich gerührt. Der eine geht seines Weges, böse ein albernes Jodellied pfeifend; ein anderer läßt seine Finger schnalzen wie Kastagnetten… Von düsteren Gedanken geplagt, reitet Maldoror, schnell wie der Blitz, nahe an dieser Stelle vorüber. Er sieht den Ertrunkenen; das genügt. Sofort hat er sein Roß zum Stehen gebracht und sich aus dem Sattel geschwungen. Ohne Ekel hebt er den Jüngling empor und läßt ihn das Wasser in reichlicher Menge ausspeien. Beim Gedanken, daß dieser regungslose Körper unter seiner Hand wieder aufleben könnte, fühlt er sein Herz durch diesen freudigen Eindruck springen und verdoppelt seinen Mut. Vergebliche Mühe! Vergebliche Mühe, sagte ich, und es ist wahr. Der Leichnam bleibt regungslos und läßt sich nach allen Seiten drehen. Maldoror reibt ihm die Schläfen, massiert dieses und jenes Glied; eine Stunde lang bläst er ihm in den Mund, seine Lippen auf die Lippen des Unbekannten pressend. Endlich ist ihm, als spüre seine Hand, die auf der Brust des Toten liegt, ein leichtes Schlagen. Der Ertrunkene lebt! In diesem höchsten Augenblick konnte man beobachten, daß mehrere Furchen von der Stirn des Reiters verschwanden, was ihn um zehn Jahre verjüngte. Aber ach! vielleicht sind die Furchen morgen wieder da, vielleicht schon, sobald er sich von dem Seineufer entfernt hat. Inzwischen öffnet der Ertrunkene glanzlose Augen und dankt seinem Wohltäter mit mattem Lächeln; aber er ist noch schwach und unfähig, sich zu bewegen. Wie schön, jemandem das Leben zu retten! Und wieviel Schuld kauft solche Tat zurück! Der Mensch mit den Bronzelippen, der bis dahin beschäftigt war, den Jüngling dem Tod zu entreißen, betrachtet diesen mit größerer Aufmerksamkeit, und seine Züge scheinen ihm nicht unbekannt. Er sagt sich, daß zwischen dem blondhaarigen Scheintoten und Holzer kein großer Unterschied bestehe. Seht, mit welchem Überschwang sie sich umarmen! Macht nichts! Der Mensch mit dem Jaspisaugapfel legt Wert darauf, den Anschein einer ernsten Rolle zu wahren. Wortlos nimmt er seinen Freund, setzt ihn hinter sich aufs Pferd und entfernt sich im Galopp. O Holzer, der du glaubtest, so vernünftig und so stark zu sein, hast du nicht an deinem eigenen Beispiel erkannt, wie schwierig es ist, in einem Verzweiflungsausbruch die Kaltblütigkeit zu wahren, deren du dich rühmst? Ich hoffe, du wirst mir nie mehr solchen Kummer bereiten, und was mich betrifft, so habe ich dir versprochen, nie Hand an mein Leben zu legen.

[15] Es gibt Stunden im Leben, da der Mensch mit verlaustem Haar starren Auges Raubtierblicke auf die grünen Membranen des Raumes wirft; denn ihm ist, als höre er vor sich das Hohngelächter eines Gespenstes. Er schwankt und beugt das Haupt: was er gehört hat, ist die Stimme des Gewissens. Da stürzt er schnell wie ein Wahnsinniger aus dem Haus, nimmt die erste beste Richtung, die sich seiner Verblüffung bietet und rast durch die rauhen Ebenen des Landes. Aber das gelbe Gespenst verliert ihn nicht aus den Augen und verfolgt ihn mit gleicher Geschwindigkeit. Manchmal, in einer Gewitternacht, wenn Legionen geflügelter Kraken, die von weitem an Raben erinnern, über den Wolken schweben und sich in straffen Stößen den Städten der Menschen zuwenden, mit dem Auftrag, sie zu ermahnen, ihren Wandel zu ändern, dann sieht der düsteräugige Kiesel zwei Wesen im Schein des Blitzes vorüberziehen, eins hinter dem anderen; und während er eine verstohlene Träne des Erbarmens trocknet, die aus seinem eisigen Augenlid fließt, ruft er: »Gewiß, er verdient es; und es ist nur Gerechtigkeit.« Nachdem er dies gesagt hat, wird seine Haltung wieder ungesellig und er betrachtet weiter, nervös zitternd die Menschenjagd und die großen Lippen der Schattenscheide, aus der unaufhörlich, gleich einem Strom, ungeheure, lichtscheue Spermatozoen quillen, die sich in den grausigen Äther emporschwingen, unter ihren weit ausgebreiteten Fledermausschwingen die ganze Natur und die einsamen Legionen der Kraken verbergend, die beim Anblick dieses dumpfen und unbeschreiblichen Wetterleuchtens trübsinnig geworden sind. Inzwischen aber wird das Hindernisrennen zwischen den beiden unermüdlichen Läufern fortgesetzt, und das Gespenst

schleudert feurige Sturzbäche aus seinem Mund auf den verbrannten Rücken der menschlichen Antilope. Wenn es bei der Erfüllung dieser Pflicht unterwegs dem Mitleid begegnet, das ihm den Durchgang versperren will, dann gibt es seinem Flehen nur widerwillig nach und läßt den Menschen entkommen. Das Gespenst schnalzt mit der Zunge, als wollte es sich selber sagen, daß die Verfolgung abgebrochen wird und kehrt bis zum nächsten Befehl in seinen Stall zurück. Seine Verdammtenstimme ist bis in die fernsten Schichten des Raumes hörbar; und wenn sein entsetzliches Heulen ins Herz des Menschen dringt, dann heißt es, dieser hätte lieber den Tod zum Vater als den Gewissensbiß zum Sohn. Bis zu den Schultern gräbt er sein Haupt in die erdigen Verworrenheiten einer Grube; aber das Gewissen löst diese Straußenlist in Dunst auf. Die Höhle verflüchtigt sich, ein Tropfen Äther; das Licht erscheint mit seinem Strahlengefolge wie ein Zug Brachschnepfen, der sich auf den Lavendel stürzt; und wieder steht der Mensch sich selbst gegenüber, die Augen weit offen und leichenblaß. Ich sah, wie er sich dem Meere zuwandte, sah ihn ein zerklüftetes und von der Augenbraue des Gischtes geschlagenes Vorgebirge erklimmen; und wie ein Pfeil stürzte er sich in die Wogen. Hier das Wunder: der Leichnam kam am folgenden Tage wieder an die Oberfläche des Ozeans, der dieses Wrack aus Fleisch ans Ufer zurücktrug. Der Mensch löste sich aus der Form, die sein Leib in den Sand gehöhlt hatte, drückte das Wasser aus seinen nassen Haaren und, die Stirn stumm und gebeugt, begab er sich von neuem auf den Weg des Lebens. Das Gewissen urteilt streng über unsere Gedanken und unsere geheimsten Taten und irrt sich nie. Da es oft machtlos ist, das Böse zu verhüten, hört es nicht auf, den Menschen zu hetzen wie ein Fuchs, besonders in der Dunkelheit. Rächende Augen, von der unwissenden Wissenschaft METEORE genannt, verbreiten einen fahlen Glanz, rasen, um sich selbst kreisend, vorüber und artikulieren geheimnisvolle Worte ... die der Mensch versteht! Da wird sein Lager zermalmt von den Stößen seines Leibes, den die Last der Schlaflosigkeit überwältigt, und er hört den unheimlichen Atem des verworrenen Getöses der Nacht. Der Engel des Schlafes selbst, von einem unbekannten Stein tödlich an der Stirn getroffen, läßt seine Aufgabe im Stich und steigt wieder zum Himmel empor. Nun, diesmal melde ich mich, um die Menschen zu verteidigen; ich, der Verächter aller Tugenden; ich, der ich den Schöpfer seit jenem glorreichen Tage nicht vergessen konnte, da ich, die Annalen des

Himmels von ihrem Sockel stürzend, in denen durch irgendeinen gemeinen Schwindel SEINE Macht und SEINE Ewigkeit verzeichnet standen, ihm meine vierhundert Schröpfköpfe unter die Achselhöhlen setzte, so daß er furchtbare Schreie ausstieß... Sie verwandelten sich in Vipern, die aus seinem Munde hervorkrochen und sich im Gestrüpp, in zerfallenem Gemäuer versteckten, tags auf der Lauer, nachts auf der Lauer. Diese Schreie, kriechend geworden und mit zahllosen Ringen, mit kleinem plattem Kopf und mit falschen Augen versehen, haben geschworen, vor der menschlichen Unschuld Wache zu halten; und wenn diese in den wild wuchernden Gebüschen, auf den steil abfallenden Böschungen oder auf dem Dünensand spazierengeht, ändert sie bald ihre Absicht, jedoch nur, falls noch Zeit dazu ist; denn manchmal sieht der Mensch das Gift durch einen fast unmerklichen Biß in die Adern seines Beines dringen, bevor er Zeit gehabt hat, umzukehren und das Weite zu suchen. So versteht es der Schöpfer, bewunderungswürdige Kaltblütigkeit selbst bei grausamsten Leiden bewahrend, den Bewohnern der Erde aus ihrer eigenen Brust schädliche Keime zu entziehen. Wie groß aber war sein Erstaunen, als er Maldoror in einen Kraken verwandelt, seine acht monströsen Fangarme nach seinem Leib greifen sah, von denen jeder einzelne, solider Riemen, mit Leichtigkeit einen ganzen Planeten hätte umfangen können. Da er unversehens überfallen wurde, wehrte er sich kurze Zeit gegen diese klebrige Umarmung, die fester und fester wurde... ich fürchtete, er würde mir einen Schelmenstreich spielen; nachdem ich mich an den heiligen Blutkörperchen gründlich gesättigt hatte, machte ich mich plötzlich von seinem majestätischen Leibe los und verbarg mich in einer Höhle, die seitdem meine Behausung blieb. Sein Suchen hatte keinen Erfolg, er konnte mich dort nicht finden. Dies ist schon lange her; aber ich glaube, jetzt weiß er, wo meine Wohnung ist; er hütet sich, sie zu betreten; wir leben beide wie zwei benachbarte Monarchen, die ihre gegenseitige Stärke kennen, und, da keiner den andern besiegen kann, der nutzlosen Schlachten der Vergangenheit müde geworden sind. Er fürchtet mich und ich fürchte ihn; jeder, ohne besiegt zu sein, hat die gewaltigen Schläge seines Gegners zu spüren bekommen, und dabei lassen wir es bewenden. Jedoch bin ich bereit, den Kampf wieder aufzunehmen, wann immer er will. Er braucht nicht auf eine besonders günstige Gelegenheit für seine verborgenen Pläne zu warten. Ich werde immer auf meiner Hut sein und ihn nicht aus den Augen lassen. Das

Gewissen und seine Qualen braucht er nicht mehr auf die Erde zu schicken. Ich habe den Menschen die Waffen gezeigt, mit denen sie es vorteilhaft bekämpfen können. Sie sind noch nicht mit ihm vertraut; aber du weißt, für mich gleicht es der Spreu, die der Wind verweht. Mehr Aufhebens mache ich nicht davon. Wenn ich die Gelegenheit benutzen wollte, die sich bietet, um diese poetischen Diskussionen noch spitzfindiger zu machen, so würde ich hinzufügen, daß ich sogar von der Spreu mehr Aufhebens mache als von dem Gewissen; denn die Spreu ist dem Ochsen zum Wiederkäuen von Nutzen, während das Gewissen nichts kann als seine stählernen Krallen zeigen. Diese erfuhren eine peinliche Schlappe an jenem Tage, da sie sich mir in den Weg stellten. Da das Gewissen vom Schöpfer gesandt worden war, hielt ich es für angebracht, mir nicht den Durchgang von ihm versperren zu lassen. Hätte es sich mit der Bescheidenheit und der seinem Rang zukommenden Demut, deren es sich nie hätte entäußern dürfen, bei mir eingeführt, so würde ich es angehört haben. Ich mochte seinen Hochmut nicht. Ich streckte eine Hand aus und zerrieb unter meinen Fingern die Krallen; unter dem wachsenden Druck dieses neuartigen Mörsers zerfielen sie zu Staub. Ich streckte die andere Hand aus und riß ihm das Haupt ab. Dann jagte ich dieses Weib mit Peitschenhieben aus meinem Hause und sah es nicht wieder. Sein Haupt behielt ich zur Erinnerung an meinen Sieg... In der Hand ein Haupt, an dessen Schädel ich nagte, stand ich auf einem Fuß wie der Reiher, am Rande des Abgrunds, in die Flanken des Berges gehöhlt. Man sah mich ins Tal hinabsteigen, während die Haut meiner Brust unbeweglich und ruhig war wie der Deckel eines Grabes! In der Hand ein Haupt, an dessen Schädel ich nagte, durchschwamm ich die gefährlichsten Schlünde, entlang an tödlichen Riffen und tauchte tiefer als die Strömungen, um den Kämpfen der Seeungeheuer beizuwohnen wie ein Fremder; ich entfernte mich vom Ufer, bis ich es aus meiner scharfen Sicht verlor; und greuliche Krämpfe umschlichen mit ihrem lähmenden Magnetismus, ohne sich jedoch heranzuwagen, meine Gliedmaßen, welche die Wogen mit robusten Schlägen zerteilten. Man sah mich heil und gesund an den Strand zurückkehren, während die Haut meiner Brust unbeweglich und ruhig war wie der Deckel eines Grabes! In der Hand ein Haupt, an dessen Schädel ich nagte, stieg ich die Stufen zu einem hohen Turm empor. Müden Fußes erreichte ich die schwindelnde Höhe des Altans. Ich sah das Land, das Meer; ich sah die Sonne, das Firmament; mit dem Fuß den Granit zurückstoßend, der nicht weichen wollte, bot ich dem Tode und der göttlichen Rache Trotz durch ein höchstes Hohngelächter und warf mich wie einen Pflasterstein in den Mund des Raumes. Die Menschen vernahmen den schmerzlichen und dröhnenden Schock, der aus der Begegnung des Erdbodens mit dem Haupt des Gewissens entstand, das ich bei meinem Sturz losgelassen hatte. Mich sah man mit der Gelassenheit des Vogels, von einer unsichtbaren Wolke getragen, herabschweben und das Haupt ergreifen, um es zu zwingen, Zeuge eines dreifachen Verbrechens zu sein, das ich am gleichen Tage begehen sollte, während die Haut meiner Brust unbeweglich und ruhig war wie der Deckel eines Grabes! In der Hand ein Haupt, an dessen Schädel ich nagte, wandte ich mich der Stelle zu, wo sich die Pfähle erheben, Träger der Guillotine. Ich legte die liebliche Anmut der Hälse dreier junger Mädchen unter das Fallbeil. Als Henker löste ich den Strang mit der scheinbaren Erfahrung eines ganzen Lebens; und das dreieckige Eisen, in schräger Richtung herabsausend, schlug drei Häupter ab, die mich mit Sanftmut betrachteten. Dann legte ich mein Haupt unter das schwere Rasiermesser und der Henker bereitete die Erfüllung seiner Pflicht vor. Dreimal schlug das Fallbeil mit immer neuer Kraft durch die Fälze herab; dreimal wurde mein stoffliches Gerippe, besonders am Halsansatz, bis in seine Grundfesten erschüttert, als wenn man sich im Traum vorstellt, von einem einstürzenden Hause zermalmt zu werden. Das bestürzte Volk ließ mich vorbei, damit ich mich von der Stätte des Todes entferne; mit meinen Ellbogen sah es mich seine kräuselnden Fluten öffnen und erhobenen Hauptes, lebenstrotzend, geradewegs hindurchschreiten, während die Haut meiner Brust unbeweglich und ruhig war wie der Deckel eines Grabes! Ich hatte gesagt, daß ich diesmal den Menschen verteidigen wollte; aber ich fürchte, daß meine Apologie nicht der Ausdruck der Wahrheit ist; infolgedessen ziehe ich vor, zu schweigen. Die Menschheit wird dieser Maßnahme ein dankbares Lob spenden.

[16] Es ist Zeit, die Bremse meiner Inspiration zu ziehen und einen Augenblick unterwegs zu verweilen, gleichsam als betrachte man die Scheide einer Frau; es ist gut, die zurückgelegte Strecke zu überprüfen und dann, mit ausgeruhten Gliedern, einen kühnen Sprung vorwärts zu tun. Eine Strecke in einem Atemzug zurückzulegen, ist nicht leicht; und bei einem Höhenflug ohne Hoffnung und

ohne Reue werden die Flügel sehr müde. Nein … senken wir die wilde Meute der Hacken und der Ausgrabungen nicht tiefer in die sprengstoffgeladenen Stollen dieses gottlosen Gesangs! Das Krokodil wird kein Wort an dem Auswurf ändern, den es aus seinem Schädel erbrochen hat. Um so schlimmer wenn ein verstohlener Schatten, von der löblichen Absicht, die von mir zu Unrecht angegriffene Menschheit zu rächen, gereizt, meuchlings die Tür meines Zimmers öffnet und die Wand streifend wie der Flügel einer Möwe, einen Dolch in die Seiten des Räubers himmlischen Strandgutes stößt! Ebensogut könnte der Lehm, auf diese oder eine andere Weise, seine Atome auflösen.

*Ende des Zweiten Gesanges*

# Dritter Gesang

[1] Rufen wir uns die Namen jener imaginären Wesen engelgleicher Natur ins Gedächtnis zurück, die meine Feder während des Zweiten Gesanges einem Hirn entzog, das in einem von ihnen ausstrahlenden Schein erglänzte. Sie sterben, kaum geboren, jenen Funken gleich, deren schnellem Erlöschen auf brennendem Papier das Auge nur mit Mühe folgen kann. Léman!... Lohengrin!... Lombano!... Holzer! ...ihr erscheint kurz, von den Ehrenzeichen der Jugend bedeckt, an meinem entzückten Horizont; aber ich ließ euch ins Chaos zurücksinken wie Taucherglocken. Ihr werdet nicht mehr heraufsteigen. Es genügt mir, eure Erinnerung bewahrt zu haben; ihr müßt anderen, vielleicht weniger schönen Substanzen den Platz räumen, von dem stürmischen Erguß einer Liebe erzeugt, die beschlossen hat, ihren Durst nicht bei der menschlichen Rasse zu stillen. Verhungerte Liebe, die sich selbst verzehren würde, suchte sie ihre Nahrung nicht in himmlischen Fiktionen: sie erzeugt mit der Zeit eine Pyramide von Seraphen, zahlreicher als Insekten, die in einem Wassertropfen wimmeln, und verschlingt sie zu einer Ellipse, die sie wirbelnd um sich schleudert. Währenddessen sieht der beim Anblick eines Katarakts verweilende Wanderer, wenn er das Antlitz hebt, in der Ferne ein menschliches Wesen, das von einer Girlande lebendiger Kamelien in den Keller der Hölle getragen wird! Aber... Ruhe! das schwankende Bild des fünften Ideals bildet sich langsam wic dic unbestimmten Falten eines Nordlichts auf dem dunstigen Plan meiner Intelligenz und verdichtet sich allmählich zu fester Gestalt... Mario und ich ritten am Gestade entlang. Unsere Pferde zerteilten mit vorgestrecktem Hals die Membranen des Raumes und entrissen den Kieseln des Strandes Funken. Der Nordwind, der uns mitten ins Antlitz schlug, verfing sich in unseren Mänteln und ließ die Haare unserer Zwillingshäupter rückwärts flattern. Vergeblich bemühte sich die Möwe, uns durch ihre Schreie und die Bewegungen ihrer Flügel vor der möglichen Nähe des Sturmes zu warnen und schrie: »Wohin reiten sie nur in so wahnsinnigem Galopp?« Wir sagten nichts; traumverloren ließen wir

uns auf den Fittichen dieses rasenden Laufes davontragen; der Fischer, der uns, schnell wie den Albatros vorüberreiten sah und nicht anders glaubte, als DIE BEIDEN GEHEIMNISVOLLEN BRÜDER, wie man sie nannte, weil sie immer zusammen waren, vor sich flüchten zu sehen, schlug schnell das Zeichen des Kreuzes und verbarg sich mit seinem lahmen Hund unter einem tiefen Felsenvorsprung. Die Küstenbewohner hatten seltsame Dinge über diese beiden Personen erzählen hören, die, von Wolken umgeben, in Zeiten großer Not auf Erden erschienen, wenn ein schrecklicher Krieg seine Harpune in die Brust zweier feindlicher Länder zu stoßen drohte oder wenn die Cholera sich anschickte, mit ihrer Schleuder Tod und Verwesung in ganze Städte zu werfen. Die ältesten Strandgut-Räuber zogen mit ernster Miene die Stirn in Falten, und bestätigten, daß die beiden Gespenster, deren gewaltige schwarze Schwingen ein jeder im Toben der Orkane auf den Sandbänken und auf den Klippen gesehen hatte, der Geist der Erde und der Geist des Meeres wären, die zur Zeit der großen Revolutionen der Natur ihre Majestät durch die Lüfte spazierenführten, in ewiger Freundschaft verbunden, deren Seltenheit und deren Ruhm das Erstaunen des endlosen Kabels der Generationen erzeugten. Es hieß, daß sie, wie zwei Kondore der Anden Seite an Seite fliegend, gern in konzentrischen Kreisen durch die Schichten der Atmosphäre zogen, die der Sonne benachbart sind, daß sie sich in jenen Gebieten von reinster Lichtsubstanz nährten; daß sie sich aber nur widerstrebend entschlossen, das Gefälle ihres senkrechten Fluges in Richtung auf die entsetzte Planetenbahn zu lenken, wo der menschliche Erdball im Delirium sich dreht, von grausamen Geistern bevölkert, die sich gegenseitig auf den Feldern brüllender Schlachten massakrieren (wenn sie sich nicht heimtückisch, meuchlings mit dem Dolch des Hasses oder des Ehrgeizes, mitten in den Städten morden) und die sich von Wesen nähren, lebendig wie sie, die einige Sprossen tiefer auf der Stufenleiter des Daseins stehen. Oder wenn sie, in der Absicht, die Menschen durch die Strophen ihrer Prophezeiungen zur Reue zu ermuntern, den festen Entschluß faßten, sich mit weiten Stößen jenen Sternenregionen zuzuwenden, wo ein Planet sich inmitten dichter Ausdünstungen des Geizes, des Hochmuts, des Fluches und des Hohnes bewegte, die wie pestartige Dämpfe von seiner grausigen Oberfläche aufstiegen und der klein schien wie eine Kugel, da er der Entfernung wegen kaum sichtbar war; es fehlte ihnen nicht an Gelegenheiten, wo sie, verkannt und verhöhnt, ihr

Wohlwollen bitter bereuten und sich in der Tiefe der Vulkane verbargen, um mit dem lebendigen Feuer zu sprechen, das in den Tiegeln der unterirdischen Gewölbe der Erdmitte brodelte oder auf dem Grunde des Meeres, um ihre enttäuschten Augen auf den wildesten Ungeheuern der Tiefe, die ihnen im Vergleich zu den menschlichen Bastarden wie Ebenbilder der Sanftmut erschienen, wohltuend ausruhen zu lassen. War die Nacht gekommen mit ihrer gelegenen Finsternis, dann schwangen sie sich aus den Kratern mit dem Grat aus Porphyr, den Tiefseeströmungen und ließen das steinige Nachtgeschirr, auf dem sich der verstopfte After der menschlichen Kakadue abmüht, weit hinter sich, bis sie die schwebende Silhouette des unreinen Planeten nicht mehr unterscheiden konnten. Dann, voller Gram über ihren erfolglosen Versuch, inmitten der Sterne, die ihren Schmerz nachfühlten, küßten sich weinend vor dem Auge Gottes, der Engel der Erde und der Engel des Meeres!... Mario und er, der im Galopp an seiner Seite ritt, kannten sehr wohl die unbestimmten und abergläubischen Gerüchte, von denen die Fischer der Küste flüsternd erzählten, wenn sie an Winterabenden, bei geschlossenen Türen und Fenstern, am Herdfeuer sitzen; während der Nachtwind, der sich aufwärmen möchte, um die Strohhütte pfeift und durch seine Kraft die zerbrechlichen Mauern erschüttert, um deren Grundstein sich von brechenden Wellen angespülte Muschelfragmente häufen. Wir sprachen nicht. Was sagen sich zwei liebende Herzen? Nichts. Aber unsere Augen drückten alles aus. Ich ermahne ihn, sich fester in seinen Mantel zu hüllen, und er macht mich darauf aufmerksam, daß mein Pferd sich zu weit von dem seinen entferne: jeder bringt dem Leben des anderen das gleiche Interesse entgegen wie dem eigenen Leben; wir lachen nicht. Er bemüht sich, mir zuzulächeln; aber ich sehe, daß sein Antlitz die Bürde der furchtbaren Eindrücke trägt, die das Nachdenken, beständig über die Sphinxe gebeugt, ihm eingezeichnet hat, deren zweideutiger Blick die großen Ängste der Intelligenz der Sterblichen irreführt. Die Zwecklosigkeit seiner Bemühungen erkennend, wendet er die Augen ab, zerrt an der irdischen Fessel mit dem Geifer der Wut und blickt auf den Horizont, der zurückweicht, als wir näher kommen. Ich dagegen bemühe mich, ihm seine goldene Jugend ins Gedächtnis zurückzurufen, die nichts weiter wünscht, als die Paläste der Lust zu durchschreiten wie eine Königin; er aber bemerkt, daß meine Worte nur schwer meinen schmal gewordenen Mund verlassen und daß die Jahre meines eigenen Frühlings vorbei sind, traurig und eiskalt wie ein unerbittlicher Traum, der über die Tafeln der Gastmähler, über seidene Lager, wo die bleiche, mit dem Schimmer des Goldes bezahlte Priesterin der Liebe schlummert, die bitteren Wonnen der Enttäuschung, die pestilenzialischen Runzeln des Alters, die Bestürzung der Einsamkeit und die Fackeln des Schmerzes spazierenführt. Die Zwecklosigkeit meiner Bemühungen erkennend, wundere ich mich nicht, ihn nicht glücklich machen zu können; der Allmächtige erscheint mir, mit den Werkzeugen seiner Folter gerüstet, in der ganzen strahlenden Glorie seines Grauens; ich wende die Augen ab und blicke auf den Horizont, der zurückweicht, als wir näher kommen... Unsere Pferde galoppierten am Ufer entlang, als flüchteten sie vor dem menschlichen Auge... Mario ist jünger als ich; die feuchte Witterung und der salzige Gischt, der bis zu uns emporspritzt, lassen die Kälte seine Lippen berühren. Ich sage ihm: »Vorsicht!... Vorsicht! ....presse deine Lippen fest aufeinander; siehst du nicht die scharfen Krallen der Risse, die deine Haut mit brennenden Wunden durchfurchen?« Er heftet seinen Blick auf meine Stirn und antwortet mir mit den Bewegungen seiner Zunge: »Ja, ich sehe sie, diese grünen Krallen; aber ich werde die natürliche Lage meines Mundes nicht verändern, um sie in die Flucht zu jagen. Sieh, ob ich lüge. Da dies der Wille der Vorsehung zu sein scheint, so will ich mich ihr fügen. Ihr Wille hätte besser sein können.« Und ich rief: »Ich bewundere diese edle Rache.« Ich wollte mir die Haare ausreißen, aber er verbot es mir mit strengem Blick, und ich gehorchte ihm ehrerbietig. Es war spät, und der Adler kehrte in seinen in die Unebenheiten des Felsens gehöhlten Horst zurück. Er sagte zu mir: »Ich werde dir meinen Mantel leihen, um dich vor Kälte zu schützen; ich brauche ihn nicht.« Ich erwiderte ihm: »Weh' dir, wenn du tust, was du sagst. Ich will nicht, daß ein anderer an meiner Statt leide, am wenigsten du.« Er antwortete nicht, weil ich recht hatte; ich aber begann, ihn zu trösten wegen des allzu stürmischen Klanges meiner Worte... Unsere Pferde galoppierten am Ufer entlang, als flüchteten sie vor dem menschlichen Auge... Ich hob den Kopf wie ein Schiff den Bug, den eine gewaltige Woge emporträgt, und sagte zu ihm: »Weinst du? Ich frage dich, König des Schnees und des Nebels. Ich sehe keine Tränen auf deinem Antlitz, schön wie die Kaktusblüte, und deine Augenlider sind trocken wie das Bett des Sturzbaches; aber auf dem Grunde deiner Augen erkenne ich einen Tiegel voll Blut, in dem deine Unschuld, von einem Riesenskorpion in den Hals gebissen, brodelt. Ein heftiger Wind bläst in das Feuer hinein, das den Kessel heizt und jagt seine düsteren Flammen über deine heilige Augenhöhle hinaus. Ich habe meine Haare deiner rosigen Stirn genähert und spürte einen Brandgeruch, denn sie fingen Feuer. Schließe die Augen; denn sonst wird dein Antlitz, verkohlt wie die Lava des Vulkans, als Asche mir in die hohle Hand fallen.« Und er wandte sich mir zu ohne der Zügel zu achten, die er in der Hand hielt und betrachtete mich mit zärtlichem Blick, während er langsam seine Lilien-Augenlider hob und senkte wie Ebbe und Flut des Meeres. Er wollte gern auf meine kühne Frage antworten und tat es in folgender Weise: »Achte meiner nicht. Den Flußnebeln gleich, die an den Hängen der Hügel hinaufkriechen und sich, sobald sie den Gipfel erreichen, als Wolkengebilde in die Lüfte schwingen; so haben deine Sorgen um mich sich unmerklich, ohne triftigen Grund verschlimmert und schweben über deiner Einbildungskraft als täuschendes Gebilde einer untröstlichen Fata Morgana. Sei sicher, daß kein Feuer in meinen Augen brennt, obwohl mir nicht anders zumute ist, als wäre mein Schädel in einen Helm glühender Kohlen gezwängt. Wie soll denn das Fleisch meiner Unschuld in dem Tiegel brodeln, da ich nur sehr schwache und verworrene Schreie höre, die für mich nur das Seufzen des Windes sind, der über unseren Häuptern hinwegbraust. Es ist unmöglich, daß ein Skorpion mit seinen scharfen Scheren auf dem Grunde meiner zerfetzten Augenhöhle Wohnung genommen hat; ich glaube vielmehr, daß es starke Zangen sind, die die optischen Nerven zerreißen. Jedoch bin ich deiner Meinung, daß ein unsichtbarer Henker meinen Adern das Blut, mit dem der Tiegel angefüllt ist, während des Schlafes der letzten Nacht entzog. Ich habe lange auf dich gewartet, geliebter Sohn des Ozeans; und meine eingeschlafenen Arme haben einen vergeblichen Kampf mit dem geführt, der sich in die Vorhalle meines Hauses eingeschlichen hatte... Ja, ich fühle, daß meine Seele hinter Schloß und Riegel meines Leibes liegt und sich nicht freimachen kann, um den Gestaden, die das Menschenmeer heimsucht, weit zu entfliehen und nicht mehr Zeuge des Schauspiels zu sein, das die fahle Meute des Unglücks bietet, die die menschlichen Gemsen über Schlünde und Schlammlöcher der unermeßlichen Schwermut hinweg, rastlos verfolgt. Aber ich will mich nicht beklagen. Ich habe das Leben wie eine Wunde empfangen und habe dem Selbstmord verboten, die Narbe zu heilen. Ich will, daß der

Schöpfer zu jeder Stunde seiner Ewigkeit den klaffenden Riß betrachte. Das ist die Sühne, die ich ihm auferlege. Unsere Rosse verlangsamen die Geschwindigkeit ihrer ehernen Hufe; ihre Leiber zittern wie der Jäger, der von einer Herde Pekari überrascht wird. Sie dürfen nicht hören, was wir sagen. Durch fortgesetztes Lauschen würde ihre Intelligenz wachsen und sie könnten uns vielleicht verstehen. Wehe ihnen; denn sie würden noch mehr leiden! In der Tat, denke nur an die Frischlinge der Menschheit: scheint der Grad der Intelligenz, der sie von den anderen Wesen der Schöpfung trennt, ihnen nicht zum unwiderruflichen Preis unermeßlicher Leiden gewährt worden zu sein? Folge meinem Beispiel und presse deine silbernen Sporen in die Weichen deines Rosses...« Unsere Pferde galoppierten am Ufer entlang als flüchteten sie vor dem menschlichen Auge.

[2] Da kommt die Verrückte vorübergetänzelt, während sie sich undeutlich an etwas erinnert. Die Kinder verfolgen sie mit Steinwürfen, als wäre sie eine Amsel. Sie droht mit einem Stock und macht Miene, sie zu verfolgen, dann tänzelt sie weiter. Sie hat unterwegs einen Schuh verloren und merkt es nicht. Lange Spinnenbeine laufen auf ihrem Nacken umher; es sind aber nur ihre Haare. Ihr Antlitz hat nichts Menschliches mehr und sie bricht plötzlich in Gelächter aus wie die Hyäne. Sie stammelt Satzfetzen, in denen, wollte man sie zusammenflicken, sehr wenige einen klaren Sinn erkennen würden. Ihr an vielen Stellen durchlöcherter Rock bewegt sich ruckweise um knochige, kotbespritzte Beine. Sie zieht ihres Weges, davongetragen wie das Blatt der Pappel, sie, ihre Jugend, ihre Hoffnungen und ihr einstiges Glück, auf das sie durch den Nebel ihres vom Wirbel unbewußter Kräfte zerstörten Verstandes zurückblickt. Dahin sind ihre Anmut und frühere Schönheit; ihr Gang ist gemein und ihr Atem riecht nach Branntwein. Wären die Menschen glücklich auf dieser Erde, dann müßte man staunen. Die Verrückte macht niemandem einen Vorwurf, sie ist zu stolz, um zu klagen und wird sterben, ohne jenen, die sich für sie interessieren, ihr Geheimnis enthüllt zu haben, aber sie hat ihnen verboten, je das Wort an sie zu richten. Die Kinder verfolgen sie mit Steinwürfen, als wäre sie eine Amsel. Sie hat aus ihrem Busen eine Papierrolle fallen lassen. Ein Unbekannter hebt sie auf, schließt sich die ganze Nacht zu Hause ein und liest das Manuskript, das Folgendes enthielt: »Nach vielen unfruchtbaren Jahren sandte mir die Vorse-

hung eine Tochter. Drei Tage lang kniete ich in den Kirchen und dankte unablässig dem großen Namen dessen, der endlich mein Flehen erhört hatte. Ich nährte sie mit meiner eigenen Milch, sie, die mir mehr war als mein Leben, und schnell sah ich sie heranwachsen, mit allen guten Eigenschaften der Seele und des Leibes begabt. Sie sagte mir: ›Ich möchte gern ein Schwesterchen haben, um mir mit ihm die Zeit zu vertreiben; bitte den lieben Gott, mir eines zu schenken; und zum Lohn werde ich ihm eine Girlande aus Veilchen, Minzen und Geranien winden.‹ Statt jeder Antwort zog ich sie an meine Brust und küßte sie liebevoll. Sie hatte bereits Verständnis für Tiere und fragte mich, warum die Schwalbe sich damit begnüge, die Hütten der Menschen mit dem Flügel zu streifen, ohne sich hineinzuwagen. Ich aber legte einen Finger auf meinen Mund, wie um ihr zu sagen, über diese ernste Frage Schweigen zu wahren, deren Urgründe ich ihr noch nicht erklären mochte, um ihre kindliche Phantasie nicht durch eine übermäßige Erregung zu erschüttern; und ich beeilte mich, die Unterhaltung von diesem Thema abzubringen, das zu behandeln für jeden Angehörigen einer Rasse, die ihre ungerechte Herrschaft über die anderen Tiere der Schöpfung ausgedehnt hat, peinlich ist. Wenn sie mir von den Gräbern des Friedhofs sprach und mir sagte, welch süßer Duft von Zypressen und Immortellen die Luft dort erfüllte, dann hütete ich mich, ihr zu widersprechen; wohl aber sagte ich ihr, daß dies die Stadt der Vögel sei, dort sängen sie ihre Lieder vom Morgengrauen bis zur Abenddämmerung, und daß die Gräber ihre Nester seien, wo sie sich nachts, nachdem sie den Marmor ein wenig hochgehoben, mit ihrer Familie schlafen legten. Alle die niedlichen Kleider, die sie trug, hatte ich selber genäht und auch die Spitzen mit den tausendfältigen Arabesken, die für den Sonntag bestimmt waren. Im Winter war ihr gewohnter Platz am großen Kamin; denn sie hielt sich für eine gesetzte Person, und den Sommer über bekam die Wiese den süßen Druck ihrer Schritte zu spüren, wenn sie sich mit ihrem seidenen, an der Spitze eines Stöckchens befestigten Netz hinauswagte, um die unbändigen Kolibris und die im neckischen Zickzack flatternden Schmetterlinge zu jagen. ›Was treibst du, kleine Landstreicherin, wenn die Suppe mit dem Löffel, der ungeduldig wird, seit einer Stunde auf dich wartet?‹ Sie aber fiel mir um den Hals und rief, daß sie gewiß nicht mehr fortlaufen würde. Tags darauf sprang sie von neuem davon, durch Margeriten und Reseden, im Strahl der Sonne und von Eintagsinsekten umschwirrt; sie kannte nur den buntstrahlenden Kelch des Lebens, noch nicht den bitteren; sie war glücklich, größer zu sein als die Meise; lachte die Grasmücke aus, die nicht so gut singt wie die Nachtigall; streckte dem häßlichen Raben, der sie väterlich ansah, tückisch die Zunge heraus; sie war graziös wie eine junge Katze. Ich sollte mich nicht lange ihres Daseins erfreuen; die Zeit nahte, da sie dem Zauber des Lebens in unerwarteter Weise Lebewohl sagen mußte, da sie die Gesellschaft der Turteltauben, der Haselhühner und der Grünfinken, das Geschwätz der Tulpe und der Anemone, die Ratschläge der Sumpfgräser, den Scharfsinn der Frösche und die Frische der Bäche für immer verlassen mußte. Man erzählte mir, was geschehen war; denn ich war bei dem Ereignis, das den Tod meiner Tochter zur Folge hatte, nicht zugegen. Wäre ich es gewesen, dann hätte ich diesen Engel um den Preis meines Blutes verteidigt... Maldoror ging mit seinem Bulldogg vorüber; im Schatten einer Platane sieht er ein junges Mädchen schlafen, zuerst hielt er es für eine Rose. Man kann nicht sagen, was den Gedanken früher in ihm weckte, der Anblick des Kindes oder der Entschluß, der die Folge davon war. Er zieht sich schnell aus, wie ein Mann, der weiß, was er vorhat. Nackt wie ein Stein hat er sich auf den Körper des jungen Mädchens geworfen, ihm den Rock hochgehoben, um ein Sittlichkeitsverbrechen zu begehen... bei hellem Sonnenschein! Der und sich genieren!... Verweilen wir nicht bei dieser unkeuschen Tat. Verdrießlich zieht er sich schnell wieder an, wirft vorsichtshalber einen Blick auf die staubige Landstraße, wo niemand kommt, und befiehlt dem Bulldogg, das junge blutüberströmte Mädchen mit einem Hieb seiner Kinnladen zu erwürgen. Er zeigt dem Hund vom Berge den Ort, wo das leidende Opfer atmet und schreit und tritt zurück, um nicht mit ansehen zu müssen, wie die spitzen Zähne sich in die rosigen Adern schlagen. Die Ausführung dieses Befehls mochte dem Bolldogg streng erscheinen. Er glaubte, es werde von ihm gefordert, was bereits getan war, und dieser Wolf mit der monströsen Schnauze begnügte sich damit, seinerseits die Jungfräulichkeit des delikaten Kindes zu vergewaltigen. Von neuem rinnt aus seinem zerrissenen Leib das Blut an den Beinen entlang durch die Wiese. Sein Wimmern vereint sich mit dem Heulen des Tieres. Das junge Mädchen hält ihm das goldene Kreuz entgegen, das seinen Hals schmückte, damit er es verschone; es hatte nicht gewagt, es den wilden Augen dessen entgegenzuhalten, der zuerst auf den Gedanken gekommen war, die

Schwäche seines Alters auszunutzen. Aber der Hund wußte genau, daß ein Messer unter dem Ärmel hervorschnellen würde, um ihm plötzlich und ohne vorherige Warnung die Eingeweide aufzureißen, wenn er seinem Herrn nicht gehorchte. Maldoror (wie abstoßend, diesen Namen auszusprechen!) hörte die Todesschreie des Schmerzes und wunderte sich, daß das Opfer ein so zähes Leben hatte, da es immer noch nicht tot war. Er näherte sich dem Opferaltar und sieht das Betragen seines Bulldogs, der seinen niedrigen Trieben freien Lauf läßt und sein Haupt über das des jungen Mädchens erhebt wie ein Schiffbrüchiger das seine über die tosenden Wogen. Er gibt ihm einen Fußtritt und schlägt ihm ein Auge aus. Der zornige Bulldogg flüchtete querfeldein, den hängenden Körper des jungen Mädchens ein ganzes Stück Wegs, was immer zu lang ist, wie kurz es auch sein mag, hinter sich herschleifend, der erst dank der ruckweisen Bewegungen der Flucht befreit wurde; jedoch fürchtete er sich, seinen Herrn anzugreifen, der ihn nie wiedersehen wird. Dieser zieht aus seiner Tasche ein amerikanisches Taschenmesser, mit zehn bis zwölf Klingen zu verschiedenem Gebrauch. Er öffnet die scharfkantigen Beine dieser Hydra aus Stahl; und mit einem solchen Seziermesser ausgerüstet, wobei er bemerkt, daß der Rasen noch nicht ganz unter der Farbe des so reichlich vergossenen Blutes verschwunden ist, geht er mutig und ohne zu erbleichen daran, die Vagina des unglücklichen Kindes zu durchwühlen. Aus dieser erweiterten Grube zieht er nacheinander die inneren Organe heraus; die Gedärme, die Lunge, die Leber und schließlich sogar das Herz werden ihren Fundamenten entrissen und durch die entsetzliche Öffnung ans Licht des Tages gezerrt. Der Opferpriester bemerkt, daß das junge Mädchen, ein ausgenommenes Huhn, schon längst tot ist; er bricht den wachsenden Eifer seiner Verwüstungen ab und läßt die Leiche im Schatten der Platane weiterschlafen. Man fand das Taschenmesser, das einige Schritte weiter liegengeblieben war. Ein Schäfer, Zeuge des Verbrechens, dessen Täter nicht entdeckt worden war, berichtete erst viel später darüber, nachdem er sich vergewissert hatte, daß der Verbrecher sicher an die Grenze gelangt war und er keine Rache mehr zu fürchten brauchte, der er im Falle seiner Enthüllung gewiß nicht entgangen wäre. Ich beklagte den Wahnsinnigen, der diesen von keinem Gesetzgeber vorgesehenen und noch nie dagewesenen Frevel begangen hatte. Ich beklagte ihn, weil er sich wahrscheinlich nicht im Vollbesitz seines Verstandes befand, als er den Dolch mit der viermal dreifachen Klinge führte, um die Schächte der Eingeweide vom Grund aus umzupflügen. Ich beklagte ihn, weil sein schändliches Betragen, wenn er nicht wahnsinnig sein sollte, einen ungeheuren Haß gegen seinesgleichen brüten mußte, um sich mit solcher Wildheit auf Fleisch und Adern eines wehrlosen Kindes, das meine Tochter war, zu stürzen. Ich wohnte der Beisetzung dieser menschlichen Trümmer in stummer Resignation bei, und täglich bete ich an einem Grab.« Am Ende dieser Lektüre kann der Unbekannte sich nicht mehr aufrecht halten und fällt in Ohnmacht. Er kommt wieder zu sich und verbrennt das Manuskript. Er hatte diese Jugenderinnerung vergessen (Gewohnheit stumpft das Gedächtnis ab!) und kehrte nach zwanzigjähriger Abwesenheit in dieses fatale Land zurück. Er wird keinen Bulldog kaufen!... Er wird sich nicht mit Schäfern unterhalten!... Er wird nicht im Schatten der Platanen schlafen!... Die Kinder verfolgen sie mit Steinwürfen, als wäre sie eine Amsel.

[3] Tremdall hat zum letztenmal die Hand dessen berührt, der sich freiwillig entfernt, immer auf der Flucht vor ihm, immer das Ebenbild des ihn verfolgenden Menschen. Der ewige Jude sagt sich, daß er nicht zu flüchten brauchte, wenn das Zepter der Erde der Rasse der Krokodile gehörte. Tremdall steht aufrecht über dem Tal und hat eine Hand vor die Augen gelegt, um die Sonnenstrahlen zu konzentrieren und seine Sicht zu verschärfen, während die andere, den Arm horizontal und unbeweglich, die Brust des Raumes abtastet. Vornübergebeugt, Statue der Freundschaft, sieht er mit Augen, geheimnisvoll wie das Meer, die Gamaschen des Wanderers, der, mit Hilfe seines eisenbeschlagenen Stockes, den steilen Abhang erklimmt. Er scheint keinen Boden unter den Füßen zu haben, und selbst wenn er es wollte, er könnte seine Tränen und seine Gefühle nicht unterdrücken:

»Er ist fern; ich sehe seine Gestalt auf schmalem Pfade ihres Weges ziehen. Wohin geht er so schweren Schrittes? Er weiß es selber nicht... Jedoch bin ich sicher, daß ich nicht schlafe: was nähert sich dort und bewegt sich auf Maldoror zu? Wie groß er ist, der Drache... größer als eine Eiche! Es sieht aus, als hätten seine weißlichen, durch starke Gelenke verbundenen Flügel Nerven aus Stahl, so leicht zerteilen sie die Luft. Sein Oberkörper ist der eines Tigers und endet mit einem langen Schlangenschwanz. Ich war nicht gewohnt, solche Dinge zu sehen. Was hat er nur auf der Stirn?

Ich sehe dort ein Wort in symbolischer Sprache geschrieben, das ich nicht entziffern kann. Mit einem letzten Flügelschlag hat er jenen erreicht, dessen Stimme ich an ihrem Klang erkenne. Er spricht zu ihm: ›Ich wartete auf dich und du auf mich. Die Stunde ist gekommen; hier bin ich. Lies einen Namen, der in hieroglyphischen Zeichen auf meiner Stirn geschrieben steht.‹ Er aber, kaum sah er den Feind nahen, hat sich in einen ungeheuren Adler verwandelt und rüstet sich zum Kampf, während er seinen krummen Schnabel befriedigt klappern läßt, womit er sagen will, daß er es ganz allein übernimmt, das Hinterteil des Drachen zu fressen. Da, jetzt ziehen sie Kreise, deren Konzentrizität sich verringert und belauern, bevor sie den Kampf beginnen, ihre gegenseitigen Fähigkeiten; sie tun gut daran. Mir scheint der Drache der stärkere; ich wünschte, er trüge den Sieg über den Adler davon. Dieses Schauspiel, an dem ein Teil meines Wesens beteiligt ist, wird mich sehr ergreifen. Mächtiger Drache, ich werde dich, falls nötig, mit meinen Zurufen anfeuern; denn es ist im Interesse des Adlers, besiegt zu werden. Worauf warten sie noch, um anzugreifen? Ich schwebe in Todesängsten. Los, Drache, greife du als erster an. Du hast ihm einen kurzen Schlag mit der Kralle versetzt: gar nicht schlecht. Sei versichert, der Adler hat ihn gespürt; der Wind trägt die Schönheit seiner blutbedeckten Federn hinweg. Ach! der Adler hackt dir mit seinem Schnabel ein Auge aus, und du, du hattest ihm nur die Haut abgerissen; du hättest besser aufpassen sollen. Bravo, räche dich, und schlage ihm einen Flügel entzwei; es läßt sich nicht leugnen, deine Tigerzähne sind sehr gut. Könntest du dich doch dem Adler nähern, während er durch den Raum wirbelnd hinunterschießt auf das Feld! Ich merke es, dieser Adler flößt dir, selbst wenn er stürzt, noch Scheu ein. Er liegt auf dem Boden, er wird sich nicht mehr erheben. Der Anblick all dieser klaffenden Wunden berauscht mich. Fliege so niedrig, daß du die Erde rings um ihn streifst, und mit den Schlägen deines schuppigen Schlangenschwanzes gib ihm den Gegenstoß, wenn du kannst. Mut, schöner Drache; schlage ihm deine starken Krallen ins Fleisch, damit das Blut sich dem Blut vermenge, um Bäche zu bilden, in denen kein Wasser fließt. Leicht gesagt, aber nicht getan. Der Adler hat einen neuen strategischen Plan zur Verteidigung ersonnen, zu dem ihm die unglücklichen Wechselfälle dieses denkwürdigen Kampfes Gelegenheit gaben; er ist vorsichtig. In unerschütterlicher Stellung sitzt er fest auf dem übriggebliebenen Flügel, auf beiden Schenkeln und auf seinem

Schwanz, der ihm bisher als Steuer diente. Er nimmt es mit noch ungewöhnlicheren Wagestücken auf als solchen, die ihm bisher geboten wurden. Bald dreht er sich schnell wie ein Tiger, ohne daß man ihm Ermüdung anmerkt; bald legt er sich auf den Rücken, die beiden starken Klauen in die Luft gestreckt und betrachtet kaltblütig und höhnisch seinen Gegner. Schließlich muß ich wissen, wer Sieger sein wird; der Kampf kann nicht ewig währen. Ich denke an die Folgen, die daraus entstehen werden! Der Adler ist furchtbar und macht ungeheure, die Erde erschütternde Sprünge, als ob er sich aufschwingen wollte; er weiß jedoch, daß es ihm unmöglich ist. Der Drache traut ihm nicht; jeden Augenblick erwartet er einen Angriff des Adlers von der Seite, wo ihm das Auge fehlt... Ich Unglücklicher! Das ist es, was geschieht. Wie konnte der Drache sich an der Brust packen lassen? Welche List und welche Gewalt er auch anwenden mag; ich sehe, daß der Adler, der sich mit allen seinen Gliedern wie ein Blutegel an ihm festgesaugt hat, trotz neuer Wunden, die er empfängt, seinen Schnabel tiefer und tiefer in den Leib des Drachen bis zum Halsansatz hineinstößt. Man sieht nur seinen Leib. Er scheint sich behaglich zu fühlen; er hat es nicht eilig, herauszukommen. Zweifellos sucht er etwas, während der Drache mit dem Tigerhaupt ein Gebrüll ausstößt, das die Wälder erweckt. Jetzt verläßt der Adler diese Höhle. Adler, wie furchtbar bist du! Du bist röter als ein Pfuhl von Blut! Zwar hältst du in deinem nervösen Schnabel ein zuckendes Herz, aber du bist von so vielen Wunden bedeckt, daß du dich kaum auf deinen gefiederten Beinen halten kannst; und du taumelst, ohne den Schnabel zu öffnen, neben dem Drachen, der in furchtbarer Todesqual stirbt. Der Sieg war schwer; was tut's, du hast ihn errungen: sagen wir wenigstens die Wahrheit. Du handelst nach den Regeln der Vernunft, du entäußerst dich der Gestalt des Adlers, während du dich von dem Leichnam des Drachen entfernst. Du also, Maldoror, bist Sieger geworden! Du also, Maldoror, hast die HOFFNUNG besiegt! Von jetzt an wird die Verzweiflung sich von deiner reinsten Substanz nähren. Von jetzt an kehrst du wohlüberlegten Schrittes in die Bahn des Bösen zurück. Obwohl ich sozusagen gänzlich abgestumpft bin für das Leid, so habe ich den letzten Schlag, den du dem Drachen versetzt hast, doch zu spüren bekommen. Urteile selbst, ob ich leide! Aber du jagst mir Furcht ein. Seht, seht, dort in der Ferne den Menschen, der flüchtet. Über ihn, ausgezeichnete Erde, ist das dichte Laub des Fluches gewachsen; er ist verflucht und er verflucht. Wohin trägst du deine Sandalen? Wohin gehst du, zögernd wie ein Schlafwandler über ein Dach? Möge dein perverses Schicksal sich erfüllen! Adieu, Maldoror! Adieu, bis in die Ewigkeit, wo wir einander nicht begegnen werden!«

[4[ Es war ein Frühlingstag. Die Vögel ließen zwitschernd ihren Lobgesang erschallen, und die Menschen, zu ihren mannigfaltigen Pflichten zurückgekehrt, ergingen sich im heiligen Müdesein. Alles arbeitete an seinem Schicksal: die Bäume, die Planeten, die Haie. Alles, mit Ausnahme des Schöpfers! Er lag auf der Straße, die Kleider zerrissen. Seine Unterlippe hing herab wie ein einschläferndes Kabel; seine Zähne waren ungewaschen und in die blonden Wellen seiner Haare mischte sich Staub. Von schwerer Schläfrigkeit benommen, gegen die Steine gestoßen, machte sein Körper vergebliche Anstrengungen, wieder aufzustehen. Seine Kräfte hatten ihn verlassen, und er lag da, schwach wie ein Regenwurm, unempfindlich wie die Baumrinde. Ströme von Wein füllten die Rinnen, welche die nervösen Zuckungen seiner Schultern in den Weg gehöhlt hatten. Der Stumpfsinn mit dem Schweinerüssel breitete seine schützenden Fittiche über ihn und warf ihm einen verliebten Blick zu. Seine Beine mit schlaffen Muskeln fegten den Boden wie zwei blinde Mastbäume. Blut rann aus seinen Nasenlöchern: beim Sturz war sein Gesicht auf einen Pfahl aufgeschlagen... Er war betrunken! Furchtbar betrunken! Betrunken wie eine Wanze, die über Nacht drei Tonnen Blut gekäut hat! Er erfüllte das Echo mit zusammenhanglosen Worten, die hier zu wiederholen, ich mich hüten werde; wenn der höchste Trunkenbold sich nicht achtet, so muß ich jedenfalls die Menschen achten. Wußtet ihr, daß der Schöpfer... sich betrinkt! Habt Mitleid mit dieser Lippe, die in den Bechern der Orgie besudelt wurde! Der Igel, der vorüberkam, stieß ihm seine Stacheln in den Rücken und sagte: »Da hast du's. Die Sonne hat die Hälfte ihres Laufes zurückgelegt: arbeite, du Faulpelz, und iß nicht das Brot der anderen. Warte nur, du wirst schon sehen, wenn ich den Kakadu mit dem krummen Schnabel rufe.« Der Grünspecht und die Eule, die vorüberkamen, stießen ihm den ganzen Schnabel in den Leib und sagten: »Da hast du's. Was willst du auf dieser Erde? Bist du gekommen, um den Tieren diese grausige Komödie vorzuführen? Aber weder der Maulwurf, noch der Kasuar, noch der Flamingo werden es treiben wie du, das schwöre ich dir.« Der Esel, der vorüberkam, versetzte ihm einen Fußtritt auf die Schläfe und sagte: »Da hast du's. Was hatte ich dir getan, daß du mir so lange Ohren gegeben hast? Keinen gibt es, der mich nicht verachtete, nicht einmal die Grille.« Die Kröte, die vorüberkam, schleuderte ihm ihren Geifer auf die Stirn und sagte: »Da hast du's. Hättest du mein Auge nicht so dick gemacht und wäre ich dir dann in solchem Zustand begegnet, so würde ich die Schönheit deiner Gliedmaßen züchtig unter einem Regen von Ranunkeln, Vergißmeinnicht und Kamelien versteckt haben, damit niemand dich sähe.« Der Löwe, der vorüberkam, neigte sein königliches Antlitz und sagte: »Was mich betrifft, so achte ich ihn, obwohl seine Herrlichkeit uns im Moment verdunkelt erscheint. Ihr aber, die ihr die Hochmütigen spielt und doch nur Feiglinge seid, da ihr ihn überfielt als er schlief, wie wäre euch an seiner Stelle zumute, wenn ihr von den Spaziergängern die Beschimpfungen zu ertragen hättet, die ihr ihm nicht erspart habt?« Der Mensch, der vorbeikam, blieb vor dem verkannten Schöpfer stehen; und unter dem Beifall der Filzlaus und der Viper beschmutzte er dieses erhabene Antlitz drei Tage lang mit seinem Kot! Wehe dem Menschen um dieses Schimpfes willen; denn er hat den Feind nicht geachtet, der in dem Gemisch von Kot, Blut und Wein dalag; wehrlos und fast ohne Leben!... Da endlich brachten all diese kleinlichen Beschimpfungen den höchsten Gott zum Erwachen, und er erhob sich, so gut er konnte; schwankenden Schrittes setzte er sich auf einen Stein, die Arme schlaff herabhängend wie die beiden Hoden des Schwindsüchtigen; und er warf einen glasigen Blick ohne Flamme auf die ganze Natur, die ihm gehörte. O Menschen, ihr seid die enfants terribles; aber ich flehe euch an, verschonen wir dieses große Dasein, das seinen Rausch unreiner Säfte noch nicht ausgeschlafen hat, und das, da ihm die Kraft fehlt, sich aufrecht zu halten, von neuem in seiner ganzen Schwere auf diesen Felsblock gesunken ist, wo es sitzt wie ein Wanderer. Seht diesen Bettler, der vorübergeht; er hat bemerkt, daß der Derwisch einen hungernden Arm ausstreckt, und ohne zu wissen, wem er das Almosen reichte, warf er in diese Hand, die um Barmherzigkeit flehte, ein Stück Brot. Der Schöpfer dankte ihm mit einer Bewegung des Hauptes. O! nie werdet ihr wissen, wie schwer es ist, unablässig die Zügel des Weltalls zu halten! Manchmal steigt einem das Blut zu Kopf, wenn man alles daransetzt, um dem Nichts einen letzten Kometen mit einer neuen Rasse von Geistern zu entreißen. Die in ihren Grundfesten erschütterte Intelligenz zieht sich wie ein

Besiegter zurück, und kann, einmal im Leben, den Irrtümern verfallen, deren Zeugen ihr wart!

[5] Eine rote Laterne, Flagge des Lasters, am äußersten Ende einer Stange hängend, schaukelte ihr Gerippe von allen vier Winden gepeitscht, über einem massiven und wurmstichigen Tor. Ein schmutziger Flur, der nach menschlichem Schenkel roch, führte auf einen Hof, wo Hähne und Hennen, magerer als ihre Flügel, nach Futter suchten. In die nach der Westseite gelegene Mauer, die dem Hof als Einfriedung diente, waren mit übertriebener Sparsamkeit verschiedene, von vergitterten Schiebefenstern geschlossene Öffnungen eingelassen. Moos bedeckte das Haupthaus, das sicherlich ein Kloster gewesen war und jetzt, mit dem Rest des Gebäudes jenen Frauen als Unterkunft diente, die täglich jedem, der hereinkam, gegen ein wenig Gold das Innere ihrer Vagina enthüllten. Ich stand auf einer Brücke, deren Pfeiler in das schmutzige Wasser eines Ringgrabens tauchten. Von ihrer Höhe betrachtete ich diesen über sein Alter gebeugten Bau in der Landschaft und die geringsten Einzelheiten seiner Innenarchitektur. Von Zeit zu Zeit erhob sich das Gitter eines Schiebefensters kreischend über sich selbst wie von dem aufwärts gerichteten Stoß einer Hand, die die Natur des Eisens vergewaltigt: ein Mann zeigte in der zur Hälfte frei gemachten Öffnung seinen Kopf, schob seine Schultern, auf die Stuck herabblätterte, nach vorn und ließ mühsam hinausdrängend seinen von Spinnweben bedeckten Körper folgen. Seine Hände wie eine Krone auf den Kehricht aller Art legend, der den Boden mit seiner Last drückte, während sein Bein noch in Windungen des Gitters verhaftet war, fand er schließlich seine natürliche Haltung wieder, tauchte seine Hände in einen wackeligen Kübel, dessen Seifenlauge ganze Generationen hatte steigen und fallen sehen, und entfernte sich dann, so schnell er nur konnte, aus diesen Vorstadtgäßchen, um die reine Luft in Richtung des Stadtzentrums zu atmen. Als der Kunde draußen war, drängte sich eine splitternackte Frau auf dieselbe Weise hinaus und ging auf den gleichen Kübel zu. Da liefen die Hähne und Hennen, vom Samengeruch angezogen, in Scharen von allen Seiten des Klosterhofes herbei, warfen sie trotz heftiger Abwehr zu Boden, zerstampften das Äußere ihres Leibes wie einen Misthaufen und zerfetzten mit Schnabelhieben so lange die welken Schamlippen ihrer geschwollenen Vagina, bis Blut floß. Dann gingen die Hennen und Hähne mit gesättigtem Kropf von

neuem daran, das Gras des Klosterhofes auszukratzen; die sauber gewordene Frau erhob sich von Wunden bedeckt und zitternd, wie man nach einem Angsttraum erwacht. Sie ließ den Lappen fallen, den sie zum Abtrocknen ihrer Beine mitgebracht hatte; da sie den gemeinsamen Kübel nicht mehr brauchte, kehrte sie, wie sie gekommen war, in ihre Höhle zurück, um auf neue Kundschaft zu warten. Bei diesem Anblick wollte auch ich mir Zugang zu diesem Hause verschaffen! Im Begriff von der Brücke hinunterzusteigen, sah ich auf dem Gebälk eines Pfeilers folgende Inschrift in hebräischen Buchstaben: »Ihr, die ihr über diese Brücke kommt, geht nicht in jenes Haus. Verbrechen und Laster hausen dort beisammen; eines Tages warteten seine Freunde vergeblich auf einen Jüngling, der durch die unselige Tür geschritten war.« Die Neugierde siegte über die Furcht; in kurzer Zeit gelangte ich vor eines der Schiebefenster, dessen Gitter aus soliden, eng gekreuzten Stäben bestand. Durch diesen dichten Filter versuchte ich, ins Innere des Hauses zu blicken. Zunächst sah ich nichts; bald aber konnte ich die Gegenstände, die sich in der dunklen Kammer befanden, dank den Strahlen der Sonne unterscheiden, deren Schein langsam verblaßte, da sie im Begriff war, am Horizont zu verschwinden. Das erste und einzige Ding, das mein Auge traf, war ein blonder, aus ineinander geschachtelten Hörnern gebildeter Stab. Dieser Stab bewegte sich! Er ging in der Kammer umher! Seine Stöße waren so heftig, daß der Boden schwankte; mit seinen beiden Enden schlug er ungeheure Löcher in die Mauer und glich einem Sturmbock, den man gegen das Tor einer belagerten Stadt rennt. Seine Bemühungen waren vergeblich; die Mauern bestanden aus Quadersteinen, und wenn er gegen die Wand prallte, sah ich, daß er sich bog wie eine stählerne Klinge und wieder emporschnellte wie eine elastische Kugel. Also war dieser Stab nicht aus Holz! Dann bemerkte ich, daß er sich mit Leichtigkeit zusammen- und auseinanderrollte wie ein Aal. Obwohl groß wie ein Mann, hielt er sich nicht aufrecht. Manchmal versuchte er es, dann zeigte sich eines seiner Enden am Gitter des Schiebefensters. Er machte ungestüme Sprünge, fiel wieder zu Boden und konnte das Hindernis nicht durchbrechen. Ich begann, ihn mit wachsender Aufmerksamkeit zu betrachten und sah, daß es ein Haar war. Nach einem schweren Kampf mit der Materie, die es einschloß wie ein Gefängnis, lehnte es sich gegen das Bett, das in der Kammer stand, die Wurzel auf einem Teppich ruhend und die Spitze gegen das Kopfende geneigt.

Nach kurzem, von Schluchzen unterbrochenem Schweigen, erhob es die Stimme und sprach folgende Worte: »Mein Herr hat mich in dieser Kammer vergessen; er holt mich nicht ab. Er erhob sich aus diesem Bett, gegen das ich mich lehne, kämmte sein parfümiertes Haar und dachte nicht daran, daß ich kurz zuvor zu Boden gefallen war. Hätte er mich aber aufgehoben, so wäre mir diese Tat simpler Gerechtigkeit nicht verwunderlich erschienen. Er verläßt mich in dieser verriegelten Kammer, nachdem er eine Frau in die Arme geschlossen hat. Und welche Frau! Die Laken sind noch feucht von ihrer erwärmenden Berührung und tragen in ihrer Unordnung den Stempel einer Liebesnacht...« Und ich fragte mich, wer wohl sein Herr sein mochte! Und mein Auge preßte sich von neuem und noch entschlossener gegen das Gitter!... »Während die ganze Natur in keuschem Schlummer lag, paarte er sich in geiler, unreiner Umarmung mit einer verkommenen Frau. So weit hat er sich erniedrigt, daß er sein erhabenes Antlitz von Wangen berühren ließ, die durch tägliche Schamlosigkeit verächtlich und bis aufs Mark entehrt sind. Er errötete nicht, ich aber, ich errötete für ihn. Es ist sicher, daß er glücklich war, mit solcher Gattin einer Nacht zu schlafen. Die Frau, erstaunt über das majestätische Aussehen dieses Gastes, schien in unvergleichlichen Wonnen zu schwelgen und küßte wie rasend seinen Hals.« Und ich fragte mich, wer wohl sein Herr sein mochte! Und mein Auge preßte sich von neuem und noch entschlossener gegen das Gitter!... »Ich aber fühlte indessen wie die eitrigen Pusteln, die wegen der ungewohnten Inbrunst meines Herrn für fleischliche Genüsse zahlreicher wuchsen, meine Wurzel mit ihrem tödlichen Gift umfingen und mir mit ihren Saugnäpfen die zeugende Lebenssubstanz entzogen. Je mehr die beiden sich in ihrem wahnsinnigen Treiben vergaßen, um so mehr fühlte ich meine Kräfte schwinden. In dem Augenblick, da die leiblichen Begierden den Höhepunkt der Raserei erreichten, bemerkte ich, daß meine Wurzel in sich selbst zusammensank wie ein von einer Kugel verwundeter Soldat. Die Flamme des Lebens war in mir erloschen, ich löste mich von seinem erlauchten Haupte wie ein toter Zweig; ich fiel zu Boden, ohne Mut, ohne Kraft, ohne Lebenswillen; jedoch mit tiefem Mitleid für den, dem ich angehörte; jedoch mit ewigem Schmerz um seiner freiwilligen Verirrung willen!...« Und ich fragte mich, wer wohl sein Herr sein mochte! Und mein Auge preßte sich von neuem und noch entschlossener gegen das Gitter!... »Hätte er wenigstens mit seiner

Seele die unschuldige Brust einer Jungfrau umarmt. Sie wäre seiner würdiger gewesen und die Erniedrigung weniger groß. Er küßte mit seinen Lippen diese schmutzbedeckte Stirn, über die die Männer mit staubigen Sohlen hinwegschreiten!... Er atmete mit frechen Nüstern die Ausdünstungen dieser beiden feuchten Achselhöhlen!... Ich sah, wie deren Häutchen sich vor Scham zusammenzogen und wie die Nasenlöcher ihrerseits sich weigerten, diesen infamen Geruch einzuatmen. Aber weder er noch sie achteten auch nur im geringsten auf die feierliche Warnung der Achselhöhlen, auf den düsteren, bleichen Ekel der Nasenlöcher. Sie hob ihre Arme noch höher, und er, mit noch stärkerem Drang, vergrub sein Antlitz in ihrern Höhlen. Ich war gezwungen, der Komplize dieser Entweihung zu sein. Ich war gezwungen, dieser unerhörten Gliederverrenkung zuzuschauen; der unnatürlichen Verschmelzung dieser beiden Wesen beizuwohnen, deren verschiedene Naturen ein unermeßlicher Abgrund trennte...« Und ich fragte mich, wer wohl sein Herr sein mochte! Und mein Auge preßte sich von neuem und noch entschlossener gegen das Gitter!... »Als er vom Geruch dieser Frau befriedigt war, wollte er ihr die Muskeln, einen nach dem anderen, ausreißen; aber da sie eine Frau war, verzieh er ihr, und zog es vor, ein Wesen seines Geschlechtes leiden zu lassen. Er rief einen Jüngling aus der benachbarten Zelle, der in dieses Haus gekommen war, um einige sorglose Stunden mit einer dieser Frauen zu verbringen und befahl ihm ausdrücklich, einen Schritt von seinen Augen entfernt, stehen zu bleiben. Ich lag schon längst auf dem Boden. Da ich nicht die Kraft hatte, mich auf meine brennende Wurzel zu erheben, konnte ich nicht sehen, was sie taten. Ich weiß nur, daß, sobald sich der Jüngling in Reichweite seiner Hand befand, Fleischfetzen zu Füßen des Bettes niederfielen und sich neben mich legten. Sie erzählten mir ganz leise, daß die Krallen meines Herrn sie von den Schultern des Jünglings gerissen hätten. Dieser erhob sich nach einigen Stunden, in deren Verlauf er gegen eine höhere Macht gekämpft hatte, von dem Bett und zog sich in majestätischer Haltung zurück. Er war buchstäblich von den Füßen bis zum Kopf geschunden; über die Fliesen der Kammer zog er seine umgewandte Haut hinter sich her. Er sagte sich, daß er von Natur gütig sei, daß er seine Mitmenschen auch gern für gut halte; daß er darum dem Wunsch des vornehmen Fremden entsprochen habe, als dieser ihn zu sich rief; nie und nimmer aber hätte er vermutet, daß er von einem Henker gefoltert werden würde. Von einem solchen Henker, fügte er nach einer Pause hinzu. Schließlich ging er auf das Schiebefenster zu, das sich beim Anblick dieses hautlosen Leibes mitleidsvoll bis zum Rande des Bodens öffnete. Ohne seine Haut liegen zu lassen, die ihm noch dienlich sein konnte und sei es auch nur als Mantel, versuchte er, aus dieser Mördergrube zu entkommen; nachdem er die Kammer verlassen hatte, konnte ich nicht sehen, ob seine Kraft bis zur Ausgangstür reichte. O! wie respektvoll entfernten sich Hennen und Hähne, trotz ihres Hungers, von der langen Blutspur, welche die Erde tränkte!« Und ich fragte mich, wer wohl sein Herr sein mochte! Und meine Augen preßten sich von neuem und noch entschlossener gegen das Gitter!... »Da erhob sich der, welcher besser auf seine Würde und auf seine Gerechtigkeit hätte bedacht sein sollen und stützte sich mühsam auf seinen erschöpften Ellbogen. Allein, finster, überdrüssig und abstoßend häßlich!... Langsam kleidete er sich an. Die Nonnen, die seit Jahrhunderten in den Katakomben des Klosters begraben lagen, plötzlich aufgeschreckt von den lärmenden Stößen dieser furchtbaren Nacht, die in einer Zelle über dem Grabgewölbe aufeinanderprallten, faßten sich bei den Händen und bildeten eine Totenrunde um ihn. Während er die Trümmer seiner früheren Pracht zusammensuchte; sich die Hände im Auswurf wusch, um sie danach mit seinen Haaren zu trocknen (besser sie im Auswurf zu waschen als gar nicht, nachdem er eine ganze Nacht in Laster und Verbrechen zugebracht hatte), stimmten die Nonnen die Gebete der Totenklage an, wie wenn jemand ins Grab hinabgestiegen wäre. Tatsächlich sollte der Jüngling die Folter nicht überleben, die von göttlicher Hand an ihm verübt worden war, und sein Todeskampf endete, während die Nonnen sangen...« Ich erinnerte mich der Inschrift des Pfeilers; ich begriff, was aus dem mannbaren Träumer geworden war, auf den seine Freunde seit dem Augenblick seines Verschwindens noch täglich warteten... Und ich fragte mich, wer wohl sein Herr sein mochte! Und meine Augen preßten sich von neuem und noch entschlossener gegen das Gitter!... »Die Mauern öffneten sich, um ihn hinauszulassen; die Nonnen, da sie sahen, wie er sich in die Lüfte schwang, mit Schwingen, die er bis dahin unter seinem smaragdenen Gewand verborgen hatte, zogen sich schweigend unter den Deckel des Grabes zurück. Er ist in sein himmlisches Haus zurückgekehrt und hat mich hier gelassen; das ist nicht gerecht. Die anderen Haare sind auf seinem Haupt geblieben; und ich, ich liege auf dem von geronnenem Blut und trockenen Fleischfetzen bedeckten Boden dieser grausigen Kammer; seit er hier eindrang, ist diese Kammer verdammt; niemand kommt herein; nur ich bin darin eingeschlossen. Es ist also aus! Nie mehr werde ich die Legionen der Engel in dichten Reihen marschieren, nie mehr die Gestirne in den Gärten des Wohlklangs wandeln sehen. So sei es denn... ich werde mein Unglück mit Resignation zu tragen wissen. Aber ich werde nicht verfehlen, den Menschen zu sagen, was in dieser Zelle geschehen ist. Ich werde ihnen gestatten, ihre Würde von sich zu werfen wie ein unnützes Gewand, da ihnen mein Herr mit seinem Beispiel voranging; ich werde ihnen raten, an dem Glied des Verbrechens zu saugen, da EIN ANDERER es vor ihnen tat...« Das Haar schwieg... Und ich fragte mich, wer wohl sein Herr sein mochte! Und meine Augen preßten sich von neuem und noch entschlossener gegen das Gitter!... Alsbald grollte der Donner; ein Phosphorschein drang in die Kammer. Unwillkürlich trat ich zurück, von ich weiß nicht welchem Instinkt gewarnt; obgleich von dem Schiebefenster entfernt, hörte ich eine andere Stimme, diese aber war unterwürfig und leise, aus Furcht, gehört zu werden: »Mache nicht solche Sprünge! Sei still... sei still... wenn jemand dich hörte! ich bringe dich zu den anderen Haaren zurück; aber warte, bis die Sonne am Horizont untergeht, damit die Nacht deine Schritte verhüllt... ich habe dich nicht vergessen; aber man hätte dich hinausgehen sehen und ich wäre kompromittiert worden. O! wenn du wüßtest, wie ich seitdem gelitten habe! In den Himmel zurückgekehrt, umringten mich meine Erzengel mit Neugier; sie wollten mich nicht nach dem Grund meiner Abwesenheit fragen. Sie, die nie gewagt hatten, ihre Augen zu mir zu erheben, blickten bestürzt auf mein niedergeschlagenes Antlitz, bemüht, das Rätsel zu erraten, jedoch erkannten sie nicht den Grund dieses Geheimnisses und tauschten ganz leise ihre Befürchtungen aus, daß in mir eine ungewohnte Veränderung vorgegangen sein müßte. Sie weinten stumme Tränen; sie fühlten unbestimmt, daß ich, unter mein Selbst gesunken, nicht mehr derselbe war. Sie hätten gern gewußt, welcher verderbliche Entschluß mich zum Überschreiten der Himmelsgrenzen und zum Sturz auf die Erde getrieben hatte, um vergängliche Wonnen zu genießen, die sie selbst aufs tiefste verachten. Sie bemerkten auf meiner Stirn einen Tropfen Samen, einen Tropfen Blut. Der erste war den Schenkeln der Kurtisane entsprungen. Der zweite hatte sich aus den Adern des Märtyrers ergossen. Abscheuliche Stigmata! Unerschütterliche Fensterrosen! Meine Erzengel haben im Gestrüpp des Raumes hängend, die flammenden Fetzen meiner opalenen Tunika gefunden, die über den verblüfften Völkern wehten. Sie haben sie nicht wieder zusammenfügen können, und mein Leib bleibt nackt vor ihrer Unschuld; denkwürdige Sühne der verlassenen Tugend. Siehe die Furchen, die sich in meinen entfärbten Wangen ein Bett gegraben haben: der Tropfen Samen und der Tropfen Blut, sie sind es, die langsam die trockenen Falten entlangsickern. An der Oberlippe angelangt, machen sie eine ungeheure Anstrengung und dringen in das Heiligtum meines Mundes ein, von dem unwiderstehlichen Schlund angezogen wie von einem Magneten. Sie ersticken mich, diese beiden unversöhnlichen Tropfen. Ich hatte mich bisher für den Allmächtigen gehalten; aber nein; ich muß den Nacken beugen vor dem Gewissensbiß, der mir zuruft: ›Du bist nur ein elender Wicht!‹ Mache nicht solche Sprünge! Sei still... sei still... wenn jemand dich hörte! Ich bringe dich zu den anderen Haaren zurück; aber warte, bis die Sonne am Horizont untergeht, damit die Nacht deine Schritte verhüllt... Ich sah Satan, den großen Feind, das wirre Knochengerüst aus seiner larvenhaften Erstarrung erheben und stehend, triumphierend, sublim, eine feierliche Ansprache an seine versammelten Truppen halten, um mich zu verhöhnen, wie ich es verdiene. Er sagte, er wundere sich sehr, daß sein hochmütiger Rivale, von einem unablässigen endlich erfolgreichen Spionagedienst auf frischer Tat ertappt, sich so weit erniedrigen konnte, nach einer weiten Reise über die Riffe des Äthers, das Gewand menschlicher Ausschweifung zu küssen und ein Mitglied der Menschheit in Qualen zu Tode zu foltern. Er sagte, daß dieser Jüngling, im Getriebe meiner raffinierten Folter zermalmt, vielleicht ein Genie an Intelligenz geworden wäre, bestimmt, die Menschen dieser Erde durch herrliche Gesänge der Dichtkunst und des Mutes über die Schläge des Unglücks zu trösten. Er sagte, daß die Nonnen des klösterlichen Hurenhauses keinen Schlaf mehr fänden; sie schlichen im Klosterhof umher, gestikulierend wie Automaten, Hahnenfuß und Flieder mit dem Fuß zertretend; die Entrüstung habe sie ihres Verstandes beraubt, doch bliebe ihnen noch genug davon, um sich der Ursache zu erinnern, die diese Krankheit ihres Hirns erzeugte... (Da kommen sie geschritten, in weißes Leichentuch gehüllt; sie sprechen nicht; sie halten sich bei den Händen. Wirr fallen die Haare auf ihre nackten Schultern; ein schwarzer Blumenstrauß liegt geknickt auf ihrer Brust. Nonnen, kehrt zurück in eure Gruft;

die Nacht ist noch nicht ganz herabgesunken; der Abend dämmert erst... O Haar, du siehst es selbst; von allen Seiten überfällt mich das entfesselte Gefühl meiner Verderbtheit!) Er sagte, daß der Schöpfer, der sich rühmt, die Vorsehung alles dessen zu sein, was ist, sich, milde ausgedrückt, sehr leichtfertig betragen habe, da er den Sternenwelten ein solches Schauspiel bot; denn er hat seine Absicht ausdrücklich bestätigt, den kreisenden Planeten zu verkünden, wie ich durch mein eigenes Beispiel Tugend und Güte in meinen unermeßlichen Königreichen aufrechterhalte. Er sagte, daß die große Achtung vor einem so edlen Feind sich aus seiner Vorstellung verflüchtigt hätte, und daß er lieber nach der Brust eines jungen Mädchens greifen würde, obwohl dies eine Tat von abscheulicher Bosheit wäre, als mir ins Gesicht zu speien, denn die dreischichtige Mischung aus Blut und Samen, die es bedeckt, könnte seinen geifernden Speichel beschmutzen. Er sagte, er fühle sich mir mit Recht überlegen, nicht im Laster, sondern in der Tugend und in der Scham; nicht im Verbrechen, sondern in der Gerechtigkeit. Er sagte, man müsse mich wegen meiner zahllosen Vergehen aufs Rad flechten; mich bei kleinem Feuer in roter Glut rösten, um mich danach ins Meer zu werfen, vorausgesetzt, daß das Meer mich aufnehmen wolle. Daß ich, der ich mich rühmte, gerecht zu sein, ich, der ich ihn um einer leichten Auflehnung willen, die ohne ernste Folgen blieb, zu ewiger Qual verdammt hätte, strenge Gerechtigkeit gegen mich selber üben, und mein von Sittenverderbnis belastetes Gewissen unparteiisch beurteilen müsse... Mache nicht solche Sprünge! Sei still... sei still... wenn jemand dich hörte! ich bringe dich zu den anderen Haaren zurück; aber warte, bis die Sonne am Horizont untergeht, damit die Nacht deine Schritte verhüllt.« Er hielt einen Augenblick inne; obwohl ich ihn nicht sah, begriff ich durch die Länge dieser notwendigen Pause, daß die Brandung der Erregung seine Brust emporhob, wie ein Wirbelsturm eine Familie von Walen emporhebt. Göttliche Brust, die eines Tages durch die bittere Berührung des Busens einer schamlosen Frau beschmutzt wurde! Königliche Seele, die in einem Augenblick des Vergessens der Krabbe der Ausschweifung, dem Kraken der Charakterschwäche, dem Hai der persönlichen Verworfenheit, der Boa der nicht vorhandenen Moral und der monströsen Molluske des Idiotismus ausgeliefert wurde! Das Haar und sein Herr umarmten einander innig wie zwei Freunde, die sich nach langer Trennung wiedersehen. Der Schöpfer fuhr fort, wie ein Angeklagter, der vor seinem eigenen Gerichtshof erscheint: »Und die Menschen, die eine so hohe Meinung von mir hatten, was werden sie von mir denken, wenn sie von den Verirrungen meines Wandels, dem zögernden Schritt meiner Sandale durch die schlammigen Labyrinthe der Materie und von meinem lichtscheuen Wege durch die stehenden Gewässer und die feuchten Binsen am Ufer des Morastes hören werden, wo, in Nebel gehüllt, das Verbrechen mit düsterer Klaue blaut und brüllt!... Ich sehe ein, daß ich in Zukunft viel tun muß, um meine Ehre zu retten und ihre Achtung zurückzugewinnen. Ich bin das Groß-All; und doch, in gewisser Beziehung bleibe ich den Menschen, die ich aus einer Handvoll Sand geschaffen habe, unterlegen! Erzähle ihnen eine kühne Lüge und sage ihnen, daß ich den Himmel nie verlassen habe und unablässig mit den Thronsorgen zwischen den Marmorwänden, Statuen und Mosaiken meiner Paläste eingeschlossen war. Ich bin den himmlischen Söhnen der Menschheit erschienen; ich habe ihnen gesagt: ›Jagt das Böse aus euren Hütten und öffnet euer Haus dem Mantel des Guten. Wer Hand an seinen Mitmenschen legt und ihm den tödlichen Dolch in die Brust stößt, darf nicht auf meine Barmherzigkeit hoffen und soll die Waagschale der Gerechtigkeit fürchten. Er wird seine Trauer in den Wäldern verbergen; aber das Rauschen der Blätter in den Lichtungen singt in seinen Ohren die Ballade der Reue; und er wird vom Dornbusch, der Stechpalme und der blauen Distel in die Seite gestochen, seine schnellen Schritte in die Geschmeidigkeit der Lianen und in die Stiche der Skorpione verwikkelnd, diese Stätte fliehen. Er wird sich den Kieseln des Strandes zuwenden, aber die Flut mit ihren sprühenden Wogen und den Gefahren des steigenden Wassers wird ihm erzählen, daß sie von seiner Vergangenheit weiß; und in blindem Lauf wird er die höchste Spitze der Klippe erklimmen, während die schneidenden Äquinoktialstürme, die tief in die natürlichen Grotten des Golfes und in die Höhlengänge klingender Felswände eindringen, brüllen, gleich ungeheuren Büffelherden der Pampa. Die Leuchtfeuer der Küste werden ihn mit ihrem sarkastischen Schein bis zu den Grenzen der Mitternacht verfolgen, und die Irrlichter der Maremmen, harmlose Dämpfe im Zustand der Verbrennung, werden mit ihren phantastischen Tänzen die Haare seiner Poren erschauern und die Iris seiner Augen grün machen. Möge die Scham sich in euren Hütten gefallen und im Schatten eurer Felder in Sicherheit sein. So werden eure Söhne schön sein und sich vor ihren Eltern in Dankbarkeit neigen; sonst werden sie schwächlich und verkümmert wie das Pergament der Bibliotheken, mit großen Schritten, vom Aufruhr gelenkt, gegen den Tag ihrer Geburt und gegen die Klitoris ihrer unreinen Mutter vorgehen.‹ Wie sollen die Menschen so strengen Gesetzen gehorchen, wenn der Gesetzgeber selber und als erster, es ablehnt, sich ihnen zu fügen?... Und meine Schande ist unendlich wie die Ewigkeit!« Ich hörte das Haar ihm in Demut seine Gefangenschaft verzeihen, da sein Herr aus Vorsicht und nicht aus Leichtfertigkeit gehandelt hatte; und der letzte bleiche Sonnenstrahl, der meine Augenlider erhellte, verließ die Schluchten der Berge. Ihm zugewandt, sah ich, wie er sich zusammenfaltete wie ein Leichentuch... Mache nicht solche Sprünge! Sei still... sei still... wenn jemand dich hörte! Er bringt dich zu den anderen Haaren zurück. Und jetzt, da die Sonne am Horizont untergegangen ist, schleicht euch beide fort aus dem Hurenhaus, du, schamloser Geist und du, sanftes Haar, während die Nacht ihren Schatten über das Kloster breitet und eure verstohlenen, immer länger werdenden Schritte in der Ebene verhüllt... Da sagte mir die Laus, die plötzlich, ihre Krallen herausstreckend, hinter einem Vorgebirge erschien: »Was denkst da davon?« Aber ich wollte ihr nicht antworten. Ich zog mich zurück und kam auf die Brücke. Ich löschte die ursprüngliche Inschrift aus und ersetzte sie durch diese: »Es ist schmerzlich, ein solches Geheimnis in seinem Herzen zu tragen wie einen Dolch; aber ich schwöre, daß ich das, dessen Zeuge ich war, als ich zum erstenmal diese furchtbare Zitadelle betrat, nie verraten werde.« Ich warf das Taschenmesser, das mir zum Eingraben der Buchstaben gedient hatte, über die Brüstung; und mit einigen schnellen Betrachtungen über den Charakter des kindischen Schöpfers, der die Menschheit, leider! noch lange Zeit leiden machen wird (die Ewigkeit währt lange), sei es durch Grausamkeiten, die er an ihr ausläßt, sei es durch den gemeinen Anblick fressender Geschwüre, die ein großes Laster verursacht, schloß ich die Augen wie ein Trunkener bei dem Gedanken daran, ein solches Wesen zum Feind zu haben, und traurig nahm ich meinen Weg durch das Labyrinth der Straßen wieder auf.

*Ende des Dritten Gesanges*

## *Vierter Gesang*

[1] Ein Mensch oder ein Stein oder ein Baum wird den Vierten Gesang beginnen. Wenn der Fuß über einen Frosch gleitet, dann empfindet man Ekel; berührt man dagegen den menschlichen Körper nur ganz leicht mit der Hand, dann springt die Haut der Finger auf wie die Schuppen von einem Glimmerblock, den man mit dem Hammer zerschlägt; und wie das Herz eines Haies, der seit einer Stunde tot ist, noch auf der Brücke mit zäher Lebenskraft zuckt, so bewegen sich unsere Eingeweide noch lange nach der Berührung bis in die letzten Fasern. So groß ist das Entsetzen, das der Mensch seinem eigenen Mitmenschen einflößt! Vielleicht irre ich mich, wenn ich dies behaupte; aber vielleicht ist es wahr, was ich sage. Ich kenne, ich begreife eine Krankheit, die furchtbarer ist als die von langem Nachdenken über den seltsamen Charakter des Menschen geschwollenen Augen: aber ich suche sie noch... und habe sie nicht finden können! Ich halte mich nicht für weniger intelligent als einen anderen und doch, wer würde zu behaupten wagen, daß meine Untersuchungen erfolgreich gewesen wären? Welche Lüge käme da aus seinem Munde! Der antike Tempel von Denderah liegt ein und eine halbe Stunde vom linken Ufer des Nils entfernt. Heute haben sich unzählige Scharen von Wespen der Wasserläufe und der Uferstraßen bemächtigt. Sie umschwirren die Säulen wie die dichten Wellen eines schwarzen Haarschopfes. Als einzige Bewohner der kalten Säulenhalle bewachen sie den Eingang der Vorhöfe als wäre es ihr angestammtes Recht. Ich vergleiche das Summen ihrer metallischen Flügel mit den unaufhörlichen Stößen der Eisschollen, die während des Eisbruchs der Polarmeere zusammenprallen. Aber wenn ich das Betragen dessen bedenke, dem die Vorsehung den Thron dieser Erde gab, dann lassen die drei Flügelspitzen meines Schmerzes ein stärkeres Gesumme hören! Wenn ein Komet plötzlich, über Nacht, nach achtzigjähriger Abwesenheit in einer Region des Himmels erscheint, dann zeigt er den Erdbewohnern und den Grillen seinen strahlenden Nebelschweif. Zweifellos ist er sich dieser weiten Reise nicht

bewußt; mir geht es nicht so: mit den Ellbogen auf das Kopfende meines Bettes gestützt, während die Zacken eines ariden und düsteren Horizontes sich machtvoll auf dem Grunde meiner Seele erheben, vertiefe ich mich in die Träume des Mitleids und erröte für den Menschen! Sobald seine Nachtwache vorüber ist, kehrt der vom Nordwind entzweigeschnittene Matrose schnell in seine Hängematte zurück: warum bleibt mir eine solche Tröstung versagt? Der Gedanke, daß ich freiwillig so tief gesunken bin wie meinesgleichen, und daß ich weniger als ein anderer das Recht habe, über unser Schicksal, das an die verhärtete Kruste eines Planeten gekettet bleibt und über das Wesen unserer perversen Seele zu klagen, durchdringt mich wie ein Hufnagel. Man hat feurige Explosionen schlagender Wetter ganze Familien ausrotten sehen; aber ihr Todeskampf währte nicht lange, weil der Tod inmitten der Trümmer und der tödlichen Gase fast auf der Stelle eintritt: ich... ich lebe immer noch, wie der Basalt! In der Mitte sowie zu Beginn des Lebens sehen die Engel sich selber ähnlich: ist es nicht schon lange her, seit ich mir nicht mehr ähnlich sehe! Der Mensch und ich, in den Grenzen unserer Intelligenz eingesperrt wie manch ein See in einem Gürtel von Koralleninseln, anstatt unser beider Kräfte zu vereinigen, um uns gegen den Zufall und das Mißgeschick zu verteidigen, entfernen wir uns zitternd vor Haß auf zwei entgegengesetzten Wegen voneinander, als hätten wir uns, einer den anderen, mit der Spitze eines langen Dolches verletzt. Es scheint, als verstünde jeder die Verachtung, die er dem anderen einflößt; von relativer Würde getrieben, bemühen wir uns, unseren Gegner nicht zu täuschen; jeder bleibt für sich und weiß sehr wohl, daß der proklamierte Friede unmöglich erhalten werden kann. Nun gut! möge mein Krieg gegen den Menschen ewig währen, da jeder seine eigene Entwürdigung im anderen wiedererkennt... da sie beide Todfeinde sind. Ob ich nun einen unseligen Sieg davontragen oder unterliegen muß, der Kampf wird jedenfalls schön sein: ich allein gegen die Menschheit. Ich werde mich keiner Waffen aus Holz oder Eisen bedienen; ich stoße mit dem Fuß die aus der Erde zutage geförderten Erze zurück: der gewaltige und seraphische Wohlklang der Harfe wird unter meinen Fingern zu einem furchtbaren Talisman. Bei manch einem Überfall hat der Mensch, dieser sublime Affe, mir bereits seine Lanze aus Porphyr durch die Brust gestoßen: ein Soldat zeigt seine Wunden nicht, wie glorreich sie auch sein mögen. Dieser furchtbare Krieg wird den Schmerz in beide Lager werfen: zwei Freunde, die sich durchaus vernichten wollen, welch eine Tragödie!

[2] Zwei Pfeiler, die für Affenbrotbäume zu halten, nicht schwierig und noch weniger unmöglich wäre, zeigten sich, größer als zwei Stecknadeln, im Tale. Es waren tatsächlich zwei ungeheure Türme. Und obgleich zwei Affenbrotbäume auf den ersten Blick nicht zwei Stecknadeln, nicht einmal zwei Türmen gleichen, so kann man doch, wenn man die Kniffe der Vorsicht geschickt handhabt, ohne Furcht, unrecht zu haben, behaupten (denn wenn diese Behauptung auch nur ein winziges Tüpfelchen Furcht enthielte, dann wäre es keine Behauptung mehr; obgleich derselbe Name zwei Phänomene der Seele bezeichnet, die zu abweichende Merkmale aufweisen, als daß sie leichtfertigerweise verwechselt werden könnten), ein Affenbrotbaum unterscheide sich nicht in solchem Maß von einem Pfeiler, daß der Vergleich zwischen diesen architektonischen... oder geometrischen... oder dem einen und dem anderen... oder weder dem einen noch dem anderen... oder vielmehr zwischen diesen hohen und massiven Gebilden verboten sein könnte. Soeben habe ich, ich maße mir nicht an, das Gegenteil zu behaupten, die den Substantiven Pfeiler und Affenbrotbaum entsprechenden Epitheta gefunden: wisset wohl, es geschieht nicht ohne eine mit Stolz gemischte Freude, daß ich dies jenen gegenüber erwähne, die, nachdem sie ihre Augenlider aufgeschlagen haben, den sehr lobenswerten Entschluß faßten, diese Seiten bei brennender Kerze, wenn es Nacht ist, beim Schein der Sonne, wenn es Tag ist, zu lesen. Und weiter, selbst wenn eine höhere Macht uns in Ausdrücken von schärfster Klarheit befehlen würde, den gescheiten Vergleich, den gewiß jedermann ungestraft genossen hat, in die Schlünde des Chaos zurückzuwerfen, selbst dann, und ganz besonders dann, möge man dieses Hauptaxiom nicht aus den Augen verlieren, daß die Gewohnheiten, die man durch die Jahre, durch Bücher, durch Berührung mit seinesgleichen angenommen hat und der jedem innewohnende Charakter, der sich schnell zur Blüte entfaltet, dem menschlichen Geist das nicht wiedergutzumachende Stigma des Rückfalls durch die verbrecherische Anwendung (verbrecherisch in dem Sinne gemeint, daß man sich augenblicklich und spontan auf den Standpunkt der höheren Gewalt stellt) einer rhetorischen Figur aufzwingen würden, die von manch einem verachtet, aber von vielen beweihräuchert wird. Wenn der

Leser diesen Satz zu lang findet, dann bitte ich ihn, mir zu verzeihen; Gesinnungslumperei aber darf er nicht von mir erwarten. Ich kann meine Schuld eingestehen; nicht aber sie durch Feigheit noch verschlimmern. Meine Vernunftschlüsse stoßen zuweilen an die Schellen des Wahnsinns und an den scheinbaren Ernst dessen, was im Grunde nur komisch ist (obwohl es nach der Meinung gewisser Philosophen ziemlich schwierig ist, den Narren vom Melancholiker zu unterscheiden, da das Leben selbst ein komisches Drama oder eine dramatische Komödie ist); indessen ist es jedermann gestattet, Fliegen oder sogar Nashörner zu töten, um sich von Zeit zu Zeit von einer halsbrecherischen Arbeit zu erholen. Hier die schnellste Art, Fliegen zu töten, wenn es auch nicht die beste ist: man zerdrückt sie zwischen den beiden ersten Fingern der Hand. Die meisten Schriftsteller, die dieses Thema gründlich behandelt haben, berechneten mit großer Wahrscheinlichkeit, daß es in manchen Fällen vorzuziehen sei, ihnen den Kopf abzuschneiden. Wenn mir jemand vorwirft, von Stecknadeln zu sprechen, als wäre es ein ganz und gar leichtfertiges Thema, dann muß er, wenn er unparteiisch ist, zugeben, daß die größten Wirkungen oft aus den kleinsten Ursachen entstanden sind. Und um mich nicht weiter aus dem Rahmen dieses Blattes Papier zu entfernen, sieht man denn nicht, daß das mühselige Stückchen Literatur, das ich seit Beginn dieser Strophe ausarbeite, vielleicht weniger gefallen würde, wenn es auf eine kitzlige Frage der Chemie oder der inneren Pathologie Bezug nähme? Übrigens gibt es jeden Geschmack in der Natur; und als ich zu Beginn die Pfähle so scharfblickend mit Stecknadeln verglich (gewiß, ich glaubte nicht, daß man es mir eines Tages vorwerfen würde), stützte ich mich auf die Gesetze der Optik, denen zufolge es feststeht, daß, je weiter der Sehradius von einem Gegenstand entfernt ist, sich das Bild um so kleiner auf der Netzhaut des Auges widerspiegelt.

So kommt es, daß, was der Hang unseres Geistes zur Posse für einen schnöden Witz hält, im Denken des Autors meistens nur eine wichtige Wahrheit ist, die er majestätisch verkündet! O! der wahnwitzige Philosoph, der in Gelächter ausbrach, als er einen Esel eine Feige fressen sah! Ich erfinde nichts: die Bücher der Antike haben in ausführlichen Einzelheiten von diesem freiwilligen und schändlichen Verzicht auf menschlichen Adel berichtet. Ich aber, ich kann nicht lachen. Ich habe nie lachen können, obwohl ich es mehrmals versucht habe. Es ist sehr schwer, lachen zu lernen. Oder ich glaube vielmehr, daß ein Gefühl von Ekel für diese Ungeheuerlichkeit ein wesentliches Merkmal meines Charakters ist. Nun, ich war Zeuge von etwas Ärgerem: ich sah eine Feige, die einen Esel fraß! Und doch habe ich nicht gelacht; offen gestanden, keine Stelle meiner Lippen hat sich bewegt. Das Bedürfnis zu weinen überkam mich so heftig, daß meine Augen eine Träne fallen ließen. »Natur! Natur!« rief ich schluchzend, »der Sperber zerreißt den Sperling, die Feige frißt den Esel, und der Bandwurm verschlingt den Menschen!« Ohne den Entschluß zu fassen, weiterzugehen, frage ich mich selbst, ob ich schon über die Art gesprochen habe, in der man Fliegen tötet. Ja, nicht wahr? Dennoch ist es nicht weniger wahr, daß ich nicht über die Vernichtung der Nashörner gesprochen habe! Wenn gewisse Freunde das Gegenteil behaupteten, würde ich nicht auf sie hören und mich daran erinnern, daß Lob und Schmeichelei zwei große Steine des Anstoßes sind. Jedoch, um meinem Gewissen so weit wie möglich Genüge zu tun, kann ich nicht umhin zu bemerken, daß diese Abhandlung über das Nashorn, mich über die Grenzen der Geduld und der Kaltblütigkeit hinaustragen und ihrerseits wahrscheinlich (haben wir sogar die Kühnheit, zu sagen, gewiß) die heutigen Generationen entmutigen würde. Nach der Fliege nicht vom Nashorn gesprochen zu haben! Wenigstens hätte ich als leidliche Entschuldigung diese nicht vorsätzliche Unterlassung prompt erwähnen müssen (und ich habe es nicht getan!), die jene nicht erstaunen wird, welche die tatsächlichen und unerklärlichen Widersprüche, die in den Lappen des menschlichen Gehirns zu Hause sind, gründlich studiert haben. Nichts ist für eine große und einfache Intelligenz unwürdig: das geringste Phänomen der Natur wird, wenn ein Geheimnis in ihm liegt, für den Weisen ein unerschöpflicher Gegenstand der Betrachtung. Wenn jemand einen Esel eine Feige fressen sieht oder eine Feige einen Esel (zwei Umstände, die nicht oft in Erscheinung treten, außer in der Dichtkunst), dann seid sicher, daß, nachdem er zwei bis drei Minuten überlegt hat, für welches Benehmen er sich entscheiden soll, er den Pfad der Tugend verlassen und in Gelächter ausbrechen wird wie ein Hahn! Noch ist es aber nicht genau bewiesen, daß die Hähne ihren Schnabel eigens öffnen, um den Menschen nachzuahmen und eine gequälte Fratze zu schneiden. Ich nenne Fratze beim Federvieh, was bei der Menschheit den gleichen Namen trägt! Wenn der Hahn nicht aus seiner Natur herausgeht, so geschieht das weniger aus Unfähigkeit als aus Stolz. Lehrt sie lesen und sie empören sich. Kein Papagei würde über seine unwissende und unverzeihliche Schwäche in solche Verzückung geraten! O! gräßliche Erniedrigung! wie sieht man doch einer Ziege ähnlich, wenn man lacht! Die Ruhe der Stirn ist verschwunden, und an ihre Stelle sind zwei ungeheure Fischaugen getreten, die (ist das nicht erbärmlich?)... die... die zu strahlen beginnen wie Leuchttürme! Es wird mir oft passieren, daß ich feierlich die närrischsten Behauptungen aufstelle... ich finde nicht, daß dies ein unbedingt ausreichender Grund sei, den Mund in die Breite zu ziehen! Ich kann nicht umhin zu lachen, erwidert ihr mir; ich lasse diese absurde Erklärung gelten, aber wenn schon, dann soll es wenigstens ein melancholisches Gelächter sein. Lacht, aber weint zugleich. Wenn ihr nicht mit den Augen weinen könnt, dann weint mit dem Munde. Ist auch dies unmöglich, dann mögt ihr harnen; aber laßt euch gesagt sein, daß hier eine Flüssigkeit vonnöten ist, um die Trockenheit zu vermindern, die das Lachen mit seinen rückwärts gespaltenen Zügen in seinen Weichen trägt. Was mich betrifft, so werde ich mich nicht von dem drolligen Glucksen und dem wunderlichen Gebrüll derer verblüffen lassen, die immer etwas an einem, dem ihren unähnlichen Charakter auszusetzen haben, weil er einer der unzähligen intellektuellen Abwandlungen ist, die Gott unter Beibehaltung eines ursprünglichen Vorbildes schuf, um über die Knochengerüste zu regieren. Bis zum heutigen Tag befand sich die Dichtkunst auf falschem Wege; indem sie sich bis zum Himmel erhob oder auf die Erde hinunterkroch, hat sie die Prinzipien ihres Daseins verkannt und wurde so, nicht ohne Ursache, dauernd von den anständigen Leuten verhöhnt. Sie war nicht bescheiden... die schönste Eigenschaft, die in einem unvollkommenen Wesen existieren müßte! Ich will meine guten Eigenschaften zeigen; aber ich bin nicht scheinheilig genug, um meine Laster zu verbergen! Das Lachen, das Böse, der Hochmut, der Wahnsinn werden der Reihe nach zwischen der Sensibilität und der Liebe zur Gerechtigkeit in Erscheinung treten und der menschlichen Verblüffung als Beispiel dienen: jeder wird sich darin wiedererkennen, nicht so, wie er sein sollte, sondern so, wie er ist. Und vielleicht wird dieses schlichte, aus meiner Phantasie geborene Ideal dennoch alles, was die Dichtkunst bis jetzt Großartiges und Heiligstes gefunden hat, übertreffen. Denn, da in diesen Seiten meine Laster ruchbar werden, wird man nur um so fester an die Tugenden glauben, die ich erglänzen lasse und deren Heiligenschein ich so hoch erhebe, daß die größten

Geister der Zukunft mir aufrichtige Dankbarkeit bezeugen werden. Schonungslos wird die Scheinheiligkeit aus meinem Hause verjagt. Meine Gesänge beweisen mit unwiderstehlicher Macht, daß die vorgefaßten Meinungen zu verachten sind. Er singt für sich selbst und nicht für seine Mitmenschen. Er legt nicht das Maß seiner Inspiration in die menschliche Waagschale. Frei wie der Orkan, wurde er eines Tages an die unbezähmbaren Küsten seines furchtbaren Willens geworfen! Er fürchtet nichts, es sei denn sich selbst! In seinen übernatürlichen Kämpfen wird er den Menschen und den Schöpfer angreifen, und zwar mit Gewinn, so wie der Schwertfisch sein Schwert in den Leib des Wals taucht. Der soll verflucht sein, von seinen Kindern und von meiner hageren Hand, der dabei verharrt, die unversöhnlichen Känguruhs des Gelächters und die kühnen Läuse der Karikatur nicht verstehen zu wollen!... Zwei ungeheure Türme zeigten sich im Tal; ich sagte es schon zu Anfang. Wenn man sie mit zwei multiplizierte, wäre das Ergebnis vier... ich aber sah die Notwendigkeit dieses arithmetischen Verfahrens nicht recht ein. Fiebernden Antlitzes setzte ich meinen Weg fort und rief unablässig: »Nein... nein... ich sehe die Notwendigkeit dieses arithmetischen Verfahrens nicht recht ein!« Ich hatte das Rasseln von Ketten und schmerzliche Klagelaute gehört. Möge niemand, der an diesem Ort vorübergeht, es für möglich halten, die Türme mit zwei zu multiplizieren, um als Ergebnis vier zu erhalten! Einige Leute verdächtigen mich, die Menschheit zu lieben, als wäre ich ihre eigene Mutter und hätte sie neun Monate lang in meinen duftenden Weichen getragen; darum gehe ich nicht mehr durch das Tal, wo sich die beiden Einheiten des Multiplikanden erheben!

[3] Ein Galgen erhob sich auf dem Erdboden; in einem Meter Abstand vom Boden baumelte ein Mensch, der mit hinten gefesselten Armen an den Haaren aufgehängt war. Seine Beine hatte man frei gelassen, um seine Qualen zu steigern und sein Verlangen, ganz gleich wonach, zu vergrößern, wenn es nur das Gegenteil seiner gebundenen Arme wäre. Die Haut der Stirn war durch das hängende Gewicht derart gespannt, daß sein Gesicht, umständehalber zur Abwesenheit des natürlichen Ausdrucks verurteilt, an die steinartige Verhärtung eines Stalaktits erinnerte. Seit drei Tagen ertrug er diese Marter. Er schrie: »Wer löst mir die Arme? Wer löst mir die Haare? Ich mache Verrenkungen, welche die Haarwurzeln nur noch mehr von meinem Haupte trennen; Durst und

Hunger sind nicht die Hauptursachen meiner Schlaflosigkeit. Es ist möglich, daß meine Existenz über die Schranken einer Stunde hinausreiche. Herbei, um mir die Kehle mit einem spitzen Kiesel zu öffnen!« Jedes Wort wurde von heftigem Brüllen eingeleitet und beendet. Ich stürzte aus dem Busch hervor, hinter dem ich Schutz gesucht hatte und wandte mich dem Hampelmann oder dem Fetzen Speck zu, der dort oben hing. Aber da näherten sich aus entgegengesetzter Richtung tänzelnd zwei betrunkene Weiber. Die eine trug einen Sack und zwei Peitschen mit Bleisträngen, die andere ein Fäßchen voll Teer und zwei Pinsel. Die ergrauenden Haare der älteren wehten im Wind wie die Fetzen eines zerrissenen Segels und die Knöchel der andern knallten gegeneinander wie die Schwanzschläge eines Thunfisches auf das Deck eines Schiffes. Die Flamme, die ihre Augen erleuchtete, war so schwarz und so gewaltig, daß ich zuerst glaubte, diese beiden Frauen wären nicht von meiner Art. Sie lachten mit so egoistischer Sicherheit und ihre Züge flößten einen solchen Ekel ein, daß ich keinen Augenblick daran zweifelte, die beiden scheußlichsten Exemplare der menschlichen Rasse vor Augen zu haben. Ich versteckte mich wieder hinter dem Busch und verhielt mich mäuschenstill wie der Acantophorus serraticornis, der nur den Kopf aus seinem Nest hinausstreckt. Sie näherten sich mit der Schnelligkeit der Flut; das Ohr auf den Erdboden pressend, vernahm ich deutlich die lyrische Erschütterung ihrer Schritte. Als die beiden Orang-Utan-Weibchen unter dem Galgen angelangt waren, durchschnüffelten sie einige Sekunden lang die Luft; ihre extravaganten Gebärden drückten eine wirklich bemerkenswerte Menge von Verblüffung aus, die von der Feststellung verursacht wurde, daß sich an dieser Stätte nichts verändert hatte: der Tod, die ihren Wünschen entsprechende Lösung, war nicht eingetreten. Sie hatten nicht geruht, das Haupt zu heben, um festzustellen, ob die Mortadella sich noch auf demselben Platz befand. Die eine sagte: »Ist es möglich, daß du noch atmend bist? Du hast ein zähes Leben, mein heißgeliebter Gatte.« Wie zwei Vorsänger in einer Kathedrale abwechselnd die Verse eines Psalmes anstimmen, so erwiderte die zweite: »Du willst also nicht sterben, o, mein holder Sohn? Sage mir doch, wie du es angestellt hast (sicher durch irgendeine Hexerei), die Geier abzuschrecken? Allerdings, dein Gerippe ist recht mager geworden! Der sanfte Wind wiegt es wie eine Laterne.« Jede nahm einen Pinsel und bestrich den Leib des Gehenkten mit Teer... jede nahm eine Peitsche und hob den Arm... Ich bewunderte (es war absolut unmöglich, es mir nicht gleichzutun) die energische Genauigkeit, mit der die metallenen Schneiden, anstatt auf der Oberfläche abzugleiten, wie es geschieht, wenn man mit einem Neger kämpft und vergebliche, an Angstträume erinnernde Anstrengungen macht, ihn bei den Haaren zu packen, dank dem Teer ins Innere des Fleisches drangen, das von so tiefen Furchen gezeichnet war, wie es das Hindernis der Knochen vernünftigerweise gestatten konnte. Ich habe mich vor der Versuchung bewahrt, dieses außerordentlich seltsame Schauspiel, dem es jedoch mehr an tiefer Komik fehlte, als man berechtigt gewesen wäre, zu erwarten, mit Wollust zu betrachten. Und doch, trotz der guten, im voraus gefaßten Beschlüsse, mußte man nicht die Stärke dieser Frauen, die Muskeln ihrer Arme anerkennen? Ihre Geschicklichkeit, die darin bestand, die empfindlichsten Teile, wie das Gesicht und den Unterleib zu treffen, werde ich nur dann erwähnen, wenn ich meinen Ehrgeiz darauf richte, die totale Wahrheit zu berichten. Wofern ich es nicht vorziehe, indem ich meine Lippen, besonders in horizontaler Richtung zusammenpresse (aber jeder weiß, daß dies die gewöhnlichste Art ist, einen solchen Druck hervorzurufen), ein von Tränen und Geheimnissen schweres Schweigen zu wahren, dessen peinliche Manifestation machtlos wäre, nicht nur ebensogut, sondern noch besser als meine Worte (denn ich glaube nicht, mich zu irren, obwohl man die hypothetische Möglichkeit eines Irrtums grundsätzlich gewiß nicht abstreiten sollte, ohne gegen die elementarsten Regeln der Geschicklichkeit zu verstoßen), die verderblichen Ergebnisse zu verbergen, welche die Wut zeitigt, die dürre Handwurzeln und robuste Gelenke betätigt: selbst wenn man sich nicht auf den Standpunkt des unparteiischen Beobachters und des erfahrenen Moralisten stellte (fast ebenso wichtig ist es, daß ich lerne, diese mehr oder weniger trügerischen Einschränkungen nicht ganz zuzugeben), so hätte der Zweifel in dieser Hinsicht nicht die Befugnis, seine Wurzeln auszubreiten; denn ich vermute ihn augenblicklich nicht in den Händen einer übernatürlichen Macht, und er würde unfehlbar, wenn auch vielleicht nicht plötzlich, aus Mangel an einem Saft untergehen, der die simultanen Bedingungen der Ernährung und des Fehlens giftiger Stoffe erfüllt. Es ist selbstverständlich, sonst braucht ihr mich nicht zu lesen, daß ich nur die schüchterne Persönlichkeit meiner Meinung in Szene setze: fern von mir jedoch der Gedanke, auf unbestreitbare Rechte zu verzichten! Gewiß habe ich nicht die Absicht, diese Behauptung, die das Kriterium der Gewißheit erleuchtet, zu bekämpfen, daß es ein einfacheres Mittel zur Verständigung gibt; es würde darin bestehen, ich sage es in ganz wenigen Worten, die aber mehr als tausend wert sind, nicht zu diskutieren: dies ist schwieriger in die Praxis umzusetzen, als der gewöhnliche Sterbliche sich im allgemeinen vorstellen kann. Diskutieren ist das grammatikalische Wort, und viele Personen werden finden, daß man nicht ohne ein umfangreiches Beweismaterial bestreiten dürfe, was ich soeben zu Papier gebracht habe; aber die Sache sieht ganz anders aus, wenn es erlaubt ist, seinem eigenen Instinkt den Gebrauch eines seltenen Scharfsinns im Dienste seiner Umsicht zu gewähren, wenn er Urteile formuliert, die sonst, davon könnt ihr überzeugt sein, von einer Kühnheit erscheinen würden, die sich an den Gestaden der Prahlerei entlangbewegt. Um diesen kleinen Zwischenfall abzuschließen, der sich seines Gangsteins selbst durch eine unheilbar beklagenswerte wie fatalerweise hochinteressante Leichtfertigkeit beraubt hat (was zu prüfen niemand verfehlt haben wird, vorausgesetzt, daß er seine jüngsten Erinnerungen genau durchforscht hat), ist es gut, wenn die Fähigkeiten, die man besitzt, völlig im Gleichgewicht sind, oder besser, wenn die Waagschale des Idiotismus nicht viel schwerer wiegt als die Schale, in der die edlen und herrlichen Attribute der Vernunft ruhen, das heißt, um mich klarer auszudrücken (denn bisher habe ich mich nur kurz gefaßt, was manch einer nicht einmal zugeben wird wegen meiner Längen, die nur in der Einbildung existieren, da sie ihre Aufgabe erfüllen, mit dem Seziermesser der Analyse die flüchtigen Erscheinungen der Wahrheit bis in ihre letzten Verschanzungen zu verfolgen), wenn die Intelligenz die Fehler genügend übertrifft, unter deren Last sie Gewohnheit, Natur und Erziehung zum Teil erstickt haben; es ist gut, wiederhole ich zum zweiten und zum letzten Mal, denn durch vieles Wiederholen würde man, und das ist meistens nicht falsch, einander schließlich nicht mehr verstehen, mit eingezogenem Schwanz (wenn es überhaupt stimmt, daß ich einen Schwanz habe) zu dem dramatischen Thema zurückzukehren, das in dieser Strophe zementiert wird. Es ist nützlich, ein Glas Wasser zu trinken, bevor ich darangehe, meine Arbeit fortzusetzen. Lieber trinke ich zwei, als darauf zu verzichten. Also, bei einer Jagd auf einen braunen Neger, quer durch den Wald, hängt jedes Truppenmitglied zur verabredeten Zeit sein Gewehr an die Lianen, und man setzt sich gemeinsam in den Schatten eines Gebüsches, um den Durst zu löschen und den Hunger zu stillen. Aber die Rast dauert nur einige Sekunden, die Verfolgung wird erbittert wieder aufgenommen, und bald erschallt das Halali. Und wie der Sauerstoff an der ihm gehörigen Eigenschaft erkennbar ist, ohne Hochmut ein noch nicht ganz ausgebranntes Streichholz wieder aufflammen zu lassen, so wird man an dem Eifer, mit dem ich zum Thema zurückkehre, die Erfüllung meiner Pflicht erkennen. Als die Weibsbilder die Unmöglichkeit sahen, die Peitsche noch länger zu halten, welche die Müdigkeit ihnen aus der Hand fallen ließ, setzten sie der Gymnastik, die sie nahezu zwei Stunden lang getrieben hatten, vernünftigerweise ein Ende und zogen sich mit einer Freude zurück, die für die Zukunft nicht unbedrohlich war. Ich wandte mich dem zu, der mich mit eiskaltem Auge zu Hilfe rief (denn sein Blutverlust war so groß, daß die Schwäche ihn am Sprechen hinderte, und obwohl ich kein Arzt bin, so war ich doch der Meinung, daß sich der Blutsturz im Gesicht und im Unterleib ankündigte) und ich durchschnitt seine Haare mit einer Schere, nachdem ich seine Arme befreit hatte. Er erzählte mir, seine Mutter hätte ihn eines Abends in ihr Zimmer gerufen und ihm befohlen, sich auszukleiden, um die Nacht mit ihr in einem Bett zu verbringen und ohne die geringste Antwort abzuwarten, legte die Mutterschaft alle Kleidungsstücke ab, wobei sie sich vor ihm mit den schamlosesten Gebärden hin und her bewegte. Da war er hinausgegangen. Außerdem hatte er sich durch seine fortgesetzte Weigerung den Zorn seiner Frau zugezogen, die sich in der Hoffnung einer Belohnung wiegte, wenn es ihr gelingen sollte, ihren Mann zu bewegen, seinen Körper den Leidenschaften der Alten gefällig zu zeigen. In einer heimlichen Absprache beschlossen die Frauen, ihn an einen Galgen zu hängen, den sie im voraus in einer einsamen Gegend aufgestellt hatten und ihn allmählich, Beute aller Leiden und aller Gefahren, zugrunde gehen zu lassen. Es hatte sehr reiflicher und zahlreicher Überlegungen bedurft, bis sie endlich, nach fast unüberwindlich erscheinenden Schwierigkeiten dahin gelangten, ihre Wahl auf die raffinierte Marter zu lenken, deren Ziel nur durch die unverhoffte Hilfe meines Eingreifens zerstört worden war. Die lebhaftesten Zeichen der Dankbarkeit unterstrichen jedes seiner Worte und gaben seinen vertraulichen Mitteilungen nicht ihren geringsten Wert. Ich trug ihn zu der nächstgelegenen Hütte; denn er hatte das Bewußtsein verloren, und ich verließ die Bauern erst, nachdem ich ihnen zur Pflege des

Verwundeten meine Börse überlassen hatte, auch nahm ich ihnen das Versprechen ab, den Unglücklichen mit den Beweisen einer standhaften Sympathie zu überschütten, als wäre er ihr eigener Sohn. Ich war es jetzt, der ihnen erzählte, was sich zugetragen hatte, dann näherte ich mich der Tür, um den Fuß wieder auf den Pfad zu setzen; nachdem ich aber etwa hundert Meter zurückgelegt hatte, machte ich automatisch kehrt, trat wieder in die Hütte und rief, indem ich mich an ihre naiven Besitzer wandte: »Nein, nein... glaubt nicht, daß mich das wundert!« Diesmal entfernte ich mich endgültig; aber die Fußsohle berührte den Boden nur unsicher: ein anderer hätte es vielleicht gar nicht bemerkt! Der Wolf geht nicht mehr unter dem Galgen hindurch, wie damals, als er seine entzückte Phantasie nach einer illusorischen Mahlzeit aussandte, diesem Galgen, den die ineinander geschlungenen Hände einer Gattin und einer Mutter an einem Frühlingstag errichteten. Wenn er am Horizont diesen schwarzen, vom Winde gewiegten Haarschopf bemerkt, ermutigt er die Kraft seiner Trägheit nicht und ergreift mit unvergleichlicher Geschwindigkeit die Flucht! Muß man in diesem psychologischen Phänomen eine dem gewöhnlichen Instinkt der Säugetiere überlegene Intelligenz erkennen? Ohne etwas versichern, ja sogar ohne etwas voraussehen zu wollen, scheint mir, daß das Tier begriffen hat, was das Verbrechen ist! Wie sollte es dies nicht begreifen, wenn Menschenwesen selbst bis zu diesem unbeschreiblichen Grade die Herrschaft der Vernunft verleugnen, um anstelle dieser entthronten Königin nichts als wilde Rache bestehen zu lassen!

[4] Ich bin schmutzig. Die Läuse zerfressen mich. Die Schweine erbrechen sich bei meinem Anblick. Der Schorf und der Aussatz der Lepra haben meine von gelblichem Eiter bedeckte Haut in Schuppen verwandelt. Ich kenne weder das Wasser der Ströme noch den Tau der Wolken. Auf meinem Nacken wächst, wie auf einem Misthaufen, ein ungeheurer Pilz mit Dolden tragenden Blumenstielen. Auf einem unförmigen Möbelstück sitzend, habe ich meine Gliedmaßen seit vier Jahrhunderten nicht bewegt. Meine Füße haben im Boden Wurzeln geschlagen und bilden bis zu meinem Leib eine Art von zäh wuchernder Vegetation, voll von gemeinen Schmarotzern, noch nicht ganz Pflanze, aber auch nicht mehr Fleisch. Doch mein Herz schlägt. Wie aber könnte es schlagen, wenn die Fäulnis und die Ausdünstungen meines Leichnams

(ich wage nicht, Körper zu sagen) es nicht reichlich ernährten? Unter meiner linken Achselhöhle hat eine Familie von Kröten Wohnung genommen, und wenn eine von ihnen sich rührt, kitzelt sie mich. Gebt acht, daß keine entwischt und mit ihrem Maul das Innere eures Ohres zerkratzt; sie brächte es fertig, danach in euer Hirn einzudringen. Unter meiner rechten Achselhöhle lebt ein Chamäleon, das dauernd auf der Jagd nach ihnen ist, um nicht vor Hunger zu sterben: es muß eben jeder leben. Gelingt es aber einer Partei, die Ränke der anderen völlig zu vereiteln, dann fällt ihnen nichts Besseres ein, als sich keinen Zwang anzutun und mir das köstliche Fett, das meine Rippen bedeckt, abzuzapfen: ich bin daran gewöhnt. Eine böse Viper hat mein Glied gefressen und sich an seinen Platz gesetzt: sie hat mich zum Eunuchen gemacht, die Niederträchtige. O! hätte ich mich mit meinen gelähmten Armen verteidigen können, ich glaube aber vielmehr, sie haben sich in Holzscheite verwandelt. Wie dem auch sei, wichtig ist die Feststellung, daß das Blut dort nicht mehr seine Röte spazierenführt. Zwei kleine Igel, die nicht mehr wachsen, haben einem Hunde, der nicht nein sagte, das Innere meiner Hoden vorgeworfen: nachdem sie die Oberhaut sorgfältig gewaschen hatten, nahmen sie drinnen Quartier. Der After ist von einer Krabbe versperrt worden; durch meine Schlaffheit ermutigt, bewacht sie den Eingang mit ihren Scheren und tut mir sehr weh! Zwei Quallen, unverzüglich von einer Hoffnung angelockt, die nicht enttäuscht wurde, durchschwammen die Meere. Aufmerksam betrachteten sie die beiden fleischigen Teile, die den menschlichen Hintern bilden und indem sie sich an ihrer konvexen Rundung festsaugten, übten sie einen dauernden Druck auf sie aus und zerquetschten sie dermaßen, daß die beiden Fleischteile verschwanden, während zwei Ungeheuer aus dem Königreich der Klebrigkeit übrigblieben, die sich in Farbe, Form und grausamer Wildheit gleichen... Sprecht nicht von meinem Rückgrat, da es ein Schwert ist. Ja, ja... ich achtete nicht darauf... eure Frage ist berechtigt. Ihr wollt wissen, nicht wahr, wie es kommt, daß es senkrecht in mein Kreuz gepflanzt ist? Ich selbst weiß es nicht mehr genau; wenn ich mich jedoch entschließe, für eine Erinnerung zu halten, was vielleicht nur ein Traum ist, dann wisset, daß der Mensch, als er von meinem Gelübde erfuhr, mit der Krankheit und der Unbeweglichkeit zu leben, bis ich den Schöpfer besiegt hätte, auf den Fußspitzen hinter mich trat, aber nicht so leise, daß ich ihn nicht hörte. Während eines Augenblicks, der nicht lange währte, bemerkte ich nichts. Dieser spitze Dolch drang zwischen den beiden Schultern bis aufs Heft in den für die Feste bestimmten Stier, und durch sein Knochengerüst ging ein Zittern wie ein Erdbeben. Die Klinge ist so fest mit dem Leib verhaftet, daß niemand sie bis jetzt herauszuziehen vermochte. Athleten, Mechaniker, Philosophen, Ärzte haben der Reihe nach die verschiedensten Mittel angewandt. Sie wußten nicht, daß das Böse, das der Mensch getan hat, nicht rückgängig gemacht werden kann! Ich habe der Tiefe ihrer angeborenen Unwissenheit verziehen und habe sie mit den Lidern meiner Augen gegrüßt. Wanderer, wenn du nahe an mir vorübergehst, richte nicht, ich flehe dich an, das geringste Wort des Trostes an mich: du würdest meinen Mut erschüttern. Laß mich meine Ausdauer an der Flamme des freiwilligen Märtyrertums erwärmen. Geh fort... damit ich dir kein Mitleid einflöße. Der Haß ist wunderlicher als du denkst: sein Verhalten ist unerklärlich wie der scheinbare Bruch eines ins Wasser getauchten Stabes. So, wie du mich siehst, kann ich noch an der Spitze einer Legion von Mördern Ausflüge bis zu den Mauern des Himmels machen und dann in diese Stellung zurückkehren, um von neuem über die edlen Pläne der Rache zu grübeln. Adieu, ich will dich nicht länger aufhalten; und um dich zu unterweisen und dich zu bewahren, denke an das verhängnisvolle Schicksal, das mich zur Empörung getrieben hat, wenn ich vielleicht auch gut geboren wurde! Du wirst deinem Sohn erzählen, was du gesehen hast; und ihn bei der Hand nehmend, laß ihn die Schönheit der Sterne und die Wunder des Weltalls, das Nest des Rotkehlchens und die Tempel des Herrn bewundern. Du wirst staunen, ihn den väterlichen Ratschlägen so gefügig zu sehen und belohnst ihn mit einem Lächeln. Wenn er aber bemerkt, daß er nicht beobachtet wird, dann wirf den Blick auf ihn, und du wirst sehen, daß er die Tugend mit seinem Geifer bespeit; er hat dich betrogen, er, der Nachkomme der menschlichen Rasse, aber er wird dich nicht mehr betrügen: von jetzt an weißt du, was aus ihm werden wird. O, unglücklicher Vater, halte, um die Schritte deines Alters zu begleiten, das unauslöschliche Schafott bereit, das einem frühreifen Verbrecher das Haupt abschlägt und den Schmerz, der dir den Weg zum Grabe weisen wird.

[5] Welch ein Schatten zeichnet mit unvergleichlicher Macht den gespenstischen Entwurf seiner verknöcherten Silhouette auf die Wand meines Zimmers? Wenn ich diese delirierende und stumme

Frage auf mein Herz lege, dann ist es weniger um der Majestät der Form als um des Bildes der Wirklichkeit willen, daß die Nüchternheit des Stils sich derartig aufführt. Wer du auch seist, verteidige dich; denn ich werde die Schleuder einer furchtbaren Beschuldigung auf dich richten: diese Augen gehören dir nicht... wo hast du sie her? Eines Tages sah ich eine blonde Frau an mir vorübergehen; ihre Augen glichen den deinen: du hast sie ihr ausgerissen. Ich sehe, man soll dir deine Schönheit glauben; aber niemand täuscht sich darüber; und ich weniger als ein anderer. Ich sage es dir, damit du mich nicht für einen Dummkopf hältst. Eine ganze Schar von Raubvögeln, Liebhaber des Fleisches der anderen und Verteidiger der Zweckmäßigkeit von Verfolgungen, schön wie Skelette, die die Panoccos des Arkansas entblättern, umflattern deine Stirn wie unterwürfige und befugte Diener. Aber, ist dies eine Stirn? Es ist nicht schwer, nur sehr zögernd daran zu glauben. Sie ist so niedrig, daß es unmöglich ist, die zahlenmäßig geringen Beweise ihrer zweideutigen Existenz zu überprüfen. Ich sage dir dies nicht zu meinem Vergnügen. Vielleicht hast du gar keine Stirn, du, der du auf der Stadtmauer gleich dem schlecht gespielten Symbol eines phantastischen Tanzes das fiebrige Schlenkern deiner Lendenwirbel spazierenführst. Wer hat dich denn nur skalpiert? Wenn es ein menschliches Wesen ist, das du zwanzig Jahre lang in einem Gefängnis eingeschlossen hieltest, und dem die Flucht gelang, um eine Rache ins Werk zu setzen, die Gleiches mit Gleichem vergilt, dann hat es getan, was es mußte, und ich spende ihm Beifall; nur, es gibt ein nur, es war nicht streng genug. Jetzt siehst du einer gefangenen Rothaut ähnlich, wenigstens (bemerken wir es im voraus) im Hinblick auf das ausdrucksvolle Fehlen des Haarschopfes. Nicht, daß er nicht wieder wachsen könnte, haben doch die Psychologen entdeckt, daß selbst herausgenommene Gehirne sich mit der Zeit bei den Tieren neu bilden; aber mein Denken, das bei einer einfachen Feststellung verweilt, der es, nach dem wenigen, was ich davon sehe, nicht an ungeheurer Wollust fehlt, geht, selbst in seinen kühnsten Konsequenzen nicht bis zu den Grenzen eines Wunsches für deine Heilung und bleibt, im Gegenteil, berechtigt, durch Anwendung seiner mehr als verdächtigen Neutralität, als Vorahnung eines größeren Unglücks zu betrachten (oder wenigstens zu wünschen), was für dich nur ein vorübergehender Verlust der Haut sein kann, die das Äußere deines Hauptes bedeckt. Ich hoffe, du hast mich verstanden. Und selbst wenn der Zufall dir durch ein absurdes, aber manchmal nicht vernünftiges Wunder gestattete, die kostbare Haut wiederzufinden, welche die fromme Wachsamkeit deines Feindes als berauschende Erinnerung seines Sieges aufbewahrt hat, so ist es beinahe äußerst möglich, daß selbst wenn man das Gesetz der Wahrscheinlichkeiten nur in Hinsicht auf die Mathematik studiert hätte (nun, bekanntlich überträgt die Analogie die Anwendung dieses Gesetzes leicht auf andere Gebiete der Intelligenz), deine berechtigte, jedoch ein wenig übertriebene Furcht einer teilweisen oder totalen Erkältung nicht die wichtige und sogar einzige Gelegenheit zurückweisen würde, die sich in einer so günstigen, wenn auch plötzlichen Art bietet, die verschiedenen Teile deines Gehirns vor der Berührung mit der Luft, besonders im Winter, durch eine Frisur zu bewahren, die, da sie natürlich ist, dir mit gutem Recht gehört und daß es dir außerdem erlaubt wäre (es wäre unbegreiflich, wolltest du es leugnen), sie ständig auf dem Kopf zu behalten, ohne die immer unangenehme Gefahr zu laufen, die einfachsten Regeln einer elementaren Schicklichkeit zu verletzen. Ist es nicht wahr, daß du mir aufmerksam zuhörst? Wenn du mir mehr zuhörtest, würde sich dein Trübsinn noch längst nicht von dem Innern deiner roten Nasenlöcher lösen. Aber da ich sehr unparteiisch bin und dich nicht so verabscheue wie ich eigentlich müßte (wenn ich mich irre, sage es mir), leihst du meiner Rede widerwillig das Ohr, wie von einer höheren Macht getrieben. Ich bin nicht so böse wie du: darum beugt sich dein Geist von selbst vor dem meinen... Wirklich, ich bin nicht so böse wie du! Du warfst soeben einen Blick auf die Stadt, die am Hang dieses Berges erbaut ist. Und was sehe ich jetzt?... Alle, die darin wohnten, sind tot! Ich bin stolz wie jeder andere, und es ist ein Laster mehr, vielleicht noch stolzer zu sein. Nun, so höre... höre, wenn das Geständnis eines Menschen, der sich erinnert, ein halbes Jahrhundert als Hai in den Tiefseeströmungen längs der afrikanischen Küsten gelebt zu haben, dich lebhaft genug interessiert, um ihm, wenn nicht mit Bitterkeit, so doch wenigstens ohne den nicht wiedergutzumachenden Fehler, den Ekel zu zeigen, den ich dir einflöße, deine Aufmerksamkeit zu schenken. Ich werde dir nicht die Maske der Tugend vor die Füße werfen, um deinen Augen so zu erscheinen wie ich bin; denn ich habe sie nie getragen (wenn dies überhaupt eine Entschuldigung ist); und vom ersten Augenblick an, wenn du mit Aufmerksamkeit auf meine Züge achtest, wirst du mich als deinen ehrerbietigen Schüler in der Verderbtheit anerkennen, nicht aber als deinen gefürchteten Nebenbuhler. Da ich dir die Palme des Bösen nicht streitig mache, glaube ich nicht, daß ein anderer es täte: er müßte sich zu vor mit mir messen, was nicht leicht ist... Höre, wofern du nicht die schwache Verdichtung eines Nebels bist (du verbirgst deinen Leib irgendwo, und ich kann ihm nicht begegnen): eines Morgens, als ich ein kleines Mädchen sah, das sich über einen See neigte, um eine rosa Lotosblume zu pflücken, gab es seinen Schritten die Sicherheit einer frühreifen Erfahrung; es beugte sich über die Wasser, als seine Augen meinem Blick begegneten (es ist wahr, daß dies meinerseits nicht ohne Vorbedacht geschah). Sofort geriet es ins Schwanken wie der Wirbelwind, der die Flut um einen Felsen erzeugt, seine Beine gaben nach, und das Phänomen, das zustande kam, so wahr ich hier zu dir spreche, war wunderbar anzusehen, es fiel bis auf den Boden des Sees: seltsame Konsequenz, es pflückte keine Seerosengewächse mehr. Was macht es dort unten? ...ich habe mich nicht danach erkundigt. Zweifellos liefert sein Wille, der sich der Flagge der Befreiung zugesellt hat, leidenschaftliche Kämpfe gegen die Fäulnis! Du aber, o mein Meister, unter deinem Blick werden die Bewohner der Städte plötzlich vernichtet wie ein Ameisenhaufen, den die Ferse des Elefanten zertritt. Bin ich nicht soeben Zeuge eines beweisführenden Beispiels gewesen? Sieh... der Berg ist nicht mehr froh... er bleibt einsam wie ein Greis. Es ist wahr, die Häuser existieren; aber es ist kein Paradox, mit leiser Stimme zu behaupten, daß du nicht dasselbe von jenen sagen könntest, die dort nicht mehr existieren. Schon dringen die Ausdünstungen der Leichen bis zu mir. Riechst du sie nicht? Sieh diese Raubvögel, die darauf warten, daß wir uns entfernen, um diese Riesenmahlzeit zu beginnen; sie kommen in einer ständigen Wolke aus allen vier Himmelsrichtungen. Ach! sie waren schon gekommen, denn ich sah ihre gierigen Schwingen über dir das Monument der Spiralen ziehen, als wollten sie dich ermuntern, das Verbrechen zu beschleunigen. Empfängt dein Geruchssinn denn nicht das geringste Fluidum? Der Betrüger ist nichts anderes... Deine Geruchsnerven sind noch erschüttert von der Wahrnehmung aromatischer Atome: diese erheben sich von der zerstörten Stadt, obgleich ich es dir nicht zu melden brauche... Ich möchte deine Füße küssen, aber meine Arme umschlingen nur einen durchsichtigen Dunst. Suchen wir diesen unauffindbaren Leib, den meine Augen dennoch wahrnehmen: er verdient die zahlreichsten Beweise aufrichtiger Bewunderung von mir. Das Gespenst macht sich über mich lustig: es hilft mir, seinen eigenen Leib zu suchen. Wenn ich ihm ein Zeichen mache, auf seinem Platz zu bleiben, dann schickt es mir das gleiche Zeichen zurück... Das Geheimnis ist enthüllt; aber, ich sage es ganz offen, nicht zu meiner höchsten Zufriedenheit. Alles ist erklärt, die großen wie die kleinen Einzelheiten; diese dem Geist nochmals vor Augen zu führen, wie zum Beispiel das Ausreißen der Augen der blonden Frau, wäre gleichgültig: es ist beinahe nichts!... Erinnerte ich mich denn nicht, daß auch ich skalpiert worden war, obgleich ich nur fünf Jahre lang (die genaue Zeitdauer war mir entfallen) ein menschliches Wesen in einem Gefängnis eingeschlossen hatte, um Zeuge seiner Leiden zu sein, weil es mir mit Recht eine Freundschaft verweigert hatte, die man Wesen wie mir nicht gewährt? Da ich so tue, als wüßte ich nicht, daß mein Blick selbst die im Raume kreisenden Planeten zu töten vermag, so hat jener nicht unrecht, der behauptet, daß mir die Fähigkeit der Erinnerung abginge. Was mir zu tun übrigbleibt, ist, diesen Spiegel mit Hilfe eines Steines in Stücke zu schlagen... Es ist nicht das erstemal, daß der Alp des momentanen Gedächtnisverlustes in meiner Vorstellung Wohnung nimmt, wenn es mir durch die unbeugsamen Gesetze der Optik geschieht, der Unkenntlichkeit meines eigenen Bildes gegenüberzustehen!

[6] Ich war auf der Klippe eingeschlafen. Er, der den Strauß einen Tag lang durch die Wüste verfolgt hat, ohne ihn zu treffen, fand keine Zeit, Nahrung zu sich zu nehmen und die Augen zu schließen. Wenn er es ist, der mich liest, kann er möglicherweise erraten, wie groß der Schlaf war, der mich niederdrückte. Wenn aber der Orkan mit flacher Hand ein Schiff senkrecht auf den Grund des Meeres gestoßen hat; wenn auf dem Floß von der ganzen Mannschaft nur noch ein einziger Mann übrigbleibt, der von Müdigkeit und Entbehrungen aller Art erschöpft ist; wenn die Woge ihn hin und her schleudert wie ein Wrack, Stunden hindurch, die länger währen als das Menschenleben; und wenn eine Fregatte, die später mit spaltendem Kiel ihre Furchen durch diese trostlosen Gewässer zieht, den Unglücklichen sichtet, der auf dem Ozean sein mageres Gerippe spazierenführt und ihm Hilfe bringt, die beinahe zu spät gekommen wäre, so wird dieser Schiffbrüchige, glaube ich, noch besser erraten, wie weit das Schlafbedürfnis meiner Sinne getrieben worden war. Wenn Magnetismus und Chloroform sich die Mühe machen, gelingt es ihnen manchmal, in ähnlicher Weise le-

thargische Katalepsien zu erzeugen. Mit dem Tode haben sie keine Ähnlichkeit: dies zu sagen, wäre eine große Lüge. Aber kommen wir sofort zu dem Traum, damit die Ungeduldigen, die es nach solcher Lektüre hungert, nicht anfangen zu brüllen wie ein Zug großköpfiger Pottfische, die um ein schwangeres Weibchen kämpfen. Ich träumte, ich wäre in den Körper eines Schweines hineingeraten, aus dem hinauszugelangen mir nicht leichtfiel, und ich wälzte meine Borsten in den kotigsten Sümpfen. Sollte dies eine Belohnung sein? Ziel meiner Wünsche, ich gehörte nicht mehr der Menschheit an! Derart legte ich diese Tatsache aus und empfand eine Freude dabei, die mehr als tief war. Jedoch forschte ich lebhaft, welche tugendhafte Tat ich wohl vollbracht haben mochte, um von seiten der Vorsehung diese besondere Gunst zu verdienen. Jetzt, da ich in der Erinnerung die verschiedenen Phasen dieses furchtbaren Sichplattmachens gegen den Bauch aus Granit nacherlebe, während die Flut, ohne daß ich es spürte, zweimal über die unerschütterliche Mischung aus toter Materie und lebendigem Fleisch hinwegrollte, ist es vielleicht nicht nutzlos, zu verkünden, daß diese Erniedrigung wahrscheinlich nur eine Strafe war, welche die göttliche Gerechtigkeit an mir verwirklichte. Aber wer kennt seine innersten Bedürfnisse oder den Grund seiner verpesteten Freuden? Die Verwandlung erschien meinen Augen immer nur als das hohe und großmütige Echo eines vollkommenen Glückes, das ich schon lange erwartete. Endlich war er gekommen, der Tag, da ich ein Schwein wurde! Ich versuchte meine Zähne an der Rinde der Bäume; meine Schweineschnauze betrachtete ich mit Wonne. Es blieb auch kein Tüpfelchen Göttlichkeit übrig: ich konnte meine Seele bis zur äußersten Höhe dieser unaussprechlichen Wollust erheben. Hört mich also an, und errötet nicht, unerschöpfliche Karikaturen des Schönen, die ihr das lächerliche, höchst verächtliche Eselsgebrüll eurer Seele ernst nehmt; und die ihr nicht begreift, warum der Allmächtige in einem seltenen Augenblick vortefflicher Possenreißerei, die gewiß nicht die allgemeinen Gesetze des Grotesken überschreitet, sich eines Tages das bewunderungswürdige Vergnügen gönnte, einen Planeten mit seltsamen, mikroskopischen Wesen zu bevölkern, die man MENSCHEN nennt und deren Materie der roten Koralle gleicht. Gewiß habt ihr recht, bis auf Knochen und Fett, zu erröten, aber hört mich an. Ich appelliere nicht an eure Intelligenz; ihr würdet sie dazu treiben, Blut zu speien, ein solches Entsetzen hat sie vor euch: vergeßt sie und seid konsequent mit euch selbst... Da gab es keinen Zwang mehr. Wenn ich töten wollte, tötete ich; das passierte mir sogar oft, und niemand hinderte mich daran. Die menschlichen Gesetze verfolgten mich noch mit ihrer Rache, obwohl ich die Rasse, die ich so ruhig verlassen hatte, nicht angriff; aber mein Gewissen machte mir keinen Vorwurf. Tagsüber schlug ich mich mit meinen neuen Artgenossen, und der Boden war von zahllosen Schichten geronnenen Blutes übersät. Ich war der stärkste und blieb immer Sieger. Brennende Wunden bedeckten meinen Leib; ich tat, als merkte ich es nicht. Die Tiere der Erde entfernten sich von mir, und ich blieb allein in meiner strahlenden Größe. Wie groß aber war mein Erstaunen, als ich versuchte, nachdem ich schwimmend einen Strom überquert hatte, um mich aus den Gebieten zu entfernen, die meine Wut entvölkert hatte und andere Landstriche aufzusuchen, um dort meine mörderischen und blutrünstigen Sitten einzuführen, an diesem blühenden Ufer entlangzulaufen. Meine Füße waren gelähmt; keine Bewegung übte Verrat an der Wahrheit dieser erzwungenen Unbeweglichkeit. Bei meinen übernatürlichen Anstrengungen, meinen Weg weiterzugehen, erwachte ich und fühlte, daß ich von neuem ein Mensch wurde. So gab mir die Vorsehung auf eine nicht unerklärliche Art zu verstehen, daß sie meine hochfliegenden Pläne nicht einmal im Traum erfüllt haben wollte. In meine ursprüngliche Gestalt zurückzukehren, war ein so großer Schmerz für mich, daß ich noch ganze Nächte darüber weine. Meine Laken sind immer naß, als wären sie durchs Wasser gezogen, und täglich lasse ich sie wechseln. Wenn ihr mir nicht glaubt, dann sucht mich auf; ihr werdet nicht nur die Wahrscheinlichkeit, sondern außerdem die reine Wahrheit meiner Behauptung überprüfen können. Wie oft habe ich mich nicht seit jener Nacht, die ich unter freiem Himmel auf einer Klippe verbrachte, den Herden der Schweine zugesellt, um in meine zerstörte Verwandlung zurückzukehren, als wäre es mein gutes Recht! Es ist Zeit, diese ruhmreichen Erinnerungen zu verlassen, in deren Gefolge nur die bleiche Milchstraße ewigen Bedauerns zurückbleibt.

[7] Es ist nicht unmöglich, Zeuge einer regelwidrigen Abweichung im verborgenen oder sichtbaren Ablauf der Naturgesetze zu sein. Wenn sich tatsächlich jeder die erfinderische Mühe machen wollte, die verschiedenen Phasen seiner Existenz zu befragen (ohne eine einzige zu vergessen, denn vielleicht ist gerade jene be-

stimmt, den Beweis für meine Behauptung zu liefern), so würde er sich nicht ohne eine gewisse Verwunderung, die unter anderen Umständen komisch sein könnte, erinnern, daß er an jenem Tage, um erstens von objektiven Dingen zu sprechen, Zeuge irgendeines Phänomens gewesen ist, das die bekannten, durch Beobachtung und Erfahrung gewonnenen Begriffe zu überschreiten schien und tatsächlich überschritt, wie zum Beispiel der Krötenregen, dessen magischer Anblick zunächst nicht von den Gelehrten verstanden werden sollte. Und daß anderen Tags, um an zweiter und letzter Stelle von subjektiven Dingen zu sprechen, seine Seele sich dem Forscherblick der Psychologie, ich gehe nicht so weit, es eine Verirrung der Vernunft zu nennen (was zwar nicht weniger seltsam wäre; sondern im Gegenteil mehr), so doch jedenfalls, um gewissen kalten Personen gegenüber nicht gar zu wunderlich zu erscheinen, die mir die offenkundigen nächtlichen Hirngespinste meiner Erregtheit nie verzeihen würden, in einem ungewohnten, häufig sehr ernsten Zustand zeigte, ein Beweis, daß die vom gesunden Menschenverstand der Phantasie zugestandene Grenze, manchmal, trotz des zwischen diesen beiden Mächten nur vorübergehend geschlossenen Paktes, leider durch den energischen Druck des Willens überschritten wird, am häufigsten jedoch durch das Fehlen seiner wirksamen Mitarbeit: führen wir als Beweis einige Beispiele an, die als zweckmäßig anzuerkennen nicht schwierig ist; vorausgesetzt, daß man eine wachsame Mäßigung zur Gefährtin nimmt. Ich führe deren zwei an: den Jähzorn und die Krankheiten des Hochmuts. Ich warne den, der mich liest, sich keine unklare und mit noch besserem Grund keine falsche Vorstellung von der Schönheit der Literatur zu machen, die ich in der äußerst schnellen Abwicklung meiner Sätze entblättere. Ach! ich möchte meine Begründung und meine Vergleiche gern langsam und mit großer Pracht entwickeln (wer aber verfügt über seine Zeit?), damit jedermann besser, wenn nicht mein Entsetzen, so doch wenigstens meine Verblüffung verstünde, als ich eines Sommerabends, die Sonne neigte sich zum Horizont, ein menschliches Wesen mit starken Muskeln im Meere schwimmen sah, das breite Entenfüße anstelle der Extremitäten der Beine und Arme besaß und mit einer Rückenflosse versehen war, verhältnismäßig genauso lang und ebenso zugespitzt wie die der Delphine, und daß zahlreiche Fischbänke (ich sah in diesem Gefolge unter anderen Wasserbewohnern, den Zitterrochen, den grönländischen Anarnak und den furchtbaren Drachenkopf) ihm mit deutlich sichtbaren Zeichen größter Bewunderung folgten. Manchmal tauchte es unter und alsbald kam sein klebriger Leib in zweihundert Metern Entfernung wieder hoch. Die kleinen Delphine, die meiner Meinung nach den Ruf nicht gestohlen haben, gute Schwimmer zu sein, konnten kaum von weitem dieser neuartigen Amphibie folgen. Ich glaube nicht, daß der Leser es zu bereuen hätte, wenn er meinem Bericht weniger das schädliche Hindernis stupider Leichtgläubigkeit als vielmehr den höchsten Dienst tiefen Vertrauens entgegenbrächte, das berechtigterweise mit heimlicher Sympathie die, nach seiner eigenen Ansicht, allzu seltenen dichterischen Geheimnisse diskutiert, die ihm zu enthüllen, ich jedesmal übernehme, wenn sich die Gelegenheit dazu bietet, wie sie sich heute unvermutet geboten hat, innig durchdrungen von dem stärkenden Duft der Wasserpflanzen, die der frischer werdende Nordwind in diese Strophe hineinweht, in der ein Ungeheuer enthalten ist, das sich die Unterscheidungsmerkmale der Familie der Schwimmvögel angeeignet hat. Wer spricht hier von Aneignung? Man muß nämlich wissen, daß der Mensch durch seine vielfältige und verwickelte Natur die Mittel kennt, deren Grenzen noch zu erweitern; er lebt im Wasser wie das Seepferd; dringt durch die höheren Schichten der Luft wie der Fischadler; und unter die Erde wie der Maulwurf, die Kellerassel und die Erhabenheit des Würmchens. Dies ist mehr oder weniger kurz gesagt (jedoch mehr als weniger) das genaue Kriterium der äußerst stärkenden Tröstung, die ich in meinem Geiste hervorzurufen mich bemühte, als ich dachte, daß das menschliche Wesen, das ich in großer Entfernung mit seinen vier Gliedmaßen an der Oberfläche der Wogen schwimmen sah, wie es selbst dem prächtigsten Kormoran nie gelang, die neue Veränderung der Extremitäten seiner Arme und Beine vielleicht nur als büßende Sühne für irgendein unbekanntes Verbrechen erworben hat. Es war unnötig, mir den Kopf zu zerbrechen, um im voraus die melancholischen Pillen des Mitleids zu drehen; denn ich wußte nicht, daß dieser Mensch, dessen Arme abwechselnd die bittere Woge schlugen, während seine Beine mit einer Kraft, wie sie die spiralförmigen Stoßzähne des See-Einhorns besitzen, das Zurückweichen der Wassermassen erzeugte, sich diese ungewöhnlichen Körperformen nicht willentlich angeeignet hatte, auch waren sie ihm nicht als Strafe auferlegt worden. Hier die schlichte Wahrheit, wie ich sie später erfuhr: das fortgesetzte Leben in diesem flüssigen Element hatte allmählich in dem Menschenwesen, das sich selbst von dem steinigen Festland verbannt hatte, die wichtigen, wenn auch nicht essentiellen Veränderungen herbeigeführt, die ich an dem Gegenstand bemerkt hatte, den mich ein ziemlich konfuser Blick im ersten Augenblick seines Erscheinens (durch eine nicht zu bezeichnende Leichtfertigkeit, deren Verirrungen das so peinliche Gefühl erzeugen, welches die Seelenkenner und die Liebhaber der Vorsicht leicht begreifen werden) für einen Fisch von seltsamer Gestalt halten ließ, der in den Klassifizierungen der Naturforscher noch nicht vermerkt ist; sich aber vielleicht in ihren Nachlaßwerken befindet, obwohl ich nicht den verzeihlichen Anspruch erhebe, dieser letzten Vermutung zuzuneigen, da sie unter zu hypothetischen Bedingungen erdacht wurde. Tatsächlich war diese Amphibie (denn eine Amphibie war es, ohne daß man das Gegenteil behaupten könnte) nur für mich allein sichtbar, von den Fischen und den Walen abgesehen; denn ich bemerkte, daß einige Bauern, die stehengeblieben waren, um mein von diesem übernatürlichen Phänomen verstörtes Antlitz zu betrachten und vergeblich eine Erklärung dafür suchten, daß meine Augen mit einer Beharrlichkeit, die unbesiegbar schien, ohne es in Wirklichkeit zu sein, ununterbrochen und fest auf eine Stelle des Meeres gerichtet waren, wo sie selbst nur eine nennenswerte und begrenzte Menge von Fischbänken aller Art unterschieden, die Öffnung ihres grandiosen Mundes vielleicht ebenso gewaltig ausdehnten wie ein Wal. Das ließ sie lächeln, aber nicht, wie mich, erbleichen, sagten sie in ihrer pittoresken Sprache; und sie waren nicht dumm genug, um nicht zu bemerken, daß ich ausgerechnet nicht die ländlichen Evolutionen der Fische beobachtete, sondern daß mein Blick viel weiter vorwärts reichte. Solcher Art, daß ich, was mich betrifft, die Augen automatisch der auffallenden Weite dieser gewaltigen Mäuler zuwendend, zu mir selbst sagte, außer man fände in der Totalität des Weltalls einen Pelikan von der Größe eines Gebirges oder wenigstens eines Vorgebirges (bewundert bitte den Scharfsinn der Einschränkung, die kein Zollbreit an Boden verliert), daß kein Raubvogelschnabel, keine Kinnlade eines wilden Tieres jemals fähig wäre, einen dieser gähnenden, jedoch allzu grausigen Krater zu übertreffen, ja, nicht einmal ihm gleichzukommen. Und doch, obgleich ich der sympathischen Verwendung der Metapher einen guten Anteil zubillige (diese rhetorische Figur leistet dem menschlichen Streben nach Unendlichkeit viel größere Dienste als sich gewöhnlich jene vorzustellen bemühen, die von Vorurteilen oder falschen Ideen durchsetzt sind, was auf dasselbe herauskommt), so ist es nicht weniger wahr, daß der lächerliche Mund dieser Bauern noch breit genug bleibt, um drei Pottfische zu verschlucken. Fassen wir unsern Gedanken noch kürzer, Spaß beiseite, und begnügen wir uns mit drei kleinen Elefanten, die kaum das Licht der Welt erblickten. Mit einem einzigen Stoß brachte die Amphibie einen Kilometer schäumender Furche hinter sich. Während des sehr kurzen Augenblicks, da der nach vorn gestreckte Arm in der Luft hängt, bevor er von neuem untertaucht, schienen seine gespreizten, mit Hilfe einer menbranenförmigen Hautfalte zusammengehaltenen Finger sich in die Höhen des Raumes schwingen und nach den Sternen greifen zu wollen. Aufrecht auf der Klippe stehend, bediente ich mich meiner Hände als Sprachrohr und rief, während die Krabben und die Krebse in die Finsternis der verborgensten Felsspalten flüchteten: »O du, dessen Schwimmkunst den Sieg über den Flug der langen Schwingen des Fregattenvogels davonträgt, wenn du noch die Bedeutung gewaltiger Ausbrüche der Stimme begreifst, welche die Menschheit als getreuen Ausdruck ihres innersten Denkens mit Macht hinausschreit, dann geruhe einen Augenblick innezuhalten in deinem schnellen Lauf und erzähle mir in großen Zügen die Phasen deiner wahren Geschichte. Laß dir aber gesagt sein, daß du nicht das Wort an mich zu richten brauchst, wenn es deine kühne Absicht ist, Freundschaft und Verehrung in mir zu wecken, die ich sofort für dich fühlte, da ich dich zum erstenmal sah, als du mit der Anmut und der Kraft eines Hais deine unbezähmbare, geradlinige Wallfahrt vollführtest.« Ein Seufzer, der meine Knochen erstarren ließ und den Fels, auf dem die Sohlen meiner Füße ruhten, zum Schwanken brachte (es sei denn, daß ich selbst es war, der durch das heftige Einströmen der Schallwellen, die meinem Ohr einen solchen Verzweiflungsschrei zutrugen, ins Schwanken geriet), drang in die Eingeweide der Erde: die Fische tauchten mit dem Donner der Lawine unter die Wogen. Die Amphibie wagte es nicht, dem Ufer zu nahe zu kommen; aber sobald sie sicher war, daß ihre Stimme mit genügender Deutlichkeit mein Trommelfell erreichte, verlangsamte sich die Bewegung ihrer mit Schwimmhäuten versehenen Gliedmaßen, so daß sie ihren tangbedeckten Oberkörper über die brüllenden Fluten hielt. Ich sah sie ihre Stirn neigen, als wollte sie durch feierlichen Befehl die irrende Meute der Erinnerung beschwören. Ich wagte nicht, sie bei dieser heiligarchäologischen Beschäftigung zu unterbrechen: in die Vergangenheit vertieft, erinnerte sie an eine Klippe. Schließlich ergriff sie das Wort mit folgenden Wendungen: »Dem Tausendfuß fehlt es nicht an Feinden; die phantastische Schönheit seiner zahllosen Füße, anstatt ihm die Sympathie der Tiere zu gewinnen, ist für diese vielleicht nur das Stimulans eifersüchtiger Reizbarkeit. Und ich wäre nicht erstaunt zu erfahren, daß dieses Insekt dem heftigsten Haß ausgesetzt ist. Meinen Geburtsort werde ich dir verschweigen, da er für meinen Bericht unwichtig ist: die Schande dagegen, die auf meine Familie zurückfallen würde, ist für mein Pflichtgefühl von Bedeutung. Mein Vater und meine Mutter (Gott möge ihnen verzeihen!) sahen nach einjährigem Warten ihr Flehen vom Himmel erhört: zwei Zwillinge, mein Bruder und ich, erschienen im Licht. Ein Grund mehr, um einander zu lieben. Es war aber nicht so, wie ich sage. Weil ich von den beiden der schönere und der intelligentere war, begann mein Bruder mich zu hassen und gab sich nicht die Mühe, seine Gefühle zu verbergen: darum ließen mein Vater und meine Mutter den größten Teil ihrer Liebe auf mich überströmen, während ich mich bemühte, durch meine aufrichtige und beständige Freundschaft eine Seele zu beruhigen, die nicht das Recht hatte, sich gegen jenen zu empören, der dem gleichen Fleische entstammte. Da kannte mein Bruder für seine Wut keine Grenzen mehr und entfernte mich aus dem Herzen unserer gemeinsamen Eltern durch die unwahrscheinlichsten Verleumdungen. Ich habe fünfzehn Jahre lang in einem Kerker gelebt mit Larven und Schmutzwasser als einziger Nahrung. Ich erzähle dir nicht in Einzelheiten die unerhörten Qualen, die ich während dieser langen, ungerechten Einkerkerung erlitt. Manchmal, irgendwann am Tage, trat einer meiner drei Henker, die sich abwechselten, plötzlich mit Pinzetten, Zangen und anderen Marterwerkzeugen ausgerüstet herein. Trotz der Schreie, die mir die Folter entriß, blieben sie unerbittlich; mein ausgiebiger Blutverlust ließ sie lächeln. O mein Bruder, ich habe dir verziehen, dir, der du die Hauptursache aller meiner Leiden warst! Ist es möglich, daß eine blinde Wut ihm nicht endlich die eigenen Augen öffnet! Ich habe viel in meinem ewigen Gefängnis nachgedacht. Wie groß mein allgemeiner Haß gegen die Menschheit wurde, kannst du erraten. Das allmähliche Dahinsiechen, die Einsamkeit des Leibes und der Seele hatten mich noch nicht meines ganzen Verstandes beraubt, so daß ich denen noch zürnen konnte, die zu lieben ich nicht aufgehört hatte: dreifaches Halseisen, dessen Sklave ich war. Es gelang mir durch List, meine Freiheit zurückzugewinnen! Von den Bewohnern des Kontinents angewidert, die, wenn sie sich auch meinesgleichen nannten, mir bis jetzt in nichts zu gleichen schienen (wenn sie fanden, ich sei ihnen ähnlich, warum taten sie mir dann Böses?), wandte ich meinen Lauf den Kieseln des Strandes zu, fest entschlossen, mir den Tod zu geben, wenn das Meer mich an eine im Unheil gelebte Existenz erinnern sollte. Würdest du deinen eigenen Augen trauen? Seit dem Tag, da ich aus dem väterlichen Hause flüchtete, beklage ich mich nicht so sehr wie du denkst, das Meer und seine kristallenen Grotten zu bewohnen. Die Vorsehung hat mir, wie du siehst, zum Teil die Beschaffenheit des Schwanes verliehen. Ich lebe in Frieden mit den Fischen, und sie verschaffen mir die Nahrung, die ich brauche, als wäre ich ihr Monarch. Ich werde einen bestimmten Pfiff ausstoßen, vorausgesetzt, daß es dich nicht verdrießt, und du wirst sehen, wie sie von neuem zum Vorschein kommen.« Es geschah, wie er es vorausgesagt hatte. Von dem Gefolge seiner Untertanen umgeben, zog er schwimmend weiter seine königliche Bahn. Und obwohl er nach wenigen Sekunden meinen Augen völlig entschwunden war, konnte ich ihn noch mit einem Fernrohr am äußersten Rande des Horizontes erblicken. Mit einer Hand schwamm er, mit der anderen trocknete er seine von dem furchtbaren Zwang, sich dem Festland genähert zu haben, blutunterlaufenen Augen. Er hatte so gehandelt, um mir Freude zu machen. Ich warf das enthüllende Werkzeug gegen die steile Böschung; es sprang von Fels zu Fels, und die Wogen empfingen seine zerstreuten Bruchstücke: dies war die letzte Tat und das höchste Adieu, mit dem ich mich wie im Traum vor einer edlen und unglücklichen Intelligenz verneigte! Und doch war alles, was sich an diesem Sommerabend zugetragen hatte, wirklich.

[8] Nacht für Nacht, wenn ich die Weite meiner Schwingen in mein sterbendes Gedächtnis tauchte, beschwor ich die Erinnerung an Falmer herauf... Nacht für Nacht. Sein blondes Haar, sein ovales Antlitz, seine majestätischen Züge standen mir noch lebendig vor Augen... unzerstörbar... besonders sein blondes Haar. Fort, nur fort mit diesem Haupt ohne Haarschopf, blank wie der Rükkenpanzer der Schildkröte! Er war vierzehn Jahre alt, und ich war nur ein Jahr älter. Diese grausige Stimme soll schweigen. Warum klagt sie mich an? Aber ich selbst bin es, der spricht. Da ich mich

meiner eigenen Zunge bediene, um meinen Gedanken zu äußern, bemerke ich, daß meine Lippen sich bewegen, und daß ich selbst es bin, der spricht. Und ich selbst bin es, der eine Geschichte aus meiner Jugend erzählt und fühle, wie die Reue mein Herz durchdringt... ich selbst bin es, es sei denn, ich täusche mich... ich selbst bin es, der spricht. Ich war nur ein Jahr älter. Wer ist denn der, auf den ich anspiele? Ich glaube, es ist ein Freund, den ich in vergangenen Zeiten besaß. Ja, ja, ich sagte schon wie er heißt... ich will nicht noch einmal seine sechs Lettern buchstabieren, nein, nein. Auch hat es keinen Zweck zu wiederholen, daß ich ein Jahr älter war. Wer weiß? Wiederholen wir es dennoch, jedoch mit peinlichem Flüstern: ich war nur ein Jahr älter. Selbst dann war die Überlegenheit meiner physischen Kraft eher ein Grund, auf dem rauhen Lebenspfad dem beizustehen, der sich mir geschenkt hatte, anstatt ein offensichtlich schwächeres Wesen zu mißhandeln. Denn ich glaube wirklich, daß er schwächer war... Selbst dann. Es war ein Freund, den ich in vergangenen Zeiten besaß, glaube ich. Die Überlegenheit meiner physischen Kraft... Nacht für Nacht... Besonders sein blondes Haar. Es leben so manche menschliche Wesen, die Kahlköpfe gesehen haben: Alter, Krankheit, Schmerz (alle drei zusammen oder getrennt genommen) erklären dieses negative Phänomen in befriedigender Weise. So wenigstens ist die Antwort, die mir ein Gelehrter geben würde, wenn ich ihn darüber befragte. Alter, Krankheit, Schmerz. Aber ich weiß sehr wohl (auch ich bin gelehrt), daß ich ihn eines Tages, weil er meine Hand, im Augenblick, da ich meinen Dolch hob, um ihn in die Brust einer Frau zu stoßen, festhielt, ihn mit eisernem Arm bei den Haaren packte und mit einer solchen Geschwindigkeit durch die Luft wirbelte, daß der Haarschopf mir in der Hand blieb und sein Körper durch die Zentrifugalkraft gegen den Stamm einer Eiche prallte... Ich weiß sehr wohl, daß sein Haarschopf mir eines Tages in der Hand blieb. Auch ich bin gelehrt. Ja, ja, ich sagte schon, wie er heißt. Ich weiß sehr wohl, daß ich eines Tages eine schändliche Tat beging, während sein Körper durch die Zentrifugalkraft fortgeschleudert wurde. Er war vierzehn Jahre alt. Wenn ich in einem Anfall geistiger Umnachtung querfeldein laufe, etwas Blutiges an mein Herz pressend, etwas, was ich seit langem bewahre wie eine angebete Reliquie, schreien die kleinen Kinder, die mich verfolgen... die kleinen Kinder und die alten Frauen, die mich mit Steinwürfen verfolgen, jämmerlich klagend: »Da ist Falmers Haarschopf.« Fort, nur fort mit diesem kahlen Haupt, blank wie der Rückenpanzer der Schildkröte... Etwas Blutiges. Aber ich selbst bin es, der spricht. Sein ovales Antlitz, seine majestätischen Züge. Ja, ich glaube wirklich, daß er schwächer war. Die alten Frauen und die kleinen Kinder. Ja, ich glaube wirklich... was wollte ich sagen? ...ja, ich glaube wirklich, daß er schwächer war. Mit eisernem Arm. Dieser Aufprall, hat ihn dieser Aufprall getötet? Wurden ihm die Knochen an dem Baum zerschmettert... unheilbar? Hat ihn dieser Aufprall, von der Kraft eines Athleten verursacht, getötet? Hat er das Leben bewahrt, obwohl seine Knochen unheilbar zerschmettert wurden... unheilbar? Hat ihn dieser Aufprall getötet? Ich fürchte zu wissen, was meine geschlossenen Augen nicht sahen. Wirklich... Besonders sein blondes Haar. Tatsächlich entfloh ich in die Ferne mit einem Gewissen, das von jetzt an unversöhnlich war. Er war vierzehn Jahre alt. Mit einem Gewissen, das von jetzt an unversöhnlich war. Nacht für Nacht. Wenn ein Jüngling, der nach Ruhm strebt, in einer fünften Etage über seinen Arbeitstisch gebeugt, zu stiller Mitternachtsstunde ein Rauschen vernimmt, das er nicht erklären kann, dann dreht er den Kopf, der vom Nachdenken und von den staubigen Manuskripten benommen ist, nach allen Seiten; nichts jedoch, kein überraschender Umstand offenbart ihm die Ursache dessen, was er ganz schwach, wenn auch deutlich vernimmt. Schließlich bemerkt er, daß der Rauch seiner Kerze, der zur Decke emporsteigt, durch die umgebende Luft, die fast unmerklichen Schwingungen eines Blattes Papier verursacht, das an einem starren Nagel an der Wand hängt. In einer fünften Etage. Wie ein Jüngling, der nach Ruhm strebt, ein Rauschen vernimmt, das er nicht erklären kann, so höre ich eine melodische Stimme, die mir ins Ohr flüstert: »Maldoror!« Aber bevor er seinem Irrtum ein Ende macht, glaubte er, die Flügel einer Mücke zu hören... über seinen Arbeitstisch gebeugt. Jedoch träume ich nicht; was tut's, daß ich auf meinem seidenen Bett liege? Kaltblütig mache ich die scharfsinnige Bemerkung, daß meine Augen offen sind, obwohl es die Stunde der rosa Dominos und der Maskenbälle ist. Niemals... o! nein, niemals! ...ließ eine sterbliche Stimme solche seraphischen Töne vernehmen, indem sie mit so scherzlicher Anmut die Silben meines Namens aussprach! Die Flügel einer Mücke... Wie wohlwollend seine Stimme ist. Hat er mir denn verziehen? Sein Körper prallte gegen den Stamm einer Eiche... »Maldoror!«

*Ende des Vierten Gesanges*

## *Fünfter Gesang*

[1] Möge der Leser mir nicht zürnen, wenn meine Prosa nicht das Glück hat, ihm zu gefallen. Du versicherst, meine Ideen seien wenigstens eigenartig. Was du da sagst, respektabler Mensch, ist die Wahrheit; jedoch eine parteiische Wahrheit. Nun, welche Fülle an Irrtümern und Versehen entspringt nicht jeder parteiischen Wahrheit! Die Starenzüge haben eine Flugart, die ihnen eigen ist, und scheinen einer einheitlichen, geregelten Taktik unterworfen, wie die einer disziplinierten Truppe, die genau der Stimme eines einzigen Führers gehorcht. Der Stimme des Instinktes gehorchen die Stare, und ihr Instinkt treibt sie, sich immer gegen das Zentrum der Gruppe zu halten, während die Schnelligkeit ihres Fluges sie unablässig darüber hinausträgt; so daß diese große Vogelschar, durch das gemeinsame Streben nach einem magnetischen Punkt vereinigt, in einem unaufhörlichen Hin und Her, kreisend und kreuzend, nach allen Richtungen, etwas wie einen sehr bewegten Wirbel bildend, dessen Gesamtmasse, ohne einer bestimmten Richtung zu folgen, eine allgemeine Evolutionsbewegung um sich selbst zu haben scheint, Ergebnis besonderer kreisender Bewegungen, die jedem seiner Teile eigen sind und dessen Zentrum, beständig nach Entfaltung strebend, aber unaufhörlich bedrängt und zurückgestoßen durch die entgegengesetzte Bemühung der benachbarten Reihen, die es selbst um so mehr sind, je näher dem Zentrum sie sich befinden. Trotz dieser seltsam wirbelnden Flugart durchschneiden die Stare die sie umgebende Luft mit seltener Geschwindigkeit und legen deutlich in jeder Sekunde eine beachtliche Strecke zurück, die sie dem Ende ihrer Mühen und dem Ziel ihrer Pilgerfahrt näher bringt. So achte auch du nicht auf die wunderliche Art, in der ich jede dieser Strophen singe. Aber sei überzeugt, daß die wesentlichen Akzente der Dichtkunst deshalb nicht weniger ihren inneren Anspruch auf meine Intelligenz bewahren. Verallgemeinern wir keine Ausnahmen, ich bin gern einverstanden: indessen liegt meine Art im Bereich der Möglichkeiten. Zweifellos gibt es zwischen den äußersten Grenzen der Literatur, wie du sie ver-

stehst, und der meinen, unzählige Zwischenstufen und es wäre leicht, die Einteilungen noch zu multiplizieren; aber es wäre ganz unnütz und brächte die Gefahr mit sich, einer höchstgradig philosophischen Auffassung etwas Beschränktes und Unwahres zu geben, die aufhört, vernünftig zu sein, sobald sie nicht mehr zu verstanden wird wie sie gemeint war, das heißt mit umfassender Weite. Du verstehst es, Begeisterung und innere Kälte zu vereinigen, Bewahrer konzentrierter Laune; nun, was mich betrifft, so finde ich dich vollkommen... Und du willst mich nicht verstehen! Wenn deine Gesundheit zu wünschen übrigläßt, folge meinem Rat (es ist der beste, den ich für dich zur Verfügung habe) und mache einen Landspaziergang. Traurige Entschädigung, was sagst du dazu? Wenn du Luft geschöpft hast, suche mich wieder auf: deine Sinne werden ausgeruhter sein. Weine nicht mehr; ich wollte dir nicht weh tun. Ist es nicht wahr, mein Freund, daß meine Gesänge bis zu einem gewissen Grade deine Sympathie gewonnen haben? Nun, wer hindert dich, die übrigen Stufen zu überwinden? Die Grenze zwischen deinem und meinem Geschmack ist unsichtbar; du wirst sie nie erfassen können: Beweis, daß diese Grenze selbst nicht existiert. Bedenke also die Möglichkeit (ich streife die Frage hier nur), daß du ein Bündnis mit dem Starrsinn geschlossen hättest, diesem liebenswürdigen Sohn des Maultiers, der so reichen Quelle der Intoleranz. Wüßte ich nicht, daß du kein Dummkopf bist, würde ich dir keinen solchen Vorwurf machen. Es nützt dir nichts, dich in der knorpeligen Schale eines Axioms zu verkapseln, das du für unerschütterlich hältst. Es gibt andere Axiome, die auch unerschütterlich sind und mit dem deinen parallel laufen. Wenn du Süßigkeiten besonders gern hast (wunderbarer Streich der Natur), so wird das niemand für ein Verbrechen halten; jene aber, deren Intelligenz, da sie energisch und größerer Dinge fähig ist, Pfeffer und Arsenik vorzieht, haben gute Gründe so zu handeln, ohne damit die Absicht zu verbinden, jenen ihre friedliche Herrschaft aufzuzwingen, die aus Angst vor einer Spitzmaus oder vor dem sprechenden Ausdruck der Oberfläche eines Kubus zittern. Ich spreche aus Erfahrung, ohne hier die Rolle des Provokateurs spielen zu wollen. Und wie die Rädertierchen und die Faultiere eine Hitze ertragen, die dem Siedepunkt nahekommt, ohne unbedingt ihre Vitalität einzubüßen, so wird es auch dir ergehen, wenn du es verstehst, vorsichtig die scharfe, eiterfördernde Lymphe zu assimilieren, die sich langsam aus der Reizbarkeit entwickelt, von meinen interessanten nächtlichen Hirngespinsten verursacht. Was, ist es etwa nicht gelungen, auf den Rücken einer lebenden Ratte den von dem Körper einer anderen Ratte abgetrennten Schwanz zu pfropfen? Versuche also in derselben Weise, die mannigfaltigen Modifikationen meiner kadaverähnlichen Vernunft in deine Phantasie zu übertragen. Aber sei vorsichtig. Zur Stunde, da ich schreibe, ziehen neue Schauder durch die intellektuelle Atmosphäre: man muß nur den Mut haben, ihnen offen ins Auge zu blicken. Warum schneidest du solche Grimasse? Und du begleitest sie gar mit einer Gebärde, die man nur nach langer Übung imitieren könnte. Sei überzeugt, daß bei allem Routine erforderlich ist; und da die instinktive Abneigung, die sich von den ersten Seiten an zeigte, wesentlich an Tiefe verloren hat, umgekehrt zur Aufmerksamkeit bei der Lektüre, gleich einem Furunkel, das man öffnet, so besteht die Hoffnung, wenn auch der Kopf noch krank ist, daß deine Heilung sicherlich bald in ihr letztes Stadium eintreten wird. Für mich besteht kein Zweifel, daß du bereits der völligen Genesung entgegentreibst; dein Antlitz jedoch ist sehr mager geblieben, leider! Aber... Mut! in dir steckt ein ungewöhnlicher Geist, ich liebe dich, und gebe die Hoffnung auf deine totale Erlösung nicht auf, vorausgesetzt, daß du einige heilsame Substanzen einnimmst, die das Verschwinden der letzten Krankheitssymptome nur beschleunigen können. Als heilende, stärkende Nahrung wirst du deiner Mutter (wenn sie noch existiert) zuerst die Arme ausreißen, sie in kleine Stücke schneiden und sie dann an einem einzigen Tag essen, ohne daß dein Antlitz die geringste Spur deiner Erregung verriete. Sollte deine Mutter schon zu alt sein, dann wähle ein anderes jüngeres und frischeres chirurgisches Objekt, das von der Knochensäge erfaßt werden kann und dessen Sprungbeine beim Gehen leicht eine Stütze zum Schaukeln bilden: deine Schwester zum Beispiel. Ich kann nicht umhin, ihr Schicksal zu beklagen und ich gehöre nicht zu jenen, deren sehr kalte Begeisterung Güte nur vortäuscht. Du und ich werden für diese geliebte Jungfrau (ob sie wirklich Jungfrau ist, kann ich indes nicht beweisen) zwei nicht zurückzuhaltende Tränen, zwei bleierne Tränen, vergießen. Das ist alles. Das beste Linderungsmittel, zu dem ich dir rate, ist ein Becken voll klumpigen Genorrhöeeiters, in dem man vorher eine haarige Eierstockgeschwulst, einen follikularen Schanker, eine entzündete, durch Paraphimose hinter die Eichel gestülpte Vorhaut und drei rote Nacktschnecken aufgelöst hat. Wenn du meine Verordnungen befolgst, wird dich meine Dichtkunst mit offenen Armen empfangen, wie wenn eine Laus mit ihren Küssen die Wurzel meines Haares herausschneidet.

[2] Vor mir, auf einem Erdhügel stehend, sah ich einen Gegenstand. Ich konnte seinen Kopf nicht deutlich erkennen; aber schon erriet ich, daß er nicht von gewöhnlicher Form war, ohne jedoch die genaue Proportion seiner Konturen bestimmen zu können. Ich wagte nicht, mich dieser unbeweglichen Säule zu nähern; und hätte ich selbst über die ambulanten Beine von mehr als dreitausend Krabben verfügen können (ich spreche nicht einmal von denen, die zum Ergreifen und zum Kauen der Nahrung dienen), so hätte ich mich dennoch nicht von der Stelle gerührt, wenn nicht ein an sich ganz unbedeutendes Ereignis einen schweren Tribut von meiner Neugierde gefordert hätte, was ihre Deiche zusammenstürzen ließ. Ein Skarabäus, der mit seinen Kinnbacken und Antennen eine Kugel über den Erdboden rollte, deren Hauptelemente aus exkrementöser Materie bestanden, wandte sich schnellen Schrittes dem genannten Erdhügel zu, indem er sich bemühte, sehr deutlich zu zeigen, daß er es auf dieses Ziel abgesehen hatte. Das gelenkige Tier war nicht viel größer als eine Kuh! Sollten meine Worte bezweifelt werden, dann möge man zu mir kommen, und ich werde selbst die Ungläubigsten durch das Zeugnis guter Zeugen zufriedenstellen. Ich folgte ihm von fern, offensichtlich beunruhigt. Was hatte er mit dieser großen schwarzen Kugel vor? O Leser, der du dich unaufhörlich deines Scharfsinns rühmst (und nicht zu Unrecht), wärest du fähig, es mir zu sagen? Aber ich will deine bekannte Leidenschaft für Rätsel nicht auf eine harte Probe stellen. Möge es dir genügen zu wissen, daß die mildeste Strafe, die ich dir auferlegen kann, die Bemerkung ist, daß dieses Geheimnis dir erst später, am Ende deines Lebens offenbart werden wird (offenbart aber wird es dir), wenn du philosophische Gespräche mit der Agonie anknüpfst, die auf deinem Bettrand sitzt... vielleicht aber schon am Ende dieser Strophe. Der Skarabäus war am Fuße des Erdhügels angelangt. Ich war seinen Spuren gefolgt, befand mich aber noch weit entfernt vom Ort der Handlung; denn wie die Raubmöwen, Vögel, die so unruhig sind, als wären sie immer hungrig, sich in den Meeren gefallen, welche die beiden Pole umspülen, und nur zufällig in die gemäßigten Zonen gelangen, so war auch ich nicht ruhig und trug meine Beine nur sehr langsam voran.

Welcher Körpersubstanz aber schritt ich entgegen? Ich wußte, daß die Familie der Pelikaniden vier verschiedene Arten umfaßt: die dumme Meerschwalbe, den Pelikan, den Kormoran, den Fregattenvogel. Die grau schimmernde Gestalt, die mir erschien, war keine dumme Meerschwalbe. Der plastische Klotz, den ich bemerkte, war kein Fregattenvogel. Das kristallisierte Fleisch, das ich erblickte, war kein Kormoran. Jetzt sah ich ihn, den Menschen mit dem Gehirn ohne Pons! Ich tastete die Winkel meines Gedächtnisses ab, um die tropische oder polare Gegend zu finden, wo mir bereits dieser überlange, breite, konvexe, gewölbte, scharfkantige, am äußersten Ende bauchige und sehr hakenförmige Schnabel aufgefallen sein könnte; diese geraden, gezähnten Ränder; dieser fast bis zur Spitze in getrennten Gabelungen verlaufende Unterkiefer; dieser von pergamentartiger Haut ausgefüllte Zwischenraum; diese breite, gelbe, sackförmige Tasche, welche die ganze Kehle ausfüllt und außerordentlich dehnbar ist und die sehr schmalen, längs verlaufenden, kaum sichtbaren, in eine Grundfurche gegrabenen Nüstern! Wenn dieses lebendige Wesen mit einfacher Lungenatmung, mit behaartem Körper, bis zu den Fußsohlen ein ganzer Vogel gewesen wäre und nicht nur bis zu den Schultern, dann wäre es nicht so schwierig gewesen, es zu erkennen: etwas, was sehr leicht war, wie ihr selbst sehen werdet. Nur, diesmal verzichte ich darauf; für die Klarheit meiner Demonstration müßte ein solcher Vogel vor mir auf dem Arbeitstisch stehen und wäre er auch nur ausgestopft. Nur bin ich nicht reich genug, mir einen zu verschaffen. Schritt für Schritt eine frühere Hypothese verfolgend, hätte ich sogleich seine wahre Natur bestimmt und im Rahmen der Naturgeschichte einen Platz für den gefunden, dessen Adel ich in seiner kränklichen Pose bewunderte. Mit welcher Genugtuung, den Geheimnissen der Duplizität seines Organismus nicht ganz unwissend gegenüberzustehen und mit welcher Begierde, mehr darüber zu erfahren, betrachtete ich ihn in seiner ständigen Metamorphose! Obwohl sein Antlitz kein menschliches war, schien es mir schön wie die zwei langen tentakelförmigen Fasern eines Insekts; oder vielmehr wie eine überstürzte Beerdigung; oder auch wie das Gesetz der Neubildung verstümmelter Organe; und vor allem wie eine im höchsten Grade verwesliche Flüssigkeit! Aber der Fremde mit dem Pelikanhaupt starrte immer vor sich hin und beachtete nicht im geringsten, was um ihn her geschah! Ein andermal erzähle ich das Ende dieser Geschichte. Indessen werde ich meinen

Bericht mit finsterem Eifer fortsetzen; denn wenn ihr eurerseits zu wissen wünscht, worauf meine Phantasie hinauswill (der Himmel gebe, daß es wirklich nichts weiter wäre als Phantasie!), so entschloß ich mich meinerseits, in einem Zuge (und nicht in zweien!) zu beenden, was ich euch zu sagen habe. Indessen hat niemand das Recht, mich eines Mangels an Mut zu beschuldigen. Aber einer solchen Lage gegenüber fühlt so mancher die Schläge seines Herzens in der flachen Hand. Soeben starb, fast unbekannt, in einem bretonischen Hafenstädtchen, ein Küstenfahrer, alter Seemann, der Held einer schrecklichen Geschichte. Damals war er Übersee-Kapitän und fuhr für einen Reeder in Saint-Malo. Nach einer Abwesenheit von dreizehn Monaten kehrte er an den ehelichen Herd zurück, gerade als seine Frau, die noch das Bett hütete, ihm einen Erben geschenkt hatte, auf dessen Anerkennung er sich kein Recht zuerkannte. Der Kapitän zeigte nichts von seiner Überraschung und von seinem Zorn; kühl bat er seine Frau, sich anzukleiden und ihn bei einem Spaziergang auf den Stadtwällen zu begleiten. Es war im Januar. Die Wälle von Saint-Malo sind hoch, und wenn der Nordwind bläst, weichen selbst die Unerschrockensten zurück. Die Unglückliche gehorchte, still und resigniert; als sie heimkam, delirierte sie. Sie starb in der Nacht. Aber sie war ja nur eine Frau. Während ich, der ich ein Mann bin, einer nicht minder großen Tragödie gegenüber nicht weiß, ob ich genügend Selbstbeherrschung aufbringen könnte, um keinen Muskel meines Gesichtes zu verziehen! Sobald der Skarabäus am Fuße des Erdhügels angelangt war, hob der Mensch seinen Arm gen Westen (genau in dieser Richtung hatte sich zwischen einem Lämmergeier und einem virginischen Uhu ein Luftkampf entsponnen), trocknete auf seinem Schnabel eine lange Träne, die ein System von diamantener Färbung zeigte, und sagte zu dem Skarabäus: »Unglückselige Kugel! hast du sie nicht lange genug rollen lassen? Deine Rache ist noch nicht gestillt; und doch sah diese Frau, deren Beine und Arme du mit Perlenketten derart gefesselt hattest, daß ein amorphes Vieleck entstand, um sie mit deinen Sprungbeinen durch Täler, über Wege, Wurzeln und Steine zu zerren (laß mich heran, damit ich sehe, ob sie es noch ist!), wie sich Wunden in ihre Knochen höhlten, wie ihre Glieder durch das mechanische Gesetz der Rotationsreibung abgeschliffen, zu einer Einheit koagulierten, sah ihren Körper, anstelle seiner ursprünglichen Linien und natürlichen Kurven, die monotone Erscheinung eines einzigen, homogenen

Ganzen annehmen, welches durch die Mischung seiner verschiedenen zerstoßenen Elemente nur allzusehr an die Masse einer Himmelskugel erinnert! Sie ist schon längst tot; laß der Erde diese sterbliche Hülle und hüte dich, in nicht wiedergutzumachenden Proportionen die Wut, die dich verzehrt, zu steigern: das ist keine Gerechtigkeit mehr; denn der Egoismus, der in der Hülle deiner Stirn verborgen ist, hebt langsam, wie ein Gespenst, den Vorhang, der ihn verhüllt.« Der Lämmergeier und der virginische Uhu, unmerklich von den Wechselfällen des Kampfes getragen, hatten sich uns genähert. Der Skarabäus zitterte bei diesen unerwarteten Worten und was bei anderer Gelegenheit eine bedeutungslose Gebärde gewesen wäre, wurde diesmal das deutliche Zeichen einer Wut, die keine Grenzen mehr kannte; denn er rieb in furchterregender Weise seine Hinterschenkel an den Enden der Flügeldekken, während er ein schrilles Geräusch von sich gab: »Wer bist denn du, kleinmütiges Geschöpf? Du scheinst gewisse seltsame Ereignisse vergangener Zeiten vergessen zu haben; du bewahrst sie nicht im Gedächtnis, mein Bruder. Diese Frau hat uns verraten, einen nach dem anderen. Dich als ersten, mich als zweiten. Mir scheint, daß diese Beschimpfung nicht so leicht aus der Erinnerung verschwinden darf (nicht darf!). So leicht! Dir erlaubt deine hochherzige Natur, zu verzeihen. Aber weißt du, ob trotz der anormalen Lage der Atome dieser in einen Backteig verwandelten Frau (es handelt sich jetzt nicht darum, festzustellen, ob man bei der ersten Investigation nicht zu der Überzeugung gelangen würde, daß mehr als die Wirkung meiner feurigen Leidenschaft das Eingreifen von zwei starken Rädern die Dichtigkeit dieses Körpers so beträchtlich erhöht hat), diese nicht doch noch existiert? Sei still und erlaube, daß ich mich räche.« Er begann sein Treiben von neuem und entfernte sich, indem er die Kugel vor sich herstieß. Als er fort war, rief der Pelikan: »Diese Frau gab mir durch ihre magische Macht den Kopf eines Schwimmvogels und verwandelte meinen Bruder in einen Skarabäus: vielleicht verdient sie sogar noch schlimmere Mißhandlungen als die soeben genannten.« Und ich, der ich nicht sicher war, nicht zu träumen, da ich durch das Vernommene die Natur der Feindschaft erriet, die über mir, in einem blutigen Kampf, den Lämmergeier und den virginischen Uhu verbanden, ich warf meinen Kopf nach hinten wie eine Kapuze, um dem Spiel meiner Lungen die entsprechende freie Bewegung und Elastizität zu geben und rief ihnen zu, indem ich meine Augen nach oben richtete: »Ihr dort, laßt euren Hader. Ihr habt beide recht; denn jedem hatte sie ihre Liebe versprochen; folglich hat sie euch zusammen betrogen. Aber ihr seid nicht die einzigen. Weiter beraubte sie euch eurer menschlichen Gestalt und trieb ein grausames Spiel mit euren heiligsten Schmerzen. Und ihr würdet zögern, mir Glauben zu schenken! Übrigens ist sie tot; und der Skarabäus hat ihr, trotz des Mitleids des zuerst Verratenen, eine Sühne von unauslöschlichem Gepräge auferlegt.« Bei diesen Worten machten sie ihrem Streit ein Ende und rissen sich keine Federn und keine Fleischfetzen mehr vom Leibe: sie hatten recht, so zu handeln. Der virginische Uhu, schön wie ein Abhandlung über die Kurve, die ein Hund beschreibt, der seinem Herrn nachläuft, verkroch sich in den tiefen Spalten eines verfallenen Klosters. Der Lämmergeier, schön wie das Gesetz des Entwicklungsstillstands der Brust bei Erwachsenen, deren Hang zum Wachstum in keiner Beziehung zu der Menge der Moleküle steht, die ihr Organismus assimiliert, verlor sich in den hohen Schichten der Atmosphäre. Der Pelikan, dessen großzügige Verzeihung mich tief beeindruckt hatte, weil ich sie unnatürlich fand, zog sich auf seinem Erdhügel wieder in die majestätische Gelassenheit eines Leuchtturms zurück, als wollte er den menschlichen Schiffern als warnendes Beispiel dienen und ihr Schicksal vor der Liebe finsterer Magierinnen bewahren, während er weiter vor sich hinstarrte. Der Skarabäus, schön wie das Händezittern bei Alkoholsucht, verschwand am Horizont. Vier weitere Existenzen, die man aus dem Buch des Lebens streichen konnte. Ich riß mir einen ganzen Muskel aus dem linken Arm, denn ich wußte nicht mehr, was ich tat, so tief erschütterte mich dieses vierfache Mißgeschick. Und ich hatte geglaubt, es wären exkrementöse Materien! Was bin ich doch für ein Dummkopf!

[3] Die zeitweilige Vernichtung menschlicher Eigenschaften, was immer euer Denken geneigt sei, anzunehmen, dies sind nicht nur Worte. Jedenfalls sind es keine Worte wie andere. Wer glaubt, eine gerechte Tat zu vollbringen, wenn er einen Henker bittet, ihn bei lebendigem Leibe zu schinden, der hebe die Hand. Wer seine Brust freiwillig den Kugeln des Todes bieten würde, der hebe das Haupt mit der Wollust des Lächelns. Meine Augen werden die Spur der Narben suchen; meine zehn Finger werden ihre ganze Konzentration darauf richten, die Haut dieses exzentrischen Menschen abzutasten; ich werde mich vergewissern, daß die Fetzen des

Gehirns auf die Seide meiner Stirn gespritzt sind. Nach wahr, einen Menschen, der ein solches Martyrium liebte, würde man im ganzen Universum nicht finden? Ich weiß nicht, was Lachen ist, das ist wahr, da ich es nie selbst erfahren habe. Wie unvorsichtig wäre es jedoch, zu behaupten, meine Lippen würden sich nicht verbreitern, wenn ich dem begegnen sollte, der versicherte, ein solcher Mensch existiere irgendwo? Was niemand sich für seine eigene Existenz wünschen könnte, ist mir durch ein ungleiches Los zugefallen. Nicht, daß mein Leib im See der Schmerzen bade; das ginge noch an. Aber der Geist verdorrt durch ein kondensiertes und dauernd gespanntes Nachdenken; er brüllt wie die Frösche in einem Sumpf, wenn eine Schar gefräßiger Flamingos und verhungerter Reiher auf die Binsen seiner Ufer niederschießt. Glücklich, wer friedlich in einem Bett aus Federn schläft, die der Brust der Eider ausgerissen wurden, ohne zu merken, daß er sich selbst verrät. Es sind jetzt mehr als dreißig Jahre her, seit ich nicht geschlafen habe. Seit dem unaussprechlichen Tage meiner Geburt habe ich den schlafbringenden Brettern einen unversöhnlichen Haß geweiht. Ich habe es so gewollt; niemand soll beschuldigt werden. Schnell lasse man den mißglückten Verdacht fahren. Erkennt ihr den bleichen Kranz auf meiner Stirn? Es war die Ausdauer, die ihn mit ihren hageren Fingern flocht. Solange noch ein Rest feurigen Saftes in meinen Knochen rinnt wie ein Sturzbach flüssigen Metalls, werde ich nicht schlafen. Jede Nacht zwinge ich mein fahles Auge durch die Scheiben meines Fensters den Blick auf die Sterne zu heften. Um meiner selbst sicherer zu sein, sperrt ein Holzsplitter meine geschwollenen Augenlider. Wenn die Morgenröte erscheint, findet sie mich in der gleichen Stellung, den Körper senkrecht gestützt und gegen den Gips der kalten Wand gelehnt. Doch geschieht es mir manchmal zu träumen, aber auch ohne nur eine Sekunde das lebendige Gefühl meiner Persönlichkeit und die Bewegungsfreiheit zu verlieren; wisset, daß der Alp, der sich in den phosphoreszierenden Winkeln des Schattens verbirgt, das Fieber, das mein Antlitz mit seinem Stumpf betastet, jedes unreine Tier, das seine blutige Kralle zeigt, nun, es ist mein Wille, der sie im Kreise drehen läßt, um seiner ununterbrochenen Tätigkeit feste Nahrung zu geben. Wirklich, Atom, das sich rächt in seiner äußersten Schwäche, der freie Wille fürchtet nicht, mit gebieterischer Macht zu behaupten, daß er den Stumpfsinn nicht zu seinen Söhnen rechnet: wer schläft, ist weniger als ein gestern kastriertes Tier. Wenngleich die Schlaflosigkeit diese Muskeln, die bereits einen Geruch von Zypressen verbreiten, in die Tiefe der Gruft entführt, niemals wird die bleiche Katakombe meiner Intelligenz den Augen des Schöpfers ihr Allerheiligstes offenbaren. Eine heilige, edle Gerechtigkeit, in deren offene Arme ich instinktmäßig flüchte, befiehlt mir, diese niedrige Züchtigung rastlos zu verfolgen. Furchtbarer Feind meiner unvorsichtigen Seele, zur Stunde, da man an der Küste eine Stocklaterne anzündet, verbiete ich meinen unglücklichen Lenden, sich auf den Tau des Rasens zu legen. Ich, der Sieger, weise die Fallen des heuchlerischen Mohns zurück. Folglich ist es sicher, daß mein verhungerndes Herz, das durch diesen seltsamen Kampf seine Absichten vermauert hat, sich selber frißt. Undurchdringlich wie die Riesen, habe ich unaufhörlich mit der klaffenden Weite der Augen gelebt. Wenigstens hat es sich als wahr erwiesen, daß tagsüber jeder dem Großen Außen (wer kennt seinen Namen nicht?) einen nützlichen Widerstand entgegensetzen kann; denn dann wacht der Wille mit auffallender Erbitterung über seine eigene Verteidigung. Aber sobald sich der Schleier nächtlicher Dünste selbst über die Verurteilten, die man hängen wird, breitet, o! seinen Verstand in den ruchlosen Händen eines Fremden zu sehen. Ein unerbittliches Seziermesser durchwühlt sein dichtes Gestrüpp. Das Bewußtsein stößt ein langes Röcheln der Verwünschung aus; denn der Schleier seiner Scham empfängt furchtbare Risse. Welche Schmach! Unsere Tür ist der wilden Neugier des Himmlischen Räubers geöffnet. Ich habe diese schändliche Folter nicht verdient, du scheußlicher Spion meiner Kausalität! Wenn ich existiere, so bin ich kein anderer. Ich gebe diese zweideutige Pluralität in mir nicht zu. In meinem innersten Urteilsvermögen will ich allein wohnen. Autonomie… oder man soll mich in ein Nilpferd verwandeln. Sinke unter die Erde, o namenloses Stigma, und erscheine nicht wieder vor meiner wilden Empörung. Meine Subjektivität und der Schöpfer, das ist zu viel für ein Gehirn. Wer hat, wenn die Nacht den Lauf der Stunden verfinstert, auf seinem Lager, das naß ist von eiskaltem Schweiß, nicht gegen den Einfluß des Schlafes gekämpft? Dieses Bett, das die sterbenden Kräfte an seine Brust zieht, ist nur ein Grab aus vierkantigen Tannenholzbrettern gezimmert. Unmerklich zieht sich der Wille zurück, als stünde ihm eine unsichtbare Macht gegenüber. Ein zähes Pech verdichtet das helle Kristall der Augen. Die Augenlider suchen einander wie zwei Freunde. Der Leib ist nur noch ein atmender Leichnam. Zuletzt nageln vier ungeheure Pfähle die Totalität der Gliedmaßen auf die Matratze. Und beachtet bitte, daß die Laken im Grunde nur Leichentücher sind. Hier ist die Räucherpfanne, in der der Weihrauch der Religionen brennt. Die Ewigkeit brüllt wie ein fernes Meer und naht mit weiten Schritten. Die Wohnung ist verschwunden: kniet nieder, Menschen, vor dem leuchtenden Katafalk! Zuweilen, wenn er sich vergeblich bemüht, die Unvollkommenheit des Organismus mitten im schwersten Schlaf zu besiegen, bemerkt der magnetisierte Sinn mit Staunen, daß er nur noch der Block einer Grabstätte ist und stellt bewunderungswürdige Überlegungen an, auf unvergleichlichen Scharfsinn gestützt: »Dieses Lager zu verlassen, ist ein schwierigeres Problem als man denkt. Auf dem Karren sitzend, zerrt man mich zu den doppelten Pfählen der Guillotine. Seltsam, mein schlaffer Arm hat sich kunstvoll die Starre des Baumstumpfes zu eigen gemacht. Es ist sehr schlimm, zu träumen, man stiege auf die Guillotine.« Das Blut rinnt in breiten Strömen über das Antlitz. Die Brust bewegt sich in wiederholten heftigen Stößen und bläht sich pfeifend. Das Gewicht eines Obelisken erstickt das Ansteigen der Wut. Die Wirklichkeit hat die Träume des Halbschlafs zerstört! Wer weiß nicht, daß durch den anhaltenden Kampf zwischen dem stolzen Ich und dem furchtbaren Anwachsen des Starrkrampfs der von Sinnestäuschungen besessene Geist den Verstand verliert? Von Verzweiflung verzehrt, findet er Gefallen an seinem Leiden, bis er die Natur besiegt hat, und der Schlaf, der sieht, daß seine Beute ihm entgleitet, schwingt sich gereizt und beschämt empor und entflieht unwiderruflich seinem Herzen. Werft etwas Asche auf die Glut meiner Augenhöhle. Starrt nicht mein Auge an, das sich niemals schließt. Begreift ihr die Leiden, die ich erdulde (der Hochmut jedoch ist befriedigt)? Sobald die Nacht die Menschheit zur Ruhe gemahnt, geht ein Mensch, den ich kenne, mit weiten Schritten durchs Land. Ich fürchte, daß mein Entschluß den Angriffen des Alters erliegt. Möge er kommen, dieser Schicksalstag, da ich einschlafen werde! Beim Erwachen wird mein Rasiermesser, sich einen Weg quer durch den Hals bahnend, beweisen, daß, in der Tat, nichts wirklicher war.

[4] – Aber wer denn! ... aber wer wagt es denn hier, die Ringe seines Leibes auf meine schwarze Brust zu wälzen wie ein Verschwörer? Wer du auch seist, exzentrischer Python, welchen Vorwand benutzt du, um deine lächerliche Anwesenheit zu entschuldi-

gen? Quält dich ein tiefer Gewissensbiß? Denn, siehst du, Boa, deine wilde Majestät erhebt vermutlich nicht den übertriebenen Anspruch, sich dem Vergleich zu entziehen, den ich zwischen ihr und den Zügen des Verbrechers anstelle. Dieser schäumende, weißliche Geifer ist für mich das Zeichen der Wut. Höre mich an: weißt du, daß dein Auge fern davon ist, einen himmlischen Strahl zu trinken? Wenn dein anmaßendes Hirn mich für fähig hielt, dir einige Worte des Trostes zu spenden, so vergiß nicht, daß dies vielleicht nur aus Unwissenheit geschah, der es völlig an physiognomischen Kenntnissen mangelt. Eine Weile, selbstverständlich lange genug, lenke den Schein deiner Augen auf das, was ich, wie jeder andere, zu Recht mein Gesicht nenne! Siehst du nicht, wie es weint? Du hast dich getäuscht, Basilisk. Du mußt anderswo die traurige Ration Erleichterung suchen, die meine radikale Ohnmacht, trotz der zahlreichen Proteste meines guten Willens, dir einzieht. O! welche Macht, in Worten ausdrückbar, riß dich unweigerlich ins Verderben? Es ist fast unmöglich, mich an die Einsicht zu gewöhnen, daß du nicht begreifst, wenn ein Tritt meines Absatzes die fliehenden Kurven deines dreieckigen Hauptes auf dem geröteten Rasen zermalmt, ich einen unbeschreiblichen Kitt aus dem Gras der Savanne und dem Fleisch des Zertretenen kneten könnte.

– Verschwinde so schnell wie möglich, weit fort von mir, Schuldiger mit dem bleichen Gesicht! Das Trugbild des Schreckens hat dir dein eigenes Gespenst gezeigt! Verscheuche deinen schimpflichen Verdacht, wenn du nicht willst, daß ich dich meinerseits beschuldige und eine Anklage gegen dich erhebe, die das Urteil des reptilienfressenden Schlangenadlers ganz sicher billigen würde. Welche widernatürliche Verirrung der Phantasie hindert dich, mich zu erkennen! Erinnerst du dich denn nicht der wichtigen Dienste, die ich dir durch die Schenkung einer Existenz geleistet habe, die ich dem Chaos entlockte und, deinerseits, des ewig unvergeßlichen Gelübdes, nie meine Fahne zu verlassen und mir bis in den Tod die Treue zu halten? Als du noch Kind warst (deine Intelligenz war damals in ihrer schönsten Phase), klettertest du mit gemsenartiger Geschwindigkeit allen voran auf den Hügel, um mit einer Gebärde deiner kleinen Hand die vielfarbigen Strahlen der erwachenden Morgenröte zu grüßen. Die Töne deiner Stimme sprangen aus deiner klingenden Kehle wie diamantene Perlen und lösten ihre kollektiven Persönlichkeiten auf in die bebende Vereinigung einer langen Anbetungshymne. Jetzt wirfst du die Langmut, die ich allzu lange bewiesen habe, wie einen kotbespritzten Lumpen vor deine Füße. Die Dankbarkeit sah ihre Wurzeln verdorren wie das Bett eines Tümpels; aber an ihrer Statt ist der Ehrgeiz in einem Maße gewachsen, den zu qualifizieren mir peinlich wäre. Wer ist er, der mich anhört, daß er ein solches Vertrauen in den Mißbrauch seiner eigenen Schwäche haben kann?

– Und wer bist du selbst, vermessene Substanz? Nein! ...nein! ...ich täusche mich nicht; und trotz der vielfachen Verwandlungen, zu denen du deine Zuflucht nimmst, wird dein Schlangenhaupt immer vor meinen Augen erschimmern wie ein Leuchtturm ewiger Ungerechtigkeit und grausamer Gewalt! Er wollte die Zügel der Macht an sich reißen, aber er kann nicht regieren! Er wollte ein Gegenstand des Schreckens für alle Wesen der Schöpfung werden, und das ist ihm gelungen. Er wollte beweisen, daß er allein der Herrscher des Weltalls sei und darin hat er sich getäuscht. O Elender! hast du bis zu dieser Stunde gewartet, um das Murren und die Verschwörung zu vernehmen, die alle zugleich von der Oberfläche der Sphären aufsteigen und mit wilden Schwingen die papillaren Ränder deines zerstörbaren Trommelfells streifen? Der Tag ist nicht mehr fern, da mein Arm dich in den Staub stoßen wird, den dein Atem vergiftet hat, und während er deinem Schoße ein schädliches Leben entreißt, läßt er deinen furchtbar verzerrten Leichnam am Wege liegen, um den verblüfften Wanderer zu lehren, daß dieses zuckende Fleisch, dessen Anblick ihn befremdet und seine Zunge verstummend an den Gaumen heftet, nur noch, wenn man kühles Blut bewahrt, mit dem verfaulten Stamm einer Eiche verglichen werden kann, die aus Altersschwäche zerfiel! Welche Mitleidsanwandlung läßt mich vor dir verweilen? Eher weiche du von mir, sage ich dir, und wasche deine unermeßliche Schande in dem Blut eines neugeborenen Kindes: das sind deine Gewohnheiten. Sie sind deiner würdig. Vorwärts... geh immer geradeaus. Ich verdamme dich zur ewigen Wanderschaft. Ich verdamme dich, einsam und ohne Familie zu bleiben. Wandere unablässig, auf daß deine Beine dir ihre Stütze versagen. Durchquere den Sand der Wüsten, bis das Ende der Welt die Sterne im Nichts verschlingt. Wenn du an der Höhle des Tigers vorbeikommst, wird dieser schleunigst fliehen, um nicht, wie in einem Spiegel, seine Natur auf den Sockel der idealen Perversität erhoben zu sehen. Wenn aber die gebieterische Müdigkeit dir befiehlt, vor den von Dornen und Disteln überwucherten Steinplatten meines Palastes innezuhalten, dann gib acht auf deine zerfetzten Sandalen und schreite auf Fußspitzen durch die Eleganz der Vorhöfe. Dies ist keine unnütze Ermahnung. Du könntest meine junge Gemahlin und meinen Sohn niedrigen Alters erwecken, die in den bleiernen Grabgewölben längs der Fundamente des alten Schlosses ruhen. Wenn du nicht im voraus deine Vorsichtsmaßregeln triffst, könnte dich ihr unterirdisches Brüllen erbleichen machen. Als dein unerforschlicher Wille ihnen das Dasein raubte, kannten sie wohl die Furchtsamkeit deiner Macht und hegten in dieser Hinsicht keinen Zweifel; jedoch hatten sie nicht erwartet (und ihr letztes Lebewohl bestätigte mir ihren Glauben), daß deine Vorsehung sich in solchem Grade erbarmungslos zeigen würde! Wie dem auch sei, durchschreite schnell diese verlassenen, schweigenden Hallen mit der smaragdenen Wandbekleidung und den verblaßten Wappen, wo die glorreichen Statuen meiner Ahnen ruhen. Diese marmornen Leiber sind gegen dich aufgebracht; meide ihre glasigen Blicke. Dies ist der Rat, den dir die Zunge des einzigen und letzten ihrer Nachkommen erteilt. Sieh ihren Arm, in der Haltung herausfordernder Abwehr erhoben, das Haupt stolz nach hinten geworfen. Gewiß haben sie erraten, was du mir Böses getan hast; und wenn du in den Bereich der eisigen Postamente kommst, dann wartet dort deiner die Rache. Wenn du etwas zu deiner Verteidigung vorbringen kannst, dann sprich. Zum Weinen ist es jetzt zu spät. Du hättest in schicklicheren Momenten weinen können, als die Gelegenheit günstig war. Wenn deine Augen endlich geöffnet sind, dann urteile selbst, welche Folgen dein Betragen gehabt hat. Adieu! ich gehe fort, um den sanften Wind der Felsen zu atmen; denn meine halb erstickten Lungen schreien laut nach einem ruhigeren und tugendhafteren Anblick als es der deine ist!

[5] O unbegreifliche Päderasten, nicht ich werde eurer großen Entehrung Beschimpfungen entgegenschleudern; nicht ich werde euren trichterförmigen After mit Verachtung strafen. Es genügt, daß die schimpflichen und fast unheilbaren Krankheiten, die euch heimsuchen, ihre unfehlbare Vergeltung in sich selber tragen. Urheber stupider Gesetze, Erfinder beschränkter Moral, weichet von mir, denn ich bin eine unparteiische Seele. Und ihr, Jünglinge oder vielmehr junge Mädchen, erklärt mir, wie und warum (aber haltet euch in angemessenem Abstand, denn auch ich kann meinen Leidenschaften nicht widerstehen) die Rache in euren Herzen keimte,

da ihr um die Lenden der Menschheit einen solchen Kranz von Wunden gelegt habt. Euer Wandel (den ich verehre!) läßt sie für ihre Söhne erröten; eure Prostitution, die sich dem ersten besten hingibt, stellt die Logik der tiefsten Denker auf die Probe, während eure übertriebene Empfindlichkeit das Maß der Verblüffung selbst der Frau übertrifft. Seid ihr von Natur irdischer oder weniger irdisch als eure Mitmenschen? Habt ihr einen sechsten Sinn, der uns fehlt? Lügt nicht und sagt, was ihr denkt. Es ist keine Frage, die ich euch stelle; denn seit ich als Beobachter mit der Erhabenheit eures großartigen Verstandes Verkehr pflege, weiß ich, woran ich bin. Seid gesegnet mit meiner linken Hand, seid geweiht mit meiner rechten Hand, ihr Engel, die ihr unter dem Schutz meiner allumfassenden Liebe steht. Ich küsse euer Antlitz, ich küsse eure Brust, ich küsse mit meinen lieblichen Lippen die verschiedenen Teile eures wohlgestalteten und duftenden Leibes. Warum habt ihr mir nicht gleich gesagt, was ihr seid, Kristallisationen einer höheren sittlichen Schönheit? Ich selbst mußte die unzähligen Schätze an Zärtlichkeit und an Keuschheit erraten, die sich unter den Schlägen eures bedrückten Herzens verbargen. Brust mit Rosen- und Iwarankusa-Girlanden geschmückt! Ich mußte eure Beine halb öffnen, um euch zu erkennen und meinen Mund an die Ehrenzeichen eurer Scham zu hängen. Aber (dies ist wichtig, zu bedenken) vergeßt nicht, die Haut eurer Schamteile täglich mit warmem Wasser zu waschen, denn sonst würden unweigerlich syphilitische Geschwüre in den aufgesprungenen Rissen meiner nie befriedigten Lippen wachsen. Oh! wäre das Universum statt einer Hölle ein ungeheurer himmlischer After geworden, seht die Gebärde, die ich in der Gegend meines Unterleibes vollführe: ja, ich hätte mein Glied durch seinen blutigen Schließmuskel gestoßen und durch meine stürmischen Bewegungen die eigenen Wände seines Beckens zerschmettert! Das Unglück hätte dann nicht ganze Dünen von Triebsand auf meine geblendeten Augen geweht; ich hätte den unterirdischen Ort entdeckt, wo die Wahrheit im Schlaf liegt, und die Ströme meines klebrigen Samens hätten so einen Ozean gefunden, um sich in ihn zu ergießen! Warum aber ertappe ich mich dabei, einen nur in der Phantasie existierenden Zustand zu bedauern, der nie den Stempel seiner späteren Erfüllung empfangen wird? Machen wir uns nicht die Mühe, flüchtige Hypothesen aufzustellen. Inzwischen möge er, der vor Begierde brennt, mein Lager zu teilen, mich aufsuchen; jedoch stelle ich eine strenge Bedingung für meine Gastfreundschaft: er darf nicht über fünfzehn Jahre alt sein. Er, seinerseits, darf nicht glauben, ich sei dreißig; was hat das damit zu schaffen? Das Alter vermindert nicht die Intensität der Gefühle, durchaus nicht; und wenn mein Haar auch weiß geworden ist wie Schnee, dann nicht des Alters wegen: im Gegenteil, der Grund ist der, den ihr kennt. Ich liebe die Frauen nicht! Nicht einmal Hermaphroditen! Ich brauche Wesen, die mir gleichen, auf deren Stirn der menschliche Adel in scharfen und unauslöschlichen Zeichen geschrieben steht! Seid ihr sicher, daß die Natur derer, die lange Haare tragen, der meinen gleiche? Ich glaube es nicht und werde von meiner Meinung nicht lassen. Brackiger Speichel rinnt aus meinem Munde, ich weiß nicht warum. Wer will ihn aufsaugen, um mich davon zu befreien? Er fließt... er fließt stärker und stärker! Ich weiß, was es ist. Ich habe bemerkt, daß ich das Blut, das ich aus der Kehle derer sauge, die neben mir schlafen (man hält mich zu Unrecht für einen Vampir, da man Tote so nennt, die dem Grabe entsteigen; ich aber bin ein Lebender), am folgenden Tage zum Teil durch den Mund wieder ausspeie: dies ist die Erklärung für den stinkenden Speichel. Was kann ich denn dafür, wenn die vom Laster geschwächten Organe sich weigern, die Ernährungsfunktionen zu erfüllen? Aber sagt niemandem weiter, was ich euch hier anvertraue. Nicht meinetwegen sage ich euch dies; es geschieht um euer selbst und der anderen willen, damit die Achtung vor dem Geheimnis jene in den Grenzen der Pflicht und der Tugend hält, die von der Elektrizität des Unbekannten magnetisch gemacht, versucht wären, mich nachzuahmen. Habt die Güte, meinen Mund zu betrachten (im Moment habe ich keine Zeit, eine längere Höflichkeitsformel anzuwenden); er überrascht auf den ersten Blick durch seine scheinbare Struktur, ohne die Schlange in eure Vergleiche mit einzubeziehen; das kommt, weil ich sein Gewebe bis zum äußersten zusammenziehe, um den Anschein zu erwecken, ich besäße einen kalten Charakter. Ihr wißt jedoch, daß es diametral entgegengesetzt ist. Ach, daß ich durch diese seraphischen Seiten das Antlitz dessen nicht sehen kann, der mich liest. Wenn er noch nicht über die Pubertät hinaus ist, möge er näher treten. Presse mich fest an dich und fürchte nicht, mir weh zu tun; laß uns die Muskelbänder allmählich fester ziehen. Noch fester. Ich fühle, es ist zwecklos, darauf zu bestehen; die in mehr als einer Beziehung beträchtliche Undurchsichtigkeit dieses Blattes Papier ist eines der mächtigsten Hindernisse zur Durchführung unserer vollständigen

Vereinigung. Ich habe immer schändliche Vorliebe für die blasse Jugend der Internate und für die bleichsüchtigen Kinder der Manufakturen empfunden! Meine Worte sind keine Nachklänge eines Traumes, und ich hätte zu viele Erinnerungen zu entwirren, wenn ich gezwungen wäre, an euren Augen die Ereignisse vorüberziehen zu lassen, die mit ihrem Zeugnis die Wahrheit meiner schmerzlichen Behauptung bestätigen könnten. Die menschliche Gerechtigkeit hat mich noch nicht auf frischer Tat ertappt, trotz der unbestreitbaren Geschicklichkeit ihrer Agenten. Ich habe sogar (es ist noch nicht lange her!) einen Päderasten ermordet, der sich meiner Leidenschaft nicht genügend fügte; ich habe seinen Leichnam in einen verlassenen Brunnen geworden, und man hat keine bestimmten Beweise gegen mich. Warum zittert ihr vor Angst, ihr Jünglinge, die ihr mich lest? Glaubt ihr, daß ich an euch ebenso handeln möchte? Da zeigt ihr euch höchst ungerecht... Ihr habt recht: traut mir nicht, besonders, wenn ihr schön seid. Meine Schamteile bieten ewig den grausigen Anblick der Schwellung; niemand kann behaupten (und wie viele haben sich ihnen nicht genähert!), sie im Zustand normaler Ruhe gesehen zu haben, nicht einmal der Schuhputzer, der mir in einem Anfall von Tobsucht dort einen Messerstich versetzte. Der Undankbare! Zweimal wöchentlich wechsle ich die Kleidung, aber die Reinlichkeit ist nicht das Hauptmotiv meines Entschlusses. Wenn ich nicht so handelte, würden die Mitglieder der Menschheit in wenigen Tagen ununterbrochener Kämpfe verschwinden. Tatsächlich belästigen sie mich unausgesetzt mit ihrer Gegenwart, wo immer ich mich befinde und belecken das Äußere meiner Füße. Welche Macht besitzen denn nur die Tropfen meines Samens, um alles anzuziehen, was durch Geruchsnerven atmet! Sie kommen von den Ufern des Amazonas, sie durchqueren die Täler, die der Ganges umspült, sie verlassen das Moos der Polargegenden und unternehmen lange Reisen auf der Suche nach mir, und fragen die unbeweglichen Städte, ob sie nicht jenen an ihren Festungsmauern vorüberziehen sahen, dessen heiliger Samen die Berge, die Seen, die Steppen, die Wälder, die Vorgebirge und die Weite der Meere mit seinem Duft erfüllt! Die Verzweiflung, mir nicht begegnen zu können (ich verberge mich heimlich an unerreichbarsten Orten, um ihre Glut zu schüren), treibt sie zu höchst bedauerlichen Taten. Dreihunderttausend auf jeder Seite stellen sich in Front, und das Gebrüll der Kanonen dient der Schlacht als Präludium. Alle Flügel zugleich setzen sich in Bewegung wie ein einziger Krieger. Vierecke bilden sich und fallen sofort, um nicht mehr aufzustehen. Die wild gewordenen Pferde entfliehen nach allen Richtungen. Die Kugeln durchpflügen den Erdboden wie unerbittliche Meteore. Wenn die Nacht ihre Gegenwart offenbart und der stille Mond aus den Fetzen einer Wolke hervortritt, ist der Kampfplatz nur noch ein riesiges Schlachtfeld. Die dunstige Sichel dieses Gestirns, die mit dem Finger auf ein mehrere Meilen großes, mit Leichen bedecktes Gebiet weist, befiehlt mir, einen Augenblick die verderblichen Folgen als Gegenstand nachdenklicher Betrachtungen zu wählen, die der unerklärliche Zauber des Talismans, den die Vorsehung mir gewährte, nach sich zieht. Wie viele Jahrhunderte aber sind leider noch nötig, bevor die menschliche Rasse durch meine perfide Falle vollständig untergeht! So benutzt ein geschickter Geist, ohne viel Aufhebens zu machen, gerade die Mittel, die auf den ersten Blick ein unüberwindliches Hindernis zur Erreichung seines Zieles zu sein scheinen. Immer erhebt sich meine Intelligenz zu dieser imposanten Frage, und ihr selbst könnt bezeugen, daß es mir nicht mehr möglich ist, bei dem bescheidenen Thema zu bleiben, das zu behandeln ich zu Anfang beabsichtigte. Ein letztes Wort... es war eine Winternacht. Während der Nordwind durch die Tannen brauste, öffnete der Schöpfer seine Pforten inmitten der Finsternis und ließ einen Päderasten herein.

[6] Ruhe! ein Leichenzug bewegt sich an euch vorüber. Neigt die Binarität eurer Kniescheiben zur Erde und stimmt einen Grabgesang an. (Wenn ihr meine Worte mehr für eine einfache Befehlsform haltet als für einen ausdrücklichen Befehl, der hier nicht am Platze ist, so zeigt ihr Geist, und zwar vom besten.) Es ist möglich, daß es euch auf diese Weise gelingt, die Seele des Toten aufs höchste zu erfreuen, der sich in einer Gruft vom Leben ausruhen will. Dies ist für mich sogar eine feststehende Tatsache. Wohlgemerkt, ich sage nicht, daß eure Meinung bis zu einem gewissen Grade der meinen nicht entgegengesetzt sein könnte; aber vor allem kommt es darauf an, richtige Begriffe über die Grundlagen der Moral zu besitzen, solcherart, daß jeder von dem Prinzip durchdrungen sein muß, das befiehlt, den anderen so zu behandeln wie man vielleicht selber behandelt werden möchte. Der Priester der Religionen schreitet an der Spitze des Zuges, in der Hand, als Zeichen des Friedens, eine weiße Fahne haltend, und in der anderen ein golde-

nes Emblem, das die Schamteile des Mannes und der Frau darstellt, als Hinweis darauf, daß diese fleischlichen Gliedmaßen meistens, abgesehen von jeder Metapher, sehr gefährliche Werkzeuge in den Händen derer sind, die sich ihrer blind zu verschiedenen, miteinander im Streit liegenden Zwecken bedienen, anstatt eine günstige Reaktion gegen die bekannte Leidenschaft zu erzeugen, die fast all unsere Übel verursacht. Unten an seinem Rücken ist ein Pferdeschweif (ein künstlicher natürlich) aus starkem Roßhaar angebracht, der den Staub des Bodens fegt. Er bedeutet, daß wir uns davor bewahren sollen, unseren Wandel auf die Stufe der Tiere herabzuwürdigen. Der Sarg kennt seinen Weg und schreitet hinter der wehenden Tunika des Trösters einher. Die Verwandten und Freunde des Verstorbenen haben durch die Kundgebung ihrer Position beschlossen, das Ende des Zuges zu bilden. Dieser bewegt sich majestätisch vorwärts, wie ein Schiff das hohe Meer durchschneidet und fürchtet nicht das Phänomen des Versinkens; denn gegenwärtig machen sich die Stürme und die Klippen durch nichts weiter bemerkbar als durch ihre erklärliche Abwesenheit. Die Grillen und die Kröten folgen in einigen Schritten Abstand dem Begräbnisfest; auch sie wissen sehr wohl, daß ihre bescheidene Anwesenheit bei einem Leichenbegängnis ihnen eines Tages angerechnet wird. Sie unterhalten sich flüsternd in ihrer pittoresken Sprache (seid nicht so anmaßend, zu glauben, erlaubt mir, euch diesen uneigennützigen Rat zu geben, daß ihr allein die kostbare Fähigkeit besitzt, das, was ihr fühlt, auch auszudrücken) über jenen, den sie so oft über die grünenden Wiesen springen, und den Schweiß seiner Glieder in die bläulichen Wogen der sandigen Meerbusen tauchen sahen. Zuerst schien das Leben ihm vorbehaltlos zu lächeln; und bekränzte ihn herrlich mit Blumen; aber da eure Intelligenz von selbst bemerkt oder vielmehr errät, daß er an den Grenzen der Kindheit innehielt, erübrigt es sich bis zum Auftauchen eines wirklich notwendigen Widerrufs, die Prolegomena meiner strengen Beweisführung fortzusetzen. Zehn Jahre. Eine Zahl, die den Fingern der Hand zum Verwechseln nachgeahmt ist. Das ist wenig und das ist viel. In dem Fall jedoch, der uns keine Ruhe läßt, werde ich mich auf eure Liebe zur Wahrheit stützen, damit ihr mit mir, ohne noch eine Sekunde mehr zu verlieren, aussprecht, wie wenig das ist. Und wenn ich über diese finsteren Geheimnisse summarisch nachdenke, durch die ein menschliches Wesen so leicht wie eine Fliege oder eine Libelle von der Erde verschwindet, ohne daß die Hoffnung auf Rückkehr besteht, so überrasche ich mich beim Gedanken heftigen Bedauerns, wahrscheinlich nicht lange genug zu leben, um euch genau zu erklären, was zu verstehen selbst ich nicht den Anspruch erhebe. Aber da es bewiesen ist, daß ich durch einen außergewöhnlichen Zufall seit jener fernen Zeit, da ich voller Entsetzen den vorangehenden Satz begann, das Leben noch nicht eingebüßt habe, so rechne ich im Kopf aus, daß es hier nicht zwecklos wäre, das umfassende Geständnis meiner radikalen Ohnmacht aufzustellen, besonders wenn es sich, wie gegenwärtig, um diese Ehrfurcht gebietende und unzulängliche Frage handelt. Es ist, allgemein gesprochen, eine merkwürdige Sache um den unwiderstehlichen Trieb, der uns Ähnlichkeiten und Unterschiede suchen läßt (um sie dann zu schildern), die gerade in jenen Gegenständen verborgen liegen, die im stärksten Gegensatz zueinander stehen und manchmal anscheinend für diese Art von sympathisch-seltsamen Kombinationen am wenigsten geeignet sind und die, mein Ehrenwort, anmutigerweise dem Stil des Schriftstellers, der sich diese persönliche Genugtuung leistet, das unmögliche und unvergeßliche Aussehen einer bis in alle Ewigkeit ernsthaften Eule verleihen. Folgen wir darum der Strömung, die uns mit sich reißt. Die königliche Gabelweihe hat verhältnismäßig längere Flügel als der Bussard, und ihr Flug ist viel ungezwungener: also verbringt sie ihr Leben in der Luft. Sie ruht sich beinahe nie aus und legt täglich ungeheure Strecken zurück; und diese große Rührigkeit ist durchaus keine Jagdübung, auch keine Verfolgung der Beute, nicht einmal der Wunsch nach Entdeckung; denn sie jagt nicht; es scheint vielmehr, daß der Flug ihr natürlicher Zustand sei, ihre beliebteste Lage. Man kann nicht umhin, die Art zu bewundern, in der sie ihn ausübt. Ihre langen und schmalen Flügel scheinen unbeweglich; es ist der Schwanz, der jede Änderung der Richtung zu lenken glaubt, und der Schwanz täuscht sich nicht: er ist unablässig tätig. Sie erhebt sich mühelos; sie senkt sich, als glitte sie auf einer abschüssigen Bahn; sie scheint eher zu schwimmen als zu fliegen; sie beschleunigt ihren Flug, verlangsamt ihn, hält inne und bleibt stundenlang an einer Stelle wie hingehängt oder angeheftet. An ihren Flügeln ist keine Bewegung zu bemerken: und würdet ihr die Augen wie eine Ofentür aufreißen, es wäre zwecklos. Jeder hat genug gesunden Menschenverstand, um ohne Schwierigkeit zu bekennen (wenn auch ungern), daß er auf den ersten Blick keine noch so entfernte Beziehung wahrnehmen kann, wie ich sie zwischen der Schönheit des Fluges der königlichen Gabelweihe und der des kindlichen Antlitzes bemerke, das sich sanft über den offenen Sarg erhebt wie eine Seerose, die an die Oberfläche des Wassers dringt; und gerade darin liegt die unverzeihliche Schuld, von der unwiderruflichen Tatsache eines Mangels an Reue heraufbeschworen, die an absichtliche Unwissenheit grenzt, in der man versumpft. Diese Beziehung ruhiger Majestät zwischen den beiden Ausdrücken meines neckischen Vergleichs ist schon allzu gebräuchlich und ein zu verständliches Symbol als daß ich mich noch über etwas wundern könnte, dessen einzige Entschuldigung nur in dem gleichen, vulgären Charakter liegen kann, der jedem betroffenen Gegenstand oder Ereignis gegenüber eine tiefe, ungerechte Gleichgültigkeit an den Tag legt. Als ob das, was man täglich sieht, deshalb weniger die Aufmerksamkeit unserer Bewunderung erwecken müßte! Am Eingang des Friedhofs angelangt, hält der Zug plötzlich inne; es ist nicht seine Absicht, weiter zu gehen. Der Totengräber gräbt die Gruft zu Ende; dann wird der Sarg mit allen in solchen Fällen angewandten Vorsichtsmaßregeln beigesetzt; einige Schaufeln unerwarteter Erde bedecken den Leichnam des Kindes. Der Priester der Religionen spricht inmitten der bewegten Zuhörer einige Worte, um den Toten gut zu begraben, vor allem in der Vorstellung der Anwesenden. »Er sagt, es wundere ihn sehr, daß man um eines so unbedeutenden Ereignisses willen so viele Tränen vergieße. Wörtlich. Aber er fürchtet, das, was nach seiner Behauptung ein unbestreitbares Glück sei, nicht genügend zu qualifizieren. Hätte er geahnt, daß der Tod so wenig Sympathie fände, dann hätte er in seiner Naivität auf sein Mandat verzichtet, um den begreiflichen Schmerz der zahlreichen Verwandten und Freunde nicht noch zu steigern; aber eine geheime Stimme hätte ihn ermahnt, ihnen einige Tröstungen zukommen zu lassen, die nicht vergeblich sein dürften, wäre es auch nur die einer ahnenden Hoffnung auf ein baldiges Wiedersehen im Himmel zwischen dem Verstorbenen und den Überlebenden.« Maldoror entfloh in schnellem Galopp und schien sich den Friedhofsmauern zuzuwenden. Die Hufe seines Rosses erhoben um seinen Meister einen falschen Kranz dichten Staubes. Ihr könnt den Namen dieses Reiters nicht kennen; ich aber, ich kenne ihn. Er kam näher und näher; sein Platinantlitz wurde deutlich sichtbar, obgleich der untere Teil völlig in einen Mantel gehüllt war, den der Leser wohlweislich nicht aus seinem Gedächtnis entfernt hat und der nur die Augen frei ließ.

Mitten in seiner Rede erbleicht plötzlich der Priester der Religionen, denn sein Ohr erkennt den unregelmäßigen Galopp dieses berühmten weißen Rosses, das nie seinen Meister verließ. »Ja, sprach er weiter, mein Vertrauen ist groß in ein baldiges Wiedersehen; dann wird man verstehen, besser als zuvor, welchen Sinn man der zeitweiligen Trennung von Seele und Leib zu geben hatte. Wer auf dieser Erde zu leben glaubt, wiegt sich in einer Illusion, deren Verflüchtigung man beschleunigen sollte.« Das Geräusch des Galopps schwoll mehr und mehr an; und als der Reiter, schnell wie ein Wirbelwind, die Linie des Horizontes verdeckend, im Blickfeld der Friedhofsmauer erschien, setzte der Priester der Religionen mit noch ernsterer Stimme von neuem ein: »Ihr scheint nicht zu ahnen, daß der, dem die Krankheit nur die ersten Phasen des Lebens zu kennen erlaubte, und den die Gruft soeben in ihrem Schoße empfing, der zweifellos Lebende ist; so wisset wenigstens, daß der, dessen fragwürdige Gestalt ihr von einem nervigen Roß davongetragen seht und auf den ich euch rate, schleunigst den Blick zu richten, denn er ist nur noch ein Punkt und wird bald in der Heide verschwinden, der einzige wahrhaft Tote ist, obgleich er viel gelebt hat.«

[7] »Nacht für Nacht, zur Stunde, da der Schlaf seinen höchsten Grad der Intensität erreicht, streckt eine alte Spinne der großen Art langsam ihren Kopf aus einem, zu ebener Erde am Schnittpunkt der Zimmerdecke befindlichen Loch. Sie lauscht aufmerksam, ob noch ein Brausen seine Kinnbacken in der Atmosphäre bewegt. In Anbetracht ihrer Insektengestalt kann sie nicht weniger tun als dem Brausen Kinnbacken zuzuschreiben, wenn sie Anspruch darauf erhebt, die Schätze der Literatur mit glänzenden Personifizierungen zu bereichern. Als sie sich vergewissert hat, daß ringsumher Stille herrscht, zieht sie allmählich aus den Tiefen ihres Nestes ohne Zuhilfenahme der Meditation die verschiedenen Teile ihres Leibes und bewegt sich gemessenen Schrittes auf mein Lager zu. Merkwürdig! ich, der ich den Schlaf und die Angtträume zum Weichen bringe, fühle mich in der Totalität meines Leibes gelähmt, wenn sie an den Ebenholzbeinen meines seidenen Bettes emporkriecht. Sie umschlingt meine Kehle mit den Beinen und mit ihrem Bauch saugt sie mir das Blut aus. Ganz einfach! Wie viele Liter eines Purpurlikörs, dessen Name euch wohlbekannt ist, hat sie nicht schon getrunken, seit sie das gleiche Verfahren mit einer Ausdauer

anwendet, die einer besseren Sache würdig wäre! Ich weiß nicht, was ich ihr getan habe, daß sie sich mir gegenüber so beträgt. Habe ich ihr aus Unachtsamkeit ein Bein zertreten? Habe ich ihr die Jungen geraubt? Diese beiden Hypothesen, die der Bestätigung bedürfen, sind unfähig, einer ernsthaften Untersuchung standzuhalten; sie rufen sogar mühelos ein Zucken in meinen Schultern und ein Lächeln auf meinen Lippen hervor, obwohl man sich über niemanden lustig machen darf. Hüte dich, schwarze Tarantel; wenn dein Betragen keinen unwiderleglichen Syllogismus als Entschuldigung vorbringen kann, werde ich eines Nachts mit der letzten Kraft meines sterbenden Willens aus dem Schlaf emporfahren, den Zauber, mit dem du meine Gliedmaßen in Unbeweglichkeit hältst, brechen und dich zwischen meinen Fingerknochen zerquetschen wie ein Stück Gallertmasse. Doch ich erinnere mich unbestimmt, dir die Erlaubnis gegeben zu haben, deine Beine auf die Brustwölbung kriechen zu lassen und von dort bis zur Haut, die mein Gesicht bedeckt; infolgedessen habe ich nicht das Recht, dir Gewalt anzutun. Oh! wer kann meine verworrenen Erinnerungen entwirren! Ich belohne ihn mit dem Rest meines Blutes: wenn ich den letzten Tropfen mitrechne, ist es genug, einen Orgienpokal wenigstens halb zu füllen.« Er spricht und fährt fort, sich auszukleiden. Er stützt ein Bein auf die Matratze und drückt das andere fest auf das Saphir-Parkett, um sich hinaufzuschwingen und findet sich in horizontaler Lage ausgestreckt. Er hat sich vorgenommen, die Augen nicht zu schließen, um seinen Feind festen Fußes zu erwarten. Aber faßt er nicht jedesmal den gleichen Entschluß und wird dieser nicht immer durch die unerklärliche Vorstellung seines verhängnisvollen Versprechens zerstört? Er sagt nichts mehr und ergibt sich mit Schmerz in sein Schicksal; denn für ihn ist der Schwur heilig. Majestätisch hüllt er sich in die seidenen Falten, verschmäht es, die goldenen Quasten seiner Vorhänge zu verknüpfen und während er die Lockenwellen seiner langen schwarzen Haare auf die Fransen des Samtkissens stützt, betastet er mit der Hand die weite Wunde seines Halses, in der die Tarantel gewohnt ist Einkehr zu halten wie in einem zweiten Nest, während sein Antlitz Zufriedenheit atmet. Er hofft (hoffet mit ihm), daß die heutige Nacht zum letztenmal das Schauspiel dieses ungeheuerlichen Saugens erleben wird; denn es ist sein einziger Wunsch, daß der Henker mit seinem Dasein ein Ende mache: den Tod und er wäre froh. Seht doch die alte Spinne der großen Art, die langsam ihren Kopf aus einem, zu ebener Erde, am Schnittpunkt der Zimmerecke befindlichen Loch streckt. Wir sind nicht mehr beim Erzählen. Sie lauscht gespannt, ob noch irgendein Brausen seine Kinnbacken in der Atmosphäre bewegt. Ach! jetzt sind wir, was die Tarantel betrifft, in der Wirklichkeit angelangt, und wenn man auch ein Ausrufungszeichen ans Ende jedes Satzes setzen könnte, so ist dies vielleicht kein Grund, darauf zu verzichten! Sie hat sich vergewissert, daß ringsumher Stille herrscht; jetzt zieht sie allmählich aus den Tiefen ihres Nestes, ohne Zuhilfenahme der Meditation, die verschiedenen Teile ihres Leibes und bewegt sich gemessenen Schrittes auf das Lager des einsamen Menschen zu. Einen Moment hält sie inne; aber dieser Augenblick des Zögerns ist kurz. Sie sagt sich, es sei noch nicht an der Zeit, der Folter ein Ende zu setzen, und vorerst müßten dem Verurteilten die verständlichen Gründe mitgeteilt werden, welche die Fortdauer der Marter bestimmten. Sie ist neben dem Ohr des Schlafenden hinaufgeklettert. Wenn ihr kein einziges Wort ihrer Rede verlieren wollt, dann seht von den seltsamen Beschäftigungen ab, welche die Säulenhalle eures Geistes versperren und seid wenigstens für das Interesse dankbar, das ich euch entgegenbringe, da ich euch gestatte, den theatralischen Auftritten beizuwohnen, die mir würdig erscheinen, eure echte Aufmerksamkeit zu erregen; denn wer könnte mich hindern, die Ereignisse, die ich berichte, für mich allein zu behalten? »Erwache, liebende Flamme vergangener Tage, hageres Gerippe. Die Zeit ist gekommen, die Hand der Gerechtigkeit zum Stillstand zu bringen. Wir werden dich nicht lange auf die Erklärung warten lassen, die du wünschst. Du hörst uns zu, nicht wahr? Aber bewege deine Gliedmaßen nicht; heute bist du noch in unserer magnetischen Gewalt und die enzephalische Atonie hält an: es ist zum letztenmal. Welchen Eindruck macht Helsingörs Erscheinung auf deine Phantasie? Du hast ihn vergessen! Und dieser Reginald mit dem stolzen Gang, hast du deinem getreuen Gehirn seine Züge eingeprägt? Sieh ihn an, er ist in den Falten des Vorhangs versteckt; sein Mund beugt sich über deine Stirn; aber er wagt nicht, zu dir zu sprechen, denn er ist schüchterner als ich. Ich werde dir eine Episode aus deiner Jugend erzählen und deinem Gedächtnis auf die Spur helfen...« Die Spinne hatte schon längst ihren Bauch geöffnet, aus dem zwei blau gekleidete Jünglinge gesprungen waren, jeder mit einem funkelnden Schwert in der Hand; sie hatten sich zu beiden Seiten des Bettes aufgestellt, als wollten sie fortan das Heiligtum des Schlafes bewachen. »Er, der dich immer noch ansieht, denn er liebte dich sehr, war der erste von uns beiden, dem du deine Liebe schenktest. Aber du ließest ihn oft durch die Barschheit deines Charakters leiden. Er jedoch hörte nicht auf, sich redlich zu bemühen, dir keinen Grund zur Klage zu geben: selbst einem Engel wäre es nicht gelungen. Du fragtest ihn eines Tages, ob er mit dir am Ufer des Meeres baden wollte. Beide stürztet ihr euch wie zwei Schwäne von einer steilen Klippe hinab. Ihr glittet, hervorragende Taucher, in die wässerige Masse, den Kopf zwischen den ausgestreckten Armen und euch mit den Händen vereinigend. Einige Minuten lang schwammt ihr zwischen zwei Strömungen. In großer Entfernung tauchtet ihr wieder auf, mit wirren Haaren, die von der salzigen Flüssigkeit trieften. Aber welch ein Geheimnis hatte sich unter dem Wasser begeben, das eine lange Blutspur durch die Wogen schimmern ließ? Nachdem ihr wieder aufgetaucht wart, schwammst du weiter und gabst dir den Anschein, die wachsende Schwäche deines Begleiters nicht zu bemerken. Schnell nahmen seine Kräfte ab, was deine weiten Schwimmstöße in Richtung des nebligen Horizontes, der verschwommen vor dir lag, nicht verringerte. Der Verletzte stieß Angstschreie aus, und du stelltest dich taub. Reginald erschütterte dreimal das Echo mit deinen Namenssilben, und dreimal antwortetest du mit einem Wonneschrei. Er war zu weit vom Ufer entfernt, um dorthin zurückzukehren und mühte sich vergeblich, den Furchen deiner Spur zu folgen, um dich zu erreichen und seine Hand einen Augenblick auf deiner Schulter ausruhen zu lassen. Die ergebnislose Jagd währte eine Stunde, während er seine Kräfte verlor und du die deinigen wachsen spürtest. Als er schließlich verzweifelte, deine Geschwindigkeit zu erreichen, richtete er ein kurzes Gebet an den Herrn, um ihm seine Seele zu empfehlen, legte sich auf den Rücken wie wenn man sich treiben läßt, so daß man das heftige Schlagen des Herzens unter seiner Brust beobachten konnte und faßte den baldigen Tod ins Auge, um nicht länger warten zu müssen. In diesem Augenblick befanden sich deine starken Glieder in unabsehbarer Ferne und entfernten sich immer mehr, schnell wie ein Senkblei, das man frei fallen läßt. Eine Barke, die ihre Netze im offenen Meer ausgelegt hatte, kam auf der Heimfahrt an dieser Stelle vorüber. Die Fischer hielten Reginald für einen Schiffbrüchigen und zogen ihn bewußtlos in ihr kleines Fahrzeug. Man stellte an der rechten Seite eine Wunde fest; jeder dieser erfahrenen Matrosen äußerte die Meinung, daß keine Spitze eines

Riffes, kein Felssplitter so ein mikroskopisch kleines und zugleich so tiefes Loch gebohrt haben konnte. Allein eine scharfgeschliffene Waffe, wie ein äußerst spitzes Stilett konnte sich die Vaterschaftsrechte auf eine so feine Wunde anmaßen. Er aber wollte nie die verschiedenen Phasen des Tauchsprunges durch die Eingeweide der Fluten erzählen, und dieses Geheimnis hat er bis heute gewahrt. Jetzt rinnen Tränen über seine ein wenig farblosen Wangen und fallen auf deine Laken: die Erinnerung ist manchmal bitterer als die Sache selbst. Ich aber werde kein Mitleid empfinden: das hieße dir zu viel Achtung bezeugen. Rolle nicht diese wütenden Augen in ihren Höhlen. Besser, du bleibst ruhig. Du weißt, du kannst dich nicht rühren. Übrigens habe ich meinen Bericht nicht beendet. – Erhebe dein Schwert, Reginald, und vergiß die Rache nicht so leicht. Wer weiß? eines Tages könnte sie dir vielleicht Vorwürfe machen. – Später suchte dich die Reue heim, deren Dasein von kurzer Dauer sein sollte; du faßtest den Entschluß, deine Schuld durch die Wahl eines anderen Freundes zurückzukaufen, um ihn zu segnen und zu ehren. Durch dieses sühnende Mittel löschtest du die Flecken der Vergangenheit aus, und ließest die Sympathie, die du nicht verstanden hattest, dem anderen zu zeigen, auf den zurückfallen, der das zweite Opfer wurde. Vergebliche Hoffnung; der Charakter ändert sich nicht von einem Tag auf den anderen, und dein Wille blieb sich selber gleich. Ich, Helsingör, sah dich zum erstenmal, und von diesem Augenblick an konnte ich dich nicht vergessen. Wir sahen uns einige Sekunden lang an und du begannst zu lächeln. Ich senkte die Augen, weil ich in den deinen eine übernatürliche Flamme erkannte. Ich fragte mich, ob du dich im Schutze einer finsteren Nacht heimlich von einem Gestirn zu uns hattest herabfallen lassen; denn ich bekenne es heute, da es unnötig ist, zu heucheln, du sahst den Frischlingen der Menschheit nicht ähnlich; sondern ein funkelnder Strahlenkranz umgab die Peripherie deiner Stirn. Ich hätte gewünscht, vertrauliche Beziehungen mit dir anzuknüpfen; meine Gegenwart wagte nicht, sich der auffallenden Neuheit dieses seltsamen Adels zu nähern, und beharrliches Entsetzen umschlich mich. Warum schenkte ich solchen Warnungen des Gewissens kein Gehör? Begründete Ahnungen. Da du mein Zögern bemerktest, errötetest du deinerseits und strecktest mir den Arm entgegen. Ich legte mutig meine Hand in die deine, und nach dieser Tat fühlte ich mich gestärkt; von jetzt an war ein Hauch deiner Intelligenz in mich übergegangen. Die Haare im

Wind und den Odem der Brise atmend, schritten wir eine kurze Weile dahin, durch dichtbelaubte Pistazien-, Jasmin-, Granat- und Orangenhaine, deren Wohlgerüche uns trunken machten. Ein Wildschwein in schnellem Lauf streifte unsere Gewänder, und eine Träne fiel aus seinem Auge, als es mich mit dir sah: ich erklärte mir nicht sein Betragen. Bei Einbruch der Nacht erreichten wir die Tore einer dicht bevölkerten Stadt. Die Silhouetten der Dome, die spitzen Türme der Minarette und die Marmorkugeln der Belvedere hoben scharf ihre Zinnen durch die Dunkelheit vor dem tiefen Blau des Himmels ab. Aber du wolltest an diesem Ort nicht rasten, obgleich die Müdigkeit uns übermannte. Wir gingen am unteren Teil der äußeren Festungsmauern entlang wie nächtliche Schakale; wir vermieden die Begegnung mit den lauernden Schildwachen; und es gelang uns, durch das gegenüberliegende Tor diese feierliche Versammlung vernünftiger Tiere, zivilisiert wie die Biber, zu verlassen. Der Flug der laternentragenden Leuchtkäfer, das Knacken des trockenen Grases, das ab und zu unterbrochene Geheul eines Wolfes in der Ferne begleiteten die Dunkelheit unserer ungewissen Wanderung durch die Flur. Welches waren denn deine triftigen Gründe, um die menschlichen Bienenstöcke zu fliehen? Ich stellte mir diese Frage mit einer gewissen Bestürzung; übrigens begannen meine Beine mir den zu lange fortgesetzten Dienst zu verweigern. Schließlich erreichten wir den Saum eines dichten Gehölzes, dessen Bäume durch ein Gestrüpp hoher, unentwirrbarer Lianen, Schmarotzerpflanzen und monströser Dornenkakteen miteinander verflochten waren. Du hieltest vor einer Birke. Du sagtest mir, ich sollte niederknien, um mich aufs Sterben vorzubereiten; du gewährtest mir eine Viertelstunde zum Verlassen dieser Erde. Einige verstohlene Blicke, die mich während unseres langen Marsches heimlich gestreift hatten, während ich dich unbeobachtet ließ, gewisse Gebärden, deren Willkür im Maß und in der Bewegung ich bemerkt hatte, erschienen sofort in meinem Gedächtnis wie offene Seiten eines Buches. Mein Verdacht wurde bestätigt. Zu schwach, um gegen dich zu kämpfen, warfst du mich zu Boden wie der Orkan das Blatt der Espe niederreißt. Eines deiner Knie auf meiner Brust und das andere auf das feuchte Gras gestützt, sah ich, während eine deiner Hände die Zweiheit meiner Arme in ihrem Schraubstock festhielt, die andere ein Messer aus dem Futteral ziehen, das an deinem Gürtel hing. Mein Widerstand war so gut wie nicht vorhanden, und ich schloß die Augen; da ließ sich in kurzer Entfernung, vom Winde herbeigetragen, das Stampfen einer Ochsenherde vernehmen. Sie nahte wie eine Lokomotive von dem Stock eines Hirten und den Kinnbacken eines Hundes bedrängt. Es war keine Zeit zu verlieren, und das verstandest du; fürchtend, dein Ziel nicht zu erreichen, denn das Nahen einer unverhofften Hilfe hatte meine Muskelkraft verdoppelt, und erkennend, daß du nur einen meiner Arme zugleich unbeweglich machen konntest, begnügtest du dich damit, mir durch eine schnelle Bewegung mit der Stahlklinge das rechte Handgelenk abzuschlagen. Der sauber abgetrennte Körperteil fiel zu Boden. Du ergriffst die Flucht, während ich vom Schmerz betäubt war. Ich erzähle dir nicht, wie der Hirte mir Hilfe brachte, auch nicht, wieviel Zeit meine Heilung erforderte. Es mag dir genügen, zu erfahren, daß dieser Verrat, auf den ich nicht gefaßt gewesen war, den Wunsch in mir weckte, den Tod zu suchen. Ich nahm teil an Kämpfen, um meine Brust den Hieben auszusetzen. Ich gewann Ruhm auf den Schlachtfeldern; mein Name war selbst den Kühnsten furchtbar geworden, so groß war das Blutbad und die Zerstörung, die meine künstliche eiserne Hand in den feindlichen Reihen anrichtete. Eines Tages jedoch, als die Geschosse viel stärker krachten als gewöhnlich und die aufgeriebenen Reiterscharen unter dem Einfluß des Todeszyklons umherwirbelten wie Stroh, kam ein Reiter von kühnem Gebaren auf mich zu, um mir die Palme des Sieges streitig zu machen. Die beiden Heere blieben unbeweglich stehen, um uns schweigend zu betrachten. Wir kämpften lange, von Wunden bedeckt und mit zerbrochenen Helmen. Durch gemeinsamen Beschluß unterbrachen wir den Kampf, um uns auszuruhen und ihn später mit größerer Energie wiederaufzunehmen. Voller Bewunderung für seinen Gegner hebt jeder sein eigenes Visier: ›Helsingör!‹... ›Reginald!‹... das waren die einfachen Worte, die unsere keuchenden Kehlen zu gleicher Zeit ausstießen. Dieser, der Verzweiflung untröstlichen Trübsinns verfallen, hatte, wie ich, die Laufbahn der Waffen ergriffen, und die Kugeln hatten ihn verschont. Unter welchen Umständen fanden wir uns wieder! Aber dein Name wurde nicht genannt! Er und ich, wir schworen uns ewige Freundschaft; aber gewiß verschieden von den früheren, deren Hauptfigur du gewesen warst! Ein vom Himmel herabgestiegener Erzengel und Bote des Herrn gab uns den Befehl, uns in eine einzige Spinne zu verwandeln und dir jede Nacht die Kehle auszusaugen, bis ein von oben kommendes Gebot dem Lauf der Vergeltung ein Ende bereiten würde. Fast zehn Jahre lang haben wir dein Lager heimgesucht. Von heute an bist du von unserer Verfolgung erlöst. Das unbestimmte Versprechen, das du erwähntest, gabst du nicht uns, sondern dem Wesen, das stärker ist als du: du selbst erkanntest, daß es besser wäre, sich diesem unwiderruflichen Beschluß zu unterwerfen. Erwache, Maldoror! Der magnetische Zauber, der während der Nächte zweier Lustren auf deinem zerebrospinalen System gelastet hat, löst sich in Dunst auf.« Er wacht auf wie ihm befohlen wurde und sieht zwei himmlische Gestalten mit umschlungenen Armen in den Lüften verschwinden. Er versucht nicht, wieder einzuschlafen. Langsam zieht er seine Glieder, eins nach dem andern, aus seinem Bett. Er erwärmt seine eiskalte Haut an den wieder angezündeten Holzscheiten des gotischen Kamins. Nur sein Hemd bedeckt seinen Leib. Er sucht mit den Augen die Kristallkaraffe, um seinen ausgetrockneten Gaumen zu befeuchten. Er öffnet die äußeren Fensterläden. Er lehnt sich auf das Sims. Er betrachtet den Mond, der einen Kegel verzückter Strahlen auf seine Brust gießt, wo Silberatome von unaussprechlicher Süße wie Nachtfalter zucken. Er wartet auf die Morgendämmerung, um seinem erschütterten Herzen durch die Veränderung des Dekors eine geringe Erleichterung zu bringen.

*Ende des Fünften Gesanges*

## *Sechster Gesang*

[1] Ihr mit eurer beneidenswerten Ruhe, die nicht mehr vermag, als den Gesichtsausdruck zu verschönern, glaubt nicht, daß es noch darum gehe, in Strophen von vierzehn bis fünfzehn Zeilen, wie ein Tertianer, Schreie der Empörung, die als unangebracht empfunden werden und sonores Glucksen wie ein kochinchinesisches Huhn, auszustoßen, so grotesk, daß man fähig wäre, es sich vorzustellen, wollte man sich nur die geringste Mühe geben; hingegen ist es vorzuziehen, die Behauptungen, die man aufstellt, durch Tatsachen zu beweisen. Würdet ihr also versichern, meine Mission wäre erschöpft, weil ich, gleichsam spielend, den Menschen, den Schöpfer und mich selbst in meinen erklärlichen Übertreibungen beschimpft habe? Nein: der wichtigste Teil meiner Arbeit besteht dennoch nicht weniger in einer Aufgabe, die noch zu tun bleibt. Von jetzt an werden die Fäden des Romans die drei oben erwähnten Persönlichkeiten bewegen: so wird ihnen eine Macht verliehen, die weniger abstrakt ist. Die Lebenskraft wird sich wunderbar in den Sturzbach ihres Kreislaufapparates ergießen und ihr selbst werdet staunend erleben, daß ihr dort, wo ihr zunächst nur unbestimmte Wesenheiten zu sehen glaubtet, die ins Gebiet der reinen Spekulation gehören, einerseits dem körperlichen Organismus mit seinen Nervenverzweigungen und seinen Schleimhäuten, andererseits dem geistigen Prinzip, das die physiologischen Funktionen des Fleisches beherrscht, begegnen werdet. Dies sind mit tatkräftigem Leben begabte Wesen, die sich mit gekreuzten Armen und unbewegter Brust prosaisch (ich aber bin sicher, daß die Wirkung sehr poetisch sein wird) vor eurem Antlitz, nur wenige Schritte von euch entfernt, aufstellen werden, so daß die Sonnenstrahlen, die zunächst auf die Dachziegel und die Schornsteindeckel fallen, sich dann in ihren irdischen und stofflichen Haaren sichtbar widerspiegeln. Aber dies werden keine Anathemata mehr sein, die die Spezialität besitzen, zum Lachen zu reizen; fiktive Persönlichkeiten, die gut getan hätten, im Hirn des Autors zu bleiben; oder Nachtgespenster, die zu hoch über dem gewöhnlichen Dasein stehen.

Wohlgemerkt, meine Dichtkunst wird gerade dadurch nur noch schöner sein. Ihr werdet mit euren Händen die aufsteigenden Zweige der Hauptschlagader und die Nebennieren berühren; und dann die Gefühle! Die fünf ersten Berichte sind nicht vergeblich gewesen; sie waren die Kopfseite meines Werkes, das Fundament des Baues, die vorangehende Erklärung meiner späteren Poetik: und ich schuldete mir selbst, bevor ich mein Bündel schnürte, um mich auf den Weg ins Land der Phantasie zu begeben, die aufrichtigen Liebhaber der Literatur durch die schnelle Skizze einer klaren und scharfen Übersicht von dem Ziel zu unterrichten, das zu verfolgen ich beschlossen hatte. Folglich ist meine Meinung, daß der synthetische Teil meines Werkes vollständig ist und genügend umschrieben. Durch ihn habt ihr erfahren, daß ich mir vornahm, den Menschen, und den, der ihn schuf, anzugreifen. Für jetzt und für später braucht ihr nicht mehr darüber zu wissen! Weitere Betrachtungen scheinen mir überflüssig, denn sie würden nur in einer anderen, weitläufigeren, das ist wahr, aber identischen Form den Wortlaut der These wiederholen, deren erste Entwicklung das Ende dieses Tages sehen wird. Aus den vorausgeschickten Bemerkungen ergibt sich, daß es meine Absicht ist, von jetzt an den analytischen Teil zu behandeln; dies ist so wahr, daß ich erst vor wenigen Monaten den heißen Wunsch aussprach, ihr möget in den schweißtreibenden Drüsen meiner Haut eingeschlossen sein, um die Ehrlichkeit dessen, was ich behaupte, mit Sachkenntnis zu prüfen. Ich weiß, es bedarf einer großen Anzahl von Beweisen, um die Argumentation, die in meinem Lehrsatz enthalten ist, zu unterstützen; nun, diese Beweise existieren, und ihr wißt, daß ich niemanden ohne ernste Gründe angreife! Ich lache aus vollem Halse, wenn ich bedenke, daß ihr mir vorwerft, bittere Beschuldigungen gegen die Menschheit, der ich selbst angehöre (diese Feststellung allein würde mir recht geben!) und gegen die Vorsehung zu verbreiten: ich nehme meine Worte nicht zurück; aber wenn ich erzähle, was ich gesehen haben werde, wird es mir nicht schwerfallen, sie ohne einen anderen Ehrgeiz als den der Wahrheit zu rechtfertigen. Heute werde ich einen kleinen Roman von dreißig Seiten verfassen; diese Länge wird in der Folge ungefähr die gleiche bleiben. In der Hoffnung, bald, heute oder morgen, die Bestätigung meiner Theorien durch die eine oder andere literarische Form akzeptiert zu sehen, glaube ich endlich, nach einigem Umhertasten, meine endgültige Formel gefunden zu haben. Es ist die beste: da es der

Roman ist! Dieses hybride Vorwort wurde in einer Art dargelegt, die vielleicht nicht natürlich genug erscheint, das heißt, daß sie sozusagen den Leser überrascht, der nicht recht sieht, wohin er zunächst geführt werden soll; aber dieses Gefühl bemerkenswerter Bestürzung, das man im allgemeinen jenen zu ersparen sucht, die ihre Zeit mit Lesen von Büchern oder Broschüren verbringen, habe ich mir alle Mühe gegeben, hervorzurufen. Es war mir tatsächlich unmöglich, trotz guten Willens weniger zu tun: erst später, nachdem einige Romane erschienen sind, werdet ihr besser das Vorwort des Abtrünnigen mit dem rußigen Antlitz verstehen.

[2] Bevor ich zur Sache kommen, finde ich stupide, daß es nötig sein soll (ich nehme an, nicht jeder wird meiner Meinung sein, wenn ich mich irre), ein offenes Tintenfaß und einige Blätter unzerstampftes Papier neben mich zu legen. Auf diese Weise wird es mir möglich sein, liebevoll mit diesem Sechsten Gesang die Reihe instruktiver Gedichte zu beginnen, nach deren Produktion ich mich sehne. Dramatische Episoden unversöhnlicher Zweckmäßigkeit! Unser Held bemerkte, daß er durch den häufigen Besuch von Höhlen und durch die Wahl unzugänglicher Orte als Zuflucht, die Regeln der Logik übertrat und einen Circulus vitiosus beging. Denn wenn er einerseits seinem Abscheu vor den Menschen durch die Entschädigung der Einsamkeit und des Sichfernhaltens entgegenkam und tatenlos unter verkümmerten Sträuchern, Dornengestrüpp und verwilderten Reben seinen begrenzten Horizont umschrieb, so fand andererseits sein Tatendrang keine Speise mehr, um den Minotaurus seiner perversen Instinkte zu nähren. Folglich beschloß er, sich den menschlichen Siedlungen zu nähern, überzeugt, daß seine mannigfaltigen Leidenschaften unter so vielen wohl zugerichteten Opfern weitgehende Berfriedigung finden würden. Er wußte, daß die Polizei, dieser Schild der Zivilisation, ihn seit zahlreichen Jahren mit Beharrlichkeit suchte, und daß eine wahre Armee von Agenten und Spionen ihm ununterbrochen auf den Fersen war. Jedoch, ohne daß es gelang, ihm zu begegnen. So sehr führte seine verblüffende Geschicklichkeit die im Hinblick auf ihren Erfolg unbestreitbarsten Listen und die Verordnung weisester Überlegung mit höchster Eleganz in die Irre. Er besaß eine besondere Fähigkeit, Gestalten anzunehmen, die selbst für die geübtesten Augen unkenntlich waren. Höhere Verkleidungen, wenn ich

als Künstler spreche! Ausstaffierungen von wirklich mittelmäßiger Wirkung, wenn ich die Moral bedenke. In diesem Punkt erreichte er fast das Genie. Ist euch nicht die Anmut einer hübschen Grille mit munteren Gebärden in den Kloaken von Paris aufgefallen? Es gibt nur diese: das war Maldoror! Die blühenden Hauptstädte mit einem schädlichen Fluidum magnetisierend, versetzt er sie in einen lethargischen Zustand, in dem sie unfähig sind, sich wie es notwendig wäre, zu überwachen. Ein Zustand, der um so gefährlicher ist, da man ihn nicht vermutet. Heute ist er in Madrid; morgen wird er in Sankt Petersburg sein; gestern befand er sich in Peking. Aber den Ort genau zu bezeichnen, den die Taten dieses poetischen Rocambole gerade jetzt mit Schrecken erfüllen, ist eine Arbeit, welche die möglichen Kräfte meines schwerfälligen Räsonierens überschreitet. Dieser Räuber ist vielleicht siebenhundert Meilen von diesem Land entfernt; vielleicht aber nur einige Schritte von euch. Es ist nicht leicht, alle Menschen zu vernichten, und es gibt Gesetze; aber mit Geduld kann man die humanitären Ameisen eine nach der andern ausrotten. Nun, seit den Tagen meiner Geburt, als ich, noch unerfahren im Fallenstellen, mit den ersten Vorfahren unserer Rasse lebte; seit den frühen Zeiten, die jenseits der Geschichte liegen, als ich in spitzfindigen Metamorphosen zu verschiedenen Epochen die Länder der Erdkugel durch Eroberungen und Blutbäder verwüstete und den Bürgerkrieg unter den Landsleuten verbreitete, zertrat ich da nicht unter meinen Füßen bereits ganze Generationen, einzeln oder kollektiv, deren Zahllosigkeit unschwer zu begreifen wäre? Die strahlende Vergangenheit hat der Zukunft glänzende Versprechungen gemacht: sie wird sie halten. Zum Durchharken meiner Sätze werde ich zwangsläufig die natürliche Methode anwenden, die darin besteht, bis zu den Wilden zurückzugehen, damit sie mir Unterricht erteilen. Schlichte und majestätische Gentlemen, ihr anmutiger Mund veredelt alles, was aus ihren tätowierten Lippen fließt. Ich habe soeben bewiesen, daß nichts auf diesem Planeten lächerlich ist. Drolliger, aber herrlicher Planet. Indem ich mir einen Stil aneigne, den einige naiv finden werden (während er doch so tief ist), lasse ich ihn zur Vermittlung von Gedanken dienen, die unglücklicherweise vielleicht nicht grandios erscheinen werden! Gerade darum, auf die leichtfertige und skeptische Art und Weise der gewöhnlichen Unterhaltung verzichtend und vorsichtig genug, um nicht... jetzt weiß ich nicht mehr, was ich sagen wollte, denn ich erinnere mich nicht an den

Anfang des Satzes. Wisset jedoch, daß die Dichtkunst sich überall dort findet, wo das spöttisch-stupide Lächeln des Menschen mit der Entenvisage nicht ist. Zunächst werde ich mich schnäuzen, weil ich es muß; und dann, kräftig von meiner Hand unterstützt, ergreife ich von neuem den Federhalter, den meine Finger fallen gelassen hatten. Wie konnte der Pont du Carrousel die Konstanz seiner Neutralität bewahren, als er die herzzerreißenden Schreie hörte, die der Sack auszustoßen schien!

[3] Die Läden der Rue Vivienne breiten vor den entzückten Augen ihre Reichtümer aus. Von zahlreichen Gaslampen erleuchtet, werfen die Mahagonikästen und die goldenen Uhren blendende Lichtgarben durch die Schaufenster. Acht Uhr hat die Turmuhr der Börse geschlagen: es ist nicht spät! Kaum ist der letzte Hammerschlag verklungen, als die Straße, deren Namen ich nannte, zu beben beginnt und bis in ihre Grundfesten von der Place Royale bis zum Boulevard Montmartre erzittert. Die Spaziergänger beschleunigen den Schritt und ziehen sich nachdenklich in ihre Häuser zurück. Eine Frau wird ohnmächtig und stürzt auf den Asphalt. Niemand hebt sie auf: jeder hat es eilig, sich aus dieser Gegend zu entfernen. Stürmisch werden die Fensterläden geschlossen, und die Bewohner kriechen unter ihre Decken. Es sieht aus, als hätte die asiatische Pest ihre Anwesenheit offenbart. Während also der größte Teil der Stadt Vorbereitungen trifft, um in den Freuden nächtlicher Feste zu schwelgen, erstarrt die Rue Vivienne plötzlich durch eine Art Versteinerung. Wie ein Herz, das aufhört zu lieben, sah sie ihr Leben erlöschen. Bald aber verbreitet sich die Nachricht von diesem Phänomen in den anderen Bevölkerungsschichten, und düsteres Schweigen schwebt über der erhabenen Hauptstadt. Wohin sind die Gaslampen gekommen? Was ist aus den Verkäuferinnen der Liebe geworden? Nichts... Einsamkeit und Finsternis! Eine Eule mit zerbrochenem Fang flieht in gerader Linie über die Madeleine und schwingt sich empor zur Schranke des Thrones, während sie schreit: »Ein Unglück ist im Anzuge.« Nun, wenn ihr an diesem Ort, den meine Feder (dieser wahre Freund, der mir als Komplice dient) soeben geheimnisvoll machte, zur Seite blickt, wo die Rue Colbert in die Rue Vivienne mündet, werdet ihr an der Ecke, durch die Kreuzung dieser beiden Straßen gebildet, eine menschliche Silhouette auftauchen sehen, die ihren leichten Schritt den Boulevards zuwendet. Tritt man aber noch näher heran, ohne

die Aufmerksamkeit dieses Fußgängers auf sich zu lenken, bemerkt man mit angenehmen Erstaunen, daß er jung ist! Von weitem hätte man ihn tatsächlich für einen Mann reifen Alters halten können. Die Summe der Tage zählt nicht, wenn es sich darum handelt, die geistigen Fähigkeiten eines ernsthaften Antlitzes einzuschätzen. Ich verstehe mich darauf, das Alter in den physiognomischen Linien der Stirn zu lesen: er ist sechzehn Jahre und vier Monate alt! Er ist schön wie die Einziehbarkeit der Raubvogelkrallen; oder auch wie die Unschlüssigkeit der Muskelbewegungen in den Wunden der Weichteile der hinteren Genicksgegend; oder vielmehr wie jene perpetuelle Rattenfalle, die von dem gefangenen Tier selbst immer von neuem gespannt, allein und unaufhörlich Nagetiere fangen kann und die sogar unter Stroh versteckt arbeitet; und vor allem wie die unvermutete Begegnung einer Nähmaschine und eines Regenschirms auf einem Seziertisch! Mervyn, der Sohn des blonden Englands, hat bei seinem Professor eine Fechtstunde gehabt und kehrt, in sein schottisches Plaid gehüllt, zu seinen Eltern zurück. Es ist halb neun, und er hofft, um neun Uhr zu Hause zu sein: es ist sehr anmaßend von ihm, so zu tun, als wäre er sicher, die Zukunft zu kennen. Könnte nicht irgendein unvorhergesehenes Hindernis sich ihm in den Weg stellen? Und wäre ein solcher Umstand so selten, daß er es verantworten könnte, ihn als Ausnahme gelten zu lassen? Warum betrachtet er es nicht vielmehr als eine anormale Tatsache, daß es ihm bis jetzt möglich war, sich frei von Unruhe und sozusagen glücklich zu fühlen? Tatsächlich, mit welchem Recht könnte er behaupten, seine Wohnung ohne Schaden zu erreichen, wenn jemand ihn belauert und ihm von hinten folgt, als wäre er seine künftige Beute? (Das hieße seinen Beruf als Sensationsschriftsteller sehr schlecht kennen, wenn man nicht wenigstens die einschränkenden Fragen voranstellt, auf die sogleich der Satz folgt, den ich gerade beenden will.) Ihr habt den erdachten Helden erkannt, der schon lange durch den Druck seiner Persönlichkeit meine unglückliche Intelligenz zerbricht! Bald nähert sich Maldoror Mervyn, um seinem Gedächtnis die Züge dieses Jünglings einzuprägen; bald weicht er mit zurückgeworfenem Körper auf seinen eigenen Weg zurück wie der australische Bumerang in der zweiten Periode seines Fluges oder vielmehr wie eine Höllenmaschine. Unentschlossen, was er tun soll. Aber in seinem Bewußtsein regt sich nicht das allergeringste Symptom einer Gemütsbewegung, wie ihr zu Unrecht vermuten könntet. Ich sah ihn, wie er sich einen Augenblick in entgegengesetzter Richtung entfernte; plagten ihn Gewissensbisse? Jedoch mit erneutem Eifer machte er kehrt. Mervyn weiß nicht, warum seine Schläfenarterien so heftig pochen und von einer Angst besessen, deren Ursache er und ihr vergeblich sucht, beschleunigt er den Schritt. Man muß ihm seine Beflissenheit anrechnen, mit der er versucht, das Rätsel zu lösen. Warum dreht er sich nicht um? Er würde alles begreifen. Denkt man je an die einfachsten Mittel, einem beunruhigenden Zustand ein Ende zu setzen? Wenn ein Landstreicher, der jenseits der Stadtgrenze durch einen Vorort zieht, eine Salatschüssel voll Weißwein in der Kehle, und das Wams in Fetzen, an einem Grenzstein einen alten muskulösen Kater sitzen sieht, Zeigenossen der Revolutionen, denen unsere Väter beigewohnt haben, der melancholisch die Mondstrahlen, die auf die schlafende Ebene fallen, betrachtet, dann schlängelt er sich in ungerader Linie heran und macht einem krummbeinigen Hund ein Zeichen, der sofort herbeistürzt. Das edle Tier aus dem Katzengeschlecht erwartet mutig seinen Gegner und ringt teuer um sein Leben. Morgen wird ein Lumpenhändler ein elektrisierbares Fell kaufen. Warum ergriff er denn nicht die Flucht? Es wäre so leicht gewesen. Aber in dem Fall, der uns augenblicklich beschäftigt, kompliziert Mervyn noch die Gefahr durch seine eigene Unwissenheit. Manchmal, äußerst selten, geht ihm zwar etwas wie ein Schimmer auf, doch werde ich mich nicht damit aufhalten, das Verschwommene, das ihn verdunkelt, aufzuzeigen; jedenfalls ist es Mervyn unmöglich, die Wirklichkeit zu erraten. Er ist kein Prophet, ich sage nicht das Gegenteil, und er hält sich nicht für fähig, es zu sein. Auf der großen Verkehrsstraße angelangt, biegt er rechts ein und überquert den Boulevard Poissonnière und den Boulevard Bonne-Nouvelle. Hier angelangt, nimmt er den Weg durch die Rue du Faubourg-Saint-Denis, läßt den Bahnhof der Straßburger Eisenbahn hinter sich und bleibt vor einem hohen Portal stehen, bevor er die senkrechte Überlagerung der Rue Lafayette erreicht. Da ihr mir ratet, die erste Strophe an dieser Stelle zu beenden, so will ich für diesmal gern eurem Wunsche folgen. Wißt ihr, daß beim Gedanken an den eisernen Ring, den die Hand eines Besessenen unter dem Stein versteckte, ein unwiderstehlicher Schauder durch meine Haare geht?

[4] Er drückt auf die kupferne Klinke, und das Portal des modernen Privathauses dreht sich in seinen Angeln. Schnell durcheilt er

den mit feinem Sand bestreuten Hof und steigt die acht Stufen der Freitreppe hinauf. Zwei Statuen, die rechts und links als Wächterinnen der aristokratischen Villa aufgestellt sind, versperren ihm nicht den Weg. Jener, der alles verleugnet hat, Vater, Mutter, Vorsehung, Liebe, Ideal, um nur noch an sich selbst zu denken, hat sich wohl gehütet, den Schritten, die vorangingen, nicht zu folgen. Er sah ihn in einen geräumigen Salon des Erdgeschosses mit Vertäfelungen aus Karneol eintreten. Der Sohn aus guter Familie wirft sich auf ein Sofa, und die Erregung verschlägt ihm die Sprache. Seine Mutter, im langen Schleppkleid, bemüht sich um ihn und schließt ihn in die Arme. Seine Brüder, jünger als er, bilden einen Kreis um das mit einer Bürde beschwerte Möbel; sie kennen das Leben nicht genügend, um sich von dem, was hier vorgeht, eine klare Vorstellung zu machen. Schließlich hebt der Vater seinen Stock und richtet auf die Anwesenden einen Blick voller Autorität. Die feste Hand auf die Arme des Sessels stützend, entfernt er sich von seinem gewohnten Platz und schreitet unruhig, wenngleich durch die Jahre geschwächt, auf den unbeweglichen Körper seines Erstgeborenen zu. Er spricht in fremder Sprache, und jeder hört ihm mit ehrerbietiger Achtung zu: »Wer hat den Knaben in diesen Zustand gebracht? Die nebelige Themse wird noch eine beträchtliche Menge Schlamm mit sich führen, bevor meine Kräfte völlig erlahmt sind. Schutzgesetze scheint es in diesem ungastlichen Lande nicht zu geben. Wenn ich wüßte, wer der Schuldige ist, würde er die Stärke meines Armes zu spüren bekommen. Obwohl ich, fern von den Seeschlachten, meinen Abschied genommen habe, ist mein Kommodorenschwert, das an der Wand hängt, noch nicht verrostet. Übrigens ist es leicht, es neu zu schleifen. Beruhige dich, Mervyn; ich werde meinen Dienern Befehl erteilen, die Spur dessen zu finden, den ich von jetzt an suchen werde, um ihn mit eigener Hand zu vernichten. Frau, hebe dich weg von hier und hocke in einer Ecke nieder; deine Augen machen mich weich, und du tätest besser daran, den Kanal deiner Tränendrüsen zu verschließen. Mein Sohn, ich flehe dich an, erwecke deine Sinne und erkenne deine Familie; dein Vater ist es, der zu dir spricht...« Die Mutter hält sich abseits, und um den Befehlen ihres Herrn zu gehorchen, hat sie ein Buch in die Hand genommen und bemüht sich, angesichts der Gefahr, in der jener schwebt, den ihre Gebärmutter hervorbrachte, ruhig zu bleiben. »...Kinder, geht in den Park und vergnügt euch, hütet euch aber, wenn ihr das Schwimmen der Schwäne bewundert, in den Teich zu fallen...« Die Brüder, mit hängenden Händen, bleiben stumm; alle, mit einer dem Flügel des karolinischen Ziegenmelkers entrissenen Feder auf dem Barett, samtenen Kniehosen und rotseidenen Strümpfen, fassen sich bei der Hand und entfernen sich aus dem Salon, sorgfältig darauf bedacht, das Ebenholzparkett nur mit den Fußspitzen zu berühren. Ich bin sicher, daß sie sich nicht vergnügen, und daß sie mit feierlichem Ernst in den Platanenalleen spazierengehen. Ihre Intelligenz ist frühreif. Um so besser für sie. »... Vergebliche Fürsorge, ich wiege dich in meinen Armen, und du erhörst mein Flehen nicht. Würdest du wohl das Haupt wieder aufrichten? Ich werde deine Knie küssen, wenn es sein muß. Aber nein... schlaff sinkt es zurück.« – »Mein sanfter Gebieter, wenn du es deiner Sklavin gestattest, werde ich aus meinen Gemächern ein Fläschchen mit Terpentingeist holen, dessen ich mich gewöhnlich bediene, wenn die Migräne meine Schläfen überfällt nach der Heimkehr vom Theater, oder wenn die Lektüre einer erschütternden Erzählung, die in den britischen Jahrbüchern der ritterlichen Geschichte unserer Vorfahren verzeichnet ist, meine träumerischen Gedanken in die Moore der Schläfrigkeit wirft.« »Frau, ich hatte dir nicht das Wort erteilt, und du hattest nicht das Recht, es zu ergreifen. Seit unserer legitimen Vereinigung hat sich noch nie eine Wolke zwischen uns gedrängt. Ich bin mit dir zufrieden, ich habe dir nie etwas vorzuwerfen gehabt, und umgekehrt. Hole aus deinen Gemächern ein Fläschchen mit Terpentingeist. Ich weiß, daß sich ein solches in den Schubladen deiner Kommode befindet, und du brauchst mich nicht davon zu unterrichten. Beeile dich, die Stufen der Wendeltreppe zu erklimmen, und kehre mit frohem Gesicht zu mir zurück.« Aber kaum hat die sensible Londonerin die ersten Stufen erreicht (sie läuft nicht so schnell wie eine Person der niederen Klassen), als schon eine ihrer Kammerjungfern aus dem ersten Stockwerk herabsteigt, die Wangen von Schweiß gerötet und das Fläschchen bringt, das vielleicht das Lebenselixier in seinen kristallenen Wänden birgt. Die Jungfer verneigt sich anmutig, während sie ihre Gabe überreicht, und die Mutter hat sich mit ihrem königlichen Gang den Fransen zugewandt, die das Sofa säumen, dem einzigen Gegenstand ihrer Zärtlichkeit. Der Kommodore, mit stolzer, aber wohlwollender Gebärde, empfängt das Fläschchen aus den Händen seiner Gemahlin. Ein seidenes indisches Halstuch wird in die Flüssigkeit getaucht, und man umgibt Mervyns Haupt mit den kreisförmigen Meandern der Seide. Er atmet das Riechsalz ein; er bewegt einen Arm. Die Blutzirkulation belebt sich, und man hört die fröhlichen Schreie des philippinischen Kakadus, der in der Fensternische auf der Stange sitzt. »Wer dort?... Haltet mich nicht fest... Wo bin ich? Ist es ein Grab, das meine beschwerten Glieder stützt? Seine Bretter scheinen mir weich... Ist das Medaillon mit dem Bildnis meiner Mutter noch an meinem Halse befestigt?... Zurück, du Bösewicht, mit dem zerzausten Haupt. Er hat mich nicht einholen können, und ich habe ein Stück meines Mantels in seinen Fingern gelassen. Macht die Ketten der Bulldoggen los, denn heute nacht kann ein erkennbarer Dieb bei uns einbrechen, während wir im Schlafe liegen. Vater und Mutter, ich erkenne euch und danke euch für eure Fürsorge. Ruft meine kleinen Brüder herbei. Für sie hatte ich Pralinen gekauft, und ich will sie umarmen.« Bei diesen Worten versinkt er in einen tiefen schlafähnlichen Zustand. Der Arzt, den man in aller Eile herbeigerufen hat, reibt sich die Hände und ruft: »Die Krise ist vorüber. Alles geht gut. Morgen wird Ihr Sohn munter erwachen. Ein jeder suche sein Lager auf, ich befehle es, damit ich allein an der Seite des Kranken bleibe, bis zum Erscheinen der Morgenröte und dem Gesang der Nachtigall.« Maldoror, der hinter der Tür versteckt war, hat kein Wort verloren. Jetzt kennt er den Charakter der Villenbewohner und wird entsprechend handeln. Er weiß, wo Mervyn wohnt und wünscht nicht mehr zu wissen. Er hat den Namen der Straße und die Hausnummer in ein kleines Notizbuch eingetragen. Das ist die Hauptsache. Er ist sicher, sie nicht zu vergessen. Er schleicht weiter wie eine Hyäne, ohne gesehen zu werden, und drückt sich an den Seiten des Hofes entlang. Er klettert behende das Gitter empor und verhakt sich einen Moment in den Eisenspitzen; mit einem Satz ist er auf der Straße. Er entfernt sich schleichenden Schrittes. »Er hielt mich für einen Bösewicht«, ruft er, »er ist ein Dummkopf. Ich möchte einen Menschen finden, der die Beschuldigung nicht verdiente, die der Kranke gegen mich vorbrachte. Ich habe ihm kein Stück aus seinem Mantel gerissen, wie er sagte. Einfache, durch Furcht verursachte hypnagogische Sinnestäuschung. Nicht heute war es meine Absicht, mich seiner zu bemächtigen; denn ich habe andere, fernere Pläne mit diesem schüchternen Jüngling.« Wendet euch dem Schwanenteich zu; und später werde ich euch sagen, warum sich unter dem Schwarm ein tiefschwarzer Schwan befindet; er trägt den verwesenden Leichnam eines Taschenkrebses von einem

Amboß beschwert, und mit Recht flößt er seinen anderen, im Wasser lebenden Kameraden Mißtrauen ein.

[5] Mervyn ist in seinem Zimmer; er hat ein Sendschreiben erhalten. Wer schreibt ihm denn einen Brief? Seine Verwirrung hat ihn gehindert, dem Postbeamten zu danken. Der Umschlag ist schwarz umrandet, und die Worte sind in hastiger Schrift geschrieben. Wird er diesen Brief seinem Vater bringen? Und wenn der Unterzeichnete es ihm ausdrücklich verbietet? Angstgequält öffnet er sein Fenster, um die würzige Luft einzuatmen; die Sonnenstrahlen verbreiten ihren prismatischen Widerschein in den venezianischen Spiegeln und den damastseidenen Vorhängen. Er wirft das Sendschreiben zu den Büchern mit Goldschnitt und den Alben mit Perlmuttereinband, die auf dem gepunzten Leder verstreut liegen, das die Oberfläche seines Schülerpultes bedeckt. Er öffnet sein Klavier und läßt seine schlanken Finger über die Elfenbeintasten gleiten. Die Messingsaiten klingen nicht. Diese indirekte Warnung veranlaßt ihn von neuem zu dem Velinpapier zu greifen; dieses aber weicht zurück, als wäre es von dem Zögern des Empfängers gekränkt. Seine Neugierde, in dieser Falle gefangen, wächst, und Mervyn öffnet den präparierten Wisch. Bis zu diesem Augenblick kannte er nur seine eigene Handschrift. »Junger Mann, ich interessiere mich für Sie; ich will Ihr Glück machen. Sie sollen mein Gefährte sein, und wir werden lange Kreuzfahrten durch die Südseeinseln unternehmen. Mervyn, Du weißt, daß ich Dich liebe, und ich brauche es Dir nicht zu beweisen. Du wirst mir Deine Freundschaft gewähren, davon bin ich überzeugt. Wenn Du mich erst besser kennst, wirst Du das Vertrauen, das Du mir entgegenbringst, nicht bereuen. Ich werde Dich vor den Gefahren, die Deiner Unerfahrenheit drohen, bewahren. Ich werde ein Bruder für Dich sein, und an guten Ratschlägen soll es Dir nicht fehlen. Um Dir ausführlichere Erklärungen zu geben, komme übermorgen früh um fünf Uhr auf den Pont du Carrousel. Sollte ich noch nicht dort sein, dann warte auf mich; aber ich hoffe, zur festgesetzten Stunde an Ort und Stelle zu sein. Sei Du es auch. Ein Engländer wird nicht leicht die Gelegenheit versäumen, in seinen Angelegenheiten klar zu sehen. Ich grüße Dich, junger Mann und auf bald. Zeige niemandem diesen Brief.« – »Drei Sterne anstelle einer Unterschrift«, ruft Mervyn; »und einen Blutfleck unten auf der Seite!« Ausgiebig strömen seine Tränen über die seltsamen Sätze,

die seine Augen verschlungen haben und die seinem Geist den unbegrenzten Raum gewisser und neuer Horizonte öffnen. Ihm scheint (erst nach der Lektüre, die er soeben beendet hat), daß sein Vater ein wenig streng und seine Mutter zu majestätisch sei. Er besitzt Gründe – sie sind nicht zu meiner Kenntnis gelangt, infolgedessen konnte ich sie euch nicht übermitteln –, um anzudeuten, daß seine Brüder auch nicht zu ihm passen. Er verbirgt diesen Brief auf seiner Brust. Seine Lehrer beobachteten, daß er an diesem Tag sich selber nicht glich; seine Augen verdunkelten sich übermäßig, und der Schleier übertriebenen Nachdenkens senkte sich über die Gegend um die Augenhöhlen. Jeder Lehrer errötete aus Furcht, sich nicht auf der geistigen Höhe seines Schülers zu befinden, obwohl dieser zum ersten Mal seine Pflichten vernachlässigte und nicht arbeitete. Am Abend versammelte sich die Familie in dem mit antiken Porträts ausgestatteten Speisesaal. Mervyn bewundert die Schüsseln voll saftigen Fleisches und die wohlriechenden Früchte, aber er ißt nicht; das polychrome Geriesel der Rheinweine und der schäumende Rubin des Champagners sind in schmale, hohe Kelche aus böhmischem Kristall gefaßt und lassen doch seinen Blick gleichgültig. Er stützt seinen Ellbogen auf den Tisch und verweilt in Gedanken versunken wie ein Schlafwandler. Der Kommodore, mit dem vom Gischt des Meeres verwitterten Antlitz, neigt sich ans Ohr seiner Gemahlin: »Der Älteste hat sich seit dem Tage der Krise verändert; er war bereits allzu empfänglich für absurde Ideen; heute träumt er noch mehr als gewöhnlich. Nun, ich muß sagen, als ich so alt war wie er, war ich anders. Tue, als bemerktest du nichts. Hier würde ein durchgreifendes Mittel, ein materielles oder moralisches, gut angewandt sein. Mervyn, da du die Lektüre von Reise- und Geschichtsbüchern schätzt, will ich dir eine Geschichte vorlesen, die dir nicht mißfallen wird. Man höre mir aufmerksam zu; jeder wird seinen Vorteil dabei finden, und ich als erster. Und ihr Kinder, lernt, indem ihr meinen Worten aufmerksam lauscht, die Kunst eures Stiles zu vervollkommnen und die geringsten Absichten eines Autors klar zu erkennen.« Als ob diese allerliebste Kleinjungenbrut hätte verstehen können, was Redekunst ist! So spricht er, und auf eine Gebärde seiner Hand geht einer der Brüder auf die väterliche Bibliothek zu und kehrt mit einem Band unter dem Arm zurück. Inzwischen werden Gedeck und Silber abgeräumt, und der Vater greift nach dem Buch. Bei dem elektrisierenden Wort Reisen hat Mervyn den Kopf gehoben und sich bemüht, seinen unangebrachten Meditationen ein Ende zu setzen. Das Buch ist ungefähr in der Mitte aufgeschlagen und die metallische Stimme des Kommodore beweist, daß er fähig geblieben ist, wie in den Tagen seiner ruhmreichen Jugend, der Wut der Menschen und der Stürme zu befehlen. Schon lange vor Ende der Lektüre ist Mervyn wieder auf seinen Ellbogen gesunken, da es ihm unmöglich ist, länger der wie am Schnürchen sich abrollenden vernünftigen Entwicklung der Sätze und der Seifenglätte obligatorischer Metaphern zu folgen. Der Vater ruft: »Dies interessiert ihn nicht; lesen wir etwas anderes. Lies du, Frau; du wirst mehr Glück haben als ich, den Kummer der Tage unseres Sohnes zu verscheuchen.« Die Mutter bewahrt keine Hoffnung mehr; doch hat sie ein anderes Buch ergriffen, und der Klang ihrer Sopranstimme erfüllt die Ohren des Produktes ihrer Empfängnis mit melodischen Tönen. Aber nach einigen Worten wird sie von Mutlosigkeit überfallen, und sie hört von selbst auf, das literarische Werk vorzulesen. Der Erstgeborene ruft: »Ich möchte schlafen gehen.« Er zieht sich zurück, die Augen mit kalter Festigkeit gesenkt und ohne etwas hinzuzufügen. Der Hund bricht in schauriges Heulen aus, denn er findet ein solches Betragen nicht natürlich, und der Wind draußen, der sich unregelmäßig in dem Längsschlitz des Fensters verfängt, bringt die von zwei rosa Kristallkuppeln der Bronzelampe bedeckte Flamme zum Flackern. Die Mutter legt die Hände auf ihre Stirn, und der Vater erhebt die Augen zum Himmel. Die Kinder werfen entsetzte Blicke auf den alten Seemann. Mervyn schließt die Tür seines Zimmers doppelt ab, und seine Hand fährt schnell über das Papier: »Ich habe Ihren Brief am Mittag erhalten, und Sie werden mir verzeihen, wenn ich Sie auf die Antwort warten ließ. Ich habe nicht die Ehre, Sie persönlich zu kennen und wußte nicht, ob ich Ihnen schreiben sollte. Aber da die Unhöflichkeit nicht in unserem Hause wohnt, habe ich beschlossen, die Feder zu ergreifen und Ihnen warm für das Interesse zu danken, das Sie einem Unbekannten entgegenbringen. Gott bewahre mich, keine Dankbarkeit für die Sympathie zu zeigen, mit der Sie mich überschütten. Ich kenne meine Unvollkommenheiten und bin nicht stolz darauf. Aber wenn es schicklich ist, die Freundschaft einer älteren Person zu akzeptieren, so ist es ebenso schicklich, ihr zu verstehen zu geben, daß unsere Charaktere sich nicht gleichen. Sie scheinen tatsächlich älter zu sein als ich, da Sie mich junger Mann nennen, und doch hege ich Zweifel über Ihr wirkliches Alter. Denn wie verträgt sich die Kälte Ihrer Syllogismen mit der Leidenschaft, die davon ausströmt? Es ist sicher, daß ich die Stätte, die mich zur Welt kommen sah, nicht verlassen werde, um Sie in ferne Länder zu begleiten; was nur unter der Bedingung möglich wäre, zuvor die Urheber meiner Tage um eine ungeduldig erwartete Erlaubnis zu bitten. Aber da Sie mir ausdrücklich befohlen haben, das Geheimnis (im kubischen Sinne des Wortes) über diese geistig lichtscheue Angelegenheit zu wahren, so beeile ich mich, Ihrer unstreitigen Besonnenheit zu gehorchen. Wie es den Anschein hat, würde diese nicht mit Freuden der Klarheit des Lichtes entgegentreten. Da Sie zu wünschen scheinen, daß ich Ihrer eigenen Person Vertrauen schenke (ein Wunsch, der wohl am Platze ist, wie ich gern bekenne), so haben Sie bitte die Güte, mir ein analoges Vertrauen zu bezeugen und nicht den Anspruch darauf zu erheben, mich Ihrer Ansicht so fern zu glauben, um übermorgen früh nicht pünktlich, zur festgesetzten Stunde, zum Stelldichein zu erscheinen. Ich werde über die Einfriedungsmauer des Parkes klettern, da das Gitter geschlossen ist, und niemand wird Zeuge meines Fortgehens sein. Offen gesprochen, was täte ich nicht für Sie, dessen unerklärliche Anhänglichkeit es verstand, sich unverzüglich meinen geblendeten Augen zu offenbaren, die ein solcher Beweis von Güte, den ich mit Sicherheit nicht erwartet hätte, ganz besonders erstaunt. Denn ich kannte Sie ja nicht. Jetzt kenne ich Sie. Vergessen Sie nicht das Versprechen, das Sie mir gegeben haben, auf dem Pont du Carrousel spazierenzugehen. Falls ich dort vorüberkomme, habe ich eine Gewißheit, die keiner anderen gleicht, Sie dort zu treffen und Ihre Hand zu berühren, vorausgesetzt, daß diese unschuldige Kundgebung eines Jünglings, der sich gestern noch vor dem Altar der Züchtigkeit verneigte, Sie nicht durch ehrerbietige Vertrautheit kränkt. Aber muß man sich denn der Vertraulichkeit im Falle einer starken und leidenschaftlichen Freundschaft schämen, wenn die Hingabe ernst und überzeugt ist? Und was wäre schließlich Böses dabei, dies frage ich Sie selbst, wenn ich Ihnen im Vorbeigehen Lebewohl sage, sobald es übermorgen, ob es regnet oder nicht, fünf Uhr geschlagen hat? Sie selbst, Gentleman, werden den Takt zu würdigen wissen, mit dem ich meinen Brief verfaßt habe; denn ich erlaube mir nicht, auf einem fliegenden Blatt, das abhanden kommen könnte, Ihnen mehr zu sagen. Ihre Adresse am unteren Rande der Seite ist ein Rebus. Ich brauchte fast eine Viertelstunde, um sie zu entziffern. Ich glaube,

Sie haben gut getan, diese Worte mikroskopisch klein zu schreiben. Ich verzichte darauf, zu unterzeichnen und ahme Sie darin nach; wir leben in einer zu exzentrischen Zeit, um uns auch nur einen Augenblick über das, was geschehen könnte, zu wundern. Ich wäre begierig zu wissen, wie Sie den Ort erfahren haben, wo meine eisige Regungslosigkeit inmitten einer langen Flucht verlassener Räume, modriger Totenkammern meiner langweiligen Stunden, wohnt. Wie soll man es sagen? Wenn ich Ihrer gedenke, gerät meine Brust in Aufruhr und lärmt wie der Zusammenbruch eines dekadenten Kaiserreiches; denn der Schatten Ihrer Liebe deutet ein Lächeln an, das vielleicht nicht existiert; er ist so unbestimmt und bewegt seine Schuppen so schlängelnd! In Ihre Hände lege ich meine ungestümen Gefühle, Marmortische ganz neu und noch rein von sterblicher Berührung. Gedulden wir uns bis zum ersten Schimmer der Morgenröte, und in der Erwartung des Augenblicks, der mich in die häßliche Umarmung Ihrer verpesteten Arme werfen wird, sinke ich demütig vor Ihren Knien nieder, die ich an mich drücke.« Nachdem er diesen frevelhaften Brief geschrieben hat, bringt Mervyn ihn zur Post und kehrt zurück, um sich ins Bett zu legen. Rechnet nicht damit, dort einen Schutzengel zu finden. Der Fischschwanz wird nur drei Tage lang fliegen, das ist wahr; aber ach! der Balken wird dennoch verbrannt sein; und eine zylindrisch-konische Kugel wird das Fell des Nashorns durchbohren, trotz des Schneemädchens und des Bettlers! Weil der gekrönte Narr über die Treue der vierzehn Dolche die Wahrheit gesagt haben wird.

[6] Ich bemerkte, daß ich nur ein Auge mitten auf der Stirn hatte! O Silberspiegel, in die Füllungen der Vestibüle eingelegt, wie viele Dienste habt ihr mir nicht schon durch eure reflektierende Macht erwiesen! Seit dem Tage, da eine Angorakatze mir eine Stunde lang das Scheitelbein zernagte, wie eine Bohrmaschine, die den Schädel aufbohrt, indem sie mir plötzlich auf den Rücken sprang, weil ich ihre Jungen in einer mit Alkohol gefüllten Wanne gekocht hatte, hörte ich nicht mehr auf, gegen mich selbst den Marterpfeil zu schleudern. Heute, unter dem Eindruck der Wunden, die mein Körper bei verschiedenen Gelegenheiten empfangen hat, sei es durch das Verhängnis meiner Geburt, sei es durch eigenes Verschulden; überwältigt von den Folgen eines moralischen Sturzes (einige sind vollzogen; wer kann die anderen voraussehen?); empfindungsloser Zuschauer der erworbenen oder natürlichen

Scheußlichkeiten, welche die Sehnenhaut und den Geist dessen zieren, der spricht, werfe ich einen langen, befriedigten Blick auf die Dualität, aus der ich zusammengesetzt bin ... und ich finde mich schön! Schön wie der angeborene organische Fehler der Geschlechtsteile des Mannes, der in der relativen Kürze der Harnröhre und der Teilung oder des Fehlens ihrer Innenwand besteht, so daß dieser Kanal sich in variabler Entfernung von der Eichel und unter dem Penis öffnet; oder auch wie die fleischige, kegelförmige Karunkel, von ziemlich tiefen, querverlaufenden Runzeln durchfurcht, die sich auf dem Ansatz des oberen Schnabels des Truthahns erhebt; oder vielmehr wie die folgende Wahrheit: »Das System der Tonleitern, der Tonarten und ihre harmonische Verkettung beruht nicht auf unveränderlichen natürlichen Gesetzen, sondern ist, im Gegenteil, die Folge ästhetischer Prinzipien, die sich mit der fortschreitenden Entwicklung der Menschheit verändert haben und sich weiter verändern werden;« und besonders wie eine Panzerkorvette mit Türmchen! Ja, ich bestehe auf der Genauigkeit meiner Behauptung. Ich habe keine überhebliche Illusion, dessen kann ich mich rühmen, und ich würde keinen Vorteil in der Lüge finden; also dürft ihr nicht zögern, das, was ich sagte, zu glauben. Denn warum sollte ich mir selber Entsetzen einflößen vor den Lobesbezeugungen, die aus meinem Bewußtsein kommen? Ich beneide den Schöpfer um nichts; aber er soll mich den Strom meines Schicksals hinabfahren lassen, der durch eine wachsende Reihe ruhmreicher Verbrechen führt. Sonst würde ich meinen Blick, den jedes Hindernis reizt, zur Höhe seiner Stirn emporheben und ihm zu verstehen geben, daß er nicht der einzige Herr des Universums ist; mehrere Phänomene, die sich direkt aus einer tieferen Kenntnis der Natur der Dinge ergeben, zeugen zugunsten der entgegengesetzten Meinung und setzen der Gültigkeit einer einheitlichen Macht ein ausdrückliches Dementi entgegen. Wir sind nämlich zwei, um gegenseitig unsere Augenwimpern zu betrachten, siehst du ... und du weißt, daß aus meinem lippenlosen Munde mehr als einmal das Horn des Sieges erklungen ist. Adieu, erlauchter Krieger! Dein Mut im Unglück flößt deinem erbittertsten Feinde Achtung ein; aber Maldoror wird dich bald wiederfinden, um dir die Beute namens Mervyn streitig zu machen. So wird sich die Prophezeiung des Hahnes erfüllen, als er auf dem Grunde des Kandelabers die Zukunft voraussah. Gebe der Himmel, daß der Taschenkrebs die Karawane der Pilger beizeiten einholt, um ihnen in wenigen Worten die Erzählung des Lumpensammlers von Clignancourt mitzuteilen!

[7] Ein Individuum, das aus der Rue de Rivoli kam, hat sich links, unweit des Wasserbeckens, auf eine Bank des Palais-Royal gesetzt. Seine Haare sind in Unordnung, und seine Kleider verraten die ätzende Wirkung fortgesetzter Armut. Mit einem spitzen Holzstück hat er ein Loch in den Boden gebohrt und seine hohle Hand mit Erde gefüllt. Er hat diese Nahrung an den Mund geführt und sie schleunigst wieder von sich gegeben. Er hat sich aufgerichtet, und seinen Kopf an die Bank lehnend, hat er seine Beine hochgezogen. Da aber diese seiltänzerische Lage sich außerhalb der Gravitationsgesetze befindet, die das Zentrum der Schwerkraft regieren, ist er plump auf das Brett zurückgefallen, mit schlaffen Armen, das Gesicht halb von der Mütze bedeckt, während die Beine in einer Lage unsicheren Gleichgewichts immer beunruhigender auf den Kies schlagen. Er bleibt lange in dieser Stellung. Am nördlich gelegenen Mitteleingang, neben der Rotunde, in der sich eine Kaffeehalle befindet, stützt sich der Arm unseres Helden gegen das Gitter. Sein Blick durchschweift die Fläche des Rechtecks und zwar so, daß ihm keine Perspektive entgeht. Nach Beendigung der Investigation kehren seine Augen zu sich selbst zurück, und er bemerkt in der Mitte des Gartens einen Mann, der mit einer Bank schwankende Gymnastik treibt, auf der er Wunder an Kraft und Geschicklichkeit vollbringend, einen Halt zu finden sich bemüht. Was aber vermag die beste Absicht im Dienste einer gerechten Sache gegen die Unordnung der Geisteszerrüttung? Er ist auf den Narren zugegangen und hat ihm wohlwollend geholfen, seine Würde wieder in eine normale Lage zu bringen, hat ihm die Hand gereicht und sich neben ihn gesetzt. Er bemerkt, daß der Wahnsinn nur zeitweilig auftritt; der Anfall ist vorüber; sein Gegenüber antwortet logisch auf alle Fragen. Ist es nötig, den Sinn seiner Worte zu berichten? Warum mit gotteslästerlichem Eifer den Folianten des menschlichen Elends auf einer beliebigen Seite von neuem aufschlagen? Keine Lehre ist fruchtbarer. Selbst wenn ich euch kein wahres Ereignis zu Gehör bringen könnte, würde ich Phantasieberichte erfinden, um sie in euer Gehirn umzufüllen. Aber er ist nicht zu seinem Vergnügen ein Kranker geworden; und die Aufrichtigkeit seiner Aussagen vermählt sich wunderbar mit der Leichtgläubigkeit des Lesers. »Mein Vater war ein Zimmermann in der Rue

de la Verrerie... Möge der Tod der drei Margareten über sein Haupt kommen, und möge der Schnabel des Kanarienvogels ihm ewig die Achse der Augenwurzel zernagen! Er hatte die Gewohnheit angenommen, sich zu betrinken; in solchen Momenten, wenn er nach Hause zurückkehrte, nachdem er sich an den Schenktischen herumgetrieben hatte, steigerte sich seine Wut fast ins Unermeßliche, und er schlug unterschiedslos auf die Gegenstände ein, die ihm vor Augen traten. Bald aber, angesichts der Vorwürfe seiner Freunde, legte er diesen Fehler vollständig ab und wurde von schweigsamer Gemütsart. Niemand konnte sich ihm nahen, nicht einmal unsere Mutter. Er bewahrte einen geheimen Groll gegen den Begriff der Pflicht, die ihn hinderte, sich so aufzuführen, wie es ihm beliebte. Ich hatte für meine drei Schwestern einen Kanarienvogel gekauft; es war für meine drei Schwestern, daß ich einen Kanarienvogel gekauft hatte. Sie hatten ihn in einen Käfig gesperrt, der über der Tür hing, und jedesmal standen die Passanten still, um den Gesängen des Vogels zu lauschen, seine flüchtige Anmut zu bewundern und seine kunstvollen Formen zu beobachten. Mehr als einmal hatte mein Vater den Befehl gegeben, den Käfig und seinen Inhalt verschwinden zu lassen, denn er bildete sich ein, daß der Kanarienvogel sich über seine Person lustig machte, wenn er ihm den Strauß luftiger Kavatinen seines Sängertalentes entgegenschleuderte. Er wollte den Käfig vom Nagel nehmen und glitt, blind vor Zorn, vom Stuhl. Eine leichte Hautschürfung am Knie war die Trophäe seines Unternehmens. Nachdem er einige Sekunden damit verbracht hatte, einen Span auf die geschwollene Stelle zu drücken, krempelte er seine Hose wieder herunter, ging, die Stirn gerunzelt, vorsichtiger zu Werke, nahm den Käfig unter den Arm und begab sich nach hinten in seine Werkstatt. Dort, trotz des Schreiens und Flehens seiner Angehörigen (wir hingen sehr an diesem Vogel, der für uns gleichsam der Genius des Hauses war), zertrat er mit seinen eisenbeschlagenen Absätzen den Kasten aus Korbweiden, während ein großer Hobel, der um seinen Kopf wirbelte, die Anwesenden fernhielt. Der Zufall wollte, daß der Kanarienvogel nicht auf der Stelle starb; diese Federflocke lebte noch trotz des blutigen Stampfens. Der Zimmermann entfernte sich und schloß geräuschvoll die Tür. Meine Mutter und ich bemühten uns, das Leben des Vogels, das zu entfliehen bereit war, zurückzuhalten; er war seinem Ende nahe, und die Bewegung seiner Flügel zeigte sich dem Blick nur noch wie die Spiegelung des letzten Todeskrampfes. Unterdessen, als die drei Margareten erkannten, daß nichts mehr zu hoffen war, nahmen sie sich einstimmig bei der Hand, und nachdem die lebendige Kette eine kleine Tonne mit Fett ein wenig zurückgeschoben hatte, kauerte sie sich neben die Hütte unserer Hündin hinter die Treppe. Meine Mutter unterbrach ihre Bemühung nicht und hielt den Kanarienvogel zwischen ihren Fingern, um ihn mit ihrem Atem zu wärmen. Ich lief bestürzt durch alle Zimmer und stieß mich an Möbeln und Werkzeugen. Von Zeit zu Zeit zeigte eine meiner Schwestern ihren Kopf vor dem Treppenabsatz, um sich nach dem Schicksal des unglücklichen Vogels zu erkundigen und zog ihn traurig wieder zurück. Die Hündin war aus ihrer Hütte gekrochen, und als hätte sie das Ausmaß unseres Verlustes begriffen, leckte sie mit der Zunge steriler Tröstung das Kleid der drei Margareten. Der Kanarienvogel hatte nur noch wenige Sekunden zu leben. Eine meiner Schwestern (es war die jüngste) zeigte, als die Reihe an ihr war, in dem durch die Verdünnung des Lichtes gebildeten Halbdunkel ihren Kopf. Sie sah meine Mutter erbleichen und den Vogel, nachdem er als letzte Manifestation seines Nervensystems wie ein Blitz den Hals emporgestreckt hatte, leblos für immer zwischen ihren Fingern zusammensinken. Sie verkündete ihren Schwestern die Nachricht. Diese ließen das Geräusch keiner Klage, keines Murrens hören. In der Werkstatt herrschte Schweigen. Man unterschied nur das ruckweise Knacken der Käfigfragmente, die kraft der Geschmeidigkeit des Holzes teilweise in die ursprüngliche Lage ihrer Konstruktion zurückkehrten. Die drei Margareten vergossen keine Träne, und ihr Antlitz verlor seine purpurne Frische nicht; nein... sie blieben nur unbeweglich. Sie schleppten sich bis ins Innere der Hundehütte und legten sich nebeneinander aufs Stroh; während die Hündin, passive Zeugin ihres Tuns, ihnen staunend zusah. Verschiedene Male rief meine Mutter nach ihnen; sie gaben keinen Laut einer Antwort zurück. Müde von den vorangegangenen Erregungen, schliefen sie wahrscheinlich! Sie durchsuchte alle Ecken des Hauses ohne sie zu bemerken. Sie folgte der Hündin, die sie am Kleide zog, zur Hundehütte. Die Frau beugte sich hinab und hielt ihren Kopf an den Eingang. Der Anblick, dessen Zeuge zu sein ihr ermöglicht wurde, abgesehen von den ungesunden Übertreibungen mütterlicher Angst, konnte, nach den Berechnungen meines Geistes, nur herzzerreißend sein. Ich zündete eine Kerze an und reichte sie ihr; auf diese Weise entging ihr keine Einzelheit. Sie zog ihren mit Strohhalmen bedeckten Kopf aus dem verfrühten Grabe und sagte zu mir: ›Die drei Margareten sind tot.‹ Da wir sie nicht aus diesem Ort herausziehen konnten, denn, wohlgemerkt, sie hielten sich eng umschlungen, suchte ich in der Werkstatt einen Hammer, um die Hundewohnung zu zertrümmern. Ich begab mich sofort ans Werk der Zerstörung, und die Passanten konnten glauben, sofern sie nur die geringste Phantasie besaßen, daß die Arbeit bei uns nicht abreiße. Meine Mutter, ungeduldig geworden durch diesen Verzug, der jedoch unvermeidlich war, zerbrach ihre Nägel an den Brettern. Endlich ging die Operation der negativen Befreiung zu Ende, die gespaltene Hundehütte öffnete sich nach allen Seiten; und wir zogen aus den Trümmern, eine nach der andern, nachdem wir sie unter Schwierigkeiten getrennt hatten, die Töchter des Zimmermanns. Meine Mutter verließ das Land. Ich habe meinen Vater nicht wiedergesehen. Was mich betrifft, so sagt man, ich sei verrückt und nähme die Hilfe der öffentlichen Wohlfahrt in Anspruch. Was ich weiß, ist, daß der Kanarienvogel nicht mehr singt.« Der Zuhörer lobt innerlich dieses neue Beispiel, das zur Bekräftigung seiner ekelhaften Theorien beiträgt. Als ob man eines Menschen wegen, der einst dem Wein verfiel, das Recht hätte, die ganze Menschheit anzuklagen. Derart ist wenigstens die paradoxe Überlegung, die er in seinen Geist hineinzubringen sucht; sie kann jedoch die wichtigen Lehren der schweren Erfahrung nicht daraus vertreiben. Er tröstet den Narren mit erheuchelter Teilnahme und trocknet dessen Tränen mit seinem eigenen Taschentuch. Er führt ihn in ein Restaurant, und sie essen am gleichen Tisch. Sie gehen zu einem Schneider der vornehmen Welt, und der Schützling wird eingekleidet wie ein Prinz. Sie klopfen bei dem Portier eines großen Hauses der Rue Saint-Honoré, und der Narr wird in einer reichen Wohnung des dritten Stockwerkes untergebracht. Der Räuber zwingt ihn, seine Börse anzunehmen, zieht das Nachtgeschirr unter dem Bett hervor und stülpt es auf Aghones Kopf. »Ich kröne dich zum König der Intelligenzen«, ruft er mit vorsätzlicher Emphase; »ich eile auf dein geringstes Zeichen herbei; greife mit vollen Händen in meinen Geldschrank; ich gehöre dir mit Leib und Seele. Des Nachts sollst du die alabasterne Krone an ihren üblichen Platz stellen, mit der Erlaubnis, dich ihrer zu bedienen; am Tage jedoch, sobald die Morgenröte die Städte erleuchtet, setze sie dir wieder aufs Haupt als Symbol deiner Macht. Die drei Margareten werden in mir wieder lebendig, ohne einzurechnen, daß ich deine

Mutter sein werde.« Da wich der Narr einige Schritte zurück, als wäre er die Beute eines höhnenden Angsttraumes; Glückslinien bildeten sich auf seinem kummerdurchfurchten Antlitz; er fiel seinem Beschützer demutsvoll zu Füßen. Die Dankbarkeit war wie ein Gift in das Herz des gekrönten Narren gedrungen! Er wollte sprechen, und seine Zunge stand still. Er neigte seinen Körper nach vorn und fiel auf die Steinfliesen nieder. Der Mensch mit den Bronzelippen zieht sich zurück. Was war sein Ziel? Einen bewährten Freund gewinnen, naiv genug, seinen geringsten Befehlen zu gehorchen. Kein Besserer konnte ihm begegnen, und der Zufall hatte ihn begünstigt. Der, den er auf der Bank liegend fand, kann seit einem Ereignis seiner Jugend nicht mehr das Gute vom Bösen unterscheiden. Aghone ist genau der, den er braucht.

[8] Der Allmächtige hatte einen seiner Erzengel auf die Erde gesandt, um den Jüngling vor einem sicheren Tode zu retten. Er wird gezwungen sein, selbst herabzusteigen! Aber noch sind wir lange nicht bei diesem Teil unseres Berichtes angelangt, und ich sehe mich genötigt, den Mund zu halten, da ich nicht alles auf einmal sagen kann: jeder kunstvolle Trick wird an seinem Platz erscheinen, wenn das Gewebe dieser Fiktion darin keinen Nachteil erblickt. Um nicht erkannt zu werden, hatte der Erzengel die Gestalt eines Taschenkrebses von der Größe einer Vikunja angenommen. Er stand auf der Spitze einer Klippe mitten im Meer und wartete auf den günstigen Augenblick der Flut, um zum Gestade hinabzusteigen. Der Mensch mit den Jaspislippen lauerte, hinter einer Strandbucht verborgen, dem Tier mit einem Knüppel in der Hand auf. Wer hätte gewünscht, in den Gedanken dieser beiden zu lesen? Der erste verhehlte sich nicht, daß er eine schwierige Mission zu erfüllen hätte: »Und wie sollte ich Erfolg haben«, rief er, während die steigenden Wogen seinen vorübergehenden Zufluchtsort umspülten, »dort, wo mein Meister mehr als einmal seine Kraft und seinen Mut scheitern sah! Ich bin nur eine begrenzte Substanz, während von dem anderen niemand weiß, woher er kommt und welches sein Endziel ist. Bei seinem Namen zittern die himmlischen Heerscharen; und so mancher in den Bereichen, die ich verlassen habe, erzählt, daß Satan selbst, Satan, die Verkörperung des Bösen, weniger furchtbar sei.« Der zweite stellte folgende Betrachtungen an; sie fanden ein Echo bis in die himmelblaue Kuppel, die sie beschmutzten: »Er sieht ganz unerfahren aus; ich werde

sehr schnell mit ihm abrechnen. Zweifellos kommt er von oben, gesandt von dem, der so sehr fürchtet, selbst zu erscheinen! Am Werk werden wir erkennen, ob er so unbeugsam ist, wie er aussieht; er ist kein Bewohner der irdischen Aprikose; er verrät seine seraphische Herkunft durch seine unsteten und unentschlossenen Augen.« Der Taschenkrebs, der seit einiger Zeit seinen Blick über einen bestimmten Raum der Küste schweifen ließ, gewahrte unseren Helden (dieser erhob sich alsbald zu der ganzen Höhe seines herkulischen Wuchses) und fuhr ihn hart mit folgenden Worten an: »Nimm den Kampf nicht auf und ergib dich. Ich bin von jemandem gesandt, der uns beiden überlegen ist, um dich in Ketten zu legen und die beiden mit deinem Geist paktierenden Gliedmaßen in die Unmöglichkeit zu versetzen, sich zu bewegen. Messer und Dolche fest in deinen Fingern zu halten, muß dir fortan verboten sein, glaube es mir; in deinem Interesse wie in dem der anderen. Tot oder lebendig, ich werde dich fangen; ich habe Befehl, dich lebend mitzubringen. Zwinge mich nicht, die Macht anzuwenden, die mir verliehen wurde. Ich werde mich taktvoll benehmen; du aber leiste mir keinen Widerstand. So werde ich mit Eifer und Freude anerkennen, daß du einen ersten Schritt zur Reue getan hast.« Als unser Held diese mit so tiefer Komik gewürzte Ansprache hörte, hatte er Mühe, auf der Derbheit seiner gebräunten Züge den Ernst zu bewahren. Schließlich aber wird sich nicht jeder wundern, wenn ich hinzufüge, daß er am Ende in Gelächter ausbrach. Es war stärker als er! Er verband keine schlechte Absicht damit! Er wollte sich gewiß keine Vorwürfe des Taschenkrebses zuziehen! Wie viele Mühe gab er sich nicht, um den Lachreiz zu verjagen! Wie viele Male preßte er nicht die Lippen aufeinander, um nicht den Eindruck zu erwecken, seinen verblüfften Gesprächspartner zu beleidigen! Unglücklicherweise war sein Charakter zum Teil menschlicher Natur, und er lachte wie die Schafe es tun. Schließlich hielt er inne! Es war Zeit! Er wäre beinahe erstickt! Der Wind trug dem Erzengel auf der Klippe folgende Antwort zu: »Wenn dein Herr mir keine Schnecken und Krebse mehr schickt, um seine Angelegenheiten zu ordnen, und wenn er geruht, persönlich mit mir zu verhandeln, wird man das Mittel zur Einigung finden, dessen bin ich sicher, da ich dem, der dich sandte, unterlegen bin, wie du es sehr richtig gesagt hast. Bis dahin scheinen mir die Gedanken an eine Versöhnung verfrüht und würden zu nichts anderem führen als zu einem trügerischen Resultat. Es liegt mir ganz fern zu verkennen, wieviel Vernünftiges jede deiner Silben enthält; und da wir unsere Stimme unnötig ermüden könnten, wenn wir sie eine Entfernung von drei Kilometern zurücklegen lassen, so würdest du, wie mir scheint, weise handeln, wenn du von deiner unüberwindlichen Festung herabstiegst und schwimmend ans Festland gelangtest: wir würden bequemer die Bedingungen einer Übergabe diskutieren, die, wie rechtmäßig sie auch sein mag, für mich schließlich doch eine unangenehme Aussicht bedeutet.« Der Erzengel, der eine solche Bereitschaft nicht erwartet hatte, streckte seinen Kopf um Kerbesbreite aus den Tiefen der Felspalte und erwiderte: »O Maldoror, ist endlich der Tag gekommen, da die Fackel eines nicht zu rechtfertigenden Hochmuts, die deinen schändlichen Instinkten zur ewigen Verdammnis voranleuchtet, erlöschen wird! Ich also werde als erster den Scharen der Engel, glücklich, einen der Ihren wiederzufinden, diesen löblichen Wechsel verkünden. Du weißt selbst und hast es nicht vergessen, daß es eine Zeit gab, da du den ersten Platz unter uns einnahmst. Dein Name flog von Mund zu Mund; jetzt bist du der Gegenstand unserer einsamen Gespräche. Komm also... komm und schließe dauernden Frieden mit deinem früheren Herrn; er wird dich empfangen wie einen verirrten Sohn und wird der ungeheuren Menge deiner Schuld nicht gedenken, die du, gleich einem Berg von Hörnern des Elches, den die Indianer züchten, auf dein Herz gehäuft hast.« So spricht er und zieht alle Teile seines Leibes aus der Tiefe der düsteren Öffnung. Strahlend zeigt er sich auf der Oberfläche der Klippe; wie ein Priester der Religionen in der Gewißheit, ein verirrtes Schaf heimzuführen. Er wird einen Sprung ins Wasser tun, um schwimmend den zu erreichen, dem Vergebung wurde. Aber der Mensch mit den Saphirlippen hat lange im voraus einen heimtückischen Streich ersonnen. Mit Kraft wird sein Knüppel geschleudert; nach mehrfachem Springen auf den Wellen trifft er das Haupt des wohltätigen Erzengels. Der tödlich getroffene Krebs fällt ins Wasser. Die Flut trägt das schwankende Wrack ans Ufer. Er hatte auf die Flut gewartet, um seinen Abstieg leichter zu vollbringen. Nun, die Flut ist gekommen, sie hat ihn mit ihrem Gesang gewiegt und ihn sanft auf den Strand gelegt: ist der Krebs nicht zufrieden? Was braucht er mehr? Und Maldoror, über den Sand des Gestades gebeugt, empfängt zwei Freunde in seinen Armen, unzertrennlich vereint durch die Zufälle der Woge: die Leiche des Taschenkrebses und den Mordknüppel! »Ich habe meine Geschicklichkeit noch nicht verloren«, ruft er; »es fehlt ihr nur an Übung; mein Arm bewahrt seine Stärke und mein Auge den Scharfblick.« Er betrachtet das leblose Tier. Er fürchtet, man werde für das vergossene Blut Rechenschaft von ihm fordern. Wo soll er den Erzengel verbergen? Und zugleich fragt er sich, ob der Tod nicht sofort eingetreten sei. Er hat einen Amboß und einen Leichnam auf seinen Rücken geladen; er macht sich auf den Weg zu einem großen Teich, dessen Ufer ganz bedeckt und gleichsam eingemauert sind von einem unentwirrbaren Gestrüpp hoher Binsen. Zuerst wollte er einen Hammer nehmen, aber das ist ein zu leichtes Werkzeug; mit einem schweren Gegenstand dagegen wird er den Leichnam, falls er ein Lebenszeichen von sich gibt, auf den Boden legen und ihn mit Amboßschlägen zu Staub zermalmen. Nicht an Kraft fehlt es seinem Arm, o nein; das ist seine geringste Sorge. Als er den See erblickt, sieht er ihn von Schwänen bevölkert. Er sagt sich, daß dies ein sicherer Zufluchtsort für ihn sei; mit Hilfe einer Metamorphose gesellt er sich der Schar der anderen Vögel zu, ohne seine Bürde abzusetzen. Seht die Hand der Vorsehung, dort, wo man versucht wäre, sie für abwesend zu halten, und zieht euren Nutzen aus dem Wunder, von dem ich euch sprechen werde. Schwarz wie der Flügel eines Raben schwamm er dreimal inmitten der Schar der blendend weißen Schwimmvögel; dreimal bewahrte er diese abstechende Farbe, die ihn einem Kohleblock gleichmachte. Denn Gott in seiner Gerechtigkeit gestattete nicht, daß seine Arglist auch nur eine Schar von Schwänen täuschte. Auf diese Weise blieb er sichtbar im Zentrum des Sees; aber jeder hielt sich abseits, und kein Vogel näherte sich seinem schändlichen Gefieder, um ihm Gesellschaft zu leisten. Und so beschrieb er seine tauchenden Kreise in einer abseits gelegenen Bucht, am äußersten Ende des Teiches, allein unter den Bewohnern der Luft, wie er es unter den Menschen war! So gab er das Vorspiel zu dem unglaublichen Ereignis auf der Place Vendôme!

[9] Der Korsar mit den goldenen Haaren hat Mervyns Antwort erhalten. Er verfolgt auf dieser seltsamen Seite die Spur der geistigen Verwirrung dessen, der sie, den schwachen Kräften seiner eigenen Suggestion ausgeliefert, schrieb. Dieser hätte viel besser daran getan, seine Eltern zu Rate zu ziehen, bevor er die Freundschaft des Unbekannten beantwortete. Es wird ihm keinen Gewinn bringen, sich als Hauptdarsteller in diese zweideutige Intrige ein-

zulassen. Aber schließlich hat er es gewollt. Zur festgesetzten Stunde ist Mervyn von der Tür seines Hauses geradeaus seines Wegs gegangen, den Boulevard Sebastopol entlang bis zur Fontäne Saint-Michel. Er geht den Quai des Grands-Augustins hinunter und überquert den Quai Conti; gerade als er auf den Quai Malaquais kommt, sieht er auf dem Quai du Louvre, parallel zu seiner eigenen Richtung, ein Individuum mit einem Sack unter dem Arm dahinschreiten, das ihn aufmerksam zu beobachten scheint. Die Morgennebel haben sich zerstreut. Die beiden Fußgänger treffen von verschiedenen Seiten kommend, zu gleicher Zeit auf dem Pont du Carrousel ein. Obwohl sie sich nie gesehen hatten, erkannten sie sich! Wahrlich, es war rührend zu sehen, wie diese beiden, durch das Alter getrennten Wesen, ihre Seelen durch die Größe der Gefühle näherbrachten. So hätten wenigstens jene gedacht, die bei diesem Anblick stehengeblieben wären, den manch einer, selbst ein mathematischer Geist, ergreifend gefunden hätte. Mervyn überlegte mit tränenüberströmtem Antlitz, daß er sozusagen beim Eintritt ins Leben eine wertvolle Stütze für späteres Mißgeschick traf. Ihr könnt überzeugt sein, daß der andere nichts sagte. Hier, was er tat: er entfaltete den Sack, den er trug, öffnete ihn und indem er den Jüngling beim Schopf ergriff, ließ er den ganzen Körper in die Leinwandhülle gleiten. Mit seinem Taschentuch band er das äußerste Ende, das als Eingang diente, zu. Da Mervyn gellende Schreie ausstieß, hob er den Sack hoch wie einen Packen Wäsche und schlug ihn mehrmals gegen die Brüstung der Brücke. Da schwieg der arme Sünder, denn er hatte das Krachen seiner Knochen vernommen. Einzigartiger Auftritt, den kein Romancier noch einmal erfinden wird! Ein Schlachter kam vorüber, der auf dem Fleisch seines Karrens saß. Ein Individuum läuft auf ihn zu, veranlaßt ihn zu halten und sagt: »Hier ist ein Hund in diesem Sack; er hat die Räude: schlachtet ihn so schnell wie möglich.« Der Angesprochene zeigt sich gefällig. Der Störenfried bemerkt, als er sich entfernt, ein zerlumptes Mädchen, das ihm die Hand entgegenstreckt. Wie weit geht doch der Gipfel der Frechheit und der Gottlosigkeit! Er gibt ihm ein Almosen! Sagt, ob ich euch einige Stunden später an das Tor eines abgelegenen Schlachthauses führen soll. Der Schlachter ist zurückgekehrt und eine Bürde zu Boden werfend, sagt er zu seinen Kameraden: »Töten wir schnell diesen räudigen Hund.« Sie sind ihrer vier, und jeder ergreift den gewohnten Hammer. Und doch zögerten sie, weil der Sack sich so kräftig bewegte. »Welche Erregung bemächtigt sich meiner?« rief einer von ihnen, während er langsam seinen Arm sinken läßt. »Dieser Hund stößt schmerzliche Klagelaute aus wie ein Kind«, sagte ein anderer; »es ist, als verstünde er das Schicksal, das seiner wartet.« »Das tun sie gewöhnlich«, erwiderte ein dritter; »selbst wenn sie nicht krank sind, wie es hier der Fall ist, genügt es, daß ihr Herr seinem Hause einige Tage fernbleibt, um ein Geheul anzustimmen, das wahrlich schwer zu ertragen ist.« »Haltet ein!... haltet ein!...« rief der vierte, bevor alle Arme sich im Takt gehoben hatten, um diesmal entschlossen auf den Sack einzuschlagen. »Haltet ein«, sage ich euch; »hier stimmt etwas nicht. Wer sagt euch, daß diese Leinwand einen Hund birgt? Ich will mich dessen vergewissern.« Dann, trotz der Spötteleien seiner Gefährten, band er das Bündel auf und zog eins nach dem anderen die Gliedmaßen Mervyns heraus! Die Bedrängnis dieser Lage hätte ihn beinahe erstickt. Als er das Tageslicht wieder erblickte, fiel er in Ohnmacht. Kurz darauf gab er unzweifelhafte Lebenszeichen von sich. Der Retter sagte: »Lernt daraus für ein andermal, selbst in eurem Handwerk Vorsicht walten zu lassen. Beinahe hättet ihr selbst Gelegenheit gehabt, festzustellen, daß es zu nichts dient, dieses Gesetz unbeobachtet zu lassen.« Die Schlachter liefen davon. Mervyn, beklommenen Herzens und voll unheilvoller Vorahnungen kehrt nach Hause zurück und schließt sich in sein Zimmer ein. Habe ich nötig, noch länger bei dieser Strophe zu verweilen? Ach! wer würde die Ereignisse, die darin vollzogen wurden, nicht beklagen! Warten wir das Ende ab, um ein noch strengeres Urteil zu fällen. Die Lösung des Knotens nähert sich schnell; und in derlei Erzählungen, wo eine Leidenschaft, welcher Art sie auch sei, kein Hindernis scheut, um sich ihren Weg zu bahnen, ist es nicht am Platze, in einem Farbnapf den Gummilack mit vierhundert abgedroschenen Seiten zu verdünnen. Was in einem halben Dutzend Strophen gesagt werden kann, muß man sagen und dann schweigen.

[10] Um auf mechanische Weise das Hirn einer einschläfernden Geschichte zu konstruieren, genügt es nicht, Dummheiten zu zerlegen und die Intelligenz des Lesers mit immer neuen Dosen gewaltig abzustumpfen, so daß seine Fähigkeiten für den Rest seines Lebens durch das unfehlbare Gesetz der Müdigkeit gelähmt sind; man muß ihn außerdem mit gutem magnetischem Fluidum auf findige Weise in die nachtwandlerische Unmöglichkeit versetzen, sich

zu bewegen, indem man ihn zwingt, seine Augen gegen sein Naturell durch die Unbeweglichkeit der euren zu verdunkeln. Ich will sagen, nicht um mich besser verständlich zu machen, sondern nur um meinen Gedanken zu entwickeln, der durch eine der penetrantesten Harmonien interessiert und zugleich irritiert, daß ich es zur Erlangung des gesetzten Zieles nicht für notwendig halte, eine Dichtkunst völlig außerhalb des Naturablaufs zu erfinden und deren verderblicher Hauch selbst die absoluten Wahrheiten zu erschüttern scheint; ein solches Resultat herbeizuführen (das übrigens mit den Regeln der Ästhetik übereinstimmt, wenn man es recht überlegt) ist aber nicht so leicht wie man denkt: das ist es, was ich sagen wollte. Darum werde ich mir jede Mühe geben, es zu erreichen! Sollte der Tod die phantastische Magerkeit der zwei langen Arme meiner Schultern, die zur grausigen Zerstampfung meines literarischen Gipses verwendet werden, zum Stillstand bringen, dann soll der trauernde Leser wenigstens sagen können: »Man muß ihm Gerechtigkeit widerfahren lassen. Er hat mich sehr verblödet. Was hätte er nicht getan, wenn er länger am Leben geblieben wäre! Er ist der beste Lehrer des Hypnotismus, den ich kenne!« Diese wenigen rührenden Worte wird man in den Marmor meines Grabes meißeln, und meine Manen werden befriedigt sein! – Ich fahre fort! Da war ein Fischschwanz, der sich in der Tiefe eines Loches neben einem abgetretenen Stiefel bewegte. Es war nicht natürlich, sich zu fragen: »Wo ist der Fisch? Ich sehe nur den Schwanz, der sich bewegt.« Denn, wenn man stillschweigend zugab, den Fisch nicht zu sehen, so deswegen, weil er in Wirklichkeit gar nicht da war. Der Regen hatte einige Wassertropfen auf dem Grunde dieses in den Sand gehöhlten Trichters zurückgelassen. Was den abgetretenen Stiefel betrifft, so haben einige seitdem vermutet, daß er absichtlich dort zurückgelassen worden war. Der Taschenkrebs sollte durch göttliche Macht aus seinen aufgelösten Atomen von neuem geboren werden. Er zog den Fischschwanz aus dem Brunnen und versprach ihm, ihn mit seinem verlorenen Leib wieder zu vereinigen, wenn er dem Schöpfer die Machtlosigkeit seines Bevollmächtigten, die rasenden Wogen des maldororischen Meeres zu beherrschen, verkündete. Er lieh ihm zwei Albatrosflügel, und der Fischschwanz schwang sich empor. Aber er flog zur Behausung des Abtrünnigen, um ihm zu erzählen, was sich begeben hatte und den Taschenkrebs zu verraten. Dieser durchschaute den Plan des Spions, und bevor der dritte Tag sein Ende erreichte, durchbohrte er den Fischschwanz mit einem vergifteten Pfeil. Die Kehle des Spions stieß einen schwachen Schrei aus, und er tat den letzten Atemzug bevor er die Erde berührte. Da richtete sich ein hundertjähriger Balken, der auf dem Dachstuhl eines Schlosses lag, zu seiner ganzen Höhe empor und schrie, indem er über sich selbst sprang, laut nach Rache. Aber der in ein Nashorn verwandelte Allmächtige lehrte ihn, daß dieser Tod verdient sei. Der Balken beruhigte sich, suchte sich einen Platz in der Tiefe der Burg, nahm seine horizontale Lage wieder ein und rief die verscheuchten Spinnen zurück, um sie, wie einst, in seinen Winkeln ihre Netze weiterspinnen zu lassen. Der Mensch mit den Schwefellippen erfuhr von der Schwäche seines Verbündeten; darum befahl er dem gekrönten Narren, den Balken zu verbrennen und ihn in Asche zu verwandeln. Aghone führte diesen strengen Befehl aus. »Da, euch zufolge, der Augenblick gekommen ist«, rief er, »habe ich den Ring, den ich unter dem Stein vergraben hatte, zurückgenommen und ihn an ein Ende des Kabels gebunden. Hier ist das Bündel.« Und er reichte ihm ein dickes, eingerolltes Seil von zwanzig Metern Länge. Sein Meister fragte ihn, was die vierzehn Dolche täten. Er entgegnete, daß sie in Treue verharrten und sich, falls nötig, für jedes Ereignis bereit hielten. Der Zuchthäusler neigte sein Haupt zum Zeichen der Befriedigung. Er zeigte sich überrascht und sogar beunruhigt, als Aghone hinzufügte, daß er einen Hahn gesehen hätte, der mit seinem Schnabel einen Kandelaber in zwei Teile gespalten, den Blick der Reihe nach in jeden der beiden Teile getaucht und seine Flügel frenetisch schlagend, ausgerufen habe: »Es ist nicht so weit wie man denkt von der Rue de la Paix zur Place du Phanthéon. Bald wird man den kläglichen Beweis dafür erhalten!« Der Taschenkrebs, der ein feuriges Roß bestiegen hatte, jagte mit verhängtem Zügel in der Richtung der Klippe davon, Zeuge des von einem tätowierten Arm geschleuderten Knüppels, dem Asyl des ersten Tages seines Abstiegs zur Erde. Eine Pilgerkarawane befand sich auf dem Wege zu diesem Ort, der hinfort durch einen erhabenen Tod geweiht war. Er hoffte, sie zu erreichen, um dringende Hilfe gegen das in Vorbereitung befindliche Komplott von ihr zu erbitten, das ihm zu Ohren gekommen war. Einige Zeilen weiter werdet ihr mit Hilfe meines eisigen Schweigens erkennen, daß er nicht zeitig genug ankam, um ihnen zu erzählen, was ihm ein Lumpensammler berichtet hatte, der hinter dem benachbarten Gerüst eines im Bau befindlichen Hauses versteckt, am Tage, da der Pont du Carrousel, noch von dem feuchten Tau der Nacht bedeckt, mit Entsetzen bemerkte, daß der Horizont seines Denkens sich durch die morgendliche Erscheinung des rhythmischen Knetens eines zwanzigflächigen Sackes gegen sein Kalksteingeländer unbestimmt in konzentrischen Kreisen vergrößerte! Bevor er durch die Erinnerung an diese Episode ihr Mitleid erregt, werden sie gut daran tun, die Saat der Hoffnung in ihrem Innern zu zerstören... Um eure Trägheit zu brechen, wendet die Hilfsmittel der Gutwilligkeit an, schreitet neben mir her und laßt diesen Narren nicht aus den Augen, der ein Nachtgeschirr auf den Kopf gestülpt trägt, und die Hand mit einem Knüppel bewaffnet, jenen vor sich hertreibt, den ihr nur mit Mühe erkennen würdet, wenn ich nicht dafür sorgte, euer Ohr an das Wort zu erinnern, das Mervyn ausgesprochen wird. Wie hat er sich verändert! Die Hände auf dem Rücken gefesselt, schreitet er dahin, als wäre er auf dem Wege zum Schafott, und doch ist er keines Verbrechens schuldig. Sie sind in der kreisförmigen Umfriedung der Place Vendôme angelangt. Auf das Sims der massiven Säule, gegen das viereckige Geländer gestützt, mehr als fünfzig Meter über dem Erdboden, hat ein Mensch ein Kabel geschleudert und entrollt, das einige Schritte von Aghone zu Boden fällt. Mit Übung geht eine Sache schnell; aber ich kann sagen, daß dieser nicht viel Zeit brauchte, um Mervyns Füße ans äußerste Ende des Seiles zu binden. Das Nashorn hatte erfahren, was geschehen sollte. Schweißbedeckt und keuchend erschien es an der Ecke der Rue Castiglione. Es wurde ihm nicht einmal die Genugtuung, den Kampf aufzunehmen. Das Individuum, das die Umgebung von der Höhe der Säule beobachtete, lud seinen Revolver, zielte sorgfältig und drückte ab. Der Kommodore, der seit dem Tage, da das begonnen hatte, was er für den Wahnsinn seines Sohnes hielt, bettelnd durch die Straßen zog, und die Mutter, die man wegen ihrer äußersten Blässe das SCHNEEMÄDCHEN nannte, streckten ihre Brust vor, um das Nashorn zu schützen. Vergebliche Fürsorge. Die Kugel durchlöcherte das Fell wie ein Drillbohrer; mit einem Anflug von Logik hätte man annehmen können, daß der Tod unfehlbar eintreten müßte. Aber wir wußten, daß die Substanz des Herrn in diesen Dickhäuter eingegangen war. Verdrießlich zog er sich zurück. Wenn es nicht gründlich bewiesen wäre, daß er für eines seiner Geschöpfe zu gut war, würde ich den Menschen von der Säule beklagen! Dieser zieht mit einem scharfen Ruck seines festen Handgelenks das so beschwerte Seil zu sich empor. In dieser anormalen Lage lassen seine Schwingungen Mervyn hin und her pendeln, dessen Haupt nach unten blickt. Schnell ergreift er mit seinen Händen eine lange Immortellen-Girlande, die zwei aufeinanderfolgende Kanten des Sockels, gegen den seine Stirn stößt, verbindet. Er trägt mit sich in die Lüfte, was kein fester Punkt war. Nachdem in Form übereinandergeschichteten Ellipsen der entsprungene Zuchthäusler einen großen Teil des Kabels zu seinen Füßen aufgehäufelt hat, so daß Mervyn in halber Höhe des bronzenen Obelisken schwebt, läßt er den Jüngling mit der rechten Hand in einer zur Säulenachse parallelen Ebene eine gleichmäßig schneller werdende Rotationsbewegung beschreiben, und hebt mit der linken Hand das schlangenartig aufgerollte Seil auf, das zu seinen Füßen liegt. Die Schleuder pfeift durch den Raum; der Körper Mervyns folgt ihr überall, durch die Zentrifugalkraft immer vom Zentrum entfernt, in einem von der Materie unabhängigen Luftumkreis, immer seine bewegliche und gleichen Abstand haltende Lage bewahrend. Der zivilisierte Wilde läßt sich nach und nach, bis er das andere Ende erreicht, das er mit fester Mittelhand hält, los, was zu Unrecht einer Stahlstange gleicht. Er beginnt um das Geländer zu laufen, indem er sich mit einer Hand an der Rampe festhält. Dieses Manöver bewirkt eine Veränderung der ursprünglichen Ebene der Umdrehung des Kabels und erhöht dessen bereits so beträchtliche Spannkraft. Künftig dreht er sich majestätisch in einer horizontalen Ebene, nachdem es nach und nach in unmerklichem Lauf durch mehrere schiefe Ebenen gegangen ist. Der rechte Winkel, durch Säule und Pflanzenfaser gebildet, hat gleiche Schenkel! Der Arm des Abtrünnigen und das Mordinstrument vereinigen sich in der Längeneinheit wie die atomistischen Elemente eines Lichstrahls, der in die Dunkelkammer dringt. Die Lehrsätze der Mechanik erlauben mir, so zu sprechen; leider! Bekanntlich ergibt die Vereinigung einer Kraft mit einer anderen Kraft eine Resultante, die aus zwei Urkräften erzeugt wird! Wer würde zu behaupten wagen, daß das lineare Tauwerk ohne die Kraft des Athleten, ohne die gute Qualität des Hanfes nicht bereits zerrissen wäre? Der Kosar mit den goldenen Haaren hält plötzlich in der erreichten Geschwindigkeit inne, öffnet zugleich die Hand und läßt das Kabel los. Der Gegenschlag dieser Bewegung, die der früheren so konträr ist, läßt das Geländer in seinen Fugen krachen. Mervyn, vom Seil gefolgt, gleicht einem Kometen, der seinen flammenden Schweif hinter sich herzieht. Der eiserne Ring der

Schlinge, der in den Strahlen der Sonne blinkt, verpflichtet dazu, das Trugbild selbst zu vervollständigen. In der Beschreibung seiner Parabel durchschneidet der zum Tode Verurteilte die Atmosphäre bis zum linken Ufer, geht dank der Stoßkraft, die ich für unendlich halte, darüber hinaus, und sein Körper schlägt gegen die Kuppel des Panthéon, während das Seil mit seinen Windungen teilweise die obere Decke der ungeheuren Wölbung umschlingt. Auf seiner kugelförmigen und konvexen Oberfläche, die nur in der Form an eine Orange erinnert, sieht man zu jeder Stunde des Tages ein verdorrtes Skelett, das dort hängengeblieben ist. Wenn der Wind es schaukelt, dann sollen, so erzählt man, die Studenten des Quartier Latin aus Furcht vor einem solchen Schicksal ein kurzes Gebet sprechen: dies sind nichtssagende Gerüchte, an die man durchaus nicht zu glauben braucht und nur geeignet, kleinen Kindern Angst einzujagen. Es hält in seinen verkrampften Händen etwas wie ein langes Gewinde gelber, vertrockneter Blumen. Man muß die Entfernung in Betracht ziehen und niemand kann, trotz seiner anerkannt guten Augen bezeugen, daß es sich dort wirklich um jene Immortellen handelt, von denen ich euch sprach und die ein ungleicher Kampf, der unweit der neuen Oper begann, sich von einem grandiosen Sockel lösen sah. Darum ist es nicht weniger wahr, daß die mondsichelförmigen Faltenwürfe dort nicht mehr den Ausdruck ihrer endgültigen Symmetrie durch die Vierzahl empfangen: seht es euch selbst an, wenn ihr mir nicht glauben wollt.

*Ende des Sechsten Gesanges*

I Ducasse
15 rue Vivienne

Paris, 23 Octobre. – Laissez-moi d'abord vous expliquer ma situation. J'ai chanté le mal, comme ont fait Mickiéwickz, Byron, Milton, Southey, A. de Musset, Baudelaire, etc. Naturellement, j'ai un peu exagéré le diapason pour faire du nouveau dans le sens de cette littérature sublime qui ne chante le désespoir que pour opprimer le lecteur, et lui faire désirer le bien comme remède. Ainsi donc, c'est toujours le bien qu'on chante en somme, seulement par une méthode plus philosophique et moins naïve que l'ancienne école, dont Victor Hugo et quelques autres sont les seuls représentants qui soient encore vivants. Vendez, je ne vous en empêche pas : que faut-il que je fasse pour cela ? Faites vos conditions. Ce que je voudrais, c'est que le service de la critique soit fait aux principaux lundistes. Eux seuls jugeront en 1er et dernier ressort le commencement d'une publication qui ne verra sa fin évidemment que plus tard, lorsque j'aurai vu la mienne. Ainsi donc, la morale de la fin n'est pas encore faite. Et cependant, il y a déjà une immense douleur à chaque page. Est-ce le mal, cela ? Non, certes. Je vous serai reconnaissant parce que si la critique en disait du bien, je pourrais dans les éditions suivantes retrancher quelques pièces trop puissantes. Ainsi donc, ce que je désire avant tout, c'est être jugé par la critique, et, une fois connu, ça ira tout seul. I. D. Ducasse

M. Ducasse, rue du Faubourg-Montmartre, N° 32.

An den Bankier Darasse

22. Mai 1869

Sehr geehrter Herr,
gleich gestern erhielt ich Ihren vom 21. Mai datierten Brief; es war der Ihre. Nun, Sie müssen wissen, daß ich leider nicht so die Gelegenheit vorübergehen lassen kann, mich bei Ihnen zu entschuldigen. Hier warum: wenn Sie mir neulich in Unkenntnis der Unannehmlichkeiten, die mir in der Lage, in der sich meine Person befindet, entstehen könnten, mitgeteilt hätten, daß die Gelder zusammenschmelzen, dann hätte ich mich zwar nicht gehütet, sie anzurühren; sicher aber hätte es mir ebenso große Freude gemacht, diese drei Briefe nicht zu schreiben, wie Ihnen selbst, sie nicht zu lesen. Sie haben das klägliche System des Mißtrauens in Kraft gesetzt, das die Wunderlichkeit meines Vaters unklar befohlen hatte; aber Sie haben erraten, daß mich mein Kopfweh nicht hindert, aufmerksam die schwierige Lage zu betrachten, in die Sie bisher ein Bogen Briefpapier, der aus Südamerika kam, versetzt hat und dessen Hauptfehler der Mangel an Klarheit war; denn ich ziehe die Anstößigkeit gewisser melancholischer Bemerkungen nicht in Betracht, die man einem Greis leicht verzeiht und die mir bei der ersten Lektüre den Anschein erweckten, Sie später vielleicht in die Notwendigkeit zu versetzen, einem Herrn gegenüber, der jetzt in der Hauptstadt wohnt, aus der strikten Rolle des Bankiers herauszutreten... Verzeihung, mein Herr, ich habe eine Bitte an Sie: sollte mein Vater vor dem 1. September neue Gelder schicken, Zeitpunkt, an dem mein Korpus an der Tür Ihrer Bank erscheinen wird, wollen Sie dann die Güte haben, es mich wissen zu lassen? Übrigens bin ich zu jeder Stunde des Tages zu Hause; aber Sie würden mir nur ein Wort zu schreiben brauchen, und aller Wahrscheinlichkeit nach erhalte ich es dann fast ebenso schnell wie das Fräulein, das die Tür öffnet oder sogar noch früher, wenn ich mich im Vestibül befinde... Und alles das, ich wiederhole es, um einer unbedeutenden Formalitätenbagatelle willen! Zehn trockene Nägel hinhalten anstatt fünf, das ist was Rechtes; nach reiflicher Überlegung bekenne ich, daß sie mir von einer bedeutenden Menge von Nichtigkeiten angefüllt schien...

Paris, 23. Oktober

Lassen Sie mich Ihnen zunächst meine Lage erklären. Ich habe das Böse besungen wie Mickiewicz, Byron, Milton, Southey, A. de Musset, Baudelaire usw. es getan haben. Natürlich habe ich das Register ein wenig übertrieben gezogen, um etwas Neues im Sinne jener erhabenen Literatur zu schaffen, die die Verzweiflung nur besingt, um den Leser zu bedrücken und ihn das Gute als Heilmittel wünschen zu lassen. Also ist es im Grunde immer das Gute, was man besingt, nur ist die Methode philosophischer und weniger einfältig als die der alten Schule, deren einzige noch lebende Vertreter Victor Hugo und einige andere sind. Verkaufen Sie, ich hindere Sie nicht: was kann ich dafür tun? Stellen Sie Ihre Bedingungen. Was ich möchte, ist, daß die für die Kritik bestimmten Exemplare an die wichtigsten »Lundistes«[1] geschickt werden. Sie allein werden in erster und letzter Instanz den Anfang einer Publikation beurteilen, die ihr Ende sicher erst später sehen wird, wenn ich das meine gesehen habe. Eine endgültige Moral kann also noch nicht daraus gezogen werden. Und doch liegt schon in jeder Seite ein ungeheurer Schmerz. Ist dies das Böse? Nein, gewiß nicht. Ich wäre Ihnen dafür dankbar, denn sollte die Kritik gut darüber sprechen, könnte ich in den folgenden Ausgaben einige zu starke Stellen streichen. Also, was ich vor allem wünsche, ist, von der Kritik beurteilt zu werden, und einmal bekannt, geht es von selbst. Ganz der Ihre

I. Ducasse

M. I. Ducasse, rue du Faubourg-Montmartre, 32

Paris, 27. Oktober

Ich habe mit Lacroix[2] Ihren Anweisungen gemäß gesprochen. Er wird Ihnen notwendigerweise schreiben. Ihre Vorschläge sind angenommen: daß ich Sie als Verkäufer für mich ernenne, die vierzig Prozent und das 13. Exemplar. Da die Umstände das Werk bis zu einem gewissen Grade würdig genug erscheinen ließen, um vorteilhafterweise in Ihrem Katalog zu figurieren, so glaube ich, daß man es ein wenig teurer verkaufen könnte, ich habe nichts dagegen einzuwenden. Übrigens werden die Geister dort drüben besser als

1 S. Fußnote 18, S. 222
2 Teilhaber von Verboeckhoven.

in Frankreich vorbereitet sein, um Geschmack an solcher Dichtkunst der Empörung zu finden. Ernest Naville (Korrespondent des Insitut de France) hat voriges Jahr in Genf und in Lausanne, unter Anführung der Philosophen und verworfenen Dichter, Vorträge über »*Das Problem des Bösen*« gehalten, die durch einen unmerklichen Strom, der breiter und breiter wird, ihre Spur in den Geistern hinterlassen haben müssen. Danach hat er sie in einem Band zusammengefaßt. Ich werde ihm ein Exemplar schicken. In den folgenden Ausgaben wird er von mir sprechen können, denn ich nehme mit größerem Nachdruck als meine Vorgänger diese seltsame These wieder auf, und sein Buch, das in Paris bei Cherbuliez, dem Buchhändler, Korrespondent der französischen Schweiz und Belgiens, und in Genf in derselben Buchhandlung erschienen ist, wird mich direkt in Frankreich bekannt machen. Das ist eine Sache der Zeit. Wenn Sie mir die Exemplare schicken, dann lassen Sie mir 20 zukommen, die werden genügen.

Ganz der Ihre. I. Ducasse

Paris, 21. Februar 1870

Sehr geehrter Herr,
würden Sie die Güte haben, mir den »*Supplément aux Poésies de Baudelaire*« zu schicken. Ich sende Ihnen hier einliegend 2 Franken, den Preis in Briefmarken. Wenn es nur so bald wie möglich sein könnte, weil ich es für eine Arbeit brauche, von der ich weiter unten spreche.

Ich habe die Ehre, usw.

I. Ducasse
Faubourg-Montmartre, 32

Hat Lacroix die Ausgabe abgetreten oder was hat er damit gemacht? Oder haben Sie sie abgelehnt? Er hat mir nichts davon gesagt. Ich habe ihn seit damals nicht gesehen. – Wissen Sie, ich habe meine Vergangenheit verleugnet. Ich besinge nur noch die Hoffnung; aber dazu muß man zuerst den Zweifel dieses Jahrhunderts angreifen (Schwermut, Trauer, Schmerz, Verzweiflung, grausiges Gewieher, künstliche Schlechtigkeiten, kindischen Hochmut, komische Flüche usw.). In einem Werk, das ich Lacroix in den ersten Märztagen bringen werde, greife ich die schönsten Dichtungen von Lamartine, von Victor Hugo, von Alfred de Musset, von Byron und von Baudelaire an und verbessere sie im Sinne der Hoffnung; ich zeige, wie man es hätte machen müssen. Zugleich verbessere ich darin sechs der schlechtesten Stellen meines verflixten Buches.

## An Monsieur Darasse

Paris, 12. März 1870

Sehr geehrter Herr,
lassen Sie mich ein wenig zurückgreifen. Ich habe ein Werk mit Dichtungen bei M. Lacroix (B. Montmartre, 15) veröffentlicht. Aber nachdem es gedruckt war, hat er sich geweigert, es erscheinen zu lassen, weil das Leben darin in zu herben Farben gemalt ist und weil er den Staatsanwalt fürchtete. Es war etwas in der Art des »*Manfred*« von Byron und des »*Konrad*« von Mickiewicz, nur noch viel schrecklicher. Die Ausgabe kostete 1200 Franken, wovon ich bereits 400 Franken beigebracht hatte. Aber das Ganze ist ins Wasser gefallen. Das öffnete mir die Augen. Ich sagte mir, wenn die Dichtung des Zweifels (von den heutigen Bänden werden nicht 150 Seiten übrigbleiben) zu einem solchen Grade düsterer Verzweiflung und theoretischer Bosheit gelangt ist, folgt daraus, daß sie völlig falsch ist; der Grund ist der, DASS DARIN DIE PRINZIPIEN DISKUTIERT WERDEN UND DASS MAN SIE NICHT DISKUTIEREN DARF: das ist mehr als ungerecht. Das dichterische Gewinsel dieses Jahrhunderts ist nichts als scheußlicher Sophismus. Langeweile, Schmerzen, Trauer, Schwermut, Tod, Schatten, Düsternis usw. besingen, heißt mit aller Gewalt nur die kindischen Kehrseiten der Dinge sehen wollen. Lamartine, Hugo, Musset haben sich freiwillig in alte Weiber verwandelt. Das sind die Groß-Schwachköpfe unserer Zeit. Immer muß geflennt werden. Darum habe ich die Methode vollständig geändert, um ausschließlich DIE HOFFNUNG, DIE ZUVERSICHT, DIE RUHE, DAS GLÜCK, DIE PFLICHT zu besingen. Und so nehme ich den Faden des gesunden Menschenverstandes und der Kaltblütigkeit der Zeiten eines Corneille und Racine wieder auf, der plötzlich, seit den Wichtigtuern Voltaire und Jean-Jacques Rousseau abgerissen wurde. Mein Buch wird erst in vier oder fünf Monaten fertig sein. Aber inzwischen möchte ich meinem Vater das Vorwort schicken, das sechzig Seiten umfaßt, bei A. Lemerre. So wird er sehen, daß ich arbeite und mir die Gesamtsumme für den späteren Druck des Buches schicken.

Ich wollte Sie fragen, mein Herr, ob mein Vater Ihnen gesagt hat, daß Sie mir außer der Pension seit den Monaten November und Dezember Geld auszahlen sollten. Und in diesem Fall hätte ich 200 Franken für den Druck des Vorworts nötig, das ich dann am 22. nach Montevideo schicken könnte. Sollte er nichts gesagt haben, würden Sie die Güte haben, es mir mitzuteilen?

Ich habe die Ehre, Sie zu grüßen

I. Ducasse
15, rue Vivienne

# *Über den Autor und sein Werk*

Er hieß Isidore Ducasse und veröffentlichte sein Hauptwerk, »Die Gesänge des Maldoror«, unter dem Pseudonym Comte de Lautréamont. Mit diesem Namen ist er in die Literaturgeschichte eingegangen.

Warum ein Pseudonym?[1] Weil es gefährlich war, im Zweiten Kaiserreich Texte zu veröffentlichen, »in denen das Leben in zu herben Farben gemalt ist«, wie Ducasse am 12. März 1870 an seinen Bankier Darasse schrieb. Dies war übrigens der Grund, warum sein Verleger Lacroix, nachdem die »Gesänge« gedruckt waren, nicht wagte, sie in den Handel zu bringen, denn »er fürchtete den Staatsanwalt«, schrieb Ducasse in dem gleichen Brief.

Warum aber gerade dieses Pseudonym? Die Wahl dieses Namens war nicht aus der Luft gegriffen. Eugène Sue[2] hatte in seinem Roman »Latréaumont« das abenteuerliche Leben eines Verschwörers namens Duhamel de Latréaumont geschildert, der 1630 als Sohn eines königlichen Beamten in Rouen geboren wurde, und nachdem er sein Vermögen verpraßt hatte, eine Verschwörung gegen Ludwig XIV. anzettelte. Er plante nichts Geringeres, als die Normandie an Holland zu verkaufen. Einer seiner Komplicen war der Chevalier de Rohan, der Anrechte auf den Thron von Frankreich zu haben glaubte. Das Komplott wurde verraten. Als Latréaumont verhaftet werden sollte, zog er es vor, sich zu verteidigen und wurde getötet, während seine Komplicen, unter ihnen der Chevalier de Rohan, auf dem Grève-Platz[3] hingerichtet wurden. Warum machte Ducasse aus »Latréaumont«, dessen Persönlichkeit seinem »Maldoror« verwandt ist, »Lautréamont«? Die Ver-

1 Das Vorwort zu seinem geplanten Werk »Poésies«, das auf die »Gesänge« folgte, zeichnete er mit seinem Namen, Isidore Ducasse.

2 Eugène Sue (1804–1857), Verfasser abenteuerlicher Romane, die in Fortsetzungen erschienen und sehr populär waren. Hauptwerke: »Les Mystères de Paris« (»Die Geheimnisse von Paris«), »Le Juif errant« (»Der ewige Jude«), »Les Sept Péchés capitaux« (»Die Sieben Todsünden«).

3 Heute Place de l'Hôtel de Ville.

mutung, es handle sich um einen Druckfehler, ist höchst unwahrscheinlich. Ducasse wollte offenbar dem Namen durch die Umkehrung eine mystische Bedeutung geben: L'autre Amon, der andere Amon, der Engel des Bösen.

Isidore Ducasse wurde am 4. April 1846 in Montevideo geboren und starb in Paris am 24. November 1870. »Ich werde keine Memoiren hinterlassen«, schrieb er in seinem Vorwort zu »Poésies«. Er hat dieses Wort gehalten. Wir wissen von ihm fast nichts, und seine »Biographen« haben ein ganzes Jahrhundert gebraucht, um einige Urkunden und Erinnerungen anderer an ihn zusammenzutragen. Aber von ihm persönlich besitzen wir – außer seinem Werk – nur fünf Briefe, zwei davon an seinen Pariser Bankier, M. Darasse, Rue de Lille, der mit seinem Vater, François Ducasse, Geschäftsverbindungen unterhielt und beauftragt war, dem Sohn die Studiengelder auszuzahlen, drei andere an seinen Verleger. Diese Briefe erwiesen sich als aufschlußreicher für die Persönlichkeit des Isidore Ducasse als die vielen, oft widerspruchsvollen Vermutungen seiner Biographen.

Nach Lektüre der letzten und vollständigsten Biographie, in der die meisten, bisher bekannten Berichte, Dokumente und Urkunden zusammengetragen sind[4], bleibt Isidore Ducasse weiter ein Schatten, ein beunruhigender Schatten.

Die Familie stammte aus dem Dörfchen Bazet, unweit von Tarbes (Pyrenäen). Der Großvater Isidores, Louis Ducasse[5], wurde um 1774 in dieser Gemeinde geboren und starb dort am 30. August 1830. Er hatte acht Kinder. Das vierte dieser Kinder, ein Sohn, geboren am 12. März 1809, wird François getauft.

Louis Ducasse war »Besitzer eines Grundstücks von 3,25 ha« mit einem kleinen Garten. Ein bescheidener Besitz. Zeichnete sich François durch besondere Begabung aus, sicher ist, daß er eine höhere Schule besuchte. Sein jüngerer Bruder, Lucien, wanderte schon früh nach Argentinien aus. Von den anderen Geschwistern hören wir nichts, außer, daß ein Bruder, Marc, in Bazet ansässig blieb. Seine Nachkommen leben noch in dem gleichen Haus.

François begann seine Laufbahn als Angestellter eines Anwalts in Tarbes, namens Claverie. Dort lernte er Jean Dazet kennen, der

4 François Caradec: Isidore Ducasse, Comte de Lautréamont. Allimard. Paris 1975.

5 Casse heißt im Languedoc Eiche.

1831 das Anwaltsbüro von Claverie übernahm. Sie wurden Freunde[6].

Zwei Jahre später, 1833, finden wir François Ducasse als Lehrer in der Gemeinde Sarniguet, fünf Kilometer nördlich von Tarbes. Zugleich hilft er dem Bürgermeister bei der Sekretariatsarbeit. Am 20. November 1839 gibt er diese Ämter auf, um nach Uruguay auszuwandern. Dies war nichts Ungewöhnliches: viele seiner Landsleute wählten Südamerika als zweite Heimat. Zwischen dieser Pyrenäenprovinz und Südamerika muß damals ein reger Austausch stattgefunden haben, denn Uruguay und Argentinien waren in Tarbes durch Konsulate vertreten.

Kannte François Ducasse schon vor seiner Abreise nach Montevideo seine spätere Frau, Célestine Jacquette Davezac? Dies ist nicht bewiesen, obwohl es anzunehmen ist, denn Célestine wurde 1821 in Sarniguet geboren, wo François Ducasse von 1833 bis 1839 Lehrer war. Es ist nicht unmöglich, daß Célestine bei ihm in die Schule ging. Daß sie schreiben konnte, beweist ihre Unterschrift auf der Heiratsurkunde (1846) in Montevideo.

Im Jahre 1841 – also 20 Jahre alt – erhält Célestine einen Paß nach Montevideo[7].

Vielleicht wurde sie von ihrem Bruder begleitet, Jean Davezac, dessen Name unter den Freiwilligen der Französischen Legion, die sich 1847 auf seiten der Uruguayer schlugen, gefunden wurde[8].

Zwischen 1838 und 1842 siedelten etwa 11000 Franzosen nach Montevideo über, wo ungefähr 30000 Europäer lebten, ein Drittel der Stadtbevölkerung. Dieses Land bot den Emigranten große Chancen. Es hieß, daß man dort leicht zu Geld kommen könne.

Aber 1843 beginnt ein Krieg zwischen dem argentinischen Diktator Juan Manuel de Rosas und den demokratisch gesinnten Uruguayern, die den General Oribe, der mit Rosas sympathisierte, vertrieben hatten. Die Anhänger von Oribe, die »Weißen«, tragen eine Fahne mit der Inschrift »Verteidigung der Gesetze«. Die »Roten«, die Demokraten, deren Führer Rivera ist, tragen ein rotes Stirnband. Auf ihrer Seite kämpfen nicht nur zweitausend Franzosen, sondern auch die italienische Legion unter dem Oberbefehl von Garibaldi. Die »Roten« barrikadieren sich in Montevi-

6 Nach bisher unveröffentlichten Entdeckungen von Jacques Lefrère.

7 S. Edouard Peyrouzet: Vie de Lautréamont. Grasset. Paris 1970.

8 S. G. und A. Guillot-Muñoz: Lautréamont et Laforgue. Coll. du Comité France-Amérique. Montevideo. 1925.

deo, nachdem sie von Rosas und den »Weißen« geschlagen worden sind. Die Hauptstadt wird belagert; der Krieg dauert bis 1851.

Der französische Konsul hatte Montevideo zwei Jahre nach Kriegsausbruch verlassen und den bisherigen Kanzleileiter, Marcelin Denoix, als seinen Vertreter eingesetzt. Dies wurde eine Chance für François Ducasse, der als Kanzleigehilfe im Konsulat arbeitete. Denoix ernannte ihn zu seinem Nachfolger.

Von jetzt an wird François Ducasse in seiner Familie nur noch »der Kanzler« genannt.

Er brachte die Voraussetzungen für diesen Posten mit: war gesellschaftlich gewandt, sehr belesen und von anerkannter Zuverlässigkeit.

Es ist anzunehmen, daß Célestine Jacquette Davezac bei François Ducasse den Haushalt führte. Als er sie heiratet – am 31. Januar 1846 – ist sie im siebenten Monat schwanger, lebte also offenbar in seinem Hause.

François Ducasse ist sechsunddreißig Jahre alt, Célestine Jacquette, seine Frau, vierundzwanzig, als am 4. April 1846 ihr erstes und einziges Kind geboren wird: Isidore Lucien. Lucien heißt er nach seinem Onkel, der in Argentinien lebt. Die Geburtsurkunde präzisiert, daß Isidore um neun Uhr morgens zur Welt kam. Sie ist unterzeichnet von E. Baudry, Lafarge, Ducasse und dem Geschäftsführer des französischen Generalkonsulats M. Denoix. Wenige Tage nach Isidores Geburt wird in der Stadt gemeutert. Die schwierigen Lebensumstände sind gewiß die Ursache, daß die Taufe erst am 16. November 1847 stattfindet. Vielleicht hoffte man auf ein nahes Ende des Krieges, um dem zum Paten gewählten jüngeren Bruder, Lucien, die Reise aus Argentinien zu ermöglichen. Schließlich wird er durch Eugène Baudry, den treuen Freund der Familie, vertreten. Patin ist dessen Frau, Eulalie Baudry.

War Isidores Mutter schon länger krank? War dies der Grund, daß die Taufe nicht mehr aufgeschoben wurde? Jedenfalls stirbt sie einige Wochen später, am 10. Dezember 1847 und wird am gleichen Tage begraben. Der amtliche Totenschein erwähnt nicht die Todesursache. Es scheint, daß die Verwandten in Cordóba (Argentinien), später darüber befragt, einen Selbstmord nicht ausschlossen: man habe Célestine in der Familie nie ganz akzeptiert. Derartige Vermutungen entbehren jeder Grundlage. Nicht nur, weil der kirchliche Totenschein angibt: »...eines natürlichen Todes gestorben«, sondern die Eile, mit der sie begraben wurde, läßt vielmehr auf eine epidemische Erkrankung schließen. Das Leben in der belagerten Stadt, die nur vom Meer aus erreichbar war, wurde immer schwieriger. Der Handel war stillgelegt, ein großer Teil der Bevölkerung ohne Arbeit. Lebensmittel waren schwer zu haben und sehr teuer. Auf den Mangel an Hygiene wurde sogar noch lange nach Ende des Krieges hingewiesen.

Es war einer Erkrankung des Generals Rosas zu verdanken, daß es 1851 zu einer Verständigung der feindlichen Parteien kam, aber der Friede stabilisierte nicht das politische Klima in Uruguay. Aufstände, Meutereien, Unruhen waren an der Tagesordnung.

Im März 1857, also sechs Jahre nach Ende des Krieges, erkrankt François Ducasse an einem Übel, das die Eingeborenen »vômito negro« nennen. Es ist das Gelbe Fieber. Die Stadt gerät in Panik. Hohe Staatsbeamte und Priester lassen alles im Stich, um sich zu retten. Viele Ärzte sterben. Anfang Mai gibt der neue französische Generalkonsul die Zahl der Toten bekannt: 895, vor allem Europäer. François Ducasse stirbt nicht. Ein Bericht des Konsuls an seinen Minister erwähnt, daß »Monsieur Ducasse nach zwei Monate langer Abwesenheit« seinen Kanzleiposten wieder aufgenommen habe.

Isidore ist elf Jahre alt. Wer hat sich seiner angenommen, seit seine Mutter starb? Wahrscheinlich die treuen Freunde des Hauses, Eugène Baudry und seine Frau. Aber die Erinnerungen des Kindes sind erfüllt von grausamen Erlebnissen und Berichten. Man braucht sich nicht auf Einflüsse des Marquis de Sade zu berufen, wenn man bedenkt, daß der kleine Isidore den Bericht von dem Martyrium der in die Hände von Rosas und Oribe gefallenen Mirquete und Etcheverry mitanhörte. Wie es in der Chronik heißt, riß man ihnen die Kleider vom Leibe, versetzte ihnen Lanzenstiche und stieß sie durch das feindliche Lager, wo sie allen Beschimpfungen ausgesetzt waren. Dann wurden ihnen Füße und Hände gefesselt, die Leiber aufgeschlitzt, Eingeweide und Herz herausgerissen und die schändlichsten Verstümmelungen angetan. Mit ihrer Haut umwickelte man die Pferdehufe; schließlich wurden sie geköpft und mitten im Lager liegengelassen. Dies nur als Beispiel für den Sadismus und das Grauen zur Zeit der Belagerung von Montevideo. Die Geschichte der französischen Legion, die bei der Verteidigung der Stadt mitkämpfte, ist voll von Ereignissen ähnlicher Art.

Einer der Zeugen, die den jungen Isidore persönlich gekannt

haben, war der Pater Plantet, geb. 1842. Er war also vier Jahre älter als Isidore. Von Alvaro Guillot-Muñoz befragt, erinnerte er sich: »Dem Jungen fehlte es an nichts. Er war groß für sein Alter, und sein Äußeres war angenehm und sympathisch. Melancholie wechselte mit guter Laune. Er war großzügig. Eines Sonntags, es war Herbst, machten wir beide einen Ausflug zu Pferde. Er trug kurze Gaucho-Stiefel, die sein Vater ihm geschenkt hatte, weil er eine gute Zensur in Englisch mitgebracht hatte. Es muß 1857 gewesen sein, nicht weit von dem Städtchen Las Piedras. Wir besuchten Don Victor. Das war ein Jäger, der Jaguare und Pumas jagte, die damals überhand nahmen. In seiner Strohhütte zeigte er uns die Felle der erlegten Tiere. Wir hatten Isidores Vater versprochen, vor Einbruch der Dunkelheit nach Hause zu kommen und beschlossen, auf einer anderen, breiteren Straße zurückzureiten. Nach etwa einer halben Stunde Wegs stieg uns ein furchtbarer Gestank in die Nase. Unter einem Baum, den man in Uruguay ›floripondio‹ nennt, verweste eine Kuh, die von einem Raubtier halb aufgefressen worden war. Riesige Schmeißfliegen und Urubus – eine Geierart – bedeckten die grausigen Reste, während das Zischen der Vampire die Stille durchbrach.«

»Ich erinnere mich, daß Isidore näher heranreiten wollte. Die aufgeschreckten Aasgeier flogen auf. ›Reiten wir weiter‹, sagte ich, ›dieser Gestank ist ungesund, und die Pferde mögen den Aasgeruch nicht; sie werden nervös, denn sie fürchten den Tod.‹ Isidore war still geworden. Ich dachte, er sei müde vom Reiten und bot ihm ein Stück ›rapadura‹ (das ist brasilianischer Zucker) an, aber er nahm es nicht und stellte mir eine seltsame Frage: ›Stinken die menschlichen Leichen ebenso wie die toten Tiere?‹ Ich antwortete, ohne zu bedenken, daß ich ihm vielleicht weh tat: ›Ja, gewiß.‹ ›Dann also... meine Mutter auch...‹«

Wie sehr er sich für Tiere interessierte, braucht nicht bewiesen zu werden[9], und wenn wir hören, daß er Käfer und allerhand Getier sammelte, ja, daß er der Köchin Geld gegeben hätte, damit sie ihm eine lebendige Zecke mitbrächte, glauben wir es ohne weiteres. Auch daß er in den Sommernächten Leuchtkäfer fing. Die Fauna Südamerikas war ganz dazu angetan, den jungen Ducasse zu faszinieren. Die Nächte in der Pampa oder in der Steppe sind gefährlich wegen der riesigen Fledermäuse, die sich Vampiren gleich auf

9 S. Gaston Bachelard: Lautréamont (II). José Corti, Paris 1939.

schlafende Tiere werfen, um ihnen das Blut auszusaugen. Selbst Menschen werden nicht von ihnen verschont. Die Wunde, durch den südamerikanischen Vampir verursacht, gleicht der des Blutegels. Der Schläfer merkt nichts, bis er erwacht und die durch den Blutverlust verursachte Schwäche spürt.

Nach dem Kriege nahm das Leben in Montevideo wieder seinen gewohnten Gang: Stierkämpfe, Pferdezähmung, Hahnenkämpfe – reñideros – waren die beliebtesten Vergnügungen des Volkes. Daß die Biographen Isidores diese Umwelt in Betracht ziehen, wenn sie – manchmal mit viel Phantasie – Behauptungen über das Verhalten des Kindes vorbringen, ist berechtigt. Schon der Zehnjährige soll mit Begeisterung den »reñideros« in den Vorstädten zugesehen haben, die bei den Schäfern sehr beliebt waren. Auf dem Boden sitzend, umringten die Zuschauer die Kampfhähne und wetteten manchmal hohe Summen. Diese grausamen Hahnenkämpfe dauerten den ganzen Nachmittag; danach wurde in einem benachbarten Hof getanzt.

Isidore Ducasse wuchs in einer dreisprachigen Welt auf. In seiner Familie wurde französisch gesprochen, aber die Landessprache war spanisch. Daß er diese Sprache ebenso gut wie seine Muttersprache beherrschte, hat Jacques Lefrère bewiesen[10], da er in alten Bücherkisten der Familie Ducasse in Bazet ein Exemplar der Ilias gefunden hat mit einer Widmung »Isidoros« in spanischer Sprache, datiert vom 14. April 1863. Auch englisch las er gewiß ohne Schwierigkeiten; denn die Engländer, die Reichsten unter den Emigranten in Montevideo, waren mindestens ebenso zahlreich wie die Franzosen. Mervyn und sein Vater, der »Commodore« (VI. Gesang), das ganze Milieu dieser Engländer könnten eine Reminiszenz der angelsächsischen Montevideaner gewesen sein. Isidores Vater besaß eine reichhaltige Bibliothek. Als er 1873 die weite Reise nach Paris antrat, um bei dem Bankier Darasse den Nachlaß seines Sohnes in Empfang zu nehmen, stellte er seine Bücherkisten bei einem Freund unter, dessen Sohn, Edmundo Montagne, sich genau erinnerte, daß seine Mutter alle diese Bücher las: Molière, Racine, Chateaubriand, Corneille, Voltaire, Rousseau und andere.

Die in Uruguay lebenden französischen Familien, die es sich leisten konnten, schickten ihre Kinder nach Frankreich ins Gym-

10 Bisher unveröffentlichte Dokumente.

nasium. Wir finden Isidores Spur von Oktober 1859 bis August 1862 als Internatsschüler des Kaiserlichen Gymnasiums von Tarbes.

Er war also noch nicht vierzehn Jahre alt, als er die weite Seereise, die zu jener Zeit einen Monat dauerte, von Montevideo nach Bordeaux antrat. Das Meer muß schon damals unauslöschliche Eindrücke in ihm hinterlassen haben. Acht Jahre später, als er es wiedersieht, wird er zu der Strophe an den Ozean inspiriert (I. Gesang, 9).

In Bazet, fünf Kilometer von Tarbes entfernt, lebte sein Onkel, Marc Ducasse. Dort verbrachte er die Ferien, aber zum Vormund hatte François Ducasse seinen Jugendfreund Jean Dazet in Tarbes ernannt. Für Schüler, die aus dem Ausland kamen, verlangten die Gymnasien einen sogenannten »correspondant«, der die Verantwortung für den Internatsschüler übernahm und bei dem dieser die Sonntage verbringen durfte. Der Sohn des Hauses, Georges Dazet, war bei Isidores Ankunft in Tarbes ein Kind von etwa 8 Jahren. Die große Freundschaft zwischen den beiden begann später.

Man kann sich kaum einen größeren Unterschied vorstellen als die kosmopolitische Hafenstadt Montevideo und die pyrenäische Provinzstadt Tarbes. Stendhal beschreibt sie in seinen »Mémoires d'un touriste«, dreißig Jahre bevor Isidore dorthin verpflanzt wurde. »...Die Straßen sind mit Kopfsteinen gepflastert; die schiefergedeckten Häuser haben nur eine Etage. Jede Straße hat zwei kleine Rinnsteine mit schnell fließendem kristallklarem Wasser, etwa einen Fuß breit und einen Zoll tief. Zwischen diesen Rinnsteinen und den Häusern ist ein vier Fuß breiter Weg für die Fußgänger, aber er ist abschüssig, so daß das Gehen beschwerlich ist.« Der Platz Maubourguet dagegen gefällt ihm: »...da ist Stimmung.«

Für Isidore ist es aus mit den Ausflügen zu Pferde durch die Pampa, dem Herumtreiben am Hafen und am Meeresufer, den aufregenden »reñideros«.

Die Schularbeit ist in Montevideo sicher zu kurz gekommen. Dafür bemüht er sich um so mehr, im Internat des Gymnasiums das Versäumte nachzuholen. Die Zensuren, die uns zum Teil vorliegen, beweisen, daß er sich in Latein, französischer Grammatik und vor allem in Arithmetik und Geometrie auszeichnete. Auch ist er immer der Erste in der Zeichenklasse. Das Jahr 1862 ist das letzte im Internat von Tarbes. Am 11. August 1862 findet die Preisverteilung statt. Zwar hat Isidore sich als Schüler gut bewährt, aber durch die Übersiedlung aus Montevideo in ein französisches Gymnasium hat er zwei Jahre verloren. Geschah es auf den Rat seiner Lehrer, seines Vormunds Dazet oder hat François Ducasse selbst beschlossen, seinen Sohn durch Privatunterricht die verlorene Zeit einholen zu lassen? Sicher ist, daß er ein Jahr später in der Rhetorikklasse des Gymnasiums von Pau erscheint[11]. (Pau ist 39 km von Tarbes entfernt.) Er hat also das Pensum von zwei Jahren in einem Jahr geschafft, was eine große Leistung war. Aber warum blieb er nicht in Tarbes? Es ist möglich, daß sein Vormund krank war, denn er starb 1864. Er konnte also nicht mehr die Verantwortung für den Sohn seines Freundes übernehmen. Anscheinend verlangte das Gymnasium von Pau keinen »correspondant«.

Wären die eigentlichen Entdecker Lautréamonts nicht die Surrealisten gewesen, hätte man ein halbes Jahrhundert gewonnen, um eine Biographie zu etablieren, die wahrscheinlich ein präzises Bild des geheimnisvollen Autors der »Gesänge« vermittelt hätte. In den zwanziger Jahren jedoch war es ein glücklicher Zufall, daß der aus Tarbes gebürtige François Alicot[12] im Jahre 1927 einen früheren Mitschüler von Ducasse entdeckte: Paul Lespès, 81 Jahre alt, Jurist, geistig und physisch in bester Form, der sich sehr gut an seinen Kameraden aus der Prima in Pau erinnerte: »... Ducasse stand mir und Georges Minvielle[13] näher als den anderen Schülern. Aber seine Zurückhaltung, eine Art von geringschätzigem Ernst und die Tendenz, sich als etwas Besonderes zu betrachten, die obskuren Fragen, die er uns manchmal unvermittelt stellte und auf die wir keine Antwort wußten, seine Ideen, sein Stil, dessen Übertriebenheit unser Professor Hinstin rügte und schließlich die Reizbarkeit, die sich manchmal ohne ernsthaften Grund bei ihm äußerte... alles das trug dazu bei, daß wir ihn ein wenig ›überspannt‹ fanden. Im übrigen aber war er ›un brave garçon‹ und hatte nichts von einem Sadisten.«

11 Rhetorik- und Philosophieklassen entsprechen etwa der Unter- und Oberprima der deutschen Gymnasien.

12 S. François Alicot: A propos des »Chants de Maldoror«. Le vrai visage d'Isidore Ducasse. Mercure de France. 1. Januar 1928. S. 202–207.

13 Paul Lespès und Georges Minvielle werden von Ducasse neben anderen Namen in der Widmung zu »Poésies« genannt, dem Vorwort zu einem geplanten Werk, das nicht mehr geschrieben wurde.

Was Lespès über das Äußere Lautréamonts sagt, entspricht dem Bild, das sein Verleger Albert Lacroix von ihm bewahrt hatte:[14] »...Er war groß, dunkel, bartlos, ordentlich und arbeitsam.«

Lespès: »Ich sehe ihn noch vor mir, groß und schlank, ein wenig gebeugt, blaß, die langen Haare schräg über die Stirn fallend, die Stimme etwas spitz... Er war meistens traurig und schweigsam, in Gedanken verloren. Manchmal erzählte er mir sehr lebhaft von den Überseeländern, wo es sich frei und glücklich leben ließ. Oft saß er stundenlang in dem Studierzimmer, die Ellbogen auf sein Pult gestützt, die Hände auf der Stirn, in ein Buch vertieft, das er nicht las; es war klar, daß er seinen Träumen nachhing. Minvielle und ich dachten, daß er Heimweh hätte und daß seine Eltern besser täten, ihn nach Montevideo zurückzuholen... Beim Unterricht von Gustave Hinstin, dem geistig sehr anregenden Professor der Prima, gefielen ihm besonders Racine und Corneille, vor allem aber ›König Ödipus‹ von Sophokles. Die Szene, als Ödipus endlich die furchtbare Wahrheit erfährt, sich blendet und unter gellenden Schmerzensschreien sein Schicksal verflucht, erschien ihm sehr schön. Er bedauerte nur, daß Jokaste nicht Selbstmord beging und so die Tragödie auf die Spitze trieb.«

Edgar Allan Poe hatte er schon gelesen, bevor er ins Gymnasium kam und bewunderte ihn. Was hatte er nicht gelesen? Lespès behauptete, er hätte Shelley geradezu »verschlungen« und besonders Byron, der ihn sicher inspiriert hat. Übrigens wissen wir von Ducasse selbst, aus seinem Brief an den Verleger Verboeckhoven (Paris, 23. Oktober 1869), daß er Mickiewicz, Byron, Milton, Southey, Alfred de Musset, Baudelaire usw. kannte.

Während Ducasse sich in Tarbes als glänzender Mathematikschüler erwiesen hatte, scheint er nach dem Bericht von Lespès in der Prima des Gymnasiums von Pau nur mittelmäßig gewesen zu sein. Dies ist leicht verständlich, denn er hatte ja das Pensum von zwei Schuljahren in einem Jahr bewältigt. Es beweist, im Gegenteil, eine erstaunliche Leistung.

Ducasse war – wie Lespès sich erinnerte – ein guter Schwimmer, und seine größte Freude war, wenn er mit den Kameraden während der Hundstage im Fluß, unweit der Stadt, baden konnte. Das Meer seiner Geburtsstadt muß ihm sehr gefehlt haben.

14 Von Léon Genonceaux, Freund von Lacroix, selbst Verleger, in dem Vorwort zu seiner Ausgabe der »Chants de Maldoror« (1890) übermittelt.

Man hat Lespès gefragt, ob die »Gesänge des Maldoror« nicht vielleicht etwas wie ein Studentenulk gewesen sein könnten, eine Mystifikation. Er wies eine solche Vermutung zurück.

August 1865: das Ende der Gymnasialstudien in Pau. Lespès und Minvielle sehen ihren Mitschüler nie wieder. Nach bereits älteren Forschungen, die wieder aufgenommen werden müßten, steht der Name Isidore Ducasse nicht auf der Liste der Abiturienten von 1864 und 1865. Nachforschungen in den Universitätsarchiven von Bordeaux, Toulouse und Paris blieben erfolglos. Das Visum seines Passes (1867 ausgestellt) bestätigt jedenfalls, daß er nicht Student war, sondern »ohne Beruf«.

Über die Zeit von August 1865 bis zur Veröffentlichung des Ersten Gesanges wußten wir bisher nichts. Jetzt ist erwiesen, daß er in Tarbes lebte und nicht in Bazet bei seinem Onkel.

In diese Zeit fällt gewiß die enge Freundschaft mit Georges Dazet, dessen Vater vor einem Jahr gestorben war. Madeleine Dazet, seine Witwe, nahm sich Isidores an, und es ist wahrscheinlich, daß er im Hause Dazet wohnte. Aber was machte er in Tarbes? Hatte er einen Privatlehrer – einen Priester – wie es in jener Provinz heute noch üblich ist? Jedenfalls las er viel, und während sein Vater in Montevideo über die Zukunft seines Sohnes nachdachte, hatte dieser bereits entschieden, Schriftsteller zu werden. Kurt Muller vermutet, daß Ducasse in der von Alfred Sircos geleiteten Zeitschrift »La Jeunesse« Nr. 16 (12. Dezember 1868) verschiedene Texte anonym veröffentlicht hätte, aber es würde hier zu weit führen, sie zu zitieren.[15] Sicher ist, daß Ducasse Alfred Sircos kannte, der dem »Ersten Gesang« einen kurzen Artikel in »La Jeunesse« widmete (1. September 1868).

Im Frühjahr 1867 rief sein Vater ihn nach Montevideo zurück. Dies geschah zweifellos, um nach so langer Abwesenheit über Isidores Zukunft zu entscheiden.

Am 21. Mai 1867 stellt die Präfektur von Tarbes einen Paß für Ducasse, Isidore-Lucien aus, wohnhaft in Tarbes, Paßnummer 66.

Vier Tage später erhält er in Bordeaux ein Visum unter der Nummer 315 nach Montevideo. Der Name des Schiffes: »Harrick«. Es ist ein ausländisches Schiff, denn es gehörte nicht zu der französischen Schiffahrtsgesellschaft, die eine reguläre Linie nach

15 S. Kurt Muller: Documents inédits sur le Comte de Lautréamont et son œuvre. In: Minotaure 12–13 (1939). S. 73–83.

Montevideo unterhielt. Isidore ist 21 Jahre alt. Sein Ziel ist, nach Frankreich zurückzukehren und in Paris als Schriftsteller zu arbeiten. Aber dazu braucht er Geld. Sein Vater ist wohlhabend. Er muß ihn also von seinem Talent überzeugen, damit er ihm – bis zum erhofften Erfolg – regelmäßig Geld zukommen läßt. Es ist anzunehmen, daß ein Teil des Ersten Gesanges schon in Tarbes geschrieben wurde, die Strophe an den Ozean begonnen war und während der wochenlangen Fahrt übers Meer ihre wesentliche Struktur erhielt. Jedenfalls muß er dem Vater einige Proben seiner Begabung vorgelegt haben, denn es gelang ihm, François Ducasse zu bestimmen, ihm über den Bankier Darasse, Rue de Lille, der seit langem mit dem französischen Konsulat in Montevideo Geschäftsverbindungen unterhielt, monatlich die nötigen Gelder auszuzahlen, die er zum Leben, für seine Studien und für die Druckkosten seines geplanten Werkes brauchte.

Über seinen kurzen Aufenthalt in Montevideo, wo er etwa Ende Juni 1867 eingetroffen sein muß, sich aber bereits Ende des Jahres in Paris befindet, konnte Alvaro Guillot-Muñoz einige Zeugen befragen, vor allem den Pater Plantet, von dem schon die Rede war. »Isidore war groß geworden (kein Wunder, denn seit er ihn zuletzt gesehen hatte, waren acht Jahre vergangen), benahm sich sehr ungezwungen, ließ sich romantische Koteletten wachsen und trug eine modische Weste... Ich glaube, er drückte mir gefühlvoll die Hand. Einige Minuten später sah ich ihn in einer Loge, wo er Mademoiselle Julia Montagne aus der Familie des Don Prudencio den Hof machte. Auch sie schien sehr von ihm angetan.« Und er fügt hinzu: »In der Brasserie Thiébaut (Treffpunkt der Franzosen von Montevideo) wollte man wissen, daß Isidore mit einer jungen, hübschen Mestizin intime Beziehungen unterhalte, aber man darf nicht jeden Klatsch glauben.«

Eine Tante Isidores, Madame Eudoxie Ducasse zu Alvaro Guillot-Muñoz: »Isidore war nicht ausgesprochen launisch, aber eigenwillig; er war abwechselnd besonnen und ausgelassen, aufbrausend, ja, sehr aufbrausend... leidenschaftlich.« Auch sie wollte wissen, daß er einer hübschen Mestizin mit Vehemenz den Hof gemacht hätte... mit Erfolg. Und dann »wäre er wieder ganz vernünftig geworden«.

Alle diese Berichte kann man glauben, wenn man will; zu beweisen sind sie nicht.

Sicher ist dagegen, daß Isidore sich 1867 photographieren ließ, und zwar bei einem spanischen Photographen in Montevideo. Denn die Tante Eudoxie besaß diese Photographie, Format 6 × 9. Sie hatte das Bild Guillot-Muñoz zur Verfügung gestellt, aber während einer der so häufigen politischen Unruhen hatte die Polizei sämtliche Papiere im Hause Guillot-Muñoz beschlagnahmt, darunter Isidores Photographie. Sie konnte nie wieder gefunden werden. Alvaro Guillot-Muñoz beschreibt ihn auf diesem Bild als »einen Jüngling mit dem Anflug eines leichten Lächelns, die umschatteten Augen tiefliegend, ein wenig schräg, ein ovales, vielleicht etwas melancholisches Gesicht, sanft und völlig ausgeglichen«.

Dies scheint jedoch nicht die einzige Photographie von Ducasse gewesen zu sein. Bevor er die weite Seereise nach Montevideo antrat (1867), von der er vielleicht nicht zurückkehren würde, ließ er sich in Tarbes bei einem Photographen, Place Maubourguet, photographieren, um der Familie Dazet eine Erinnerung zu hinterlassen.

Wann kam Ducasse aus Montevideo zurück? Wir wissen nicht, ob er über Bordeaux und Tarbes oder direkt über Le Havre nach Paris gereist ist. Jedenfalls befindet er sich Ende des Jahres 1867 in Paris, wo er in einem Hôtel Rue Notre-Dame-des-Victoires Nr. 23 wohnte.

Die Stadt, die Ducasse zum ersten Mal sieht, ist nicht mehr das alte Paris. Haussmann hat 24000 Häuser demolieren lassen, um mehr als 74000 neu zu bauen. Hier und da taucht in den neuen Straßen ein »Veloziped« auf, Vorläufer des Fahrrads, das vordere Rad größer als das hintere. Im übrigen sind die Straßen überfüllt mit Droschken, Pracht- und Staatskutschen, mit Pferde-Omnibussen, Karren, Rollwagen, Reitern usw. Der Lärm muß manchmal ohrenbetäubend gewesen sein, wenn auch anderer Art als in unserer motorisierten Zeit.

Das Stadtviertel, in dem Ducasse sich niederläßt, ist das, was damals als »schick« galt, das reichste Viertel, das der Großen Boulevards. Es ist zugleich das Viertel der »Intellektuellen«, nicht das der Studenten: das war von jeher das »Quartier latin«. Hier, auf den großen Boulevards, trifft sich alles, was als Journalist, Romancier, Chronist, Bühnenautor usw. einen Namen hat. An der Kreuzung der Rue Vivienne und des Boulevard Montmartre Nr. 15 ist die internationale Buchhandlung von Lacroix, Verboeckhoven & Cie eröffnet worden.

In diesem Stadtviertel lebt Isidore Ducasse die nächsten drei Jahre, seine letzten Jahre. Er zieht oft um, was zu vielerlei Vermutungen Anlaß gegeben hat. Vielleicht sind die Gründe dafür sehr einfach. Über den ersten Umzug wissen wir jetzt, daß das Haus 23 Rue Notre-Dame-des-Victoires umgebaut werden sollte. Also mußten alle Mieter ausziehen.

Es wird vermutet, daß Ducasse völlig zurückgezogen lebte, aber beweisen läßt es sich nicht. Sicher ist, daß er intensiv an dem Ersten Gesang arbeitet, denn schon Anfang August 1868 geht das Manuskript in Druck. Zwar schrieb er hauptsächlich »nachts, am Klavier sitzend und deklamierte seine Sätze beim Klang der Akkorde, was die Hotelbewohner zur Verzweiflung brachte«, wie Léon Genonceaux (1890) behauptete, aber tagsüber war er ein häufiger Gast in den Bibliotheken. Die »Bibliothèque Impériale«, die heutige »Bibliothèque Nationale«, Rue de Richelieu, war für ihn leicht zu Fuß zu erreichen. Er hat viel gelesen, vor allem auch naturwissenschaftliche Werke, z. B. – wie Maurice Viroux nachgewiesen hat – die »Encyclopédie d'Histoire naturelle« von Dr. Chenu[16], aus der er gewisse Passagen, zum Beispiel den Starenflug (V. Gesang, 1) wörtlich übernommen hat. Die Ideen aber kamen nicht nur aus den Büchern, sie lagen sozusagen auf der Straße. »... Ich sah die Menschen mit häßlichem Haupt und mit schrecklichen, tief in finsterer Höhle liegenden Augen, die Härte des Felsens..., die Grausamkeit des Hais..., den Verrat der Heuchler..., die kältesten Wesen der Welten und des Himmels übertreffen...« (I. Gesang, 5).

Der Erste Gesang von Ducasse-Lautréamont war für Anfang August 1868 angekündigt, erschien aber erst Anfang November. Drei Ausgaben dieses Gesanges wurden zu Lebzeiten des Autors veröffentlicht: die erste ist die der Imprimerie Balitout, Questroy & Cie; sie ist anonym, anstelle des Namens stehen drei Punkte. Der Name seines Freundes Dazet kommt mehrmals darin vor. Die zweite Ausgabe ist in Bordeaux in einer Sammlung »Parfums de l'âme« erschienen, die Evariste Carrance herausgab. Darin ist der Name Dazet nicht mehr ausgeschrieben; wir lesen an dessen Stelle nur noch D...

Diese Ausgabe erscheint, wie vorgesehen, im Januar 1869. Die dritte Fassung ist die der Gesamtausgabe der Sechs Gesänge, bei

16 S. Maurice Viroux: Lautréamont et Dr. Chenu. Mercure de France. Nr. 1072 (1952).

dem Verleger Albert Lacroix im Spätsommer 1869 erschienen. Der Name Dazet ist verschwunden und durch abstoßende Tiere ersetzt.

Es ist offenbar, daß Georges Dazet, der seit Herbst 1868 in Paris seine Gymnasialstudien fortsetzte, und sein älterer Bruder Jean-Paul, Student des Polytechnikums, nach Erscheinen des Ersten Gesanges gegen die Nennung des Namens protestiert haben. Diese Stellen haben einen zweideutigen Charakter und können – zu Recht oder Unrecht – biographisch verstanden werden. In der 9. Strophe heißt es: »... Ah! Dazet! du, dessen Seele von der meinen unzertrennlich ist; du, der schönste der Söhne des Weibes, obgleich noch ein Jüngling; du, dessen Name dem größten Jugendfreunde Byrons gleicht[17], du, in dem die sanfte Tugend der Kommunikation und die göttlichen Grazien... in edler Gemeinschaft beisammenwohnen,... warum bist du nicht bei mir, die Brust an meine Brust gepreßt...«

Nachdem auch die Initiale noch zu viel war, ersetzt Lautréamont den Namen des Freundes durch den »Kraken mit dem seidenen Blick«.

Der Schluß der 10. Strophe, von der Stelle an: »Ich danke dir, o Rinolophus...« hieß ursprünglich: »Man entferne diesen Engel der Tröstung, der mich mit seinen blauen Fittichen bedeckt. Geh fort, Dazet, damit ich ruhig sterbe... Aber leider war es nur eine vorübergehende Krankheit...« In der 12. Strophe wird Dazet durch die Laus ersetzt: »... O ehrwürdige Laus, du, mit dem Leib ohne Flügeldecken, eines Tages warfst du mir mißmutig vor, deine sublime Intelligenz nicht genügend zu lieben, die sich nicht entziffern läßt; vielleicht hattest du recht, da ich nicht einmal für diesen hier Dankbarkeit empfinde...« Dafür steht in der Originalfassung: »...Dazet, eines Tages sagtest du wahr; ich habe dich nicht geliebt, da ich nicht einmal für diesen hier Dankbarkeit empfinde.«

Die 13. Strophe enthält eine Anzahl weiterer Änderungen. Sie hatte ursprünglich die Dialogform (wie übrigens auch die 11. und 12. Strophe). Erster Sprecher ist Maldoror, Dazet der zweite. Die Einführung der Strophe bis zum Beginn des Dialogs: »Mensch, wenn du einem toten umgedrehten Hund begegnest...« ist der Ausgabe von 1869 hinzugefügt. Hier die Änderungen, um den Na-

17 Dieser Jugendfreund Byrons ist der Duke of Dorset. Der Name Dazet wird im Languedoc Dasett ausgesprochen.

men Dazet zu ersetzen. Anstatt: »Weder ich noch die vier Schwimmflossen des Eisbären im Nordmeer haben das Räsel des Lebens lösen können«, hieß es ursprünglich: »Weder ich noch Dazet haben das Rätsel des Lebens lösen können.« Weiter, anstelle von: »Was!... du bist es, Kröte... dicke Kröte!... unglückliche Kröte!... Verzeih!... Verzeih!...« steht im Original: »Was!... du bist es, Dazet!... Verzeih!... Verzeih!...« Noch einmal wird Dazet im gleichen Absatz genannt: »Seit du mir erschienst, Dazet, von einem Ruhm bedeckt, der Gott allein gehört...«, während die Stelle in der späteren Ausgabe heißt: »Seit du mir erschienst, Herrscherin der Teiche und der Sümpfe, von einem Ruhm bedeckt, der Gott allein gehört...«

Am Ende dieser 13. Strophe heißt es ursprünglich: »So lebe denn wohl; gib die Hoffnung auf, Dazet nochmals auf deinem Wege zu begegnen. Er wird sterben im Bewußtsein, daß du ihn nicht geliebt hast. Warum zählt man mich zu den Existenzen, wenn Maldoror meiner nicht gedenkt? Du wirst in der Straße einen Leichenzug vorüberkommen sehen, den niemand begleitet; sage dir: ›Das ist er!‹ Du warst die Ursache meines Todes...« Diese Stelle lautet in der späteren Ausgabe: »So lebe denn wohl, gib die Hoffnung auf, der Kröte nochmals auf deinem Wege zu begegnen. Du warst die Ursache meines Todes...«

In der letzten, 14. Strophe des Ersten Gesangs steht noch einmal der Name Dazet: »...denn du hast einen Freund in dem Vampir, trotz deiner gegenteiligen Meinung. Wenn du Dazet mitrechnest, hast du zwei Freunde!« anstatt: »Wenn du den Acarus sarcoptus mitrechnest, der die Krätze verursacht, hast du zwei Freunde!«

Wir haben diese Stellen zitiert, weil sie vielleicht biographische Hinweise sind und Rückschlüsse zulassen auf die Beziehungen Isidores zu dem um sechs Jahre jüngeren, bildschönen und intelligenten Georges Dazet. Das Verbot, den Namen zu nennen, muß ihn schwer verletzt haben, da er ihn durch widerliche Tiere ersetzt.

Verzichten wir auf Vermutungen über sein Leben in Paris. Nichts hat sich beweisen lassen über ein politisches Engagement des jungen Ducasse in der Hauptstadt des Zweiten Kaiserreichs, das kurz vor seinem kläglichen Ende stand. Ein gewisser Felix Ducasse, der während der Kommune eine Rolle spielte, hat nichts mit Isidore zu tun. Auch war er viel zu beschäftigt, seine Gesänge zu schreiben, als daß er andere Interessen gehabt haben könnte.

Nachdem der Erste Gesang Anfang November 1868 erschienen war, kündigte er den Zweiten Gesang schon für Ende des Monats an und die vollständige Ausgabe der Sechs »Gesänge des Maldoror« für den Sommer 1869.

Aus dieser Zeit höchster Konzentration besitzen wir einen Brief von ihm an den Bankier Darasse, vom 22. Mai 1869 datiert, also bevor die »Gesänge« in Druck gingen. Er ist verärgert, daß Darasse ihm nicht beizeiten mitgeteilt hätte, daß »die Gelder zusammenschmelzen«. Er hofft, daß sein Vater, den er »wunderlich« nennt, »vor dem 1. September neue Gelder« überweist. Er bittet Darasse, es ihn dann schnellstens wissen zu lassen, er sei »zu jeder Stunde des Tages zu Hause«. Daraus können wir schließen, daß er intensiv und unablässig arbeitete und Geldnot fürchtete.

Diese Sorge muß bald zerstreut worden sein, denn der folgende Brief, vom 23. Oktober 1869 an den Verleger Verboeckhoven, ist bereits nach der Publikation der »Gesänge« geschrieben worden. Ducasse schreibt: »Lassen Sie mich Ihnen zunächst meine Lage erklären. Ich habe das Böse besungen wie Mickiewicz, Byron, Milton, Southey, A. de Musset, Baudelaire usw. getan haben. Natürlich habe ich das Register ein wenig übertrieben gezogen, um etwas Neues im Sinne jener erhabenen Literatur zu schaffen, die die Verzweiflung nur besingt, um den Leser zu bedrücken und ihn das Gute als Heilmittel wünschen zu lassen. Also ist es im Grunde immer das Gute, was man besingt, nur ist die Methode philosophischer und weniger einfältig als die der alten Schule, deren einzige noch lebende Vertreter Victor Hugo und einige andere sind. Verkaufen Sie, ich hindere Sie nicht: was kann ich dafür tun? Stellen Sie Ihre Bedingungen. Was ich möchte, ist, daß die für die Kritik bestimmten Exemplare an die wichtigsten ›Lundistes‹[18] geschickt werden. Sie allein werden in erster und letzter Instanz den Anfang einer Publikation beurteilen, die ihr Ende sicher erst später sehen wird, wenn ich das meine gesehen habe. Eine endgültige Moral kann also noch nicht daraus gezogen werden. Und doch liegt schon in jeder Seite ein ungeheurer Schmerz. Ist dies das Böse? Nein, gewiß nicht...«

Der erhoffte Erfolg blieb aus. Der Erste Gesang war kurz be-

18 Die Kritiken der literarischen Neuerscheinungen wurden in der Tagespresse am Montag (Lundi) publiziert. Darum nannte man diese Kritiker die »Lundistes«. Sainte-Beuve war einer der berühmtesten.

sprochen worden in »La Jeunesse«[19], einer Zeitschrift für Literatur, Kritik und Philosophie, deren Chefredakteur Alfred Sircos war. Als im Spätsommer 1869 die sechs »Gesänge des Maldoror« erschienen – nicht mehr anonym, sondern unter dem Pseudonym Comte de Lautréamont – würdigte der Verleger Poulet-Malassis, der Baudelaires »Blumen des Bösen« herausgegeben hatte, sie in einer kurzen Notiz: »Es gibt keine Manichäer mehr, sagte Pangloss. Ich bin einer, erwiderte Martin. Der Autor dieses Buches gehört nicht zu einer Art, die weniger selten wäre. Wie Baudelaire, wie Flaubert, so glaubt auch er, daß der ästhetische Ausdruck des Bösen den heftigsten Wunsch nach dem Guten enthält, die höchste Moral. Isidore Ducasse (wir waren so neugierig, seinen Namen zu erkunden) hatte unrecht, ›Die Gesänge des Maldoror‹ nicht in Frankreich drucken zu lassen. Das Sakrament der Sechsten Kammer wäre ihm nicht versagt worden!« (Erschienen im 7. »Bulletin des publications défendues en France«, 25. Oktober 1869.)

Zu diesem Zeitpunkt war noch nicht die Rede davon, daß das Buch vielleicht nicht in den Handel käme, denn am 27. Oktober 1869 schreibt Ducasse an den Verleger: »Ich habe mit Lacroix (Teilhaber Verboeckhovens) Ihren Anweisungen gemäß gesprochen. Ihre Vorschläge sind angenommen: daß ich Sie als Verkäufer für mich ernenne, die 40% und das 13. Exemplar. Da die Umstände das Werk bis zu einem gewissen Grade würdig genug er-

19 Hier die Übersetzung dieses Textes:

»Der erste Eindruck, den die Lektüre dieses Buches hervorruft, ist Erstaunen: die übersteigerte Emphase des Stils, die seltsame Wildheit, die verzweifelte Stärke der Ideen, der Kontrast dieser leidenschaftlichen Sprache zu den faden Ausgeburten unserer Zeit, werfen den Geist zunächst in tiefe Bestürzung.

Alfred de Musset spricht irgendwo von der »Krankheit des Jahrhunderts«, wie er es nennt: es ist die Ungewißheit der Zukunft, die Verachtung der Vergangenheit oder die Glaubenslosigkeit und die Verzweiflung. Maldoror ist von diesem Übel befallen; da er skeptisch ist, wird er böse und verwendet alle Kräfte seines Geistes für die Grausamkeit. Er ist ein Vetter von Childe-Harold und von Faust, er kennt die Menschen und verachtet sie. Neid verzehrt ihn, und sein immer leeres Herz ist ständig bewegt von düsteren Gedanken, ohne je das unbestimmte und ideale Ziel zu erreichen, das er sucht und das er ahnt.

Wir wollen das Werk keiner weiteren Prüfung unterziehen. Man muß es lesen, um die gewaltige Inspiration zu spüren, die düstere Verzweiflung, die diese grausigen Seiten durchdringt.

Trotz seiner vielen Fehler, der Unkorrektheit des Stils, der Wirrnis der Bilder, glauben wir, daß dieses Werk nicht mit den anderen heutigen Veröffentlichungen verwechselt werden kann: seine ungewöhnliche Originalität bürgt dafür. Epistemon.« (Unter diesem Pseudonym verbarg sich Alfred Sircos selbst.)

scheinen lassen, um vorteilhafterweise in Ihrem Katalog zu figurieren, so glaube ich, daß man es ein wenig teurer verkaufen könnte, ich habe nichts dagegen einzuwenden. Übrigens werden die Geister dort drüben[20] besser als in Frankreich vorbereitet sein, um Geschmack an solcher Dichtkunst der Empörung zu finden...«

Wie groß muß seine Enttäuschung gewesen sein, als sich herausstellte, daß Lacroix sich weigerte, das Buch in den Handel zu bringen, »weil er den Staatsanwalt fürchtete«. Dies teilt er seinem Bankier Darasse am 12. März 1870 mit und schreibt dazu: »...Es war etwas in der Art des ›Manfred‹ von Byron und des ›Konrad‹ von Mickiewicz, nur noch viel schrecklicher... Aber das Ganze ist ins Wasser gefallen. Das öffnete mir die Augen. Ich sagte mir, wenn die Dichtung des Zweifels (von den heutigen Bänden werden nicht 150 Seiten übrigbleiben) zu einem solchen Grade düsterer Verzweiflung und theoretischer Bosheit gelangt ist, folgt daraus, daß sie völlig falsch ist; der Grund ist der, daß darin die Prinzipien diskutiert werden und daß man sie nicht diskutieren darf... Das dichterische Gewinsel dieses Jahrhunderts ist nichts als scheußlicher Sophismus... Immer muß geflennt werden. Darum habe ich die Methode vollständig geändert, um ausschließlich die Hoffnung, die Zuversicht, die Ruhe, das Glück, die Pflicht zu besingen... Mein Buch wird erst in vier bis fünf Monaten fertig sein. Aber inzwischen möchte ich meinem Vater das Vorwort schicken, das sechzig Seiten umfaßt, bei A. Lemerre. So wird er sehen, daß ich arbeite und mir die Gesamtsumme für den späteren Druck des Buches schikken.« Und er bittet ihn um 200 Franken für den Druck dieses Vorwortes.

Seine Bitte ist offenbar erfüllt worden, denn er ließ den Text in zwei Broschüren drucken. Das erste Manuskript wurde in der Woche vom 16. bis 23. April 1870, das zweite in der Woche vom 18. bis 25. Juni der Zensur des Innenministeriums vorgelegt. Ducasse unterzeichnete als verantwortlicher Redakteur.

Gewiß schickte er seinem Vater schnellstens diese Broschüren, um das Geld für das künftige Werk von ihm bewilligt zu bekommen. Aber Post nach Montevideo dauerte wochenlang, und bevor die Antwort seines Vaters eintreffen konnte, brach der Krieg aus.

Am 19. Juli erklärte Napoleon III. Preußen den Krieg. Dies verwandelte das Leben der Stadt, die von patriotischem Fieber ergrif-

20 Das heißt in Belgien.

fen wurde. Die Pariser machten ausgiebigen Gebrauch von der plötzlichen Erlaubnis, die Marseillaise zu singen.

Aber bald kam die erste Niederlage der Armee Mac-Mahon bei Reichshoffen am 7. August, und die Pariser singen weniger. Der Gesang verwandelt sich in den revolutionären Ruf nach Waffen! Das Vaterland ist in Gefahr!

Die Niederlage bei Sedan am 1. September, die Kapitulation und die Gefangennahme Napoleons III. am 2. September bringen den Parisern die Gefahr, in der sie sich plötzlich befinden, zum Bewußtsein. Proklamationen des Ministerrates, Appell an Vaterlandsliebe, Einigkeit, Versprechen, daß »die Regierung Maßnahmen treffe, die der Ernst der Ereignisse erfordere«, genügen dem Volk nicht: es verlangt die Absetzung des Kaisers und die Ausrufung der Republik. Ganz Paris ist in Aufruhr. Niemand konnte sich der allgemeinen Erregung entziehen. Beteiligte sich Ducasse an politischen Manifestationen? Dies ist unwahrscheinlich. Für ihn waren die Ereignisse der Zusammenbruch aller seiner Hoffnungen. Die Lage der Pariser wurde katastrophal, als am 17. September die Einkreisung der Stadt vollzogen war: niemand kann Paris verlassen, niemand kommt herein. Und jetzt beginnt die Belagerung, die Isidore aus seiner Kindheit kannte. Es war nicht der Moment, »das Gute zu besingen«.

Wir wissen nicht einmal, ob Darasse ihn mit den notwendigsten Geldmitteln versorgte. Vor den Lebensmittelgeschäften drängen sich schon vierzehn Tage nach Beginn der Belagerung lange Schlangen. Die Pariser müssen den Gürtel enger schnallen.

Die Nachricht am 31. Oktober, daß die Festung Metz kapituliert hat, zerstört die letzte Hoffnung auf Hilfe von draußen.

Die Lage verschlimmert sich täglich. Zuerst werden die Bären und Elephanten des Jardin-des-Plantes geopfert und ihr Fleisch als Delikatesse an reiche Leute verkauft. Bald folgen die graziösen Antilopen, die Känguruhs, die Kasuare, die Kormorane und andere Tiere und Vögel mit exotischen Namen. Sie werden in einem Laden des Boulevard Haussmann zu fabulösen Preisen angeboten. Selbst ein gewöhnlicher Truthahn kostet 150,– Franken (Goldfranken natürlich). Kein Vogel singt mehr in Paris. Selbst Spatzen fliehen aus der Stadt. Hundefleisch kostet 4 Franken das Pfund. Seit dem 9. November – Ducasse hatte noch 15 Tage zu leben – werden Ratten für 2,50 Franken das Stück verkauft.

Seit dem Frühjahr 1869 hatte Isidore häufig die Wohnung gewechselt. Von der Rue du Faubourg Montmartre Nr. 32 zog er in die Rue Vivienne Nr. 15, von der Rue Vivienne kehrte er wieder in die Rue du Faubourg Montmartre zurück, aber nicht in dasselbe Haus, sondern in ein Hotel Nr. 7, dessen Besitzer, namens Dupuis, er von früher kannte, als er Rue Notre-Dame-des-Victoires Nr. 23 wohnte.

Rue du Faubourg Montmartre Nr. 7 ist seine letzte Adresse. Von seinem Fenster sah er zu seiner Rechten den Boulevard Montmartre. Aber ist dies noch Paris? Die Theater sind geschlossen. Einige dienen als Ambulanzen, andere zur Patronenfabrikation. Im Théâtre de la Gaité wird Wäsche für die Lazarette genäht.

Nicht nur der Krieg tötet. Der Mangel an Hygiene, an normaler Ernährung kann epidemische Erkrankungen hervorrufen, die durch Mangel an Pflege schnell zum Tode führen. Im August 1870 starben in Paris 4942 Personen, eine normale Ziffer. Im September waren es schon 5222, im Oktober 7543 und im November 8238. Im Januar 1871, im letzten Monat der Belagerung, wurden 19223 Todesfälle registriert.

Ende November 1870. Das Wetter ist schlecht. Es gibt keine Heizung. Sobald es Nacht wird, sind die Straßen dunkel und unheimlich.

Am 24. November um 8 Uhr morgens stirbt Isidore Ducasse. In der Sterbeurkunde, ausgestellt um zwei Uhr nachmittags am 24. November 1870 heißt es: »...Isidore Lucien Ducasse, Schriftsteller, 24 Jahre alt, geboren in Montevideo (Südamerika), verstorben heute morgen um 8 Uhr in seinem Domizil, Rue du Faubourg Montmartre Nr. 7, ohne weitere Auskünfte...« Als Zeugen seines Todes unterzeichnen der Hotelbesitzer Jules-François Dupuis und der Hoteldiener Antoine Milleret.

Die unwahrscheinlichsten Hypothesen über seinen Tod sind vorgebracht worden. Es ist unnötig, sie zu zitieren, da sie völlig aus der Luft gegriffen sind. Der Bankier Darasse, der den Nachlaß seines Klienten bis zur Ankunft des Vaters (1873) in Gewahrsam nahm, erhielt von J.-F. Dupuis die Auskunft, daß Isidore Ducasse »in zwei Tagen an einem bösartigen Fieber« gestorben sei.

Er wurde schon am folgenden Tage auf dem Nord-Friedhof begraben. Man lebte in Paris in Furcht vor Epidemien.

Seine Grabstätte, die nur provisorisch war, wurde unter der Nummer 9257 registriert. Am 20. Januar 1871, als die Schrecken der Belagerung und die Zahl der Toten ihren Höhepunkt erreichten, wurde der Leichnam in die 49. Abteilung, Reihe 27, Nummer 6 überführt. Diese Grabstätten waren unentgeltlich. Sie wurden 1879 eingeebnet und von der Stadt Paris als Bauland verkauft.

Zu Lebzeiten hat Lautréamont außer der kurzen Besprechung des Ersten Gesanges in »La Jeunesse« (1. September 1868) und nach Erscheinen der Sechs Gesänge im 7. »Bulletin des publications défendues en France« (25. Oktober 1869) nicht den geringsten Erfolg gehabt.

Da der Verleger Albert Lacroix sich fürchtete, »Die Gesänge des Maldoror« in den Handel zu bringen, wären sie eingestampft worden und niemand hätte je davon gehört. Aber das Schicksal wollte es anders. Der Brüsseler Buchhändler Jean-Baptiste Rozez hatte Lacroix den gesamten Bestand seines Lagers billig abgekauft und brachte das Werk, nur mit einem anderen Umschlag versehen, 1874 auf den Markt. Aber es fand nur wenige Leser, unter ihnen jedoch J.-K. Huysmans, der von seinem Freund, dem belgischen Kritiker und Politiker Jules Destrée ein Exemplar erhalten hatte. Er schrieb ihm aus Paris am 27. September 1885: »Ah! aber ja, mein lieber Destrée, das ist ein ganz verrücktes Talent dieser Comte de Lautréamont... Was, zum Teufel, konnte wohl der Mensch im Leben machen, der diese furchtbaren Träume geschrieben hat?«

Auch Léon Bloy hatte 1886 das Werk gelesen und den Autor für wahnsinnig erklärt.

Gegen eine solche Auffassung empörte sich der Verleger Léon Genonceaux in dem Vorwort zu seiner Neuausgabe der »Gesänge« (1890). Lacroix hatte ihm den jungen Autor beschrieben und ihm Auskünfte gegeben, um die ersten Nachforschungen zu ermöglichen, z. B. bei dem Nachfolger des Bankiers Darasse, wo Genonceaux einige Briefe entdeckte, die Ducasse an seinen Bankier gerichtet hatte. Die These des Wahnsinns verlor jeden Kredit. Aber Genonceaux in seiner Empörung gegen Léon Bloy hatte übersehen, daß dieser Autor zugleich erschüttert war von dem Werk Lautréamonts, denn er schreibt: »...Der Stil der ›Gesänge des Maldoror‹ ist eine Art von umherirrender Leidenschaft eines Wahnsinnigen... noch in keiner Literatur gefunden... jeder Satz hat etwas von einer rasend gewordenen Wölfin, die sich mit schnellen, unhörbaren Sätzen auf den Wanderer wirft... so ungeheuerlich, daß man beim Lesen sein Blut pochen hört und die Seele bis zum Bersten erzittert...« Auch vergleicht er Lautréamonts Stil mit »flüssiger Lava von verblüffender, panischer Schönheit...«

Rémy de Gourmont (1896) stimmte der These des Wahnsinns insofern zu, als er an Hand dieses Werkes die »Genialität des Wahnsinns« zu beweisen suchte.

Weder Léon Bloy noch Rémy de Gourmont konnten ahnen, daß das, was sie für Wahnsinn hielten, die große Entdeckung der anbrechenden Epoche sein würde, die »automatische« Schreibweise, ein Begriff, den der zeitgenössische Psychiater Pierre Janet geprägt hatte: anstelle des vom Bewußtsein kontrollierten Denkens tritt eine traumhafte Passivität; die Feder folgt der Eingebung, die unbewußte Welt wird enthüllt.

Lautréamont kam auf anderem Wege zu dieser Entdeckung. Aber greifen wir nicht vor.

Zu den seltenen Lesern Lautréamonts vor und kurz nach der Jahrhundertwende gehörte Maeterlinck, der die »Gesänge des Maldoror« als »Vorbild des genialen Werkes« rühmte; Valéry Larbaud, Léon-Paul Fargue... Vergessen wir nicht André Gide, der Lautréamont 1905 zum ersten Mal las und am 23. November notierte: »Ich habe zuerst leise, dann laut den unvergleichlichen VI. Gesang des Maldoror gelesen (Kapitel I, II und III). Durch welchen Zufall kannte ich ihn noch nicht? So etwas begeistert mich bis zur Ekstase...« Und am 28. November schreibt er in sein Tagebuch: »Ich schäme mich meiner eigenen Werke, wenn ich Rimbaud und den VI. Gesang des Maldoror lese...«

Dennoch blieb Lautréamont eine literarische Kuriosität. Seine eigentlichen Entdecker – fünfzig Jahre nach seinem Tode – waren die Surrealisten. Wie war es dazu gekommen?

Ein junger französischer Soldat – Philippe Soupault – befand sich 1917 in einem Pariser Lazarett der »Rive gauche«, Boulevard Raspail. Er erinnert sich in seinen »Memoiren« (1975): »...Ich hatte nie genug zu lesen. Gegenüber war eine Buch- und Papierhandlung mit dem anspruchsvollen Namensschild ›Ars et Vita‹. Die altjüngferliche Buchhändlerin ließ mich in den Bücherregalen herumstöbern. In einem Fach mit der Aufschrift ›Mathematik‹ sah ich eine beigefarbene Broschüre mit dem Titel ›Les Chants de Maldoror‹. Der Autor: Comte de Lautréamont. Darauf war eine kleine mit Bleistift geschriebene Notiz geheftet: ›selten‹. Preis 7 Franken. Ich kaufte das Buch aus Neugierde, denn ich hatte in der Zeitschrift von Paul Fort und André Salmon, ›Vers et Prose‹ geblättert, worin der ›Erste Gesang des Maldoror‹ abgedruckt worden war... Beim Licht einer Kerze, die mir erlaubt war, weil ich nicht bei Einbruch der Nacht schlafen konnte, begann ich die Lektüre der ›Gesänge des Maldoror‹. Es war wie eine Erleuchtung. Gleich am Morgen las ich die ›Gesänge‹ noch einmal, überzeugt, daß ich geträumt hätte... Am übernächsten Tag besuchte mich André Breton. Ich gab ihm das Buch und bat ihn, es zu lesen. Am folgenden Tag brachte er es zurück, ebenso begeistert wie ich...«

So begann der Siegeszug Lautréamonts. Er rückte in den Mittelpunkt des literarischen Interesses und wurde mit dem acht Jahre jüngeren Rimbaud (geb. 1854) ein Klassiker der französischen Literatur.

1925 schrieb André Gide: »Den höchsten Ruhmesanspruch hat sich die Gruppe, die Breton, Aragon und Soupault gebildet haben, meines Erachtens dadurch erworben, daß sie die literarische und ultraliterarische Bedeutung des erstaunlichen Lautréamont erkannt und verkündet hat... Sein Einfluß im 19. Jahrhundert war gleich Null; aber er ist mit Rimbaud, vielleicht sogar mehr als Rimbaud, der Schleusenmeister der Literatur von morgen.«

Die Literatur über Lautréamont ist ins Unermeßliche gestiegen, ohne daß ein Ende abzusehen wäre. Fünfzig Druckseiten würden kaum genügen, um alle die Werke, Thesen, Dissertationen, Essays und Artikel über ihn zu nennen. Um so erstaunlicher, daß ein Brief Lautréamonts kaum Beachtung gefunden hat, der eine so wesentliche Auskunft über die Interessen des jungen Autors enthält. Dieser Brief ist an den Verleger Verboeckhoven gerichtet und vom 27. Oktober 1869 datiert. Wir zitierten schon den ersten Teil, in dem es sich um die Verkaufsbedingungen der »Gesänge« handelt. Dann aber schreibt Lautréamont: »...Ernest Naville (Korrespondent des Institut de France) hat voriges Jahr in Genf und in Lausanne unter Anführung der Philosophen und verworfenen Dichter, Vorträge über ›Das Problem des Bösen‹ gehalten, die durch einen unmerklichen Strom, der breiter und breiter wird, ihre Spur in den Geistern hinterlassen haben müssen. Danach hat er sie in einem Band zusammengefaßt. Ich werde ihm ein Exemplar schicken. In den folgenden Ausgaben wird er von mir sprechen können, denn ich nehme mit größerem Nachdruck als meine Vorgänger diese seltsame These wieder auf, und sein Buch, das bei Cherbuliez, dem Buchhändler, Korrespondent der französischen Schweiz und Belgiens und in Genf in derselben Buchhandlung erschienen ist, wird mich direkt in Frankreich bekannt machen. Das ist eine Sache der Zeit...«

Navilles Vorträge wurden zwischen dem 26. November 1867 und dem 17. Dezember 1867 zuerst in Genf, dann in Lausanne gehalten. Als Buch erschienen sie am 21. Oktober 1868 in Genf (Librairie Cherbuliez, 2 Grande Rue).

Lautréamont kannte also dieses Werk, als er die »Gesänge« schrieb. Er verdankte ihm zahlreiche Anregungen, ja, im Licht der Thesen Navilles erscheinen die Gesänge des Maldoror als eine Phänomenologie des Bösen, die mit den geplanten Gesängen des Guten ein Ganzes bilden sollten, eine Dialektik von Gut und Böse in dichterischer Form.

Warum schrieb Lautréamont – zum Teil – »automatisch«? Wir können es auch »unbewußt« nennen oder »an der Schwelle des Traumes«.[21] Er kannte sicher nicht die Erfahrungen des jüdisch-griechischen Philosophen Philo, um 25 vor Christus geboren: »Ich scheue mich nicht, mitzuteilen, was mir unzählige Male geschehen ist. Manchmal, wenn ich in gewohnter Weise meine philosophischen Gedanken niederschreiben wollte und ganz scharf sah, was ich festhalten wollte, fand ich doch meinen Geist unfruchtbar und steif, so daß ich, ohne etwas fertigzubringen, ablassen mußte, zugleich aber erstaunte über die Gewalt des Gedanklich-Realen, bei dem es steht, den Schoß der Menschenseele zu öffnen oder zu schließen. Ein andermal aber fing ich leer an und kam, ohne weiteres, zur Fülle, indem die Gedanken wie Schneeflocken oder Samenkörner von oben her unsichtbar herabgeflogen kamen und es mich wie göttliche Kraft ergriff und begeisterte, so daß ich nicht wußte, wo ich bin, wer bei mir ist, wer ich selber bin, was ich sage, was ich schreibe: denn jetzt war mir der Fluß der Darstellung gegeben, eine wonnige Helle, scharfer Blick, klare Beherrschung des Stoffes, wie wenn das innere Auge nun alles mit der größten Deutlichkeit erkennen könne.« Bei dieser Schilderung Philos – er war ein Zeitgenosse von Jesus – drängt sich die Erinnerung an die Apostel auf, die am Pfingsttag anfingen, zu »predigen mit anderen Zungen, nach dem der Geist ihnen gab auszusprechen...« wie es im 2. Kapitel der Apostelgeschichte heißt. Und die sie hörten, glaubten sie seien »voll des süßen Weines«. Aus neuerer Zeit kön-

21 S. dazu auch Gert Kalow: Poesie ist Nachricht. Piper. München. 1975. S. 51ff.

nen wir Goethe zitieren, der in »Dichtung und Wahrheit«, Vierter Teil, 16. Buch, vom »nachtwandlerischen Dichten« schreibt: »Ich hatte oft Lust, wie einer meiner Vorgänger[22], mir ein ledernes Wams machen zu lassen und mich zu gewöhnen, im Finstern durchs Gefühl das, was unvermutet hervorbrach, zu fixieren. Ich war es gewohnt, mir ein Liedchen vorzusagen, ohne es wieder zusammenfinden zu können, daß ich einige Male ans Pult rannte und mir nicht die Zeit nahm, einen quer liegenden Bogen zurechtzurücken, sondern das Gedicht von Anfang bis zu Ende, ohne mich von der Stelle zu rühren, in der Diagonale herunterschrieb. In eben diesem Sinne griff ich weit lieber zu dem Bleistift, welcher williger die Züge hergab, denn es war mir einige Male begegnet, daß das Schnarren und Spritzen der Feder mich aus meinem nachtwandlerischen Dichten erweckte, mich zerstreute... Für solche Poesien hatte ich eine besondere Ehrfurcht...« Goethe nahm solche Eingebungen mit »besonderer Ehrfurcht« hin; die Surrealisten aber versuchten, die unbewußten, traumhaften, spontanen Elemente des menschlichen Geistes systematisch zu untersuchen, wie Pierre Janet es empfahl. Das erste »automatisch« geschriebene Werk der Literatur entstand 1919: »Les Champs Magnétiques« von André Breton und Philippe Soupault.

Lautréamonts »unbewußte« Schreibweise hat andere Gründe. Er konzipierte die Gesamtkomposition der »Gesänge« sowie jede einzelne Strophe ganz bewußt und geht sogar so weit, die Art seiner Komposition zu erklären (V. Gesang, 1); er vergleicht sie mit dem Flug der Stare: »Die Starenzüge haben eine Flugart, die ihnen eigen ist und scheinen einer einheitlichen, geregelten Taktik unterworfen, wie die einer disziplinierten Truppe, die genau der Stimme eines einzigen Führers gehorcht. Der Stimme des Instinktes gehorchen die Stare, und ihr Instinkt treibt sie, sich immer gegen das Zentrum der Gruppe zu halten, während die Schnelligkeit ihres Fluges sie unablässig darüber hinausträgt... Trotz dieser seltsam wirbelnden Flugart durchschneiden die Stare die sie umgebende Luft mit seltener Geschwindigkeit und legen deutlich in jeder Sekunde eine beachtliche Strecke zurück, die sie dem Ende ihrer Mühen und dem Ziel ihrer Pilgerfahrt näher bringt.«[23] Und er fährt

22 Gemeint ist Petrarka.

23 Diese naturwissenschaftliche Beschreibung des Starenfluges hat Lautréamont der »Encyclopédie d' Histoire naturelle« des Dr. Chenu entnommen.

fort, indem er sich an den Leser wendet: »So achte auch du nicht auf die wunderliche Art, in der ich jede dieser Strophen singe. Aber sei überzeugt, daß die wesentlichen Akzente der Dichtkunst deshalb nicht weniger ihren inneren Anspruch auf meine Intelligenz bewahren.«

Warum wollte Lautréamont, der systematisch dachte, der die Logik verehrte und die »grandiose Dreifaltigkeit der heiligen Mathematik« pries, in traumhaft unbewußte Sphären eindringen? Warum lag ihm daran, Visionen zutage zu fördern, die – wie er selbst sagt – »manchmal an die Schellen des Wahnsinns« stoßen?

Weil Ernest Naville in seinem dritten Vortrag über »das Problem des Bösen« (»die Essentialität des Bösen«) seinen Hörern als »unfehlbares Mittel«, dem Bösen in ihrem Wesen auf die Spur zu kommen, empfiehlt, »die Willenstätigkeit zu unterbrechen und dem Lauf ihres Denkens und Fühlens nachzugehen, wie ein schläfriger Hirt dem Fließen des Wassers zusieht, sich in den Zustand des Träumens zu versetzen«. Denn im bewußten Zustand belügt der Mensch sich selbst, sagt Naville.

Allein schon die Schnelligkeit, mit der die »Gesänge« geschrieben wurden (zwischen November 1868 und dem Spätsommer 1869), weist darauf hin, daß Lautréamont den Rat Navilles befolgt hat. »Ich warne den, der mich liest, sich keine unklare und mit noch besserem Grund keine falsche Vorstellung von der Schönheit der Literatur zu machen, die ich in der äußerst schnellen Abwicklung meiner Sätze entblättere« (IV. Gesang, 7).

Es wäre jedoch unnütz, untersuchen zu wollen, wie Lautréamont es anstellte, um einen traumhaften Zustand zu provozieren. Andeutungen über »den Mund voller Blätter der Belladonna« (II. Gesang, 1) besagen gar nichts. Wir wissen von André Breton und Philippe Soupault, daß sie die »Champs Magnétiques« ohne die geringsten Drogen geschrieben haben.

»Das Problem des Bösen« von Naville ist kein trockenes philosophisches Werk. Der Autor versteht es, seine Theorien mit lebendigen Beispielen aus dem Leben und aus der Literatur zu belegen, so daß diese Lektüre sehr anregend ist. Zahlreiche Spuren solcher Anregungen lassen sich in den »Gesängen« nachweisen. Zum Beispiel die viel umstrittene Frage: wer ist Maldoror, die zentrale Gestalt der »Gesänge«? Ist er Satan? der Teufel? Mephisto? Hans Rudolf Linder versuchte in seiner Basler Dissertation 1947: »Lautréamont, sein Werk und sein Weltbild« nachzuweisen, daß der biblische Mythos der Wiederkunft Satans in Anlehnung an die Prophezeiung der Apokalypse ein wesentlicher Bestandteil der »Gesänge« sei. Maldoror, abgeleitet von L'aurore du mal, die aufgehende Sonne des Bösen, die sich in diesen Strophen wie ein unheimlicher, gigantischer Schatten erhebt, den Menschen zur Warnung, wäre also Satan? Nach der Lektüre von Naville liegt die Vermutung nahe, daß Maldoror mit Miltons Lucifer identisch ist. Naville gab ihm die Idee, als er von Milton sagte: »Milton ist ein ebenso guter Dichter wie Philosoph, da er auf den *Ursprung* des Bösen zurückgeht. Er erklärt das Auflehnen des sich empörenden Erzengels als das Begehren einer Macht, die in sich selbst ihr Gesetz haben will! Du wirst dein eigener Herr sein!« (S. VI. Gesang, 8: das Gespräch des in einen Taschenkrebs verwandelten Erzengels mit Maldoror.)

Lautréamont hatte die damals berühmten Romane der »schwarzen« Romantik gelesen: Lewis, Walpole, Maturin usw. Er kannte Mickiewicz, Byron, Baudelaire (s. den vom 23. Oktober 1869 zitierten Brief an seinen Verleger). Das alles genügte ihm nicht, wie er später in seinem Vorwort zu »Poésies« sagt: er wollte weitergehen. Bei Naville fand er nicht nur eine fest gegründete These über den Ursprung des Bösen, die ihm ermöglichte, bejahend oder verneinend, sein eigenes Denken zu prüfen, er fand zugleich zahlreiche Zitate, Hinweise auf Werke der Philosophie und der Literatur, die sich auf dieses Problem bezogen. Wir finden im Vorwort zu »Poésies« die Umkehrung gewisser Maximen von Pascal, Vauvenargues, La Bruyère, Dante, La Fontaine, La Rochefoucauld, Kant. Sie alle werden von Naville zitiert. Auch von Alfred de Musset und seinen »Confessions d'un enfant du siècle« ist ausführlich die Rede, diesem Werk, dem Lautréamonts Stil viel verdankt.

Als Naville die Frage untersucht, ob das Urteil »gut« oder »böse« auch auf die Natur anwendbar sei, ob das, was wir »Sünde« nennen, auch bei den Tieren existiere, zitiert er Joseph de Maistre in seinen »Soirées de Pétersbourg«, der von der Gewalt als einer Art von Raserei spricht, die alle Tiere der Schöpfung zu ihrer gegenseitigen Vernichtung treibt. Joseph de Maistre schreibt: »Das beginnt schon im Pflanzenreich, aber sobald wir das Tierreich betreten, wird dieses Gesetz zur erschreckenden Evidenz. Ja, es gibt Tiere, die keine andere Beschäftigung haben als andere zu töten. Es gibt Raubinsekten, Raubreptilien, Raubvögel, Raubsäugetiere... Über diesen zahlreichen Tiergeschlechtern steht der Mensch, dessen zerstörende Hand nichts verschont, was da lebt: er tötet, um zu töten; er tötet, um sich zu wehren; er tötet, um sich zu belehren; er tötet zu seinem Vergnügen!... Aber macht er vor dem Menschen halt? Nein! Der Mensch bringt den Menschen um. Er, ein sittliches, barmherziges Wesen, zur Liebe geboren, führt Krieg gegen seine Mitmenschen. Hört ihr nicht, wie die Erde nach Blut schreit? Der Mensch, plötzlich rasend von Haß und Zorn, dringt vorwärts auf dem Schlachtfeld, ohne zu wissen, was er will, noch was er tut. Er tut mit Begeisterung und Fanatismus das, was er verabscheut! Unaufhörlich erfüllt sich, von der Milbe bis hinauf zum Menschen, das große Gesetz der gewaltsamen Zerstörung der Lebewesen. Die ganze Erde – nur ein ungeheurer Schlachtaltar, wo alles, was da lebt, unaufhörlich geopfert wird, ohne Maß und ohne Mitleid!«

185 Tierarten hat Gaston Bachelard in den »Gesängen des Maldoror« gezählt, deren Gewalttätigkeit und Grausamkeit ganze Strophen füllen, die nicht zu den harmlosesten der »Gesänge« gehören. Da ist die Strophe von der Laus (II. Gesang, 9), die nur für das Werk der Vernichtung lebt. Sie frißt nicht, um zu leben, sie lebt, um zu fressen (wie Gaston Bachelard von der »Devise der Krabbe« sagt: »Il faut vivre pour pincer, et non pincer pour vivre.«

Da ist die Strophe vom Skarabäus (V. Gesang, 2), der die Überreste der aus Eifersucht getöteten Geliebten vor sich herrollt. »... Ein Skarabäus, der mit seinen Kinnbacken und Antennen eine Kugel über den Erdboden rollte, deren Hauptelemente aus exkrementöser Materie bestanden, wandte sich schnellen Schrittes dem Erdhügel zu...«

Im IV. Gesang, 6 wird Maldoror als wildes Schwein wiedergeboren, um nach Herzenslust töten zu können. »... Da gab es keinen Zwang mehr. Wenn ich töten wollte, tötete ich; das passierte mir sogar oft, und niemand hinderte mich daran. Die menschlichen Gesetze verfolgten mich noch mit ihrer Rache, obwohl ich die Rasse, die ich so ruhig verlassen hatte, nicht angriff; aber mein Gewissen machte mir keinen Vorwurf...«

Die Strophe vom Delphinmenschen (IV. Gesang, 7), Opfer der Eifersucht und des Sadismus, gehört in diese Reihe, und der menschenfressende Gott (II. Gesang, 8) ist eine logische Konsequenz der Beobachtung, daß jedes stärkere Lebewesen in der Natur das schwächere frißt. Lautréamont fürchtet sich nicht, selbst den entsetzlichsten Gedanken zu Ende zu denken. »...In der Hand hielt die Gestalt dessen, der sich selbst als Schöpfer bezeichnet, den verwesten Rumpf eines toten Menschen und führte ihn abwechselnd von den Augen an die Nase und von der Nase an den Mund; einmal am Munde, errät man, was er damit tat. Seine Füße standen in einem riesigen Pfuhl kochenden Blutes...«

Ob Tier oder Gott, gemeint ist immer der Mensch, seine Grausamkeit, Eitelkeit, Eifersucht, Ruhmsucht, Arroganz, Heuchelei, Herzenskälte, Perversität, Sadismus, Geilheit, Prostitution: alle Phänomene des Bösen haben ihren Platz in den »Gesängen«, um dem Menschen Entsetzen vor sich selber einzuflößen (s. Lautréamonts Brief an seinen Verleger vom 23. Oktober 1869: »...ich wollte etwas Neues im Sinne jener erhabenen Literatur schaffen, die die Verzweiflung nur besingt, um den Leser zu bedrücken und ihn das Gute als Heilmittel wünschen zu lassen...«).

Aber es gibt auch Strophen in den »Gesängen«, deren Grundgedanke einen unzweideutig religiös-philosophischen Charakter hat, den Definitionen von Naville entsprechend: »Erstes Kennzeichen des Guten ist das Gewissen.« In der Anfangsstrophe des Zweiten Gesanges kündigt Lautréamont an, daß er sich mit dem Gewissen auseinandersetzen wird: »Wohin ist er entschwunden, dieser Erste Gesang des Maldoror, seit sein Mund voller Blätter der Belladonna ihn in einem Moment der Besinnung durch die Königreiche des Zornes entfliehen ließ?... Man weiß es nicht genau. Weder die Bäume noch die Winde haben ihn bewahrt. Und die Moral, die an dieser Stelle vorüberging, nicht ahnend, daß sie in diesen glühenden Seiten einen energischen Verteidiger besaß, sah ihn, wie er sich festen und aufrechten Schrittes den düsteren Winkeln und den geheimen Fasern der Gewissen zuwandte...« (II. Gesang, 1) Maldoror, der abgefallene Erzengel, der das Böse zu einem Gesetz erhoben hat, beschließt, das Gewissen zu ermorden. »Es gibt Stunden im Leben, da der Mensch mit verlaustem Haar starren Auges Raubtierblicke auf die grünen Membranen des Raumes wirft, denn ihm ist, als höre er vor sich das Hohngelächter eines Gespenstes. Er schwankt und beugt das Haupt: was er gehört hat, ist die Stimme des Gewissens...« (II. Gesang, 15).

Er nennt es »das gelbe Gespenst«, das ihn »nicht aus den Augen verliert und feurige Sturzbäche auf den verbrannten Rücken der menschlichen Antilope schleudert...«

In dieser traumhaft-visionären Strophe ermordet Maldoror das

Gewissen. »Sein Haupt behielt ich zur Erinnerung an meinen Sieg... In der Hand ein Haupt, an dessen Schädel ich nagte, stand ich auf einem Fuß wie ein Reiher, am Rande des Abgrunds, in die Flanken der Berge gehöhlt. Man sah mich ins Tal hinabsteigen, während die Haut meiner Brust unbeweglich und ruhig war wie der Deckel eines Grabes...!« Er zwingt »das Haupt des Gewissens, Zeuge eines dreifachen Verbrechens zu sein, das ich am gleichen Tage begehen sollte, während die Haut meiner Brust unbeweglich und ruhig war wie der Deckel eines Grabes...«

Das »von Gott gesandte Gewissen« ist tot. Als Henker löst Maldoror das Fallbeil der Guillotine. Er selber bleibt unverletzt von dem herabsausenden Messer und »erhobenen Hauptes, lebenstrotzend« bahnt er sich ungehindert seinen Weg durch die Volksmenge (II. Gesang, 15).

Das zweite Kennzeichen des Guten – Naville zufolge – ist die Freude. Maldoror ist freudlos. Er kann nicht lachen. Er will dieses Lachen erzwingen, aber vergeblich. »... Ich nahm ein Federmesser mit scharf geschliffener Klinge, und dort, wo die Lippen sich vereinigen, durchschnitt ich das Fleisch. Einen Augenblick lang glaubte ich mein Ziel erreicht. In einem Spiegel betrachtete ich diesen durch eigenen Willen verletzten Mund! Es war ein Irrtum! Das Blut, das reichlich aus beiden Wunden floß, hinderte mich übrigens zu erkennen, ob dies wirklich das Lachen der anderen sei. Aber nach kurzen Vergleichen sah ich genau, daß mein Lachen dem der Menschen nicht glich, das heißt, ich lachte nicht...« (I. Gesang, 5).

»... Oh! der wahnwitzige Philosoph, der in Gelächter ausbrach, als er einen Esel eine Feige fressen sah!... Ich aber, ich kann nicht lachen. Ich habe nie lachen können, obwohl ich es mehrmals versucht habe. Es ist sehr schwer, lachen zu lernen« (IV. Gesang, 2).

Das dritte Kennzeichen des Guten ist – Naville zufolge – die Ordnung. Sie ist das Gute der Vernunft. Der Verrat der Vernunft hat furchtbare Folgen für den Menschen, dessen Bestimmung der Fortschritt ist. Der Mensch, der die sittliche Ordnung verrät, wird zurückgeworfen in die Welt der Tiere und der Pflanzen, die ihn überwältigen. Schmutz, Krankheit, Leiden, Schmerzen sind – Navilles These gemäß – Störungen der Ordnung. Der Gedanke der verratenen Vernunft wird von Lautréamonts Genie im IV. Gesang, 4 heraufbeschworen: »Ich bin schmutzig, die Läuse zerfressen mich. Die Schweine erbrechen sich bei meinem Anblick... Meine

Füße haben im Boden Wurzel geschlagen und bilden bis zu meinem Leib eine Art von zäh wuchernder Vegetation, voll von gemeinen Schmarotzern, noch nicht ganz Pflanze, aber auch nicht mehr Fleisch. Doch mein Herz schlägt...«

Von der »wuchernden Vegetation«, von Kröten, Vipern, Quallen, Krabben und anderen Tieren überwältigt, hört der Mensch auf, ein Mensch zu sein: sein Los ist das des Stieres, der getötet wird, um den Menschen als Nahrung zu dienen. »...Dieser spitze Dolch drang zwischen den beiden Schultern bis aufs Heft in den für die Feste bestimmten Stier, und durch mein Knochengerüst ging ein Zittern wie ein Erdbeben. Die Klinge ist so fest mit dem Leib verhaftet, daß niemand sie bis jetzt herauszuziehen vermochte. Athleten, Mechaniker, Philosophen, Ärzte haben der Reihe nach die verschiedensten Mittel angewandt. Sie wußten nicht, daß das Böse, was der Mensch getan hat, nicht rückgängig gemacht werden kann!...«

Naville hatte Ducasse-Lautréamont den Weg in die Tiefen des Unbewußten gezeigt – lange vor Freud[24] –, wo er »in den Niederungen der Menschheit, der Klippe des Hasses gegenüber, die schwarze, scheußliche Bosheit entdeckte...«, wie es in der Strophe an die Mathematik heißt.

In dieser Hymne (II. Gesang, 10) drückt Lautréamont seine Verehrung für die Mathematik aus, die sich weniger aus seiner Begabung für diese Wissenschaft erklärt (die nur teilweise nachweisbar ist), als daraus, daß sie – Basis aller exakten Wissenschaften – jenseits von Gut und Böse existiert. Naville führt dies in seinem »Problem des Bösen« aus. Er beweist, daß dort, wo allein die absolute Gesetzmäßigkeit herrscht, keine Freiheit ist, also auch nicht die Möglichkeit des Bösen. Das ist es, was Lautréamont fasziniert. Er preist die »äußerste Kälte«, die »unbeirrbare Logik« der Mathematik. Der Umgang mit ihr sei »magische Freude«. Die Erde zeige ihm nur »Täuschung und moralisches Blendwerk, du aber, o knappe Mathematik, erfüllst durch die unwiderstehliche Verkettung deiner fest gefügten Lehrsätze und durch die Beharrlichkeit deiner eisernen Gesetze die geblendeten Augen mit einem mächtig leuchtenden Widerschein jener höchsten Warheit, deren Spur in der Ordnung des Weltalls zu finden ist...«

Naville hält den irdischen Tod für eine Verwandlung, denn eine

24 Sigmund Freud (1856–1939), Begründer der Psychoanalyse.

Zerstörung des Geistes wäre unserer gesamten geistigen Ordnung entgegengesetzt, und er versucht, den Gedanken der Unsterblichkeit an Hand des Guten zu beweisen (auf dieser Basis führt er den Gottesbeweis). Dies ist wahrscheinlich, was Lautréamont »l'étrange thèse« – »die seltsame These« – des Philosophen nennt. Er versucht, darauf einzugehen: in der Begräbnisstrophe (V. Gesang, 6) erklärt er Maldoror für den »einzigen wahrhaft Toten«, Maldoror, das verkörperte Böse, während »der, den die Gruft soeben in ihrem Schoße empfing, der wahrhaft Lebende ist«. Der Tote war ein Kind, also dem Bösen noch nicht verfallen (s. I. Gesang, 3).

Es kann kein Zweifel bestehen, daß die »seltsame These« Navilles Lautréamont zutiefst beschäftigt hat und sein Plan, das Gute zu besingen, von dem Grundgedanken Navilles angeregt worden ist: »Von Gott kann das Böse nicht kommen, weil das Gute und der Wille Gottes identisch sind... das Gute setzt die Unsterblichkeit voraus... das Gute ist die Ordnung, die Freude, die Befolgung des sittlichen Gesetzes...« Lautréamont bestätigt diesen moralischen Gottesbeweis in dem ersten Teil seines Vorwortes zu »Poésies«: »Leugnet nicht die Unsterblichkeit der Seele, die Weisheit Gottes, die Größe des Lebens, die Ordnung, die sich im Universum offenbart.«

Das Rätsel der Umkehrung, das so vielen Kritikern unerklärlich blieb, scheint jetzt gelöst: »Die Gesänge des Maldoror« und »Poésies«, das Vorwort zu den geplanten Gesängen des Guten, bilden ein Ganzes, eine Dialektik von Licht und Schatten, von Gut und Böse. Naville sagte: »Ausgangspunkt des Kampfes gegen das Böse ist Umkehr.« Lautréamont nimmt diesen Ausspruch wörtlich und verkündet: »Ich ersetze die Schwermut durch den Mut, den Zweifel durch die Gewißheit, die Verzweiflung durch die Hoffnung, die Bosheit durch das Gute, die Klagen durch die Pflicht, die Skepsis durch den Glauben, die Sophismen durch kühlen Gleichmut und den Hochmut durch die Bescheidenheit.«

Es kam nicht zu den geplanten »Gesängen des Guten«, denn Lautréamont starb einige Monate, nachdem er dieses Vorwort (Poésies I und II) geschrieben hatte. Es war ihm bestimmt, der »Sänger des Bösen« zu bleiben, der geheimnisvolle Autor der »Gesänge des Maldoror«, dieser Apokalypse der völligen Verlassenheit.

Ré Soupault
Paris, Dezember 1975.

# *Bibliographie*

Unter den zahlreichen Ausgaben des Werkes von Lautréamont empfehlen wir:

Œuvres complètes. Les Chants de Maldoror. Poésies. Lettres. Avec les préfaces de Léon Genonceaux, Rémy de Gourmont, Edmond Jaloux, André Breton, Philippe Soupault, Julien Gracq, Roger Caillois, Maurice Blanchot. Verlag José Corti. Paris. 1953. Neuauflagen 1956, 1958, 1961, 1963, 1964 usw.

Die bisher vollständigsten Bibliographien sind in folgenden Werken enthalten:

Bibliothèque de la Pléiade. Œuvres complètes de Lautréamont (und Germain Nouveau) mit Anmerkungen und einer Bibliographie von P.-O. Walzer. Gallimard. 1970.

Frans de Haes. Images de Lautréamont. Verlag Duculot. Gembloux (Belgien). 1970.

Sonderausgabe »Lautréamont« der Revue »Entretiens« Nr. 30. Vorwort von Max Chaleil. Verlag Subervie. Rodez (Aveyron). 1971.

Einige ausgewählte Schriften über Lautréamont:

*Alicot*, François: Le vrai visage d'Isidore Ducasse. A propos des »Chants de Maldoror«. Mercure de France. 1 Janvier 1928. S. 202 bis 207. (S. auch von dem gleichen Autor: Dépêche de Toulouse. »Variété Littéraire«. 20. 1. 1948. Lautréamont et le génie. 21. 1. 1948. Isidore Ducasse, le fils du »chancelier«. 22. 1. 1948. Isidore Ducasse à Tarbes et à Pau. 23. 1. 1948. Le Comte de Lautréamont. En route pour les »Chants de Maldoror«.)

*Aragon*, Louis: Préface à Maldoror. Lautréamont. Ecrits Nouveaux. August-September 1922.

*Artaud*, Antonin: Lettre sur Lautréamont. Cahiers du Sud 275. (1946). S. 6–11.

*Bachelard*, Gaston: Lautréamont. Verlag José Corti. Paris. 1939.

*Blanchot*, Maurice: Lautréamont et Sade. In der Reihe: Propositions. Nr. 6. Editions de Minuit. Paris 1949.

*Bosquet*, Alain: Surrealismus. Henssel Verlag. Berlin. 1950.

*Breton*, André: Préface aux œuvres complètes de Lautréamont. Paris 1938. Ebd. 1953.

*Bütler*, Sonja: Untersuchungen über den französischen Prosarhythmus an Texten von Lautréamont. Dissert. Zürich. 1956.

*Capretz*, Pierre-Jean: Quelques sources de Lautréamont. Thèse de lettres. Doctorat d'Université. Paris. 1950.

*Caradec*, François: Isidore Ducasse, Comte de Lautréamont. Gallimard. Paris. 1975.

*Carrouges*, Michel: Maldoror intact. Liberté de l'esprit. No 38. Février 1953.

*Curtius*, Ernst Robert: Indezente und laszive Bücher. Die literarische Welt. 6 und 23. April 1926.

*Engler*, Winfried: Die Metamorphosen in den »Chants de Maldoror«. Antaios. 3. März 1962.

Ganz, Peter: Das Geheimnis des Grafen Lautréamont. Frankfurter Rundschau. 1. Dezember 1956.

*Guillot-Muñoz*, Gervasio und Alvaro: Lautréamont et Laforgue. Agencia general de libreria y publicationes. Montevideo. 1925.

*Hennecke*, Hans: Schwarze Blume der Romantik. Frankfurter Allgemeine Zeitung. 5. März 1955. Wiederabdruck: Kritik. 1958.

*Höllerer*, Walter: Theorie der modernen Lyrik. Dokumente zur Poetik I. Rowohlt Taschenbuch Verlag. Reinbek-Hamburg. 1965.

*Horst*, K. A.: Die Gesänge des Maldoror. Frankfurter Allgemeine Zeitung. 2. November 1963.

*Huelsenbeck*, Richard: Die Gesänge des Maldoror. Neue Zeitung. 21. November 1954.

*Jaloux*, Edmond: Note sur les Chants de Maldoror. »Le Disque vert«. 1925.

*Jean*, Marcel und *Mezei*, Arpad: Maldoror, essai sur Lautréamont et son œuvre,, suivi de notes et de pièces justificatives. Edit. du Pavois. Coll. »Le Chemin de la vie«. 1947.

*Jean*, Raymond: La poétique du désir. Nerval, Lautréamont, Apollinaire, Eluard. Editions du Seuil. Paris 1974.

*Kalow*, Gert: Zwischen Christentum und Ideologie. Die Chance des Geistes im Glaubenskrieg der Gegenwart. Kritische Versuche zu Lautréamont, Simone Weil, Robert Musil und W. H. Auden. Rothe Verlag. Heidelberg. 1956 (Lautréamont: Utopie der bürgerlichen Moral).

*Kalow*, Gert: Poesie ist Nachricht. Piper. München. 1975

*Karaulac*, Miroslav: Le Problème du mal dans l'œuvre de Lautréamont (Thèse de Strasbourg). 1960.

*Kemp*, Friedhelm: Der Fall Lautréamont. Merkur. Nr. 9 Oktober 1955, S. 971–978.

*Klemperer*, Victor: Pythische Lyrik. Deutsch-französische Rundschau. November 1928.

*Koeppen*, Wolfgang: Der Großvater des Surrealismus. Süddeutsche Zeitung. 16./17. April 1955.

*Kristeva*, Julia: La révolution du langage poétique. L'avant-garde à la fin du XIX^e siècle: Lautréamont et Mallarmé. Editions du Seuil. Paris 1974.

*Larbaud*, Valéry: Isidore Ducasse. Comte de Lautréamont. Lüttich. 1957.

*Leonhard*, Kurt: Poesie der Auflehnung. Deutsche Zeitung und Wirtschaftszeitung. 9. Februar 1955.

*Linder*, Hans Rudolf: Lautréamont, sein Werk und sein Weltbild. Diss. Basel. 1974.

*Mehring*, Walter: Ein Nachfahre des Marquis de Sade. Welt am Montag. 30. Januar 1955.

*Muller*, Kurt: Documents inédits sur le Comte de Lautréamont et son œuvre. Minotaure 12–13. 1939. S. 73–83.

*Nadeau*, Maurice: Histoire du Surréalisme. Seuil. Paris 1945. Coll. »Pierres vives« (Neuausgabe in einem Band mit dem folgenden. Seuil. 1964).

*Nadeau*, Maurice: Histoire du Surréalisme. II. Documents surréalistes. Seuil. Paris. 1948.

*Peyrouzet*, Edouard: Vie de Lautréamont. Grasset. Paris. 1970.

*Pierre-Quint*, Léon: Le Comte de Lautréamont et Dieu. In der Reihe Coll. Critique. Edit. des Cahiers du Sud. Marseille. 1929.

*Pleynet*, Marcelin: Lautréamont par lui-même. Editions du Seuil. Paris. 1967.

*Rauhut*, Franz: Das französische Prosagedicht. Hamburg. 1929.

*Schaeffer*, Dietrich: Lautréamont. Das Gesamtwerk. Neue Deutsche Hefte. Nr. 99. Mai–Juni 1964.

*Sollers*, Philippe: La science de Lautréamont. In: Logiques. Editions du Seuil. Paris. 1968.

*Soulier*, Jean-Pierre: Abord psychopathologique de l'œuvre de Lautréamont. L' Arc. Nr. 33. 4. trim. 1967.

*Soupault*, Philippe: Les Chants de Maldoror. Poésies. Correspondance. Présentation, étude et notes, commentaires. Paris. Charlot. 1946. Edition du Centenaire.

*Uhlig*, Helmuth: Lucifer unter den Dichtern. Der Tagesspiegel. 27. Februar 1955.

*Viroux*, Maurice: Lautréamont et le Dr. Chenu. Mercure de France. Nr. 1072. Déc. 1952.

*Wyss*, Dieter: Der Surrealismus. Eine Einführung und Deutung surrealistischer Literatur und Malerei. Verlag Lambert Schneider. Heidelberg. 1950.

# ANHANG

# *Elisabeth Lenk*
# *Der Traum als Konstruktionsprinzip bei Lautréamont und Carroll**

Meine Damen und Herren,
betrachtet man die Geschichte des Traumproblems aus pragmatischer Sicht, d. h. so wie sie sich uns Heutigen darstellt (und einen anderen Blick als den – Max Weber würde sagen – vom Licht der aktuellen Wertideen geblendeten, gibt es meines Erachtens nicht, zumindest beanspruche ich nicht einen anderen zu haben), so lassen sich zwei Linien aufzeigen, die sich in der Moderne aufeinander zubewegen oder gar treffen. Die eine Linie betrifft das Verhältnis von Traum und Gesellschaft, die andere Linie betrifft das Verhältnis von Literatur und Gesellschaft. Meine These ist nun, daß in dem Moment, da die Funktion des Traumes und die Funktion der Literatur sich tendenziell decken, der Traum in der Literatur gattungbildend wird. Es entsteht die traumartige Literatur, die durch einen radikalen Bruch mit der Tradition bei Lautréamont und Carroll begann.

Was die traumsoziologische Linie angeht, so läßt sich so viel über das Einstmals sagen, daß bei den Griechen der Traum (s. Dodds, The Greeks and the Irrational) eine sehr wichtige, kollektiv fundierte Funktion hatte, und daß sie sie in sogenannten primitiven Gesellschaften immer noch hat (nachgewiesen bei den Hopis, bei den Ojibwa-Indianern, bei den Mohave etc. s. das Ergebnis des ersten traumsoziologischen Kongresses: Les rêves et les sociétés humaines). Devereux nennt diese Funktion die der sozialkulturellen Integration. Über die Mohave sagt er: »Un élément ou un fait nouveau devient un élément culturel mohave seulement si un Mohave arrive à rêver que ce fait était déjà présent au moment de la création.« Erst dadurch bekommt das Faktum dann einen Namen, wird integriert, identifiziert oder wie Devereux sagt »naturalisé« (eingebürgert). Diese wichtige Funktion des Traumes mag damit zusammenhängen, daß er dasjenige Medium war, das zwischen der

* Dieser Text wurde am 7. 2. 1975 in der vorliegenden Form als Habilitationsvortrag an der FU Berlin gehalten und vom Fachbereich 17 abgelehnt.

Alltagswelt und der Welt des Wunderbaren, der Götter (le sacré) die Verbindung herstellte (allerdings nicht alle Täume, sondern nur die privilegierten und meistens gab es auch »professionelle« Träumer, die Schamanen). Die Götter gaben im Traum, wiewohl selten direkt, meist vermittelt durch Boten ihren Willen kund, entweder in sprachlicher Form (so etwa versprach 1450 vor Christus dem künftigen Pharao Thutmosis IV die Sphinx, die wiederum mit dem Sonnengott in Verbindung stand, im Traume das Königtum, er müsse aber zuvor ihre Statue, die ganz im Sand verschwunden war, freilegen). Jacques Bousquet (Les Thèmes du rêve) vermutet – und die Quellen scheinen das zu bestätigen –, daß die sprachlich-direkte Form des Traumes die älteste sei. Später erst sei dann an seine Seite der bildhafte Traum getreten, dessen ebenfalls in der Regel pragmatische und auf das Ganze des Gemeinwesens sich beziehende Botschaft erst entziffert werden muß (7 fette, 7 magere Kühe). Ist der Traum aber einmal gedeutet, so geht er in dieser Deutung auf ohne Rest.

Der Traum hat diese kollektive, ja offizielle und politische Funktion verloren. Diesen Funktionsverlust begründet Michelet für das Abendland in seinem schönen Buch »Die Hexe« damit, daß man die vielen Götter, Geister und Dämonen durch den einen christlichen Gott ersetzt und vertrieben hat. Wenn die toten Götter dennoch im Traum ein gespenstisches Leben weiterführten, so war das Grund genug, dem Traum zu mißtrauen. Der Traum verlor seine Integrationsfunktion, sein Prestige und wurde schließlich zur Privatsache. Seine gesellschaftliche Funktion war nur mehr eine negative, die der *Entwirklichung*. Nicht nur die alten Geister und Götter, sondern alles, was dem Rationalisierungs- und Disziplinierungsprozeß zum Opfer fiel, wurde in ihn (oder wie N. Elias sagt, in die Phantasie) abgeschoben. In dem Maße, in dem er dennoch für das Individuum eine affektive Wirklichkeit war, fiel der Traum dann unter die Zuständigkeit der Psychologie. Die Psychologie war es denn auch, die dem Traum eine allerdings nur relative Bedeutung zurückerstattet hat, relativ sage ich, weil in der Psychoanalyse – denn natürlich ist sie gemeint – der gewöhnliche Taum wiederum wie einst der bildhaft-prophetische nur als ein Silbenrätsel, eine Art Rebus genommen wird, der sich ohne Rest in die Deutung, in den latenten Traumgedanken auflösen läßt. Der Traum wird also nicht ernstgenommen, weil er traumhaft, sondern weil er letzten Endes vernünftig, zumindest aber ins Rationale auflösbar ist.

Nimmt man nun andererseits die Funktion von Kunst und Literatur, so erhellt sogleich, daß die Kunst in dem Maße an Bedeutung gewann, wie der Traum sie verlor. Dieses alte Konkurrenz- oder gar Unterwerfungsverhältnis (die Kunst hat den Traum verdrängt, ihn sich unterworfen, dienstbar gemacht), klingt noch in den heutigen Diskussionen über ihr Verhältnis zueinander nach. Gewöhnlich geht die Diskussion so vonstatten, daß man betont, wieviel doch der Künstler dem Traum verdanke. Man zitiert dann, um nur eines der immer wiederkehrenden Beispiele zu nennen, das von Coleridge angeblich im Traum produzierte Gedicht Kubla Khan etc. In einem zweiten Schritt bezeichnet man dann aber den Traum als privat, die Kunst als öffentlich, den Traum als formlos, die Kunst als Trägerin von Wert und Form. Selbst Freud, der es doch besser wissen müßte, ist nicht frei von dieser hierarchischen Denkart über das Verhältnis von Traum und Kunst. Die Kunst konnte den Traum nur ersetzen, indem sie selber zumindest Teile der sozial-kulturellen Integrationsfunktion und indem sie andererseits bestimmte Mittlerfunktionen zwischen der Alltagswelt und der Welt des Wunderbaren übernahm. Die Priester waren an diesem Punkt wie später die Herrscher auf die Kunst angewiesen. Doch aus dieser Mittlerfunktion erwuchs auch der Kunst wieder wie vorher dem Traum eine eigenartige Dialektik. Ich will hierzu Georges Batailles Kunstsoziologie anführen, weil sie diese Dialektik theoretisch expliziert und damit das Verhältnis von Kunst und Gesellschaft in einer Weise denkbar macht, die den traditionellen Basis-Überbau-Schematismus korrigiert. Gerade an der traumartigen Literatur ist die Widerspiegelungstheorie gescheitert, indem sie die traumartige Bearbeitung von gesellschaftlichem Material nur als privatistische Verzerrung und Entstellung denunzieren kann. Auf diese Weise verfehlt sie das kritische Potential. Denn die Entstellung der Entstellung ist die Richtigstellung.

Nach Bataille ist die gesellschaftliche Rolle der Kunst nicht die in den Realismusdebatten immer wieder beschworene Widerspiegelung der gesellschaftlichen Wirklichkeit, sondern die Widerspiegelung eines Teils der gesellschaftlichen Wirklichkeit, der selber schon Widerspiegelung, Verdoppelung ist: der Sphäre der Souveränität (das säkularisierte Sakrale). Kraft der souveränen Kommunikation (Die souveräne Kommunikation ist dasjenige, was in der Interaktion der Menschen der sakralen Sphäre entspricht und was sie erst produziert. Sie unterscheidet sich von der profanen Kommunikation darin, daß sie nicht-rationale Kommunikation ist.) verdoppelt die Gesellschaft sich selber. Sie schafft sich eine gleichermaßen ideale und reale Existenz, der sie sich entgegensetzt im Souverän.

Je mehr die Sphäre des Sakralen schrumpft und nur mehr den Souverän mit seinem prächtigen Gefolge übrig läßt, desto mehr geht diese Aufgabe der Mitteilung von Souveränität an die Kunst über. Von der souveränen Kommunikation her gesehen, erfüllt der Souverän seine Funktion nur als Bild, Bild des intensiven, vollständigen Lebens, das die Massen nicht leben können und das ihnen im Souverän gegenwärtig wird. Es ist also der Souveränität, gerade weil sie sich von ihrer Massenbasis losgetrennt hat, als etwas Transzendentes über ihr schwebt, wesentlich, daß sie den Massen erscheint, d. h. als Bild in ihnen lebt. Die Rolle des Mittlers nun, der die offizielle Souveränität als Bild in der universellen Subjektivität verankert, fällt dem Künstler zu. Die Dialektik von Herr und Knecht reproduziert sich auf der Ebene der Verdoppelung, des Scheins. Der König ist nur scheinbar Quelle von Souveränität. Er hat seine Souveränität, die er gnädig als Rang, Orden, Adel austeilt, nur kraft der souveränen Kommunikation. Der Künstler wiederum hat, da die Kunst Überbleibsel der souveränen Kommunikation ist, die »magische Gewalt«, den Schein der Souveränität zu produzieren. Der König ist also ohne den Künstler nichts, da er bloßer Schein ist. Er weiß dies instinktiv, ist aber zu vornehm, zu zerstreut, es den Künstler merken zu lassen, der seinerseits in dem Irrtum befangen ist, er habe Souveränität nur kraft der Gnadenbeweise des Königs. Was ihn daran hindert, sich seiner Macht bewußt zu werden, ist seine Redlichkeit (honnêteté).

Erst wenn das feudale Gebäude einstürzt, kann der Künstler zum Selbstbewußtsein erwachen. Er, der lange geglaubt hatte, er drücke eine außer ihm existierende heilige Wirklichkeit aus, wird sich der »part créée« bewußt, die er immer schon der ausgedrückten Wirklichkeit hinzugefügt hatte. Souverän wird die Kunst, wenn dies produktive Prinzip sich autonom setzt und die ihm fremden Wirklichkeiten abschüttelt. Der Augenblick der Bewußtwerdung war aber zugleich der historische Augenblick, da die Kunst ihre gesellschaftliche Mittlerfunktion verlor. Von nun an muß der Künstler, bei Strafe, seine Souveränität verlieren, die offizielle Souveränität bzw. deren Karikatur in der bürgerlichen Gesellschaft negieren (Rang, Würden).

Dieser Augenblick, da die Kunst kraft ihrer inneren Dialektik die offizielle Funktion verweigern muß, indem auch sie droht, zur Privatsache zu werden, ist zugleich der, da sie beginnt, sich mit dem Traum zu identifizieren. Der Traum wird zum Konstruktionsprinzip. Und in dieser Allianz wird nun auch deutlich, daß dem, was da funktionslos geworden war, gerade in der (offiziellen) Funktionslosigkeit eine ganz neue Funktion zuwächst. Man kann diese die auflösende Funktion oder einfach eine Dysfunktion nennen. Die Allianz von Traum und Literatur ist asozial, sie befindet sich in ständiger Spannung zur hierarchischen Wertsetzung der menschlich-moralischen Welt.

Die träumende Phantasie, die nur noch dazu da war, dasjenige, was die Gesellschaft nicht mehr als wirklich anerkennen wollte, zu entwirklichen, hat eine solche Kraft der Entwirklichung entwikkelt, daß sie auch vor dem, was die Gesellschaft unbedingt als wirklich anerkennen möchte, nicht mehr halt macht. Sie entwirklicht den Gegenstand und setzt sich an seine Stelle. Sie löst wie Penelope, weil der Geliebte noch nicht zurück ist, die durch Wissenschaft, Arbeit, Technik oder Kunst geschaffenen Zusammenhänge unermüdlich wieder auf. In solcher Indifferenz gegenüber den Errungenschaften der Zivilisation ist die träumende Phantasie Komplize der »sinnfremden« Natur, deren produktive Tätigkeit, sofern sie am vom Menschen gemachten Material sich vollzieht, als Zersetzung erscheint: »Denn jetzt erscheint der Verfall als die Rache der Natur für die Vergewaltigung, die der Geist ihr durch die Formung nach seinem Bilde angetan hat«, so Georg Simmel über die Ruine. Eine Literatur, die ihren Text nach Prinzipien des Traumes organisiert, hat nichts zu tun mit dem traditionellen Motiv des Traumes in der Literatur (von Homer bis zu Jensens »Gradiva«). Es gibt jedoch in dem, was man als »klassische« Literatur pauschal der Moderne entgegenzusetzen pflegt, einen Komplizen dieser moralischen Indifferenz und Affinität zur sinnfremden Natur. Ich meine niemand anderen als Goethe. Im Faust hat das, was allerdings nicht Traum, sondern Schlaf genannt wird, Schlaf und Lethe, eine Funktion, die zumindest ansatzweise jenseits der menschlich-moralischen Welt eine neue, zugleich naturhafte und künstliche Dimension konstituiert. Emrich hat das in seinem Buch »Die Symbolik von Faust II« eindringlich gezeigt. Schlaf und Lethe sind danach Elemente, die zur irrational-naturhaften Lösung der Schuldfrage eingesetzt werden. Die Schuldfrage wird aber im moralischen Sinne des Wortes eigentlich nicht gelöst, sondern gleichsam aufgelöst durch Versenken in Schlaf und Auslöschen des Bewußtseins. Erst durch solches Selbstvergessen und Auslöschen des verantwortlichen Subjekts wird die Geburt neuer subjektloser Kunstformen möglich. Emrich nennt sie: »Oper, visionäres eigentliches Theater, kurzum die Darstellung einer ausgesprochenen Scheinwelt.« Vorherrschend war bei Goethe jedoch auch in dieser außermenschlichen Welt noch ein Grundgefühl der Geborgenheit. Erst wenn das wegfällt, wird das Zeitalter der Dinge beginnen, welche das sehr episodische Zeitalter der Menschen ablöst. Man kann dieses Zeitalter mit Foucault beschreiben: »In dieser Zeit kann man nur noch in der Leere des verschwundenen Menschen denken. Die Leere stellt kein Manko her, sie schreibt keine auszufüllende Lücke vor. Sie ist nichts mehr und nichts weniger als die Entfaltung eines Raumes, in dem es schließlich möglich ist, zu denken.« (Die Ordnung der Dinge.)

Lautréamont und Carroll gehören ins Zeitalter der Dinge. Das setzt sie in eine geheime Verwandtschaft, von der zu sprechen sein wird, zunächst aber will ich kurz aufmerksam machen auf Verschiedenheiten des Entstehungshorizontes der Texte und ihrer Rezeption. Die traumartigen Texte hat ein ähnliches Schicksal ereilt wie einst und noch heute die Träume selbst. Nämlich entweder hält man sie für Tiefsinn oder für Unsinn, wobei der Tiefsinn seltsamerweise meist gerade dem Unsinndichter Carroll unterstellt wird, während Lautréamonts Literaturfähigkeit bis heute umstritten ist. So hat noch kürzlich (1972) ein Herr Faurisson behauptet, man sei, da man die »Chants de Maldoror« und die »Poésies« ernst nahm, seit hundert Jahren einem Studentenulk aufgesessen. Sehr beliebt sind auch die allegorischen, psychoanalytischen oder sozialen Auflösungen, vor allem in bezug auf Carroll: Das Schachbrett sind die erogenen Zonen (Deleuze). Der Tränenteich verdankt sich einem latenten Schuldbewußtsein Carroll-Dodgsons (Reichert), oder lustig: Alice verdient den Nobelpreis für sozialdemokratisches Verhalten (der französische Gauchiste Laporte). Gegen solche rationalisierenden Interpretationen möchte ich, im Sinne von Susan Sontags Buch »Against interpretation«, gerade den Abstand der von Lautréamont und Carroll dargestellten Welt zur Welt des Wachbewußtseins aufzeigen, statt die eine Welt in die andere wieder zu überführen.

Gerade darum ist es wichtig, sich die historische Situation zu vergegenwärtigen. Der erste »Chant de Maldoror« ist im August 1868 annonym erschienen. Im Sonner 1869 erschienen dann alle sechs Gesänge, diesmal unter dem von Isidore Ducasse gewählten Pseudonym Comte de Lautréamont. Die »Poésies« schließlich erschienen nacheinander im April und Juni 1870. Die erste Ausgabe von »Alice's Adventures in Wonderland« mit den Zeichnungen von Tenniel erschien am 4. Juni 1865, in Erinnerung an den drei Jahre zurückliegenden Bootsausflug, da Caroll zum ersten Mal unter Beisein der Alice Liddell die Geschichte improvisiert hatte; es folgte dann eine Ausgabe 1866; »Through the Looking Glass« erschien 1871.

Frankreich, noch unter Napoleon III., unter dessen ebenso operettenhafter wie brutaler Regie dem Kapitalismus nun auch von oben der Weg gebahnt wird. Augenfällig wird das bekanntlich in den strategisch-architektonischen Manövern des Baron Haussmann. Dann, aber das ist schon unmittelbar nach Lautréamonts Tod, das traumatische und bis heute (auch in seinen utopischen Implikationen) unübertroffene Ereignis der Kommune, das mit der Erschießung von 10000en endete. Es ist charakteristisch, daß jemand, als Isidore Ducasse's Todesdatum noch nicht feststand, einen Ducasse bei den Kommunarden entdeckte. Lautréamont hat in seinen Halluzinationen die Schreie von Sterbenden gehört, und die Moral, die Maldoror sarkastisch einem unschuldigen Knaben ins Ohr flüstert, ist die Moral des aus seiner Ruhe aufgeschreckten Bürgertums: »Du siehst, wenn man berühmt werden will, muß man voller Anmut durch Blutstöme waten, die das Kanonenfutter speist. Der Zweck heiligt die Mittel. Vor allem muß man Geld besitzen, um Ruhm zu erwerben.«

Dagegen wirkt das viktorianische England, natürlich nur was die upper classes betrifft, fast idyllisch. Deren Kinder lebten, abgeschirmt von allem Bösen draußen (zu dem u. a. auch die Kinderprostitution und die Kinderarbeit in den Fabriken gehörte) in der Irrealität der »nurseries« wie beispielsweise Guen Raverat in »Period Piece« sie geschildert hat. Das, was man den Rahmen der Carrollschen Erzählungen nennen kann, trägt ganz diesen idyllischen Charakter; Kuchen, Geplapper, Haustiere, gute Manieren, Märchen, das ist Alice's Welt. Und obwohl sie in »Through the Looking Glass« brennend gern in die andere Welt eindringen möchte, was sie auch tut, versichert sie sich doch gleich, ob sie auch den gewohnten Komfort wiederfindet »The very first thing she did was to look whether there was a fire in the fireplace, and she was quite pleased to find that there was a real one, blazing away as brightly as the one she had left behind.«

Was aber bei allen Differenzen dem damaligen Europa gemeinsam ist, ist zum ersten Mal die ungeheure Anhäufung von Dingen, die sich sozusagen wie ein Schleier vors Bewußtsein schieben. Man braucht sich nur Illustrationen aus der damaligen Zeit anzusehen (etwa die aus dem Jahr 1851 mit der Aufschrift: »Omnibus to the Great Exhibition every minute«), um zu sehen, wie die Massen sich zu den Weltausstellungen drängten, und die märchenhafte Aufmachung der Hallen selbst, um zu begreifen, daß der Kult der Dinge den Kult der Menschheit, der noch eben gepredigt worden war, abgelöst hatte. Da nun obendrein noch einige dieser Dinge sich, getrieben von der Dampfkraft, selbst zu bewegen schienen, so ist es nicht verwunderlich, daß damals auch Dinge, die festgestanden hatten, z. B. Möbel (aber hatten die nicht Füße, sogar oftmals Tierkrallen?) zu tanzen begannen.

Thomas de Quincey erzählt in seinen »Confessions of an English Opium Eater«: »Alle Füße der Tische, Sofas etc. erwachten bald zum Leben: der gräßliche Kopf des Krokodils mit seinen seitlichen Augen sah mich an und vervielfachte sich zu tausenden von Exemplaren.« Und Marx schreibt im ersten Band des »Kapital« in dem berühmten Abschnitt »Der Fetischcharakter der Ware und sein Geheimnis« vom Tisch: »Er steht nicht nur mit seinen Füßen auf dem Boden, sondern er stellt sich allen anderen Waren gegenüber auf den Kopf, und entwickelt aus seinem Holzkopf Grillen, viel wunderlicher als wenn er aus freien Stücken zu tanzen begänne.«

Benjamin treibt Marx' Begriff vom Fetischcharakter der Ware weiter bis in die Dimension des Traumes, wenn er in der Passagenarbeit vom 19. Jahrhundert schreibt, »daß in diesem trockensten Jahrhundert die gesamte Traumenergie der Gesellschaft sich ins lautlose, undurchdringliche Nebelreich der Mode geflüchtet hat, in das der Verstand ihr nicht folgen konnte«. Das Nebelreich der Mode, das ist das Reich der jeweils neuen, exotischen und vor allem technischen Dinge, das damals Millionen in Bewegung brachte.

Was nun zwischen 1865 und 1868 bei unseren beiden Autoren, ohne daß sie im geringsten von einander Kenntnis hätten, geschieht, ist, daß Träume nicht bloß erzählt, beschrieben, an entscheidender Stelle eingesetzt werden, sondern daß sie mit Hilfe von Sprachtricks vor den Augen des Lesers inszeniert werden. Ernst Cassirer zitiert in seiner »Philosophie der symbolischen Formen« einen schönen Satz von Max Müller: »Die Mythologie ist unvermeidlich, sie ist eine inhärente Notwendigkeit der Sprache, wenn wir in der Sprache die äußere Form des Gedankens erkennen, sie ist der dunkle Schatten, welchen die Sprache auf den Gedanken wirft und der nie verschwinden wird, solange sich Sprache und Gedanke nicht vollständig decken, was nie der Fall sein kann.«

Mit diesen Schatten, welche die logischen Positivisten den Ehrgeiz haben, zum Verschwinden zu bringen, arbeiten Lautréamont und Carroll. Sie werden in ihrer ganzen Irrationalität wohl erst wahrnehmbar, wenn das formale, logisch-mathematische Denken eine bestimmte Stufe erreicht hat. Und es ist gewiß kein Zufall, daß beide eine Affinität zu Logik und Mathematik hatten. Carrolls Präokkupationen in dieser Richtung sind bekannt. (Er war Mathematiklehrer in Christ Church, Oxford, und man hat seine Schriften zu Logik und Mathematik posthum veröffentlicht, »Symbolic Logic and the Game of Logic« und »Pillow Problems and a Tangled Tale«. Weniger bekannt ist vielleicht, daß Lautréamont, der wie Schulkameraden bezeugen, ein brillanter Mathematikschüler war, in seine »Chants de Maldoror« eine keineswegs ironisch gemeinte Hymne an die Mathematik aufgenommen hat.) Sie nehmen diese Schatten nicht einfach resigniert als das unvermeidliche Nebenprodukt des sprachlichen Ausdrucks hin, sondern experimentieren mit ihnen.

Ein erster Grundzug dieser in einem neuen Sinn traumartigen Texte ist es, daß das Material, das benutzt wird, immer schon bearbeitetes Material ist, und zwar handelt es sich in unserem Falle – wie könnte es anders sein – vor allem um vorgefertigtes Material aus der Literatur, um Gelesenes, das gilt vor allem für Lautréamont, um Gehörtes, das gilt vor allem für Carroll. Man braucht die Pléiade-Ausgabe der »Chants« oder die »Annotated Alice« nur an beliebiger Stelle aufzuschlagen, es wimmelt von Anmerkungen, von Anspielungen, Anklängen an Bekanntes. In einem Fall handelt es sich um die Welt der Nursery-Rhymes oder Mother-Gooses, der Märchen und der erbaulichen Kinderliteratur, mit einem Wort um die Sprach- und Erfahrungswelt des viktorianischen upper-class-Kindes, im anderen Fall hat man Lamartine wiedererkannt, Maturin, Byron, Hugo, Musset etc., also das literarisch Jüngstvergangene, vor allem natürlich die Romantik einschließlich der schwarzen. Sofern über längere Strecken hin die Vorlage noch kenntlich ist, haben die traumartigen Bearbeitungen einen parodistischen Nebeneffekt. Doch kann, was dem konventionellen Bewußtsein als Verzerrung und Entstellung erscheint, durchaus auch Richtigstellung sein. »Wenn ein Vorgänger«, erklärt Lautréamont in den »Poésies«, »ein Wort für das Gute verwendet, das dem Bösen gehört, ist es gefährlich, daß sein Satz neben dem anderen bestehen bleibe.« Daß dieses Programm des Nachschreibens von bereits geschriebenen Texten in gewissem Sinn auch für Carroll gilt, will ich in gebotener Kürze am Beispiel von »You are old Father William« zeigen.

Wenn man das Gedicht, das Alice dem Caterpillar aufsagt, mit der Vorlage Southey's vergleicht, so wird gleich in der ersten Zeile das in seiner Emphase unangemessene Wort »cried« durch »said« ersetzt, ähnlich ergeht es den schnörkeligen »few locks« in der zweiten Zeile, die einfach durch »hair« ersetzt werden. In der dritten Zeile folgt dann ein für die traumartige Schreibweise charakteristisches Verfahren: Was in der konventionellen Lyrik oder Prosa eine bloße Zustandsbeschreibung ist, wird in Bewegung umgesetzt, als ein leibhafter Vorgang inszeniert. Father William demonstriert, daß er »hale and hearty« ist, indem er ununterbrochen Kopf steht, später dann einen Purzelbaum rückwärts schlägt etc. Der Alte bei Southey trauert weitschweifig und in poetischen Worten der verlorenen Jugend nach, die jedoch so aufregend nicht gewesen sein kann, da er nämlich, getreu der protestantischen Ethik, damals in Gedanken an später in allem maß- und hausgehalten hat, nach dem Brechtschen Motto: Nütze die Jugend nicht, denn sie vergeht. Der Father William Carrolls, Vorläufer von Groucho Marx, sucht dem Jungen, statt ihn zu belehren, eine angeblich unfehlbare Salbe anzudrehen, nur ein Schilling das Stück.

Vergleichbar ist dieser Korrektur diejenige, die Lautréamont an Lamartines Gedicht »La lampe du temple« vornimmt, auch hier wird die Mischung von poetischen mit erbaulichen Elementen rückgängig gemacht. Maldoror holt die von Lamartine in einem »Saint lieu« aufgehängte Lampe mittels eines Steinwurfs auf die Erde. Ein ramponierter verkohlter Engel entschwebt in die Lüfte, während die Lampe, die offenbar doch eine Wunderlampe war (aber eine poetische) von nun an in der Seine irrlichtert. Aber zurück zu Carroll. Es gibt bei ihm noch andere Weisen, sich zum überkommenen Sprachmaterial zu verhalten, aus ihm traumhafte Effekte zu erzeugen. So z. B. werden die Nursery-Rhymes Tweedledum and Tweedledee und Humpty Dumpty wörtlich übernommen, und zwar (das gilt besondes für den ersteren) als minutiöse Regieanweisung für das nachfolgende Geschehen, so daß die darstellenden Personen, die das Gedicht kennen, alles schon im voraus wissen. Was in dem Gedicht gesagt worden war, trifft also tatsächlich als Geschehen ein. Oder Redensarten wie »it rains cats and dogs« werden wörtlich genommen und in Szene gesetzt (auch der Taum kennt nach Freud solche in Szene gesetzten Redewendungen wie: ein Wagen voll Gemüse für Kraut und Rüben etc.); schließlich, und das ist wohl das häufigste Verfahren: durch systematisch erzeugte Mißverständnisse, wobei meist ein eine abstrakte Beziehung ausdrückendes Wort sich in ein konkretes Ding oder gar in ein lebendes Wesen verwandelt; so verwandelt die Verneinung »not« sich in knot, einen Knoten, der »purpose« in einen » porpoise« (was Enzensberger sehr schön durch die Verwandlung des Zwecks in die Zwecke wiedergibt: » und wenn zu mir ein Fisch käme und sagte, er wolle auf Reisen gehen, dann wäre meine erste Frage ›Mit welcher Zwecke?‹«).

Einen ähnlichen Effekt wie Carroll mit dem Mißverständnis erreicht Lautréamont mit der Metapher: Statt daß er einfach nur etwas, sagen wir die Haare einer Frau, mit etwas anderem, sagen wir mit Spinnenbeinen vergleicht, *verwandelt* das eine sich in das andere »De longues pattes d'araignée circulaient sur sa nuque«.* Wie erreicht er das? Die traumartige Schreibweise hat mit dem tätsächlichen Traum dies gemein, daß sie das logisch-grammatische Gefüge seines Materials auflöst bzw. nur insofern respektiert, als sie es in sinnfällig darstellbare raum-zeitliche Relationen verwandeln kann. »Er« (der Traum), sagt Freud, »gibt logischen Zusammenhang wieder als Gleichzeitigkeit.« Zur Darstellung der Kausalbeziehung hat er wiederum nach Freud zwei Verfahren: entweder wird der Nebensatz als Vortraum gebracht und der Hauptsatz als Haupttraum angefügt oder aber »Verursachung wird dargestellt durch ein Nacheinander«. Uns geht es hier aber besonders um die Relation der Ähnlichkeit, das Gleichwie. Sie wird nach Freud »vom Traum ganz allgemein dargestellt durch Zusammenziehung

* Seite 92

zu einer Einheit, welche entweder im Traummaterial bereits vorgefunden oder neu gebildet wird. Den ersten Fall kann man als Identifizierung, den zweiten als Mischbildung benennen.« Die Identifizierung wird nun genauer bestimmt. Sie »besteht darin, daß nur eine der durch ein Gemeinsames verknüpften Personen im Trauminhalt zur Darstellung gelangt, während die zweite oder die anderen Personen für den Traum unterdrückt scheinen«. Kehren wir zu unserem Beispiel zurück. Es gelangt also, wenn man lange Spinnenbeine auf dem Nacken einer Frau umherlaufen sieht, nur das eine Glied der Metapher zur Darstellung. Das andere wird unterdrückt oder vielmehr – wie in der Analyse – erst nachträglich hinzugefügt »es sind aber nur ihre Haare«. Was nun andererseits die Mischwesen betrifft, so wimmelt es von ihnen bei Lautréamont und Carroll. Ein anderer Trick, durch Metaphernbildung eine zweite, gleich intensive Wirklichkeit zu erzeugen, ist, daß das zweite Glied, das, mit dem verglichen wird, ungleich viel suggestiver ist als das erste, so daß wiederum erreicht wird, daß es sich an die Stelle des anderen setzt. Es handelt sich bei jenem meist um rezentes, der Technik, der Naturwissenschaft oder auch der Medizin entlehntes Material. Wiederum nur ein Beispiel: »un troupeau de bœufs s'avançait comme une locomotive.«

Die Metapher wird zur Metamorphose, und wie im Satz das eine ins andere nicht wieder rückübersetzbar ist, so stellt auch bei Carrolls Metamorphosen die ursprüngliche Identität (aber gab es die überhaupt?) sich nicht wieder her. Während im Märchen der Frosch wieder zum Prinzen, der See wieder zur Mutter wird, hört bei Carroll die Königin auf, Königin zu sein, und wird Schaf, das Baby wird Schwein, die Ruder Stricknadeln etc.

Ich will noch eine letzte traumartige Technik erwähnen: daß man je nach der Einstellung das Kleine beliebig vergrößern und das Große beliebig verkleinern kann. Entweder tun Autor bzw. handelnde Personen so, als ob sie ihren Gegenstand aus großer Entfernung erblickten (und sie können sich das leisten, denn das Fernrohr ist ja bereits erfunden). »To be able to see Nobody! And at that distance too«, sagt der König bewundernd zu Alice. Und Lautréamont rätselt in aller Ruhe mit dem Leser, was das wohl für zwei Pfeiler seien die am Horizont erscheinen, zwei Nadeln, zwei Türme oder zwei Affenbrotbäume. Oder aber man verändert, man verkehrt in souveräner Willkür die Proportionen, so daß ein Rhinozeros sich auf die Nase einer Fliege setzen kann. Oder daß ein Wesen, das von weitem wie eine Biene aussieht, sich als Elefant herausstellt.

Das unerhört Neue in der Sprachtechnik nimmt gleichsam das Neue des Films gegenüber der starren Photographie vorweg. Lautréamont führt seine Schattenspiele, das »défilée cinémathographique«, wie er es charakteristischerweise nennt, wie ein Zauberkunststück vor (ganz wie der Illusionist Méliès später seine ersten Filme). Kaum ein Gesang, zu dessen Beginn er dem Leser nicht ausdrücklich die Requisiten, den Tisch, die Lampe, das Blatt und natürlich die Feder vorzeigte. Dann aber vergißt man auch gleich wieder die Situation, die Schatten fangen an sich zu bewegen, und selbst wenn der Erzähler mit seinen nüchternen, distanzierten Kommentaren sie begleitet, so hört man doch kaum mehr auf das, was er sagt, so sehr ist man mit dem beschäftigt, worauf er zeigt. Das sind nicht mehr nur Redeblumen, das sind Redetiere.

Diese Affinität zum neuen Medium der Photographie und gleichzeitig schon die Antizipation der filmischen Möglichkeiten läßt sich bei Carroll sogar noch füher nachweisen. Im November 1855, wenige Wochen nachdem sein Onkel ihm die Elemente der Photographie beigebracht hatte, veröffentlichte Carroll in der Zeitschrift Misch-Masch einen Artikel mit dem Titel »Photographie Extraordinary«. Er empfiehlt darin, das eben entdeckte Prinzip des »gradual development of the latent image« auf Denkprozesse anzuwenden, wobei er ein feines parodistisches Gefühl für die literarischen Modeströmungen seiner Zeit verrät. Das von einem »Feeble-minded young man« gewonnene Negativ, das allzu schwächlich ist: »It belongs apparently to the milk-and-water School of Novels«, wird im Entwicklungslabor so lange bearbeitet, bis es sich in einen Text der »Strong-minded or Matter-of-Fact School« verwandelt. Und schließlich kommt sogar, »highest possible degree«, ein wildbewegter Text der »Spasmodic or German School« dabei heraus.

Wer träumt hier? Diese Frage wird in der traumartigen Literatur zu Beunruhigung. Sie wird zur Frage nach dem Status der literarischen Fiktion überhaupt. Für jemanden, der von außen über diesen Status nachdenkt, beispielsweise für einen Literatursoziologen, scheinen die Verhältnisse klar zu sein. Es gibt in der Wirklichkeit einen aktiven Teil – den heute mit einem allerdings gräßlichen Ausdruck so genannten Literaturproduzenten – und einen passiven Teil: den Literaturkonsumenten. Beide verständigen sich augenzwinkernd über den Charakter des Helden, von dem sie, wie immer er sich benehmen mag, eines ganz sicher wissen, daß er weniger wirklich als sie selber, also ein fiktiver Held sei (ein solches augenzwinkerndes Verhalten ist nach H. N. Fügen das »literaturgemäße Verhalten«). Diese Auffassung setzt jedoch einen heilen Wirklichkeitsbezug voraus, sie entspringt selber einer Fiktion, aber keiner poetischen, sondern einer prosaischen, der Fiktion nämlich einer Traum- und Wachzustand synthetisierenden vernünftigen Persönlichkeit. In der traumartigen Literatur gibt es eine solche Persönlichkeit nicht. (Reichert hat in seinem Buch über Carroll sehr schön herausgearbeitet, daß das Pseudonym ein Symptom dafür war, daß es auch dem Autor nicht gelang – oder daß er gar nicht gewillt war, sein Doppelleben in eine einzige Person zu integrieren; etwas Ähnliches mag für Ducasse gelten, obwohl man sehr viel weniger über ihn weiß.) Und doch fingiert Carroll, zumindest in der ersten Alice, noch eine intakte Welt, ein Bewußtsein, das melancholisch lächelnd über der Wach/Traum-Ambivalenz steht. Ein solches Bewußtsein wird Alice's Schwester zugeschrieben. Überhaupt enthält der Schluß so etwas wie eine beruhigend-rationale Auflösung des Ganzen. Erst hier wird das Geschehene, das in bruchlosem Übergang (den Übergang stiftete das weiße Kaninchen) wie ein tatsächliches Geschehen beschrieben worden war, als Traum relativiert. In Gestalt der Schwester, der Alice ihren Taum erzählt, wird sozusagen dem Leser eine Anweisung gegeben, wie er das Ganze zu nehmen habe, nämlich allenfalls als lieblichen Tagtraum und nicht, wie die noch eben agierende Alice, als beunruhigende zweite Wirklichkeit. »So she sat on, with closed eyes, and half believed herself in Wonderland, though she knew she had but to open them again, and all would change to dull reality...« Die Schwester ist niemand anders als der passive konventionelle Leser mit dem richtigen Literaturverhalten, und es wird die Hoffnung ausgesprochen, daß auch Alice einstmals, als erwachsene Frau, solche melancholische Distanz zu ihren vergangenen Abenteuern entwickeln möge. Die Frage: wer träumt? läßt sich, mit Vorbehalten allerdings, für den Leser also bereits beantworten: der Leser träumt nicht oder vielmehr er träumt nur halb, er läßt sich einlullen von der Erzählung, verliert aber nie das Bewußtsein der außerhalb ihrer existierenden dull reality. Mir scheint es aber mißverständlich und auf den ersten Blick sogar falsch, wenn Reichert das Verhältnis der Schwester zum Traum vom Wunderland mit dem des Erzählers

»in einfacher Spiegelung identisch«, ja sogar die Figur selber umstandslos mit Carroll gleichsetzt »Die Schwester, das heißt Carroll«. Abgesehen einmal davon, daß derartige Gleichsetzungen des Autors mit einer seiner Figuren (wie übrigens auch die umstandslose Identifizierung des Träumers mit einer seiner geträumten Gestalten) immer etwas Naives hat: wie kann denn eine ganz rezeptive, passive Figur, der jemand anderes nur seinen Traum erzählt, mit demjenigen identisch sein, der diesen Taum allererst inszeniert hat. Und selbst angenommen einmal, aber da fängt ein Verwirrspiel an, der Autor der traumartigen Literatur wäre gar nicht der souveräne Regisseur, ihm sei der literarische Traum wie der wirkliche nur so widerfahren, so muß man annehmen, daß zumindest eine Hälfte seiner selbst (wer denn sonst) ihn dennoch hervorgebracht hat.

Daraus ergäbe sich nun in der Tat eine interessante, von der üblichen Bestimmung der Fiktion abweichende (oder sie nur präzisierende?) Struktur der traumartigen Erzählung: Etwas wird jemandem (dem nachmaligen Autor) von außen angehext, wofür er nichts kann; er gibt nun dieses Etwas, diesmal als der Aktive, an eine fiktive Person weiter; mit der vollzieht sich nun das gleiche in bezug auf andere fiktive Personen und so fort, bis schließlich dieses Etwas ungestalt und umgestaltet, aber in seiner suggestiven Kraft intakt, beim Leser landet. Dieser Doppelcharakter, daß man etwas, was man selber erleidet, den anderen antut und umgekehrt, ist in der Tat ein Grundmotiv der Carroll-Texte: Darin unterscheiden sie sich vom Märchen. Weder git es einen Bösen, noch ist die Heldin positiv, gut. Soweit die Worte ihr gehorchen, sind es die eines braven kleinen Mädchens, das sich noch im Schacht bemüht, einen Knicks zu machen, aber sofern sie ihr nicht mehr gehorchen, drücken sie gegen ihren Willen Grausamkeit aus. Hat sie nicht selber alle diese Gerichte, die jetzt wiederaufstehen, diese Hummer, falschen Suppenschildkröten und Austern gegessen? Ist sie groß, so ist sie selber das Ungeheuer, das den kleinen Tieren Schrecken einjagt, ist sie klein, so ist sie solidarisch mit den armen kleinen Wesen und erschrickt zu Tode vor einem Hund. Zu Beginn von »Through the looking glass« beobachtet Alice, wie unendlich langsam der König vom Fleck kommt. Da nimmt sie ihn einfach (um ihm zu helfen, sagt sie) und stellt ihn auf den Tisch neben die Königin. »She said afterwards that she had never seen in all her life such a face as the King made, when he found himself held in the air by an invisible hand...« Sie findet die Situation ungeheuer komisch. Nachher aber ist sie selber es, die als Schachfigur von Feld zu Feld versetzt wird. Und man könnte noch weitergehen und sagen, daß diese Erfahrung des zugleich brutalen und wunderbaren Versetztwerdens eine Grunderfahrung der damaligen Zeit war. An einer der Bruchstellen befindet Alice sich auf einmal in der Eisenbahn und auch in »Sylvie and Bruno« wird die Eisenbahn als Mittel des plötzlichen Übergangs von der einen (realistischen) Welt in die andere (fairyland) verwendet.

Bei Lautréamont stellt sich, da nicht mehr ängstlich an einem konventionellen Rahmen festgehalten wird, viel radikaler noch als bei Carroll die Frage nach der literarischen Fiktion. Lautréamont zieht aus dem Traumähnlichwerden der Literatur erstmals die Konsequenz: da ja im Traum der Träumende Rezipierender, Autor und fiktiver Held zugleich ist, verschwimmen die Grenzen, welche die Institution Literatur gezogen hat, und geraten in Bewegung. Lautréamont lullt seinen Leser nicht ein, ihm wird nicht weisgemacht, daß bei halbgeschlossenen Augen ein lieblicher Tagtraum ihn erwarte, vielmehr warnt er ihn und fordert ihn zur aktiven Mitarbeit auf. Paradoxerweise ist die Tätigkeit, die von ihm erwartet wird, nicht etwa die der produktiven Kollaboration (Ergänzung des Werkes), sondern die des Widerstandes, der Kritik. Überspitzt könnte man sagen, der Leser wird aufgefordert, die Zerstörungsarbeit fortzusetzen, die Lautréamont begonnen hat.

Der erste Gesang beginnt folgendermaßen:

»Gebe der Himmel, daß der Leser, erkühnt und augenblicklich von grausamer Lust gepackt gleich dem, was er liest, seinen abrupten und wilden Weg durch die trostlosen Sümpfe dieser finsteren und gifterfüllten Seiten finde, ohne die Richtung zu verlieren; denn wofern er nicht mit unerbittlicher Logik und einer geistigen Spannung, die wenigstens seinen Argwohn aufwiegt, an diese Lektüre geht, werden die tödlichen Emanationen dieses Buches seine Seele durchtränken, wie das Wasser den Zucker.« Erst nach dieser Vorwarnung wird dann der Held vorgestellt: »Ich werde in wenigen Zeilen darlegen, wie gut Maldoror in seinen ersten Lebensjahren war; das ist hiermit getan. Später bemerkte er, daß er böse geboren war: unerhörtes Verhängnis.« Maldoror ist der personifizierte Alptraum. Er führt eine mythische Existenz. Bald schwimmt er mit den Haifischen im freien Meer, bald fliegt er als Adler durch die Lüfte oder aber er galoppiert in seinen schwarzen Mantel gehüllt,

»sur ce cheval qui ne galope que pendant la nuit«. Wie der Erlkönig erscheint er dem Knaben, der friedlich mit der nähenden Mutter und dem lesenden Vater bei Lampenschein sitzt, und flüstert ihm verführerische Worte ins Ohr, oder er erscheint und hilft dem Totengräber bei seiner nächtlichen Arbeit. Aber er spielt für die anderen die Rolle der geträumten Person nur, weil er selber von gräßlichen Halluzinationen gepeinigt wird. Wir finden hier, leicht verschoben, die Struktur wieder, die bei Carroll beobachtbar war. Der Autor wälzt etwas, was sich ihm allnächtlich in Halluzinationen verwandelt und peinigt (eine Angst?) auf einen als unschuldig vorgestellten Leser ab. Er träufelt ihm Gift ein, lähmt ihn, hofft und fürchtet zugleich, ihn grausam zu machen wie das, was er liest. Die Fiktion, so unwahrscheinlich die Geschehnisse sind, transportiert also etwas Reales, real im Sinne Freuds, der sagt: Wenn jemand in der Nacht sich vor Räubern fürchtet, so sind die Räuber imaginär, aber die Furcht ist real.

Dies Verhältnis nun spiegelt sich auf der Fiktionsebene wieder. Maldoror ist nicht einfach der Böse, sondern selber Opfer; und den traumatischen Vorgang, der ihn zum Bösen gemacht hat, muß er seinerseits an immer neuen, unschuldigen Opfern vollziehen. Von dem wunderbar erlösenden Goetheschen Tiefschlaf ist nicht mehr die Rede. Maldoror, der diejenigen, die er heimsucht, am Schlafen hindert, weigert sich selbst zu schlafen. Nur ein einziges Mal in all den Gesängen schläft er wirklich süß und tief, nur ein einziges Mal hat er einen seligen Traum, das ist, als er träumt, er sei in ein Schwein verwandelt worden. Aber das ist nur ein Zwischenspiel; es deutet nurmehr in Form der Groteske an, wo Erlösung zu finden ist: in der Auslöschung des Bewußtseins und im grunzenden Vergessen.

Maldoror ist also schlaflos: »Chaque nuit, je force mon œil livide à fixer les étoiles, à travers les carreaux de ma fenêtre. Pour être plus sûr de moi-même, un éclat de bois sépare mes paupières gonflées.«* »Chaque nuit«, das ist der Tenor der »Chants de Maldoror«, die Wiederkehr der immer gleichen Qual, so wie nicht nur mit jedem Gesang, sondern gleichsam mit jeder Strophe der Alptraum in immer neuen Variationen von vorn anfängt. Auch das Ende der Strophe, wie das Ende der Nacht, immer wieder mit dem Wort »aurore« bezeichnet, bringt keine Erleichterung. Es gibt keinen

* Seite 147

Fortgang, keine Entwicklung, so scheint es. Versucht man jedoch, mit einem Blick das Ganze der Chants zu umfassen, so gewahrt man, daß sie sehr genau durchkonstruiert sind, und daß diese Konstruktion in jedem einzelnen Gesang wiederkehrt. Es gibt eine Szene, die alle vorhergehenden Szenen, eine Nacht, die alle vorhergehenden Nächte resümiert. Es ist dies die letzte Strophe des fünften Gesangs, und der sechste Gesang ist nur noch ein Nachspiel, er ist eigentlich schon gar kein Gesang mehr, sondern ein kondensierter Roman. Ich kann diese Auflösung hier nur in wenigen Strichen andeuten: Der Gesang beginnt mit dem stereotypen »chaque nuit«, dann wird jedoch, in plötzlicher Dramatisierung des Tonfalls, die Besonderheit *dieser* Nacht hervorgehoben »cette nuit actuelle«. Seit zehn Jahren, heißt es, sei Maldoror jede Nacht von einer großen Spinne heimgesucht worden. Und es wird angekündigt, daß in dieser aktuellen Nacht das Geheimnis der Spinne gelüftet werde. Die traumartige Schreibweise erreicht hier ihren Höhepunkt: »Regardez cette vieille araignée de la grande espèce, qui sort lentement sa tête d'un trou placé sur le sol, à l'une des intersections des angles de la chambre. Nous ne sommes plus dans la narration. Elle écoute attentivement si quelque bruissement remue encore ses mandibules dans l'atmosphère. Hélas, nous sommes maintenant arrivés dans le réel.«* Doch die Spinne sucht nicht, wie allnächtlich, die »large blessure« am Halse Maldorors, von der es sarkastisch heißt, daß sie der Spinne zu einer zweiten Heimat geworden war; in dieser aktuellen Nacht sucht sie sein Ohr. Sie redet, expliziert sozusagen sich selber.

Mit der langen melodramatischen Erklärung, die die Spinne nun abgibt, will ich mich jetzt und Sie nicht aufhalten. Es genüge der Hinweis, daß wie im Lustspiel aus der Spinne, die offenbar nur ein Kostüm, oder (wie Lautréamont später in den »Poésies« sagt) aus Pappmaché war, zwei schöne Jünglinge herausspringen, die Maldoror sehr genau als zwei seiner Opfer wiedererkennt. Mit dieser Enthüllung hört der Magnetismus, gegen dessen Macht Maldoror allnächtlich und vergeblich angekämpft hatte, auf.

Die Poeten lieben die klangliche Mehrdeutigkeit. Wie sollte es also bei der Wahl des Namens Maldoror, von dem der Kommentator in der Pléiade-Ausgabe lakonisch sagt, er sei in keiner Mythologie zu finden, dem Autor entgangen sein, daß man ihn auch an-

* Seite 162

ders verstehen und schreiben kann, nämlich als mal d'aurore. Le mal ist bekanntlich wie das deutsche Übel doppeldeutig, es heißt sowohl die Krankheit als auch das Böse. Der Alp, als die nur eingebildete literarisch-romantische Krankheit, hält, vor allem wenn man ihn mit Hilfe bestimmter Rituale zwingt, menschliche Gestalt anzunehmen, der Morgenröte nicht stand. Aber die Beunruhigung bleibt. Das Übel hat, als die phantastische Verkleidung von ihm abfiel, nur die Form gewechselt. Der romantische Dekor verschwindet. Zu Beginn des sechsten Gesanges übt Maldoror Selbstkritik: »Unser Held bemerkte, daß er durch den häufigen Besuch von Höhlen und durch die Wahl unzugänglicher Plätze als Zuflucht, die Regeln der Logik übertrat und einen Circulus vitiosus beging.«

Übrig bleibt nur die Stadt, in der Maldoror wie später Fantômas von nun an incognito sein Unwesen treibt. Die Traumenergie muß sich in dem so ernüchterten Jahrhundert an der Oberfläche verstecken.

Der Traum als die Domäne der Subjektivität nimmt beängstigende Realität an. Als vollwertige Alternative zur Welt des Wachbewußtseins inszeniert, wird sie zur Gegenwelt, die in ständiger Spannung zur anderen existiert. Das Große dreht sich hier wie im ptolemäischen Weltbild immer noch um das Kleine, und das Kleine ist nicht einmal mehr das Individuum als Person, sondern die löst sich ihrerseits in eine demokratische Vielheit auf »C'est un homme ou une pierre ou un arbre qui va commencer le quatrième chant«* schreibt Lautréamont und Alice ruft »good bye feet«, als sie wie ein Teleskop auseinanderfährt. Die hierarchische Wertsetzung der menschlich-moralischen Welt, für deren höchste Spitze (die Karikatur von Souveränität im Batailleschen Sinne) bei Carroll der König, bei Lautréamont der Schöpfer steht, wird aufgehoben. An ihre Stelle tritt eine kosmische Ethik, wie Georg Simmel sie sah: »Nicht nur jeden Menschen, sondern jedes Ding als Selbstzweck betrachten, das gäbe eine kosmische Ethik.«

Lautréamont und Carroll wirken noch heute so frisch wie Zeitgenossen. Und ihr Dilemma ist paradigmatisch das des modernen Individuums überhaupt, in der Literatur und außerhalb ihrer. Es lebt verstockt in *seiner* Domäne (»Molloy« sagt Molloy zu sich selbst, »Deine Gegend ist weit, Du bist aus ihr nie herausgekom-

* Seite 111

men, Du wirst sie nie verlassen.«). Da jedoch jene Karikatur von Welt unverrückt weiter existiert, droht das Individuum, das zu gleichen Teilen an beiden Welten partizipiert und partizipieren muß, zu zerspringen. Diesen unaufhebbaren Widerspruch faßt Lautréamont in dem einen Satz zusammen:

»Meine Subjektivität und der Schöpfer, das ist für ein Gehirn zu viel.«

*Liste der zitierten Literatur*

Carroll, Lewis: The Works, edited and introduced by Roger Lancelyn Green. London 1965.

Lautréamont (et Germain Nouveau): Œuvres complètes, textes établis, présentés et annotés par Pierre-Olivier Walzer, Biliothèque de la Pléiade. Paris 1970.

Bousquet, J.: Les thèmes du rêves dans la littérature romantique (France, Angleterre, Allemagne) Essai sur la naissance et l'évolution des images. Paris 1964.

Cassirer, E.: Philosophie der symbolischen Formen, Bd. II. Berlin 1925 (Das mythische Denken).

Deleuze, G.: Logique du sens. Paris 1969.

De Quincey, Th.: Confessions of an English opium eater. Edinburgh 1856 (Selections grave and gay, vol. V).

Devereux, G.: Rêves pathogènes dans les sociétés non occidentales in: Le rêve et les sociétés humaines, sous la direction de R. Caillois et G. E. von Grunebaum. Paris 1967.

Dodds, E. R.: The Greeks and the Irrational. Berkeley 1959.

Emrich, W.: Die Symbolik von Faust II. Berlin 1943. 2. Auflage 1960.

Faurisson, R.: A-t-on lu Lautréamont? Paris 1972.

Foucault, M.: Les monts et les choses. Une archéologie des sciences humaines. Paris 1966. (deutsch: Die Ordnung der Dinge. Eine Archäologie der Humanwissenschaften. Franfurt/Main 1971.)

Freud, S.: Die Traumdeutung, in: Gesammelte Werke, Bd. II/III. London 1942. – Der Dichter und das Phantasieren in: Gesammelte Werke, Bd. VII. London 1941.

Fügen, H. N.: Die Hauptrichtungen der Literatursoziologie. Bonn 1964.

Laporte, H.: Alice au pays des merveilles. Structures logiques et représentations du désir. Paris 1973.

Marx, K.: Das Kapital. Kritik der politischen Ökonomie. Ungekürzte Ausgabe. Nach der zweiten Auflage von 1872. Berlin 1932.

Michelet, J.: La sorcière. Paris 1862 (deutsch: Die Hexe. München 1974.)

Reichert, K.: Lewis Carroll. Studien zum literarischen Unsinn. München 1974.
Simmel, G.: Einleitung in die Moralwissenschaft. 3. Auflage. Stuttgart 1911. – Die Ruine, in: Philosophische Kultur. – Gesammelte Essays. 2. verm. Auflage. Leipzig 1919.
Sontag, S.: Against Interpretation. New York 1966. (deutsch: Kunst und Antikunst. 24 literarische Analysen. Reinbek 1968.)